書評寫作

方法與實踐

實踐

吳銘能　著

修訂版

序言

　　這是一本專門為大學本科生與研究生而寫的書評入門書。

　　過去哈佛大學楊聯陞教授寫了多篇西文書評，後人結集成《漢學論評集》，內有五篇西文論文，四十多篇的英文書評，又在公開演講特別引述作為書評之例，認為「書評之前可就內容加一題目，引起編者讀者注意，實已近似論文」，又說「著作目錄書評可以列入」，可見書評的重要位置[1]。本書師仿其意，而略微踵事增華，分作兩部分，一是談書評的寫作方法，一是書評寫作實踐的例子。寫作方法不是信口開河，大而不當瞎吹，而是建立在實踐經驗基礎，經過歸納整理而成立的法則；具體實踐上，是一步一腳印，讀一本書就有一篇書評，老老實實耐心書寫，功夫積累到一定階段，碩果成熟，自然形成一己獨到見解。這就是本書的主旨。

　　這本書的起源是很偶然的，但又有點特別的因緣。

　　我個人學術成長過程中，覺得要寫一篇像樣的學術論文，絕對不是簡單的事。大學生剛剛脫離高中為考試而讀書階段，照理說，應該好整以暇博覽群書，積累相當心得就可以把自己的想法以文字表達出來；可是，實際教學的經驗，卻發現學生的「文字表現張力」不是這麼合乎理想。於是我就察覺，這是因為還沒有掌握到批判性閱讀的緣故。

---

[1]　見楊聯陞〈書評經驗談〉一文，原發表《大陸雜誌》第七十九卷第三期，現收在蔣力編《哈佛遺墨：楊聯陞詩文簡》（北京，商務印書館，2004 年 12 月），頁 137-151。

　　什麼是「批判性閱讀」呢？簡單地說，就是讀完一本書，能夠立即歸納出其中的優點與缺點（如果有缺點的話），並有能力隨心所欲暢談一己見解，儘可能有論辯式的討論。意外的發現，大部分學生缺乏這種能力。

　　事實上，沒有幾個人天生口若懸河、具有滔滔不絕說話的本領，但是，長期努力透過閱讀與練習，口才演說能力和文字表現張力，是可以得到很大改善進步的。

　　我在川大執教大一本科生的「中國古代史」與「古代漢語」課程，經過三年的試驗，每學期都一定要求學生找一本高水準學術著作來精讀，細細品味書中的見解，然後上臺先作口頭報告五至七分鐘，另外接受同學二至三分鐘的提問回答與討論。作完口頭報告，還得交書面報告，就是這學期的平時成績。

　　起初學生感到壓力頗大，難以適應，發抖緊張、結巴變調的，大有人在，但經過一學期如此這般訓練下來，他們卻在事後心存感謝，覺得這樣的方式讀書才起勁，口語表達能力與文字表現張力都有所提高。研究生的同學，我也如此要求，比照遵循。有的同學寫了書評文章優秀的，我建議修改過，還能投稿在大學學報或刊物發表，得到一種認可，對他們學習過程是很大的鼓舞。這就說明撰寫書評的確對學位論文寫作是有幫助的，而且也比較容易入門。

　　我本來不會致力撰寫書評的，那是已故喬衍琯先生的影響（其始末，見本書附錄〈敬悼喬公衍琯先生〉一文，不贅述。〈《美國圖書館名人略傳》讀後記〉一文係為喬先生指導完成的第一篇書評），以及友人張錦郎先生最近十年的多方鼓勵所致。從此之後，一發不可收拾，只要我仔仔細細讀過的一本好書，差不多都要寫一篇評論。發表也可，不發表就留著夾在這書本內頁，反正也享受一番讀書的趣味。

　　書評寫多了之後，積累經驗，評論一本書已經不是僅讀這本新書而已，要緊的是逐步擴大同一主題的閱讀量，我深深感覺到對於學術論文寫作的確有很大的幫助，而且也是比較有方法可循的。因此，我願意把我的經驗告訴初入大學及研究所就讀的年輕朋友。

　　哈佛大學哈佛燕京圖書館善本書室主任沈津先生曾經誇讚我為「寫書評高手」，原本我以為那是恭維的客套話，後來我讀過大量他寫的文章，旁徵博引，有憑有據，能夠實事求是，愛憎分明，下筆褒貶是毫不留情面的，我才自信我的書評還不錯。這次敢拿出這本小書出版發行，先要感謝他的肯定，我才有這個勇氣獻醜。

　　這些文章發表在臺灣、香港、澳門與大陸兩岸四地，時間跨越超過十年之久，在每年都要填報科研成果的量化制度下，應該算是「另類」的。好在讀書撰寫評論是種樂趣，我根本不在乎這些煩人的評鑒表格。

　　是為序。

2008 年歲次戊子秋分自序、2011 年丁卯清明
增補於川大望江校區華西新村

書影

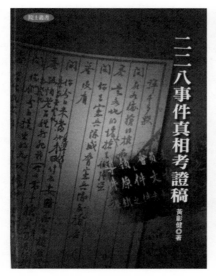

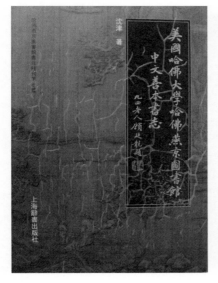

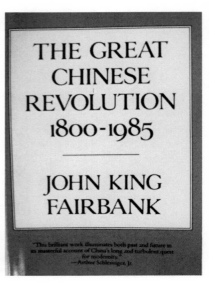

目次

方法篇

實踐篇

方法篇

一、論書評須有「終極關懷」

學術文化，是維繫一個國家民族長久不墜的根本。

長期以來，一直很贊同梁啟超的一篇文章觀點〈論學術勢力左右世界〉，尤其處在今日交通發達、資訊流暢世界，更顯得這篇文章歷久彌新，光輝閃爍。

敏銳的讀者，當知我撰寫書評的終極關懷就是在這裏。

我認為書評如果沒有個人的終極關懷，那只能就一本書泛泛而談而已，談過之後，很快地時過境遷，也就不會有太大的價值了。而有了終極關懷卻不然，往往能夠超脫一本新書之外，給予讀者另一番的思想啟迪，原來書評也可以有如此宏大的廣闊天地。

可惜，近來很多人把書評的寫作「窄化」了，往往僅就一本書談論而已，頂多把同類性質之書相提比較，缺乏一種崇高標準的「理想」。這樣的書評，如何能引起矚目重視呢？

讀書有評論，也必須要有書評，這是自然的。只不過，寫書評是件吃力不討好的事，既無法列入科研升等的評鑒積分點（credit），說得好的批評，人家認為理所當然，但局外人則以為是恭維的門面話，而認真研讀後的實話實說，則可能得罪人，甚至以為評論者惡意譭謗，因此書評在學術圈內，至少在國內，並不占明顯的位置。

君不見很多的期刊文章或大學的學報文章，書評欄目放在不是很顯著的位置，立於可有可無的角落；即使有了以評論書籍為核心的專門刊物如《中國書評》等，予人印象也是查查最近出版新書為何、主要觀點為何、內容有否新的突破等等，也就是仍然在說一本書，何曾見到有終極關懷呢？

如此說來，書評是否就不須要呢？不是的。

　　此外，還存在另一個更嚴重問題，即學界彌漫一股「瞎捧吹噓」的風氣，這才是書評沒有建立起尊嚴的根本原因。不能「實事求是」談論學術，提筆為文如何有學術公信力呢？長期以來講人情、留餘地的觀念作祟，把學術研究的嚴肅性與待人寬容謙恭的處世態度混為一談，成為人際關係的一部分，其究也，評書只能說優點，不敢提出異議或缺點，如果敢提出，也只是點到為止。試問：長期以來，形成風氣如此，誰會在乎書評？！由此可見，這是學界自甘墮落，不認真求實的結果，造成如此自取其辱，能不自覺慚愧嗎？能怨得了別人嗎？

二、「終極關懷」舉隅

　　「文革」是中國人的噩夢，也是徹徹底底把中國文化、把知識分子的人格摧毀到極端谷底！

　　巴金生前一直念茲在茲的一件大事，就是應該建一座「文革博物館」，使中國人能從中得到教訓，避免重蹈歷史覆轍[1]。可是巴金已經走了超過三年了（1904.11.25.-2005.10.17.），「文革博物館」連個影子也沒有。「文革」既然以毀滅「學術文化」核心價值，破壞中國傳統賴以生存的倫理價值系統，使中華民族人文精神倒退了數十年，學術呈現青黃不接的窘困局面，短期間難以恢復，這段血淚創傷，是任何一個有道德良知、關懷人性尊嚴的讀書人，絕對不能沉默以對的！固然官方「文革博物館」還沒有建立[2]，但文革的錯誤與倒行逆施，是必須要加以嚴厲譴責與批判的。

---

[1]　巴金提倡要講真話，要把文革這場人類巨大浩劫，做一個能夠說服人的總結，見〈寫真話〉、〈文革博物館〉二文，收在巴金《隨想錄》（北京，作家出版社，2005 年 10 月），頁 207-208、頁 601-604。

[2]　在成都市近郊大邑縣安仁鎮有房地產鉅子樊建川先生創設「建川博物館聚落

　　我的基本關懷在此，寫出書評，自然不能沒有這個核心。如我在〈讀沈津《顧廷龍年譜》〉一文中說：

> 以這部年譜達百萬字之多，內中學者名流璀璨雲集，風華文
> 采，令人嚮慕，但文革「在劫難逃」，其間內容則明顯貧乏單
> 調，以 1966 年、1967 年、1968 年、1969 年、1970 年、1971
> 年、1972 年、1974 年、1976 年等，正當譜主六、七十歲學
> 問思想臻於成熟極境，平均每年僅約有一頁的篇幅草草留
> 下，（中略）這是近代學術史上上一輩人共同的噩夢。不獨譜
> 主如此，過去我所見金毓黻的《靜晤室日記》亦然。在進入
> 知識份子被改造的年代，不斷被迫寫檢討，強制學習政治理
> 論，日記內容不再是文史讀書札記，而是無用的觀樣板劇、
> 看宣傳電影等荒唐事，把大好青春消磨耗掉，人才竟是如此
> 糟蹋浪費的！（見〈讀沈津《顧廷龍年譜》〉）

如此文字，就不是僅僅評論一部年譜而已，關懷核心自在其中矣。
我在〈亂世英才盡零落——讀湯晏《民國第一才子錢鍾書》〉也說：

> 當代中國仍有不少禁忌，其中文革是人人欲知的隱痛，可是
> 真正經過，還真不容易說清楚。反右、文革的光陰，知識份
> 子怎麼度過這一段非驢非馬、狗彘不如的生活，多年來一直
> 埋藏在筆者心底，悲憫、好奇而欲深究的歷史。能夠想像嗎？
> 被戴紙牌高帽「揪出來」、頭髮被剃成縱橫兩道的「十字頭」、
> 身上被抹上唾沫鼻涕和漿糊滲入衣服、脫去鞋襪彎腰跑圈
> 圈、打掃院子、到幹校勞動改造等，一位才華橫溢的大學者，

群」，其中毛語錄小冊子、毛澤東胸章、紀念磁器、紅衛兵臂章、銅扣皮帶、
糧票布票、報紙、傳單等數十萬件以上，比美國史坦福（Stanford）大學收
藏更為豐富，獨步世界。以私人一己之財力，有此魄力，洵為神州一大奇人。

就這樣被糟蹋玩弄，任何一段插曲都是極盡人格尊嚴羞辱，令人驚心動魄，宛如無法揮去的靈夢！

毛澤東統治之下，作者指出，「如以《槐聚詩存》為準，錢鍾書於 1930 年代，抗戰及勝利前後，詩的產量較豐，1949 年後，錢詩作甚少，有時一年祇有一首，與早年多產，恰成一強烈對比」（頁 140 註釋 19）。作者也指出，「錢鍾書浪費了很多寶貴時間卻不在 30 年代的歐洲，也不在戰時後方，也不在珍珠港事變後或勝利後的上海，而是在 1949 年後的北京，遑論他在五七幹校做信差了」（頁 156）。寫出《圍城》名著之後，錢氏不再創作小說，以四十歲不到就封筆不寫，「的確沒能夠充分發揮他的才華」（作者引楊絳致其書信語），他的餘年只有一部傳世經典之作《管錐編》，而青年評論家余杰說「《管錐編》只讀到密密麻麻的註釋，錢鍾書的面目卻模糊不清」，意思是說沒有血肉個性。筆者把《管錐編》再細讀之後，歉難同意上述論點，因錢氏對中國學術並非只有引述西方經典疏通而已，其於哲思妙理亦有所發揮，不過確實在字裡行間不易讀出其感情。學者無法天馬行空放言高論，誠然可歎，但我們要問：在隱居山林仍不可得的環境下，一切價值倫常瘋狂錯亂，能夠有自己的語言嗎？錢鍾書的女婿以自殺的代價，作為反抗黑白顛倒、是非不分，可以說是小人物的一幕縮影。

在一個昏天黑地時代，生命如草芥，能夠「默存」活著，寫出《管錐編》，至少還不至於交白卷，如要奢求「威武不屈」，捫心自揣不一定能，何必要求別人當烈士？錢氏為楊絳《幹校六記》寫小引，對這場天翻地覆運動提出看法：

或者慚愧自己是糊塗蟲，沒看清假案、錯案，一味隨著大夥兒去糟蹋一些好人；或者（就像我本人）慚愧自己是懦怯鬼，

覺得這裡面有冤屈，卻沒有膽氣出頭抗議，至多只敢對運動
不很積極參加。

我每讀到這一段話，就感到無限的心酸，在人類史上曠古未
有的大悲劇，中國第一才子的嘆息，豈只是幾句輕描淡寫滑
過就能釋懷！

又說：

> 可是，1949 年到 1978 年近三十年的光陰，大才多能如錢鍾
> 書者，活得極為黯淡消沉，不有精采可言，作者以極短的篇
> 幅 28 頁帶過（平均一年不到一頁！），資料不足並非主要原
> 因，而是生命毫無風景，表達其對糟蹋人才、自毀民族生機
> 之政治運動，最深沉的抗議，微意自在其中。（見〈亂世英才
> 盡零落──讀湯晏《民國第一才子錢鍾書》〉）

這篇書評在籍著這本傳記《民國第一才子錢鍾書》批判「文革」的
錯誤，大有「項莊舞劍，意在沛公」的微意，主要大標題作「亂世
英才盡零落」，細心的讀者當可看出我的用心良苦，惋惜人才被這樣
摧殘迫害，揆諸古今中外，從來沒有任何一個時代比「文革」還殘
酷滅絕人性的！

三、「意識形態」對書評的影響

　　意識形態會影響到學術觀點的分歧。試先以錢穆和張傳璽編寫
的歷史教科書為例，說明對中國歷史的看法。

　　錢穆在抗戰時期完成的名著《國史大綱》說：「如漢末黃巾，乃
至黃巢、張獻忠、李自成，全是混亂破壞，只見倒退，無上進」，又

說「近人治史，頗推洪、楊。夫洪、楊為近世中國民族革命之先鋒，此固然矣。然洪、楊十餘年擾亂，除與國家社會以莫大之創傷外，成就何在？建設何在？」[3]，史觀是如此，把漢末黃巾、黃巢、張獻忠、李自成、洪秀全、楊秀清等人，統統說成是混亂破壞，只見倒退，毫無上進；但是張傳璽《中國古代史綱》作為北大的教材，卻把傳統正史所謂漢末黃巾賊、唐代黃巢之禍稱為「黃巾大起義」、「黃巢大起義」，至於李自成與張獻忠抗清統治，在正史不過寥寥幾筆帶過，而張書也以專節稱之為「明末農民起義」討論[4]，兩者史料一致，但觀點卻完全大相徑庭，截然相異。

同樣地，關於清代天平天國史研究，如果順循錢穆的思路，是絕對不會同意羅爾綱的研究，以為太平天國還會有天朝田畝制度、官爵制度、禮制朝儀、科舉制度、建築、戲劇、美術與音樂的藝術成就等。[5]

學術研究如此，口述歷史也不能避免意識形態的影響。

如筆者文章〈檔案與口述歷史之間：口述歷史與『二二八』事件研究〉提到（原載香港城市大學中國文化研究中心《九州學林》第 7 卷第 1 期，2009 年春季號），由中研院近史所兩次不同版本關於二二八事件「口述歷史」的討論，其價值不免令人有所疑問：短短三年之間，為何由「日據時代」可以轉換成「日治時期」？史學家對名詞的界定，可以如此輕率嗎？

「日據」與「日治」用語之別，牽涉到一個極為嚴肅的歷史評價問題：如何看待日本殖民統治臺灣半個世紀的功過得失？儘管歷史學家以個別立場與研究視野角度，可以有不同史觀的爭論，但在

---

[3] 錢穆《國史大綱》（北京：商務印書館，1996 年 6 月修訂第 3 版），〈引論〉頁 12-13。

[4] 張傳璽《中國古代史綱》（北京：北京大學出版社，2004 年 7 月），上冊，頁 267，下冊，頁 371-374。

[5] 羅爾綱《太平天國史》（北京：中華書局，1991 年 9 月第 1 版），全四冊。

官方正式文書或學校教科書，或者是具有社會教育意義的「口述歷史」叢書，該如何書寫表述呢？令人遺憾地，中研院近史所「口述歷史」第二次印行，編者有意識而系統地將「日據」改為「日治」，遍尋全書，竟沒有任何的說明文字。

「口述歷史」能夠這樣做嗎？誰有權力這麼做？編者做這樣「一致性」的文字轉換，是不是都告知了受訪問者，是否都經過受訪問者的同意？這不僅是尊重受訪問者的基本禮貌，也是一個學術道德的問題。該如何拿捏呢？

根據筆者的判斷，上述兩次印行「口述歷史」叢書對於二二八事件研究的文字轉變，在於撰寫者主張台獨政治傾向有了既定成見，已經影響到「口述歷史」的修訂，所以才會有上述現象的產生。

由此觀之，孰謂意識形態對口述歷史沒有影響？

結束文革，中國大陸走向「改革開放」的道路，已經說明「文革」倒行逆施的荒謬絕倫。今日中國大陸面臨人才青黃不接的窘境，反觀海峽另一方的臺灣，無論是在傳統文化保留完整性與接受西方文明的融合，在在領先大陸，成為大陸本土之外，最具有中國特色的地區，而且正因為沒有經過「文革」倒行逆施的波及，可以這麼說，比中國更中國化的傳統文化精髓在臺灣，這是不可否認的客觀存在事實。

可是，歷史的弔詭，就在於臺灣保留完整的中國文化特質，卻在民進黨執政時期，一直要「去中國化」。歸根結底，在於民進黨的黨綱主張臺獨，只要民進黨的黨綱不修訂，「去中國化」問題還會持續不斷地惡化下去[6]。

這個深層核心就牽涉到一個不容迴避的問題：我是誰？即臺灣人是不是中國人的認同問題。

6　詳見吳銘能〈評民進黨族群多元國家一體決議文〉，香港中文大學《二十一世紀》網絡版，總 34 期，2005 年 1 月

很多臺灣人不認同自己是中國人，這是一個很複雜的歷史問題。如果在身份上，臺灣人說不是中國人，但在文化上呢？這個議題要如何面對？也許不好回答，也不容易回答得令人滿意[7]。

為方便討論，美國對過去國、共內戰及其以後的態度是重要的決定因素，我必須先簡單回顧這段歷史，才易於理解現今臺灣人對中國認同的問題。此處僅是勾勒大致輪廓，不可能全面詳談。

今日海峽兩岸分治的結果，是過去國共內戰的延續。

根據已故美國歷史學家哈佛大學教授費正清（John King Fairbank）的觀點，國、共內戰時期，美國對中共武力的錯估，選擇不涉入雙方衝突立場，使得失去了中國（Lost China），中共政權統治中國，國民黨政府被迫遷徙到臺灣。

但做為國民黨的長期盟友，美國始終不承認北京代表中國的合法政府，但在二十世紀 70 年代以後開始有了變化。美國總統尼克森（Nixon）1972 年 2 月訪問中國，簽署了上海公報（Shanghai Communique），明確北京反對「一中一台」（one China, one Taiwan）、「一個中國，兩個政府」（one China, two governments）或是「兩個中國」（two Chinas），華盛頓明確認知「在一中架構之下，海峽兩岸共存，臺灣是中國的一部分」（all Chinese on either side of the Taiwan Strait maintain there is but one China and that Taiwan is a part of China），而且「不會挑戰這個立場」（not challenge that position），影響至今，美國與臺灣的關係就是建立在此。同時美國也非常清楚表示繼續與臺灣維持自 1954 年來共同安全協定（軍事同盟）的承諾，但無礙與北京正常化關係。

---

[7] 本書〈由「高中歷史課程綱要」之爭論見台灣的認同危機〉一文，即是反映民進黨執政時期欲從教育入手主張台獨，引起島內震盪的諸種紛爭。

　　不過，尼克森在 1974 年因水門案（Watergate）辭去總統職位，中國大陸在 1976 年周恩來與毛澤東相繼過世後，雙邊關係暫時停擱。

　　1978 年 12 月經秘密談判，卡特（Carter）總統在 1979 年元旦承認中華人民共和國代表一個中國，不再承認在臺灣的中華民國（withdraw recognition from the Republic of China on Taiwan），而且從 1980 年元旦終止自 1954 年來與臺灣共同安全協定的承諾。然而，美國並不放棄與國民黨政權在臺灣的關係，於是 1979 年 4 月另訂了「臺灣關係法」（Taiwan Relation Act），作為臺灣與美國非外交的實質往來憑藉，繼續發展經濟貿易、文化等方面的非官方交流，並出售防禦性武器（defensive arms）給臺灣。

　　費正清也強調，臺灣過去仍然以一個中國名義統治整個中國，但不尋求成為獨立的邦國或臺灣共和國，所以美國永遠不會支持臺灣代表中國的神話，而主張臺灣是西太平洋上中國的一省。

　　1982 年 8 月，雷根總統保證不提升臺灣軍事援助的層級，並在未來終止。當然，美國可能將來與中國達成甚麼協議，仍難斷言，但臺灣的命運，美國影響極大卻是個不爭的事實。

　　兩岸問題基本上是中國內戰之下的歷史產物，上述的背景是兩岸關係的縮影。但 1987 年臺灣開放赴大陸探親旅遊的限制，不久也開放投資通商，從此以後，兩岸人民在學術交流、商務往來、通婚關係等更為密切。然而，從 1992 年在香港會談之後，兩岸關係變得極為「微妙」，「九二共識」成為爭論的焦點，將來如何演變，在臺灣內部並沒有共識。民進黨提出「建立主權獨立自主的臺灣共和國及制定新憲法的主張，應交由臺灣全體住民以公民投票方式選擇決定」方案，認為是面對現實的做法，但必須考慮到美國與中國大陸的態度，不是臺灣單方面就能一廂情願片面決定的。

　　早在二十餘年前，美國外交智庫的學者費正清即斷言，從經濟上、政治上以及血緣與文化的角度觀之，臺灣未來必定面臨中國人的糾纏（intertwine），如今，兩岸民間交流密切，這種糾纏更是難以分離，兩岸領導人應有智慧與胸襟處之，使之成為互利的糾纏。

　　瞭解我這個想法，因此我在評論 Fu Ssu-nien: A Life in Chinese History and Politics 一書，會借用傅斯年親書「歸骨於田橫之島」條幅作為標題篇名，就反映了這個歷史現實，也清楚理解傅斯年當時在臺灣的心境。

　　而我在文章說：

> 大陸社會在激烈改變之中，對世界開放的腳步既不可能停止，任何演變皆有可能，知識菁英階層勢力抬頭，漸漸興起扮演改革的重要角色，台灣政府應在這個時刻有大氣魄的作為，拋開意識型態的制限，西進大陸逐鹿中原，締造兩岸新局[8]。

　　這都是個人的價值觀反映。由此可見，意識形態也會影響到對一本書的判斷，以上引述文字恰可說明這個問題。

四、學術翻譯著作為何需與原著核實

　　國外的學術著作很多，其中不乏一流的經典著作，能夠讀原著最好，但一般人外文能力有限，所以免不了要透過翻譯作品來認識。但最大問題，翻譯的水準令人不敢恭維。

---

[8]　見本書〈由留學大陸風潮看中國的崛起──兼評周祝瑛《留學大陸 Must Know》等書〉一文。

翻譯是一大問題。

如我最近看一本四川大學歷史文化學院學生編輯的史學刊物《天健》第 22 期，一本已經創辦了十周年的刊物，而且還是由學生主編的刊物，老實說，不容易啊！我仔細看了這期所有文章，尤其是書評部分，實在難掩失望落寞。為什麼呢？有一篇文章其實寫得很好〈革命的神話與他山的石頭──《偉大的中國革命 1800-1985》與中華書局第四版《中國近代史》之比較〉，作者的意思是要透過比較的方法，說明中國近代史如何書寫的問題，探討為何被神話化的近代史會繼續一再存在，歷久不歇。論取材的視角、態度與方法，都是值得讚賞肯定的，但唯一美中不足之處，作者太相信翻譯的作品，沒有核實原著，因此就跟著翻譯的錯誤而照抄。如說「全書分為四個部分，分別是：晚期的中華帝國：成長和蛻變 1800-1895 年；晚清帝國秩序的變革 1895-1911 年；第一次中華民國時期 1912-1949 年；中華人民共和國 1949-1985 年」，這段文字，泛泛閱覽滑過可能看不出問題，但仔細推敲卻大有問題。什麼是「第一次中華民國時期 1912-1949 年」？難道還有「第二次、第三次中華民國時期」嗎？這是我乍看之下的疑惑。可是後面又標明「1912-1949 年」，可見不可能有所謂的「第二次、第三次中華民國時期」。我曾經仔細讀過原著三遍，手邊正好有這本費正清（John King Fairbank）著的《偉大的中國革命 1800-1985》（The Great Chinese Revolution 1800-1985），翻開目錄一看是這樣說的：

PART I:LATE IMPERIAL CHINA:GROWTH AND CHANGE, 1800-1895

PART II:THE TRANSFORMATION OF THE LATE IMPERIAL ORDER, 1895-1911

PART Ⅲ:THE ERA OF THE FIRST CHINESE REPUBLIC, 1912-1949

PART Ⅳ:THE CHINESE PEOPLE'S REPUBLIC,1949-1985

所以「THE ERA OF THE FIRST CHINESE REPUBLIC,1912-1949」, 應該譯作「中華第一共和時期 1912-1949 年」,因為這是要接下 「PART Ⅳ:THE CHINESE PEOPLE'S REPUBLIC,1949-1985」而相 對的,可譯作「中華人民共和時期,1949-1985 年」或者是如譯者所 譯的「中華人民共和國 1949-1985 年」。但之前譯的「第一次中華民 國時期 1912-1949 年」,絕對不可取。可見譯者的中文與英文都不佳, 才會有如此不通的翻譯。作者沒有核實原著,基本上就犯了一個錯 誤:太相信翻譯本了,沒想到為其所誤而渾然不知。

　　當然,這樣並不是說翻譯本全然不可信,事實上,也有很多 很好的翻譯作品。如過去的馮承鈞與傅雷,他們翻譯西方一流作 品的質量就很高,今人如耿昇,也是其中的佼佼者[9]。只是,類似 馮、傅、耿這樣中外文俱佳,又肯努力埋頭從事翻譯的人才實在太 少了!

　　在日本學術界,已經建立起一個很好的傳統,只要國外有好的 學術著作,不出幾個月,一定會有翻譯作品出來,不但效率高,錯 誤也少。反觀國內,像這本《The Great Chinese Revolution 1800-1985》 早在 1986 年就出版了,最近才翻譯出來,而且質量又令人不敢恭 維,使人對學術的低落感到汗顏,真是慚愧!

---

[9] 馮承鈞對西方漢學學術著作翻譯成就裴然,共有譯作 40 多種,在數量與質 量均達到空前的水準,而耿昇為後起之秀,截至 1998 年為止,其譯著有 29 部,譯文有 62 篇,成果非凡,是近年來崛起的驍將(上述是 1998 年的統計, 現在當然不只這些)。詳見謝方〈為了法國與中國的文化因緣——譯壇驍將 耿昇〉一文,收在劉夢溪主編《世界漢學》(北京:中國藝術研究院中國文 化研究所,1998 年 5 月),第一期,頁 197-201。

五、文獻學功底是一篇成功書評不可或缺的要素

　　文獻學的功底，也是一篇成功書評不可少的要素。

　　以李敖為例子，他的博學多才是大家公認的。他對他的小說是很自負的，他曾說「這麼多年來，你以思想家、歷史家看李敖，你錯了，其實他更是文學家。奇情與思想，是文學家必要的條件，只有李敖具有這種條件。市面的所謂文學家，作品很菜，都是賣菜的」，其狂放自負可見。2001 年 4 月李敖第二部小說《上山・上山・愛》甫出版，廣告介紹圖文並茂，就占盡中文大報版面，宣傳做得很成功，其書大為暢銷，短短數天加印了好幾版，為李敖帶來一筆可觀的財富。我很不容易買來一本，花了兩天看完，以三天的工夫寫成一篇評論，完成後，卻投稿無門，當時沒有哪家報刊敢登[10]。後來才知道，他們怕李敖打官司。這一篇我的得意之作，我認為是戳中李敖的要害。如我說：

　　　從另一角度來說，對於熟悉李敖其文的讀者，這部小說是失敗的。因為它既沒有新的見解、沒有新的主題探討，只是從前的文章或演講錄的拼湊剪貼！對於擁有被提名諾貝爾文學獎作品的世界水準為衡量尺度，讀者與作者諒該同意此種苛刻而無情的要求。試舉其例，如中國人的宿命論與造命論（頁62-63），是抄自於《中國命研究》（頁 19），《論語》與《水經注》解題（頁 110），皆分別抄自於《要把金針度與人》（頁31-32 以及頁 388），好人的壞（頁 444），是抄自於《上下今古談》（頁 12-13），地藏菩薩「上求佛道，下化眾生」（頁 450），

---

[10] 最後無奈之下，只好掛在網上供讀者閱讀。

是抄自於《中國命研究》（頁 249-250），破山和尚破「執」（頁
451），是抄自於《北京法源寺》（頁 131），牢獄生活對時空觀
念改變與對敵友的看法（頁 460-465），是分別抄自於《李敖
快意恩仇錄》（頁 407-409，頁 405-407）以及《李敖回憶錄》
（頁 382，頁 383）等，夠了，不必一一詳列，這難道是讀者
所願意看到的小說嗎？重複過去的作品，大量文字原封不動
的摘取搬挪，這部小說帶給讀者的，是《李敖大全集》的精華
選萃，並沒有表現作者新穎的思想，以寫出《北京法源寺》
如此一流作品的功底，這次的期待，的確令人大失所望！[11]

這是我具有文獻學的功底，又熟悉他的作品，才能把書評寫得如此
入裏。評論李敖作品的人很多，但敢從文獻學的角度，入室操戈，
這就不是一般人能夠辦得到的。

以研究性學聞名的當代中國專家劉達臨寫了一部《中國性史圖
鑑》大作，我開頭的評論寫道：

說起中國性事的系統研究，外國人比中國人更早從事，而且
成就斐然，那就是鼎鼎有名的荷蘭外交家高羅佩（R.H. van
Gulik ,1910-1967），他的兩本開山名著《秘戲圖考》（Erotic
Colour Prints of the Ming Period）、《中國古代房內考》（Sexual
Life in Ancient China），奠定中國古代性學領域的先驅地位。
中國人對性學領域研究是寒傖的，民國初年張競生在北大講
授性史，曾掀起一陣旋風，但衛道人士大肆抨擊，所以後繼

[11] 見本書〈讀李敖《上山‧上山‧愛》〉一文。李敖另有一本同性質小說《虛
擬的十七歲》（臺北，展智文化，2008 年 4 月），論思想深度與表現張力，均
沒有超越《上山‧上山‧愛》的水準，友人張錦郎先生由臺北掛號寄贈一部，
原希望我寫一篇書評，但看後難掩失望，就索然乏味，懶得動筆了。

無人。直到 20 年代，出身清華大學國學研究院的潘光旦先生寫了馮小青影戀的研究論文，40 年代又翻譯靄理士（Havelock Ellis）《性心理學》（Psychology of Sex: A Manual for Students），這個領域才不至於交白卷（見譯序及重刊本費孝通書後）；不過潘氏之研究與譯作，在當時中國社會並沒有受到應有重視，而且也沒有高羅佩那種條件，因此這個領域的寶座只好拱手讓給外國人了。

對這個領域研究不熟悉，自然寫不出這樣的文字。這本著作的特點，我持肯定的態度，主要在文獻上的努力：

本書最大特點是資料豐富齊備。遠遠勝過荷蘭高羅佩的《秘戲圖考》、《中國古代房內考》以及 Rev. Yimen 的《春夢遺葉》（Dreams of Spring：Erotic Art in China），蓋上列著作所掌握的資料僅限於傳統文獻、春宮圖版與一些春宮瓷器等，劉著則更進一步全面掌握了豐富文獻材料與文物，作者自言研究途徑有三，「一是研究有關古籍，二是探訪與性有關的古跡，三是搜集性文物」，其中性文物有近一千兩百件之多（原書後記），包括陶器、石器、玉器、木雕、刺繡、春宮圖、岩畫等，宜乎許多問題的闡述遠勝高氏，成為這一領域的後繼。

對同性戀研究，從古籍經典上證明在中國可說是源遠流長的，我先引述作者有如此看法：

本書第五章討論到同性戀的問題，作者列舉《詩經》中的〈子衿〉、〈狡童〉、〈山有扶蘇〉、〈褰裳〉、〈揚之水〉等篇，以為有不少內容都是「兩男相悅」之詞，其中又以「狡童」、「狂

童」、「狂且」、「恣行」、「維予二人」之類的詞句，大都和同
性戀有關（原書頁 266 至頁 267）。

我不能苟同其看法，我進一步找出其詮釋的依據：

> 其實，作者這種觀點是襲自潘光旦〈中國文獻中同性戀舉例〉
> 一文而來（收錄於潘氏翻譯靄理士《性心理學》，附錄二），
> 但潘文下筆矜慎，明說「只從辭氣推論」，有「同性戀的嫌疑」，
> 作者援引以為與同性戀有關，略顯武斷。

另外，作者也將阮孚「性好屐」列入戀履癖者，以為是性愛對
象的倒錯（原書頁 282）。我翻檢《世說新語・雅量》第十五則文字，
清楚記載此事，其原文如下：

> 祖士少好財，阮遙集好屐，並恆自經營，同是一累，而未判
> 其得失。人有詣祖，見料視財物；客至，屏當未盡，餘兩小
> 簏著背後，傾身障之，意未能平。或有詣阮，見自吹火蠟
> 屐，因歎曰：「未知一生當著幾量屐？」神色閑暢。於是勝
> 負始分。

我的看法是：

> 祖士少與阮遙集（阮孚）兩人各有所好，表現迥異人生價值
> 取向，前者好財，卻不免拘謹於眾人目光，而後者好屐，乃
> 能自適其樂，無睹於世情。筆者不敏，玩味上述經典文字，
> 始終得不出阮孚是性愛對象的倒錯印象！潘光旦譯作《性心
> 理學》之第四章〈性的畸變與性愛的象徵〉，其中第四節物戀
> （erotic fetishism）談論足戀、履戀與性愛被虐戀之關係，有
> 很深刻複雜心理層面，劉先生僅以阮孚「性好屐」片段文字，

　　即斷定是性愛對象的倒錯，不免引申曲解太過之誚！（見本
　　書〈評劉達臨《中國性史圖鑑》〉）

這個例子說明，對於學術研究要熟悉其發展的歷史，而對於古典經
籍一定要下工夫紮紮實實閱讀，具備相當的文獻學功底，才能把書
評寫出深度。

六、書評的對象：讀者與作者

　　「上窮碧落下黃泉，動手動腳找東西」，這是過去臺灣大學校長
傅斯年先生治學經驗總結的名言。撰寫書評，除了告訴讀者關於新
書的內容訊息之外，有時作者更希望得到批評指正，而對作者最有
用的指正，莫過於提供新的資料，以彌縫修補缺失，或加深研究領
域的視野。

　　沈津著《美國哈佛大學哈佛燕京圖書館中文善本書志》，體大思
精，為傳統書志撰寫建立了一個新的里程碑，這是我在詳細閱讀之
後的評價。可是，當我親自去翻閱善本書時，經過一番校勘核對，
也不能不對他的缺失提出指正。如〈0385 明嘉靖刻本吳江縣志〉條，
沈先生判定哈佛本乃明嘉靖 37 年（1558）至 40 年（1561）刻本，
而央圖本作明嘉靖 37 年刻本為誤。我親自翻檢央圖本原典，發現鈐
印有「瑞軒」、「如南山之壽」、「羅振玉印」、「臣玉之印」、「朮言」
等收藏章，並有羅振玉手跋題記，央圖所以判定為明嘉靖 37 年刻本
者，似依羅氏題記。又如〈1254 明隆慶嚴鈖刻本遵巖先生文集〉條，
沈先生引嚴鈖後序：「遵巖先生之文，挺拔秀麗，有次第，欲造沖澹

自得之境者，必當自組麗芬華中得之，此是集所以垂教之意也，亦先生之志也」，我讀來頗為疑惑，翻檢央圖本原書相核，果然自「挺拔秀麗」下，足足漏了一頁。

　　沈津對清代翁方綱題跋下了四十年的工夫抄錄，輯有《翁方綱題跋手札集錄》，又編纂《翁方綱年譜》，這種慢工細活，堪稱海內外獨步。可是我在拜讀之餘，發現傅斯年圖書館收藏拓本作者均未及經眼，臺灣師大珍藏有一部完整翁方綱稿本《杜詩附記》，作者也未能親自翻檢，我費了一番周折，以數天的精力，抄錄了可以補充《集錄》者計有四十多篇，於是寫了〈沈津著《翁方綱年譜》〉書評、〈沈津著《翁方綱年譜》暨輯《翁方綱題跋手札集錄》補遺〉、〈銖積寸累　蔚為大觀——沈津輯《翁方綱題跋手札集錄》書後〉三篇文章，文字達三萬字之多，雖然用去不少時間，但對於作者長期認真，四十年如一日的毅力，方能得一千餘筆資料，實在是萬分欽佩的！

　　與此相對照的，辛廣偉寫出第一部《臺灣出版史》，對於臺灣出版界是一大刺激，張錦郎先生乃約我共同合作寫了〈評辛廣偉著《臺灣出版史》〉長篇書評二萬餘字，費盡了一番氣力，耗時達一個月之久，寫下自《書目季刊》1966 年創刊以來罕見的篇幅。這篇長文書評，除了向讀者推介此書的好處之外，也補充了不少資料，探討諸多有價值的問題，提了八點建議。時隔多時，作者曾經到臺灣訪問過幾次，對我們的評論，早有人印送一份陳請過目，竟然置若罔聞，沒有任何的反應，寧非咄咄怪事？張先生對此，頗有微詞，感歎青年人得志太早，著作匆匆出版，又不重視他人懇切評論，如此不懂得謙虛，精益求精，恐非好事。

　　這兩個例子，說明有的作者沒有雅量接受客觀善意的批評。而能夠虛心接受指教的作者，往往也是學問做得比較好。

對於學術研究的進展而言，個人耳目眼力所限，有時難免有掛一漏萬之虞，這就需要它山之石攻錯，所以作者應該比讀者更重視書評才對。

七、書評也有以序跋的方式呈現

書評有時候也有以序跋的方式呈現[12]。

有時一篇序跋，寥寥數語，介紹本書主旨，就是很好的書評，也借題發揮，畫龍點睛式勾勒某個時期的思潮或整個時代流變動向。

要如此深造有得，提出獨特洞見，就需要淵博學識與敏銳觀察思維，這完全是屬於成熟學問的境界展現。

如張廣達為榮新江《中古中國與外來文明》寫序，有言：

> 在西力東漸之前，佛教的漢化和宋明理學的發展是借「他山之石」以促成新思維之綻開的最佳例證。朱熹和王陽明之重新闡釋「吾儒」，正是由於有了釋氏之「他異」的對照。西力東漸後，新舊思潮無一不以「他者」為襯托，所有主張無一不以西方為參照系。以繼「國粹派」而起的「學衡派」為例，他們在反對當代主流思潮時，仍以白璧德（Irving Babbit）的新人文主義的理論為參照，支持其「昌明國粹，融化新知」的主張，意在以理性的批判精神對待傳統，補偏救弊，突破清末以來沿用多年的「中體西用」的思想架構[13]。

---

[12] 關於為他人作序在中國歷史上的傳統與意義，晚近以余英時先生的研究最深入。詳見（增訂版）余英時著，彭國翔編《會友集——余英時序文集》（台北：三民書局，2010 年 9 月），自序，頁 1-24。

[13] 張廣達《史家、史學與現代學術》（廣西師範大學出版社，2008 年 7 月），頁 256。

短短一段文字，既說明外來文化作為參照坐標，逐步影響中國內部思潮的發展，也把西力東漸引起國內的巨大作用，勾勒出鮮明生動的輪廓。

饒宗頤為果爾敏《洗俗齋詩草》作序言：

> 滿洲八旗子弟，自崇德時皆習儒書。順治八年，復令與漢人一體鄉會試，濡染既深，人習篇章，宗潢之秀能以詩鳴者，類皆有集行世，其事肇於鄂貌圖。流風所被，暨於末葉，文人藝事，且復兼工，幾與漢人無異矣[14]。

說明滿洲人入主中原，漢化的歷史事實，肇始年代與人物，簡潔清晰明曉。

陳寅恪為鄧廣銘《宋史職官志考證》作序有言「華夏民族之文化，歷數千載之演進，造極於趙宋之世」，為陳垣《元西域人華化考》作序則言「有清一代經學號稱極盛，而史學則遠不逮宋人[15]」，因此，宋朝為中華文化的發展高峰，史學也最為興盛發達，這是史學家的卓越識見，廣為後人所推崇公認的精闢論斷。

以上三位史學大家序言都是文字篇幅不長，見解精闢，深具啟發，明顯說出一個時代精神動向。

另有一種序言，可長達數萬言，簡直就是一篇可與原著互補的論文。

如楊聯陞為其弟子余英時《中國近世宗教倫理與商人精神》專著寫的長序有一萬六千餘言，此序原無總題，後簡括商定為〈原商賈〉，引據論證精彩，文字典雅，可單獨別行，是不可多得的好文章，

---

[14] 鄭會欣編、饒宗頤著《選堂序跋集》（北京，中華書局，2006 年 11 月），頁 142。
[15] 陳寅恪《金明館叢稿二編》，收在《陳寅恪先生文集二》（臺北，里仁書局，1982 年 9 月），頁 238、頁 245。

堪稱大手筆。余先生原著以思想史為核心，楊先生的序言則迴旋於
社會經濟史和思想史之間，兩者交融互補，相得益彰。

　　還有一種情況是評論比原著篇幅多很多，不得不對原著宣告獨
立別行。

　　如蔣方震寫了一部《歐洲文藝復興時代史》，請梁啟超作序，梁
氏以為「泛泛為一序，無以益其善美，不如取國史類似時代相印證，
以校彼我短長而自淬礪」，沒想到下筆不能自休，篇幅竟然比原著還
長，只好獨立別行，定名為《清代學術概論》一書，回過頭來反請
蔣方震為其著作作序。

　　又如錢穆寫了〈中國傳統政治〉一文，全文不到兩萬字，引起
張君勱的不滿，認為沒有談到重點，於是張君勱發奮寫了一部三十
餘萬字《中國專制君主政制之評議》的專著，以示不能苟同，陳述
自己的見解[16]。

八、書評學的鳥瞰與前景

　　書評究竟能不能夠成為一門學問？就且先來鳥瞰書評的發展，
或者有助於澄清這個問題。

　　近代最早提倡作書評研究，厥為蕭乾的《書評研究》[17]。此書
主要是在探討書評撰寫應該注意的問題，包括：書評家的條件、好
書評需要真誠與理想、修養是從事書評最重要的準備、書評家的態
度、書評寫作（標題與格式）、書評的任務在為讀者發現好書、理想

---

[16] 張君勱《中國專制君主政制之評議》（臺北，弘文館出版社，1986 年 2 月）。
[17] 此書原是作者在燕京大學就讀時的畢業論文，在 1935 年 11 月由北京商務印
　　書館正式出版，1990 年 7 月臺灣商務印書館發行臺灣版，可見此書的價值。

的書評。儘管作者對此問題重視，也大力宣揚倡導，但書評不容易寫，尤其是實事求是的評論，更屬難得。因此，事隔半世紀後，作者在〈未完成的夢〉一文不無感歎：

> 除了這本小書，我確實還曾充分利用了《大公報》那塊園地，聲嘶力竭地為書評而吶喊過[18]。

包括朱光潛、沈從文、葉聖陶、巴金、張天翼、李健吾、施蟄存等藝文界名家，都曾經在蕭乾主持的《大公報》發表過關於書評討論的文章。可惜，曇花一現，局面維持不了多久，就因蕭乾出國留學而就中斷了。以後，鮮少學者專門針對書評寫出討論的文字。

楊聯陞對書評的討論，是比較重要的大家，曾有公開講座〈書評經驗談〉，特別提到「一門學問之進展，常有賴於公平的評介」，大力倡導撰寫書評。

汪榮祖從美國退休後，近幾年轉任臺灣大學院校研究教學，提倡撰寫書評，個人也以具體行動寫了多篇有分量的書評，但他對於書評並不措意談任何理論。

晚近，對書評作了系統研究，成績比較突出的是伍傑[19]，發表四篇重要的研究文章：〈清末的書評〉、〈民國初年的書評〉、〈二十世紀20年代的書評〉與〈中國書評二十年〉[20]，把近百年來中國書評發展的經過，提出鳥瞰式的歷史回顧，資料爬梳翔實，分析入理，視角開闊，甚具有學術價值；在此四文之後，作者列舉了林紓、嚴復、蔡元培、梁啟超、魯迅、周作人、任鴻雋、胡適、郭沫若、葉

---

[18] 〈未完成的夢〉一文係為李輝編《書評面面觀》（北京，人民日報出版社，1989年4月）所寫的序言。
[19] 其人著有上、下兩大冊《書評理念與實踐》（河南大學出版社，2006年12月）。
[20] 均收在伍傑著《書評理念與實踐》之第二編〈評書之路〉內。

聖陶、茅盾等學術藝文界名家二十八人對近代書評有傑出的貢獻，
如說蕭乾為「中國現代書評理論的奠基者」，任鴻雋為「志在傳播科
學」等。作者另有專編〈書評理想〉，提出撰寫書評的甘苦經驗談，
也頗能說明當今書評界的困境：「目前書評中的難點，是不敢評壞
書，不敢評書中的問題」[21]。

　　《書評理念與實踐》的貢獻，有如上述。但《書評理念與實
踐》也有極大缺失，如第三編〈書香盈野〉，作者把歷年來寫的書
評及書序集中在一起，立意很好，只是沒有說出一個中心主旨，
且各篇文字很零散，大多是千字左右的篇幅，實在無法談出任何
理論，對讀者幫助不大。第四編〈精神家園〉談的是編輯工作的
經驗、理論，出版環境的研究、出版業深化改革問題、圖書出版
選題的問題、如何出好書服務讀者、怎樣培養出版人才、宣揚當
代出版事業做出貢獻的人物，還有作者參與評獎活動的心得等，
這些與撰寫書評的理念、實踐，實在是離題太遠，不能集中焦點
扣住主題，殊為可惜。

　　把書評提到為一門學問，明白言之曰「書評學」的，如徐伯容
著有《現代書評學》[22]一書即是。此書分為上編與下編，談得比較
具體，也頗為集中要點，上編共有十章，依序為書評與非書評、書
評與書評學、書評的社會意義、書評的功能、書評的形式、書評的
內容、書評的規定性、書評的標準、書評的外部關係、書評工作的
主體，下編接著上編而談，共有八章，依序為讀書與選書、接受‧
賞析‧批評、立意與謀篇、書評的表現方法、書評的開頭與結尾、
書評的標題、氣度與風格、綜合書評，另有作者撰寫六篇書評作為

[21] 見 1991 年 12 月 22 日〈書評的風骨〉一文，收在《書評理念與實踐》內。
[22] 徐伯容《現代書評學》（蘇州大學出版社，2005 年 6 月）。

〈附錄一〉，又選了胡適、錢鍾書、劉西渭、鄭振鐸、張炯、余心言、胡漸逵、毛鵬、吳道弘諸人寫的書評作為〈附錄二〉。

　　這些內容大多是書評撰寫者不能回避的問題。但書評是否因此就能夠提高到成為「書評學」呢？

　　今年（2008 年）春季本科生「中國古代史」課程，與學生討論到北宋張擇端〈清明上河圖〉所表達的內容，有學生表示：將〈清明上河圖〉的研究上升為一門獨立的學科，就迄今為止的研究狀況而言，似乎為時尚早。其理由是一門學科必須具備的兩個要素，一是具有研究價值的對象，二是相對集中的學術力量對其進行系統而深入的研究。〈清明上河圖〉的價值是很顯然的，但以近幾十年來的論文、專著，學者研究的點較為分散，研究力量並不集中，還缺乏對此圖更為全面、深入、細膩的探討，難以形成整合的優勢，像周寶珠《〈清明上河圖〉與清明上河學》如此的專家學者還是寥寥無幾，因此把想把〈清明上河圖〉成為「清明上河學」的提法，恐怕還要推遲一些時間，或許更為妥當[23]。

　　以此類比標準，檢視書評能否成為「書評學」，其理也就不言而喻了。

　　最近，學界出了一本《近代中國學術批評》[24]，選編了前賢各種類型的書評，桑兵在書前還寫了文章討論書評的表現形式與類型，見解入理，分析深刻，其主旨在於為後進學生提供學習揣摩的範例，其對於書評的重視，可謂與我不謀而合。

---

[23] 這是大一學生段瑞清給我長文電子郵件的討論，其中談到周寶珠《〈清明上河圖〉與清明上河學》一書的種種問題。我很高興與他有教學相長、析疑共商的樂趣。

[24] 桑兵、張凱、於梅舫編《近代中國學術批評》（北京，中華書局，2008 年 6 月）。

　　這本小書文章例子，除了與張錦郎先生合寫一篇外，其餘都是我個人近十年來的結集，這是與上書不同之處。

實踐篇

林耀椿《錢鍾書與書的世界》讀後記

　　林耀椿先生長期在中央研究院文哲所圖書館工作，在圖書館界的朋友談起，都是讚譽有加，豎起大拇指的人物。蓋以其人敦厚誠懇，為讀者熱心服務而予人極佳印象。最近他把多年來的隨筆文章整理成冊，承蒙作者惠贈乙冊，仔細拜讀之後，謹寫點感想，以答雅意。

　　作者嗜書成癖，既好買書，又好讀書，可以說是天天與書籍為伍，「在舊書坊搜巡十幾年，工作之餘，為了寫論文材料，或是為了書癖的雅興，所有的時間及金錢全耗於此」。

　　為了一部好書，可以狠心花下半個月的薪水而面不改色，只是我很擔心他如何向夫人交代而相安無事。

　　本書《錢鍾書與書的世界》就是最佳的註腳。全書分為四部份，依序分別是「錢學」、「書評」、「人物描寫」、「舊書坊及其他」四輯。其中以「錢學」寫得最好，也迭有新見。如〈錢鍾書在臺灣〉一文，作者根據《槐聚詩存》中 1948 年有〈草山賓館作〉、〈贈喬大壯先生〉兩首詩作，得悉錢鍾書到台灣「寓草山一月」，確切時日為 1948 年 3 月 18 日，並於 4 月 1 日上午在台灣大學法學院有場演講，題為「中國詩與中國畫」，錢先生的演講很風趣，人潮洶湧，當時《自立晚報》記者有報導：

　　　　十時錢氏步上講台，由劉院長介紹後即幽默語調開始說，劉
　　　　院長介紹使我心理很惶恐，像開了一張支票，怕不能兌現，
　　　　引得哄堂大笑。後又說：好在今天是愚人節，我這愚人站在

這裡受審判。接著開講，由中外畫上引證，畫與詩本是一件
東西用兩種技巧，二種不同工具表現出來的東西，後即對中
國畫與中國詩並不是足可以代表中國畫的畫中就可以找到中
國詩的特點，說明頗詳，旁敲側擊，說得頭頭是道，至十一
時始畢。

如此詳細而生動的資料，這是很多研究「錢學」者所不知道的軼事，
此為作者絕大貢獻處。而錢先生生前回覆作者信函，以時為台灣學
子身分，能得大學者親筆書信，更是令人又羨又嫉的一段佳話。

　　圖書館員予人最刻板印象（stereo type），新書編碼上架、為讀
者提供借閱服務、資料參考諮詢，似乎僅僅如此而已。而事實上，
館員以其「近水樓臺」之便，坐擁書城，恣眼目所及，看盡天下奇
書秘笈，故能縱橫今古，橫肆議論，就不是一般泛泛之輩。近人沈
津以圖書館員身分而寫出《美國哈佛大學哈佛燕京圖書館中文善本
書志》、《中國珍稀古籍善本書錄》等有份量專著，為傳統書志撰寫
突破創新，豎立另一里程碑，就是一個顯例。耀椿兄工作之餘，花
了大力氣編成《錢鍾書研究書目》，厚厚一百餘頁，做了「為人之學」，
這股熱情與傻勁，我每每自嘆不如！

　　作者不甘於成天僅在狹小空間範圍，下班餘暇還勤快留連舊書
肆，因此收穫就很可觀。如有馬敘倫《莊子札記》線裝卷十一至卷
十八殘本，連嚴靈峰《無求備齋莊子集成》初編、續編均未錄，同
時《無求備齋現藏未印莊子書目》與《訪求書目》也未見，又根據
眉批筆跡而知悉係劉文典的藏書，這是作者多年用功積累，故有此
眼力在亂七八糟故紙堆中覓得。又有回作者買到了 1893 年倫敦出版
的約翰‧羅斯金（John Ruskin）作品集、買到吳冠中親筆簽名的畫
集、買到蕭乾送給高希均的簽名書……，諸如此類，披沙揀金，往

往見寶，筆底眉飛色舞，神采飛揚，如是過活，還真有滋味。另有許多譯文集可見張愛玲執筆所寫的導言，作者有心輯佚，補充了《張愛玲全集》的不足。

今年 1 月底返台省親，2 月到文哲所，作者示我數箱書信，其中不乏楊聯陞、董作賓等學者與人數十年前通信，筆力遒勁，虎虎而有生氣，賞心悅目，令人愛不釋手，我在艷羨之餘，期待他趕緊整理撰文，把這些好東西公諸同好。

友人李書文兄寫了一篇歌頌春天的散文，要我也續貂作文。如此良辰應是青春作伴出遊好時日，但學院中人，難免積稿壓力，竟兀兀一人枯坐斗室，搔頭苦思，為文債之催，可為大煞風景矣，一嘆！

2007 年 3 月下浣在成都，時久旱不雨

《王子霖古籍版本學文集》書後

　　王雨，不是一個顯赫的人物，至少在我的專業領域之中從未曾聽過其名，更不曾讀過他的著作，其人其事在同行中也沒有太多人知道，直到最近看了王書燕編纂《王子霖古籍版本學文集》（上海古籍出版社，2006 年 10 月），我才知道原來有這麼一個人物。

　　《王子霖古籍版本學文集》共有三冊，其內容大要簡述評論如下。

　　第一冊是《古籍版本學》，顧名思義，是有關於古籍版本方面的學問，內容分為〈版本學術語知識〉、〈中國板刻圖書源流〉、〈古書用紙鑑定〉以及〈古籍版本鑑定〉，據作者言乃經過魏建功、向達、趙萬里、趙元方、謝國楨、王重民、劉國鈞、路工、張申府、楊殿珣等專家學者的意見修訂而成，仔細讀後，的確具有相當的學術水平。譬如「書套」條云：

> 普通用黃板紙為裡，外敷以布（多藍色）或絲織品，圍繞全書的前後左右四周，而露其上下兩端，這是普通書套。有的圍繞六面，將書全包，名為六合套。還有在開函處挖做雲形環式者，叫做雲字套。

講解甚為簡單，又詳盡，非有長期摩挲古籍經驗，不能道也。

　　對於「善本」的看法，他的說明是這樣的：

> 內容較好，具有較高的文物價值或科學研究參考價值的書籍，無論舊槧近刻，新舊稿本、抄本、校本或批校本，名人題跋能說明問題的，均屬之善本範疇，亦稱珍本。

這樣的講法，在四十多年前即提出，深具卓識，較時下的著作能把握住學術要點，不拘泥於時代的劃分。筆者頗為欣賞這樣的見解。又如提到刻工名或姓，可以作為版本與地區的辨識云云（頁 65），這都是很有見地的看法，說明其研究視度的新穎。

另外，本書也能糾正傳統誤判版本的疏失。如元至正十四年嘉興路總管劉廷幹刻《大戴禮記》，作者言「半頁十行，行二十字。注文雙行，字同正文。線黑口，雙魚尾，版心中縫下端有刻工姓名，左右雙欄，刻印甚精。楊氏海源閣舊藏有此本，《楹書偶錄》誤認為宋刻本，應予糾正」（頁 71）[1]。可見作者不迷信前人陳說，能夠實事求是，眼見為憑。

還有是能夠引用學者最新研究成果。如相臺岳氏本群經，前人著錄為宋時岳珂家刻，作者引據張政烺先生考證為元初義興岳氏據廖瑩中世綵堂本校正重校，與岳珂本人無關（頁 74）[2]。

當然，此書也有少些的錯誤。如書前彩圖頁 14 云「《朱餘慶詩集》宋臨安府尹家書籍舖刻本」，誤，實際上，應是「宋臨安府陳宅經籍舖刻本」[3]。

---

[1]　另外一個近似例子，頁 74 言丁思敬刻《元豐類稿》，「版式寬大，字畫精正，結構嚴緊，為元刻本中之代表作，《楹書偶錄》誤認為宋本，應予糾正」。

[2]　詳細文字，可參見〈讀《相臺書塾刊正九經三傳沿革例》〉原文，收在《張政烺文史論集》（北京：中華書局，2004 年 4 月），頁 166-188。

[3]　參照頁 60 的圖版，實際上與此圖是同一張書影，明言「《朱餘慶詩集》宋臨安府陳宅經籍舖刻本」，又頁 59 文字言《朱餘慶詩集》，「半頁十行，行十八字，白口，單魚尾，左右雙欄。卷後有「臨安府睦親坊陳宅經籍舖印」一行」，顯然此張彩圖文字訛誤沒有校出。這個小疏忽是不能含糊的。作者這張書影所本，係根據北京圖書館編《中國版刻圖錄》（北京：文物出版社，1960 年 10 月）圖版五〇，而次頁圖版五一也顯示「臨安府睦親坊陳宅經籍舖印」。

　　又有未見原書，傳抄錯誤的資料，致以訛傳訛，曲解書籍印刷史的知識。如關於朱墨套版印刷，最有名的例子，學者多引用後正元六年（1340）中興路資福寺所刻印的無聞和尚注解的《金剛經》，作者也沿襲如此說法，以為：

> 卷首畫一個老和尚坐著講經，腳下生出一枝靈芝草，經文是紅色，注文為黑色。靈芝圖也是朱墨兩色套印的。這本經卷解放前藏於南京圖書館，後被運往台灣。（頁 79）

上述短短文字，內容竟有大量的誤釋。實際情況應參考沈津根據原件的描述較為可靠：

> 其末圖「無聞老和尚注經圖」甚為古樸，繪思聰執筆作注，左有小和尚卷袖濡墨，右為頭戴帽之老者雙手合十，後為蒼勁古松，祥雲朵朵，地面有靈芝四莖。桌前又另置四方桌一張，置香燭二、插花淨瓶二、香爐一。圖之左上角刻有「無聞老和尚注經處產靈芝」數字。此圖也為朱墨雙色，僅蒼松為墨色，餘皆朱色。[4]

　　第二冊是《古籍善本經眼錄》，開頭有王玉良寫了一篇〈前言〉介紹，扼要說明本書的來歷，大略說到「子霖先生刻苦鑽研古書版本目錄之學，除著述《古籍版本學》一書之外，將平生所經見之善本書摘錄其序跋、行格版式、紙張、藏印各項，有的并加考定按語，留作日後鑑定及教授後學之資料，日積月累，成此《古籍善本經眼錄》書稿」。有附錄一〈寒雲日記——收古籍善本摘抄 1915～1918

---

[4]　參沈津近作《書城風弦錄》（桂林：廣西師範大學出版社，2006 年 10 月），頁 6。蒙沈先生惠贈此書，能立即用上這條資料，十分感謝沈先生的厚意。

年〉以及附錄二〈民國初期善本書價目表〉、〈售梁啟超古籍價目單〉，
另有按照四角號碼排列的〈書名作者索引〉錄在書後，便於讀者檢
索。其中〈民國初期善本書價目表〉對研究民國初期的物價狀況，
是很有價值的參考資料。

　　第三冊是有關的論文、日記、信札、尋海源閣散書隨筆等，筆
者以為是最具價值的部分，茲分四點說明之：

一、反映當時的物價水平

　　日記是生活中最真實的紀錄。作者留下生活瑣事的種種，為吾
人研究彼時物價提供寶貴的線索。

　　如 1931 年 7 月 5 日日記言「早八點半赴津，晤周叔弢君，《中
庸》出價 200 元，姑待之」，同年 12 月 10 日日記言「連山拿來《三
禮考注》，成化本，言出價 130 元。余言此等元人理學性書，不值錢，
既出 130 元，不值，可維持此信義，否則不值，多則不可要也」，當
時 200 元、130 元到底是多少價值，為何作者覺得太貴呢？如果以
日常開銷對照下，大致可以有個清晰概念了。「晚遊先農壇，回沐浴，
4 毛」（頁 59，9 月 7 日日記），「東安市場一人就餐，4 毛」（頁 59，
9 月 26 日日記），「呂母壽日，送 2 元禮」，（頁 60，11 月 10 日日記），
「北平圖書館協會開會，餐費 1 元，甚草，經手人可賺數元」（頁
61，12 月 10 日日記），當時在外飯館飲食一頓開銷約 4 或 5 毛錢即
夠了，所以作者以圖書館協會開會餐費收 1 元為例，說明經手人可
以因此賺了一筆。由此可見，200 元、130 元的價值在當時的確是很
可觀了。

二、梁啟超著述的得力助手

　　王雨作為一個普通書商，本是不足道的人物，但他不甘於僅是如此混飯吃而已，有種保存傳統文化使命在身，除了為圖書館挑選珍貴善本之外，為學者找尋資料也能發揮更積極的作用。如 1963 年12 月 3 日日記為郭沫若找書（頁 82）言「《道餘錄》寫本，收入《涵芬樓秘笈》七集。郭老（沫若）曾託找姚廣孝著作，為了幫助專家解決問題，就遍查叢書所收，終算在此找到，派人送去」，承前此事，又說「過了幾天，郭老來致謝，並拿著一本佛經流通處印本對校，涵芬本比佛處本多兩條，是有可採者。並託找《陶盧詩集》。曾記前有一本晒印本，不知賣給那裡，或歸群眾。交馬春懷去借，但未果」，1964 年 1 月 18 日（頁 85）言「郭老來囑找《盧山志》，片時而去」。由上述片段記載，說明學者與書商的關係密切，書商也必須懂得文化學術才能提供學者圖書訊息，代表那個時代的風尚。現在很多書商賣書不讀書，學者也活得更孤獨了。

　　梁啟超是近代罕見的才子型學者，在各個領域皆有所建樹，王雨保留了梁啟超親筆手書欲購書目，說明了梁啟超著述脫離不了書商的幫助。

　　過去，筆者研究《梁氏飲冰室藏書目錄》，得知乃梁氏作為編纂《中國圖書大辭典》的預備工作而有斯作，其得力的助手主要是姪子梁廷燦與門生吳其昌。梁啟超在 1922 年 8 月起赴南京、上海、蘇州等地講學半年，每星期還要到南京支那內學院從師歐陽竟無先生研習佛學，由《梁氏飲冰室藏書目錄》反映梁氏彼時讀的經典僅有《佛地經論》、《成唯識論》、《解深密經疏》、《瑜珈師地論菩薩地真實品》（附倫記）、《成唯識論述記講義》、《大唐大慈恩寺三藏法師傳》

等[5]，但王雨保留這些難得線索對研究梁氏是很重要的，可以作為補充的說明。如有梁氏親筆開列的書單云：

> 《圓覺經近釋》、《楞嚴正脈》，以上二書即覓購來。大字藏經本佛經如有完整者，無論何種皆可購。速速為要！

又另一紙便條云：

> 有大字本（非金陵刻本）《楞嚴經》、《圓覺經》，請覓購（字越大越好，有注無注不拘）。若有好板本各不同者，每種版本各購一部，不嫌重複。

最長的書單如下（都是有關佛學的典籍）：

首楞嚴經長水疏	八本
唯識開蒙	二本
唯識心要	十本
八識論義	一本
顯揚靈教論	四本
大乘止觀宗圓記	正在募款刻印
刪定止觀	一本
小止觀六妙門合冊	一本
天台四教義	二本
教觀綱宗	一本
大乘止觀釋要	二本
止觀輔行傳宏訣	二十本

5　吳銘能《梁啟超研究叢稿》（台北：台灣學生書局，2001 年 2 月），頁 95-96。

寒山詩	一本
永明石屋山居詩	一本
紫柏全集	十本
夢遊全集	二十本
靈峰宗論	十本
八宗綱要	一本
閱藏隨筆	二本
法海觀瀾	二本
大唐西域記	四本
天台四教儀集註	四本
天童課誦	二本
佛教初學課本	一本
高僧傳二集	十本
三集	八本
四集	二本
居士傳	四本
慈恩法師傳	三本
神僧傳	四本
宏明集	四本
廣宏明集	十本

以上各書俱在北京佛經流通處購買。內有四種加雙圈者,速購先行寄來[6]。

---

[6]　按:「內有四種加雙圈者,速購先行寄來」云云,係指《夢遊全集》、《靈峰宗論》、《慈恩法師傳》、《廣宏明集》。

筆者比較好奇者，乃是每一種經典的冊數，梁氏頗為清楚，羅列詳
盡，瞭若指掌，一點都不含糊，足見文獻翻閱熟稔，難怪他的佛學
著作迄今仍然具有特色，受到眾多佛學研究者所重視。

其餘有關的書單有：

凌廷堪《校禮堂集》，買。倫哲如之《高郵王氏四世集》請帶來。

> 世間所有《陸放翁全集》（汲古閣本）係翻刻，墨甚劣，且多
> 錯字，可覓一原板精印者。

有一紙文字，細懌內容，應是講書籍裝潢的要求：

> 每頁襯薄紙一層（不必雙疊），頭尾各加素紙兩頁。皮用青絹
> 或藍綠紙俱可。釘成一冊，用夾板。
> 藻玉堂鑑

寥寥數語，清楚提出要點，這可以看出梁氏對王雨的信任，兩人關
係非比尋常。而由王雨回覆給梁啟勳的信，可知他對梁啟超的提攜
獎掖之恩，是終身念念不忘的：

> 仲策先生閣下：久違誨教，倏以數月，悵悵於懷，無以可去！
> 早年諸承任公提拔之恩，耿耿於心，愧無可報。前承見招詢
> 及刻行《稼軒集》一事，不勝躍欣，正可藉此效以微力得報
> 其萬一。……（頁 122）

原來是作者十七歲認識了梁啟超，十九歲獨立經營古籍買賣，得其
信任與支持，借了三千元大洋作為資本。兩人成為忘年之交，直至
梁氏去世。[7]

---

[7]　見王雨〈六十年經營回顧〉一文，收在本集頁 91。

三、山東聊城海源閣藏書的興衰縮影

作者在 1962 年 8 月 22 日日記寫道:「楊氏是中國近二百年來最負盛名的藏書家之一,然而一旦因為時事、境地、生活、人事所迫,楊氏三世收藏善本就如蝶飛霧散。散書中大部分善本由我經手轉賣妥處」(頁 77),作者留存下來有關山東聊城海源閣藏書興衰演變歷史的文章有〈海源閣珍本流東記〉、〈海源閣所藏《國朝二百名賢文粹》銷售記〉、〈海源閣散書情況簡述〉、〈海源閣散書記〉、〈海源閣藏書六種善本流失情況〉等,因係親身經歷,故頗多感人細節,為近代藏書家掌故留存珍貴寫真。

四、著名學者一鱗半爪尋書生活

有些著名學者往來書肆尋檢書籍,作者在日記上有紀錄,這些小小蛛絲馬跡對將來研究學者生活也起著一定的作用。以下摘引 1963 年兩天的日記:

> 正月初二,門市休息。九時謝剛主同妹夫劉君來,前留的《覺世名言》購定,又選了《格古要論》兩種,當付款時,看見桌上擺意見簿,興奮的說:我給你們寫上一首詩吧。提筆稍思:提點白話吧。就案揮就。龍潛館長來,人們拱手互賀,也捉筆題詞,大致相同。意思對讀者這樣特別的備書,招待很好,下次仍望如此。源源來的有向達、謝剛主、張岱年、吳則虞、武作成、賈敬顏、王鍾翰、余勝春、龍潛、汪孟韓以及軍圖、中華、民族所等二十多人。(頁 79)

初五日，星期二。上午馮友蘭、劉國鈞、慕絅、鍾敬文，繼來者七、八人。店堂雖敞，仍有人滿之氣，招待五人似有不及。其各有選書。下午，王重民、任繼愈、羅林、張俠、周紹良來。近晚，何其芳來。（頁80）

原載《書目季刊》第 42 卷第 2 期，2008 年 9 月

林慶彰、劉春銀合著
《讀書報告寫作指引》略述

　　現在大學生活動很多，要靜下心來讀書，然後寫一篇報告，往往腹笥甚窘，不知從何開始，固是讀書未深入有得使然，但如有簡易入門指引之類的參考書籍，也許可以指點迷津，冀得雖不中亦不遠的方向。最近中央研究院中國文哲研究所林慶彰、劉春銀合著《讀書報告寫作指引》一書，即是為此目標而寫，觀其序言可知：

> 為了因應中文學界寫作學術論文的需求，我於 1996 年 9 月出版了《學術論文寫作指引》一書。……1997 年 7 月 11 日《國文天地》雜誌社曾邀請國內中文學界學者舉行座談會，提供改進意見，有數位學者認為這本《學術論文寫作指引》可以給研究所以上的學生使用，至於大學生不一定寫學術論文，倒是老師常常要他們寫讀書報告，希望能有一本如何寫讀書報告的書。我覺得大家的建議很好，也答應兩、三年內完成。

　　現在本書如期完成，足見作者勤勉研究，行有餘力，猶不忘造福學子之用心。本書內容可大略分為兩大方面：其一是講究資料蒐集的方法，以第二章現代圖書館的基本知識為開端，然後分別以三章涵蓋（第三章利用參考書工具書蒐集資料、第四章如何利用期刊文獻、第五章利用網路資源蒐集資料）：其二是撰寫讀書報告實際操作的方法，份量相當，以五章涵蓋（第六章撰寫提要的方法、第七章撰寫書評的方法、第八章撰寫詩文小說賞析的方法、第九章編輯研究文獻目錄的方法、第十章撰寫小論文的方法），呼應第一章讀書

報告的種類（提要、摘要、書評、詩文和小說賞析、編輯文獻目錄、小論文）。最後有附錄六種，其中列舉近現代名家撰寫提要、書評、小論文範例若干。予初學者有莫大幫助。整本書章次安排得當，眉目清晰，文字淺顯易懂，翻檢可說是很方便，有此一書在握，大學生要撰寫讀書報告，應不難掌握到竅門而取資運用了。

兩位學者在資料搜集與整理均有實務上經驗，劉主任是中央研究院中國文哲研究所籌備處編審兼圖書館主任，主編過《中華民國行政機關出版品目錄》、《中華民國政府公報索引》、《臺閩地區圖書館統計》、《臺灣地區現藏大陸期刊聯合目錄》、《中央研究院中日韓文期刊聯合目錄》等工具書，而林教授除主編多種研究論著目錄之外，也在大學指導學生相關研究課程，因此本書有兩位專家合作撰寫，可說是學者深造有得當行本色，沒有浮誇泛談的弊病。

由於「本書是針對大學中文系的學生撰寫，所謂讀書報告也具有中文系的特色」（原書頁 4），不過值得注意是，即使是中文系的學生讀書報告，一般罕見有將編輯文獻目錄作為報告，或許這是林教授的偏好，欲以此訓練學生編輯文獻研究目錄方法的一大特色，其自言「如能將這份研究文獻目錄發表出來，也可以造福其他研究者」（原書頁 6），「這一工作不但可以讓學生蒐集資料時更小心謹慎，更可以學得如何處理資料，且也為某一主題的研究成果作了總結」（原書頁 187），顯然是有心人。而且，以實際寫作經驗而言，第九章編輯研究文獻目錄的方法，應是專門針對撰寫學術性報告的步驟，以人物與著作實例示範，說明如何利用參考資料，點點滴滴，鉅細靡遺而有系統提出，每個環節相扣，一絲不苟，展現學者二、三十年來嚴謹治學方法總結心得，是筆者最欣賞的一章。又第十章撰寫小論文的方法，條理明晰，得其肯綮，亦很見精彩。

　　過去胡適先生對朱丹九以獨自一人花三十年苦功完成三百萬言《辭通》極為佩服，以為這種編纂工具書是向來「為人」的工作，「真能自己有創見的學者，往往輕視這一類的工作」。直至今日，這種「為人」的工作仍為人所輕視，沒有人願意花時間與精力從事。林慶彰教授可以說是繼張錦郎先生編撰《中國文化研究論文目錄》之後，近十年來學界的異類，學術研究早已卓然成家，卻偏偏就是愛做「為人」的工作，經由他一人主持編纂的工具書，舉起犖犖而大者，有《經學研究論著目錄（1912-1987）》、《經學研究論著目錄（1988-1992）》、《經學研究論著目錄（1993-1997）》《日本研究經學論著目錄》（1900-1992）》、《朱子學研究書目（1900-1991）》、《乾嘉學術研究論著目錄（1900-1993）》、《楊慎研究資料彙編》、《日本儒學研究書目》、《日據時期臺灣儒學參考文獻》等，不但資料蒐集完備齊全，予學者檢索莫大利便，更值得注意是，大陸古籍整理近二十年來，挾其豐富人力資源與細密分工，成果斐然，臺灣不免相形見絀，黯然失色。揆其原因，有論者以為大陸極權統治，人力豐沛，執行計劃容易貫徹，臺灣各自為政，根本沒有條件做古籍整理工作云；筆者每聽到這種論調，總以為未必盡然。事實上，除了上述數種學術研究論文目錄之外，林慶彰教授對古籍整理工作亦投入相當的心血，以朱彝尊《經義考》為例，不但校勘精細，而且重要有關朱彝尊其人及其《經義考》的文章，一概蒐羅完備，與大陸相較，猶有過之而無不及。以一人之力主持工具書編纂，完成累累碩果，感其不朽盛事，其魄力與識見，均為海峽兩岸罕見奇人。

　　書評，關乎學術研究風氣，如果「書評流於朋友間吹捧的文字」（原書頁5），則書評就不值一讀。關於書評的種類，作者以為有新聞報導式書評、批評性書評與專門性書評三種（原書頁150）；其實，筆者看法略有不同，書評的屬性，就是建立在以批評為主，自然係

以專業領域為基礎的批評，這樣的批評，既免不了有內容的敘述，這是負責對讀者導引介紹，同時也提出問題析疑商榷，這是與作者討論交流，蓋作者嘔心瀝血之作，最需要讀者回應。

因此，理想的書評應是為讀者打開多扇窗子，同時也為作者研究水準有所觸發。七年前，上海學者嚴佐之累積多年沉潛深思，寫出《近三百年古籍目錄舉要》一書（上海：華東師範大學出版社，1994 年 9 月），「盡力從目錄學發展角度去考察各書目縱向和橫向之間的聯繫，以求清代與近代私家藏書目錄的學術發展軌跡隱約其中」（見原書後記），2001 年春季作者首次到臺灣開古籍研討會議，會議休暇閒聊，得知同好張錦郎先生存有此書，在欣喜之餘，表示「此書出版迄今沒有任何迴響」，大有不勝寂寥之歎！可見撰寫書評不是容易事。一般報紙或雜誌偏向報導性質的新書介紹，因其具有提供信息予讀者的功能，較缺乏嚴謹學術問題探討，不宜以書評視之。至於書評的價值，作者提出有四點：選書之參考、掌握新書出版市場與文壇動態、有助於圖書的行銷與提升出版品的水準，這是很令人贊同的看法。

所謂「大匠能授人以規矩，不能授人以方圓」，本書讀者係以大學生為對象，自然要求以自動自發學習精神，因此儘可能提契綱領式的導言，而以開列書單為主，如第八章撰寫詩文小說賞析的方法，就只是簡單提出充實詩歌散文小說的基本知識、瞭解詩歌散文小說的技巧與風格、多涉獵詩歌散文小說賞析的著作，然後便是一長串的書單與賞析辭典開列，尤需要學生主動去尋覓閱讀。這本書基本上已經達到大學生入門指南的任務，至於修行巧拙，端在於個人用心了。

由於電腦網路的進步，許多新出版期刊除紙本之外，同時有電子網路版發行，而舊有權威性期刊也緊緊跟上時代腳步，製作成光

碟資料，所以傳統到圖書館「上窮碧落下黃泉，動手動腳找資料」的情景，似乎成為上一代的記憶。而且學生趕時髦，好像不使用電腦找資料就顯示「落伍」與「不入流」，然則電腦真的就如此神通，可以完全取代傳統方法嗎？不盡然。筆者去年上過大一新生國文課，學期終了要學生報告《西遊記》與《水滸傳》的人物或情節分析，幾乎每位同學都是旁徵博引，資料列舉洋洋灑灑，甚至有些書目極為罕見，筆者當時頗納悶學生為何找得到如此齊全資料？提一些基本問題，問林沖為何風雪夜奔？何以看出《西遊記》表現佛法無邊的思想？很多人回答不出來。原來有同學研究林沖，就在電腦上輸入「林沖」關鍵詞檢索，把一大堆資料剪剪貼貼又拼拼湊湊，甚至　《水滸傳》連讀一遍都沒有，如此捨本逐末，原典擱置一邊，真是有點走火入魔，令人大開眼界。

　　筆者以為，大學生或碩士研究生根基不夠，寫一篇報告，一定要下過基本功，即認認真真把原典精讀、勤寫讀書心得筆記、查閱工具書等，只有老老實實經過這些步驟，再根據已有基礎利用電腦檢索資料，自然不易遺漏重要文章了。可惜學生太依賴電腦網路資源，卻沒多少人有耐性培養讀書思考的習慣，這樣本末倒置寫報告的偏差方法，應予以重視。因此本書第五章談利用網路資源搜集資料，固然是不錯，但如何導引正確讀書觀念，不至於為電腦所役，有必要再版時加以補充說明。

　　其次，做學問層次有高低。本書強調資料蒐集的方法與撰寫讀書報告實際操作的種種，都是極重要的過程，任誰也不能否認；不過，虛心找專家請教某本書該先讀或咨詢相關資料，也是不可缺乏的。畢竟，專家在此領域浸淫數十年功底，治學經驗一定有相當見解，親炙大師手采，不僅該門學問能直接登堂入室，而且許多軼聞掌故不是憑藉查看資料可得，往往由交談之中不經意流露，可助長

學問的趣味。1949 年共軍打下大片江山，國民黨潰敗已成定局，胡適當年與傅作義市長通電話之後，清晨由東廠胡同寓所倉促搭機離開北京，所以來不及整理文稿與書籍，不久北京就解放了。由當時助教鄧廣銘教授提起這一段經過始末，再細閱耿雲志主編的《胡適遺稿及秘藏書信》，也就更能體會這批珍貴資料收藏的來歷了。所以文獻資料，除了本書所提及之外，主動拜訪專家學者請教亦是相當重要的，而且不同學科專家有不同見解與資料，能夠轉益多師，虛心討教，視野站在較高起點，眼光自然不俗。可惜本書並沒有提到這點，也許將來修訂可加以充實，俾使完善盡美。

　　還一點很重要，學生一定要養成勤閱新到書報期刊的習慣。知識積累與廣博在於平時的用功，如果把閱讀視為日常生活的一部分，常識自然豐富，任何題目到手就容易在腦海中有線索去尋覓資料。否則，一個題目到手，全無一點概念，才要從空白開始找資料，不但費時勞神，而且興味索然，難免事倍功半，毫不經濟。大學生要做到這個地步不容易，但總要保有這點志氣，提升自我，養成嗜讀悅學的好習慣。

　　以上三點至關重要，作者沒有顧及，因不揣固陋，提出以為參考。

原載《全國新書資訊月刊》，第 41 期，2002 年 5 月

林慶彰主編、何淑蘋編輯
《專科目錄的編輯方法》讀後記

　　當今學術界能夠教學相長，藉由課堂師生討論之後，提出學習成績發表者並不多見。現在看了林慶彰主編、何淑蘋編輯《專科目錄的編輯方法》一書，不由欽佩其勤奮治學之外，提攜後進的熱忱，是很令人欣賞的。

　　本書是師生課堂共同努力耕耘的產物，首二篇文章〈專科目錄的利用與編纂〉和〈專科目錄的編纂方法〉，是理論的闡述，不乏作者實務經驗之談，其餘八篇文章篇目如下：陳進益〈關於專科目錄中「凡例」的一些思考〉、王清信〈專科目錄「正文」編排相關問題探析〉、葉純芳〈專科目錄「附錄」的檢討〉、薛雅文〈專科目錄輔助「索引」的檢討與展望〉、何淑蘋〈評〈經學研究論著目錄〉初、續編〉、陳邦祥〈評〈中國文化研究論文目錄〉〉、許馨元〈評〈中國文學論著集目〉〉、謝旻琪〈詞學研究目錄的開創與革新——評《詞學研究書目》與《詞學論著總目》〉，前四篇是屬於專科目錄理論的探討，後四篇是現有重要專科目錄的評介，皆是學生上課論文的習作。主編序言說：「這是國內第一本有系統的討論專科目錄的著作，相信對提昇專科目錄的編輯水準多少有所幫助」，可見其重要性。

　　在談本書之前，有必要先談張錦郎先生《中國文化研究論文目錄》與林慶彰先生編纂各種工具書的成就。

　　據筆者所知，《中國文化研究論文目錄》本欲沿用《中國近二十年文史哲論文分類索引》含有以「文史哲」三字為名，但因為是由

中國文化復興運動推行委員會提撥經費贊助，因此才含有「中國文化」四字為名。關於此書的來歷，先是屈萬里、包遵彭之構想，後又有王振鵠的支持，加上張錦郎的用心編輯，才有此套書的完成。《中國文化研究論文目錄》的特色有四點，以下分別述之。

一、具有導覽性質，顯示編者處處為讀者著想之用心

如凡例十四言：「凡篇名字義不足以顯示其內容者，在篇名後以括弧加注按語，如甲凱撰〈翰苑書賊〉，加注係談《永樂大典》。」

在瑣碎複雜情況之下，猶能有這種額外加工的能耐，非僅僅是過人毅力而已，一種為讀者奉獻使命感是最感人的。宜乎包遵彭先生在《中國近二十年文史哲論文分類索引》序言編輯辛苦景況：

> 十八個月以來，每於晚間假日，忍寒冒暑，經之營之。

《中國文化研究論文目錄》係繼承《中國近二十年文史哲論文分類索引》、《中文報紙文史哲論文索引》之後另一浩大工程，此套書的分類，參酌章群的《民國學術論文索引》分類而成，其認真踏實、犧牲奉獻精神是一貫的，借用上述包氏之言，差足比擬。

二、實踐古典校讎理論勝義

編纂工具書是極其單調索然之事，編完也就算大功告成，只有遇到需要，學者才會去翻檢，而凡例往往表現編者的學術見解，儘

管篇幅不多，卻是最可寶貴的精華。《中國文化研究論文目錄》似乎實踐了清代文史大家章學誠的理論，如凡例有云：

> 原報刊篇名誤排時，均予以更正，依正確篇名著錄。
>
> 書評缺原書名或著者不全時，均檢出補正。
>
> 傳記論文缺被傳者姓名的，檢出補正。
>
> 報刊上傳記論文篇名的每有題意不明確者，本書著錄偶有更改（或加字號、生卒年等），另在篇名後加原題目名稱。

這與《校讎通義・校讎條理第七》的主張：

> 古人校讎，於書有訛誤，更定其文者，必注原文於下；其兩說可通者，亦兩存其說；刪去篇次者，亦必存其闕目，所以備後人之采擇，而未敢自以謂必是也。

簡直是若相彷彿，得其神詣。凡例又云：

> 凡篇名討論二個以上主題時，作分析片，歸入有關各類。如〈陶謝詩韻與廣韻〉之比較，分別歸入陶淵明詩（文學古典詩）、謝靈運詩（文學古典詩）及廣韻（語言聲韻）。

此又是《校讎通義・互著第三》的精義：

> 部次群書，標目之下，亦不可使其類有所闕，故詳略互載，是後人溯家學者，可以求之無弗得，以是為著錄之義而已。

張氏主持編纂《中國文化研究論文目錄》的凡例，與《章氏遺書》的校讎理論若此奇巧暗合，令人有所見略同之歎。

三、本套書為臺灣研究中華文化奠定資料彙編基礎，往後如有學者欲研究這段學術史，要以此為必備參考依據之一

　　《中國文化研究論文目錄》以民國 38 年至民國 68 年底在臺灣出版品為主，並酌收民國 34 年至民國 37 年在臺灣出版之期刊、報紙、論文集，「藉以綜覽三十年來國人文史哲學科研究的成果」（凡例語），代表臺灣有關中華文化研究成績的總結；同時，除供大學生、研究所以上學術研究所需，亦顧及一般社會大眾，學術與通俗兼顧。辛廣偉寫出第一部《臺灣出版史》（石家莊：河北教育出版社，2000 年 8 月），卻未予利用，殊為可惜！

四、兩岸分治之下，特殊時期的不同制度反映

　　陳奇祿在序言說：「吾人今日反共為一文化之爭，蓋中共信奉馬列共產主義，而馬列共產主義與中國文化實背道而馳，其表現於清算鬥爭、人民公社、文化大革命、批孔揚秦，均屬摧毀中國文化之具體表現」，大陸自結束文化大革命之後，實施改革開放，經濟急起直追，學術文化漸次復甦，本套書反映大陸過去那段晦暗時期的荒唐，也是臺灣對中華文化研究最值得記錄的一頁。

　　當然，《中國文化研究論文目錄》也有不足之處，沒有將外國有關中國文化研究論文編入，是一大弊病，往後林慶彰等學者所編纂專題目錄工具書，就完全能掌握外文資料，彌補其缺失，詳後討論。其次，《中國文化研究論文目錄》第四冊未編，第六冊索引付諸闕如，

是一大遺憾。固然後來有網路版作為補充，但對於習慣翻檢紙本讀者，仍為美中不足。如第五冊傳記類，傳主是以時代為序，由先秦人物一直到民國人物，依總傳、帝王、分傳細分，然後按照筆劃順序排列，可是如果不知為何時代，豈不是要第五冊目錄從頭翻到尾？陳邦祥〈評《中國文化研究論文目錄》〉一文所舉諸多小失誤，乃在所難免，就不再重複了。

　　林慶彰教授可以說是繼張錦郎先生等編《中國文化研究論文目錄》之後，近十年來學界的異類，學術研究早已卓然成家，卻偏偏就是愛做『為人』的工作，經由他一人主持編纂的工具書，舉其犖犖而大者，有《經學研究論著目錄（1912-1987）》、《經學研究論著目錄（1988-1992）》、《經學研究論著目錄（1993-1997）》、《日本研究經學論著目錄（1900-1992）》、《朱子學研究書目（1900-1991）》、《乾嘉學術研究論著目錄（1900-1993）》、《楊慎研究資料彙編》、《日本儒學研究書目》、《日據時期臺灣儒學參考文獻》等，現在要進一步綜合敘述幾項值得稱道之處。

（一）展現學者一絲不苟、精益求精的精神

　　《經學研究論著目錄（1912-1957）》在 1989 年 12 月出版，列為正編，《經學研究論著目錄（1988-1992）》在 1995 年 6 月出版，列為續編，後者比較前者有許多改良，如在群經總論部分，增加經書人物、經書反映之思想與制度等類；在群經總論部分下的經學史條目，增加各經學家之生平年譜；在三禮部分，擴大收集與禮有關的資料；在《論語》部分，改稱孔子與《論語》，亦加收大量與孔子有關的資料；陰陽五行與經書既脫離不了關係，增加收錄陰陽五行的資料等（見原書編序）。續編所以如此精細，主要以正編的心得，

參酌《日本研究經學論著目錄（1900-1992）》分類標準，加以改良增刪，其求變創新之跡，歷歷可見。

（二）影響以後學者編纂專科研究目錄

　　細讀周何主編《十三經論著目錄》八冊（台北，洪業文化事業公司，2000 年 6 月）依據資料內容，有相當比例吸收《經學研究論著目錄（1912-1987）》、《經學研究論著目錄（1988-1992）》與《乾嘉學術研究論著目錄（1900-1993）》的成果，而黃文吉的《詞學研究書目》（台北，洪業文化事業公司，1993 年 4 月）明言在體例上受到（經學研究論著目錄（1912-1987））與《朱子學研究書目（1900-1991）》深深幫助及影響（自序語）。晚近，鄭阿財的《敦煌學研究論著目錄（1908-1997）》（台北，漢學研究中心，2000 年 4 月）、陳麗桂的《兩漢諸子研究論著目錄（1908-1997）》（台北，漢學研究中心，1998 年 4 月）、林玫儀的《詞學論著總目（1901-1992）》（台北，中央研究院中國文哲研究所籌備處 1995 年 6 月，）皆受到《經學研究論著目錄（1912-1987）》的影響（參見何淑蘋〈評《經學研究論著目錄》初、續編〉一文）。其中林玫儀《詞學論著總目（1901-1992）》係在黃文吉《詞學研究書目》基礎上力求改良突破，資料來源包括臺灣、大陸、香港、新加坡、日本、韓國、美國、加拿大、法國、蘇俄、德國、義大利、瑞士、匈牙利等，全部外文資料，除俄文及韓文外，均委請專精外語學者協助處理，按照原文著錄，並以符號表明該文所使用之文字，體現專科目錄時代的新成就。

（三）互見與別裁的運用

工具書最大功能在於以最短時間內取得完整資料，學者作研究每苦於資料不易收攏齊全，現在看到林慶彰教授主編的各種工具書，真是精密完備，給後來學者省卻不少時間，如資料內容涉及兩類或兩人以上者，則予以互見方式著錄，而對於專書或論文集除必要列出全部篇目外，也將其中各篇目分析散入相關各類，即是別裁方式著錄，把章學誠的理論充分嫻熟運用，發揮得淋漓盡致。不僅編輯資料目錄有上述特點，而且還採取專書與論文不分開處理，均採取混合排列方式，如《經學研究論著目錄》正編與續編、《朱子學研究書目（1990-1991）》、《日本研究經學論著目錄（1900-1992）》、《乾嘉學術研究論著目錄（1900-1993）》，只要一次覆案，所有資料全部網羅殆盡，又如《日本儒學研究書目》，「合儒者著作和後人研究成果為一書」，「另立叢書類，將各子目納入儒學家著作中」（見原書編序），工具書能編輯到此細膩地步，可謂極盡之能事，中外罕見！

（四）開創中外專家合作的典範

林教授不但透過參與編輯、校對目錄工具書的工作來訓練助手，培養年輕後輩學人，同時亦敦請臺灣、大陸、日本學者協助尋訪資料，對於日文著作，除自己親自動手翻譯，也請懂得日文的學者專家一起翻譯，如《日據時期臺灣儒學參考文獻》即是，至於多種外文論著目錄，也不恥下問諮詢各方專家，以原來文字著錄，如《朱子學研究書目（1900-1991）》即是很成功的例子。這種善於「調兵遣將」的協調組織能力，保有十餘年來持續不斷優秀成果出來，是很難得的！

（五）有助建立嚴謹求實學風

行文至此，讀者當能體察林教授近幾年工作的方向，集中表現在兩大焦點：對於學者已有相當研究成果，則給予編著目錄，以供備忘檢索，其成績上述多種研究目錄已昭然顯示；對於學者尚未深入研究者，則先蒐羅文獻資料，編訂成冊，如《日據時期臺灣儒學參考文獻》是特定時期（日據時期）臺灣儒學文獻的整理，標誌著真正進入窄而深的學術研究資料彙編，以便於學者未來對此領域研究的起點。《姚際恆著作集》的編纂出版更具有意義，不但引出過去顧頡剛遍尋數十年而不得的《儀禮通論》寫本遺稿抄本失而復得的佳話，也使研究姚氏學術思想有較完整的原典文獻；接著兩年後，林慶彰教授出版了各種有關研究姚氏學術論文的結集《姚際恆研究論集》，又把研究、評論姚氏零星文字編成〈姚際恆研究資料彙編〉，加上反映近八十年研究姚氏的發展過程，編成〈姚際恆研究年表〉、〈姚際恆研究文獻目錄〉，合計三文成為附錄。這種集收羅資料與研究心得於一爐的做法，既有日積月累的工夫，又有沉潛深造的本領，對建立嚴謹學風實有積極的作用，也影響青年學子做學問的態度。

本文主要提出張錦郎與林慶彰兩位教授編輯工具書的貢獻，現在應回到對《專科目錄的編輯方法》一書的看法。本書最大缺失是資料收集不全。臺灣討論專科目錄的編製，並不是如主編林慶彰教授所言「只有學界前輩胡楚生教授的〈專科目錄的利用與編纂〉和筆者的〈專科目錄的編輯方法〉二文而已」，其實，對編輯工具書有深入實務經驗的張錦郎先生，早在十餘年前就寫出〈論專題文獻目錄的編制─以國立中央圖書館為例〉長文（見《國立中央圖書館館刊》，新十七卷第二期，民國 73 年 12 月），內容豐富，見解精闢，主編竟遺漏如此重要文章，是說不過去的。至於大陸討論此問題的

文章更多，至少也有幾十篇。因此，本書沒有參考其他相關文章，實是極大缺失，建議再版時，能詳細編列存目，以供讀者進一步檢索閱讀。由於沒有編列存目，自然無法寫出綜述臺灣五十年來編輯專科目錄的特點與趨勢的分析文章。理想的做法，應該如《日本譯中國書綜合目錄》（實藤惠秀監修、譚汝謙主編、小川博編輯，民國68 年香港中文大學出版，列人香港中文大學中國文化研究所書目引得叢刊 2）除了編出目錄外，譚汝謙主編還寫了〈中日之翻譯書事業的過去、現在與未來〉的長文，這可以看出不僅編輯目錄而已，還進一步掌握此領域發展趨勢。

　　對於好舉摭利病如筆者而言，寫這篇文章還真有點猶豫，一則以編輯類似書目工具書本來就不是討好之事，有人願意去做，心存感激與鼓勵都來不及了，何忍以一點瑕疵而斷斷詆毀？再者，書目永遠嫌不足，自然多多益善，後出轉精。筆者仍要強調，對於肯奉獻心力編纂工具書的學者，一直懷抱無限敬意，本文不成熟看法，敬請讀者指正。

原載《全國新書資訊月刊》，第 37 期，2002 年 1 月

（2009 年 2 月 14 日附記：近讀由葉純芳、張曉生主編《儒學研究論叢——日據時期臺灣儒學研究專號》（臺北市立教育大學人文藝術學院儒學中心出版，2008 年 12 月），即是根據林慶彰先生編輯《日據時期臺灣儒學參考文獻》（臺北：臺灣學生書局）文本的研究成果結集呈現，反映林先生除了編纂工具書之外，也善於開發新的研究議題之明證。）

文化宏觀視野與政治褊狹對立
——讀《近代中國知識分子在臺灣》的啟示

　　臺灣與大陸相距海峽，各具一方，地理上的阻隔，並無礙彼此經貿文化交流往來。從歷史宏觀角度，早期臺灣受惠於中國儒家文化薰染教化，又受異族侵略，在風雨飄搖中成長，臺灣以過去經驗50年經濟發展強勢根底，晚近反而以豐沛資金與一流管理人才輸進大陸，促進中國當代經濟建設突飛猛晉；臺灣有大陸中原文化灌溉與西方思潮融合而茁壯發展，大陸有了臺灣經濟建設成功典範學習而崛起，兩岸互為依存態勢更為顯然，而未來以文化慧命為依歸的匯合，更是海內外華人在21新世紀的歸心趨向！所以，一時短暫政治恩怨風風雨雨，不過是多雲偶陣雨的現象，雨過總會天晴，雲淡風清自在樂，《近代中國知識分子在臺灣》一書出版，未嘗不是這層微意寄託其間，因此一睹為快之餘，願意與讀者分享閱讀心得。

　　本書係由著名學者林慶彰、陳仕華主編，邀請具有專精訓練的學人與研究生共同執筆完成，以一篇論文專力寫一位與臺灣有關係的中國人，每位人物停駐臺灣的活動事跡，皆一致環繞著豐富臺灣人文氣息，既有嚴謹文獻爬梳清理，甚具學術價值，如辜鴻銘、錢鍾書在臺灣行腳之軌跡，彌補了學界長期以來研究的欠缺，又能捕捉其間文采吉光片羽，很有可讀的趣味，其集思想性、學術性、可讀性三大特色，是很值得細細品味的好書。

　　以下先大略勾勒選錄十位近代中國知識份子在臺灣的事跡。

　　桐城派古文大將方苞、劉大魁、姚鼐是研究清代文學者耳熟能詳的，姚鼐姪孫姚瑩師承遺緒，以經世濟民為己任，更曾經蹤影遠

達青藏、臺灣，任職臺灣知縣近 4 年（清嘉慶二十四年至道光二年）、臺灣知府幕僚一年餘（清道光三年至道光四年）、臺灣兵備道五年（清道光十八年至道光二十三年），以儒學兼法治教化臺灣人民，撫平漢族之間分類械鬥以及與原住民之距離，又擊退英國軍隊犯臺，以國事為重，置個人榮辱譽沮於度外，留下有《東槎紀略》五卷、《東溟奏稿》四卷、《中復堂選集》等著作。

劉家謀任臺灣訓導四年（清道光二十九年到任），盡忠職守，能體恤民間疾苦，鞠躬盡瘁，在任內殉職，僕人於歸葬福建侯官鄉里海行途中，海盜聞其名而不敢行搶，其人品可見。劉家謀為人慷慨豪俠，風流跌蕩，廣為搜羅文獻，並結合親見所聞，寫下百首〈海音詩〉七絕聯詠，反映清代中葉臺灣風土民情，具有杜甫、白居易創作詩歌諷諭社會的寫實風格，是極可寶貴的早期臺灣歷史材料。〈海音詩〉百首，每首皆有自註，試舉一例說明：

> 千金送女亦尋常，翠繞珠圍各鬥強，
> 底事一經思教子，翻愁破費束脩羊。

自註「千金嫁女，猶嫌其薄，而百金延師，轉以為厚；富家子，多附學，來往道途，荒廢時日，有潛逃而為非者」，這是感嘆當時社會一般人競逐嫁娶鬥富奢華，卻反而不悅學習的浮靡風氣。詩意簡潔明暢，配合註腳，涵義深遠，作者秉持關懷社會赤誠，宛然可見。

劉銘傳經營臺灣，貢獻卓著，廣為人所知，今日臺北有銘傳小學與銘傳大學兩所學府，足見臺灣人民對他的懷念。劉銘傳官任臺灣巡撫七年（清光緒十年至光緒十七年），對臺灣近代化貢獻厥偉，政治國防、經濟交通、文化教育等立下規模，奠定宏遠基礎。有《劉壯肅公奏議》、《大潛山房詩抄》傳世。

　　1895 年清廷與日本簽下馬關條約，將臺灣割讓給日本，時任臺灣巡撫的唐景崧組織成立「臺灣民主國」，謀求獨立抗拒日本人的殖民統治，發表「願人人戰死而失臺，決不願拱手而讓臺」的宣言，其後雖以失敗告終，但凝聚臺人反對異族統治信念，其精神是很可感的。唐景崧前後任職臺灣 9 年，公務休暇之餘，常主持詩社吟唱聚會，對倡導文藝風氣，不遺餘力。

　　人稱「章瘋子」的章太炎，於 1898 年戊戌政變流亡到臺灣。到臺灣不久，擔任《臺灣日日新報》記者，發表許多擲地有聲的文章，抨擊滿清顢頇昏庸，對中國維新運動寄予同情，文字辛辣酣暢，極盡嘲諷挖苦之能事。同時，章太炎也留意臺灣文化教育與民情，寫下〈臺灣設書藏議〉、〈論學校不宜專教語言文字〉、〈臺灣祀鄭延平議〉、〈諄勸垂綸〉、〈平礦論〉等文章。作為「最有學問的革命家」在彼時「臺灣氣候炎濕，少士大夫」之下，雖只有停留半年時間，但提及近代臺灣人文風采錄，太炎先生必要列入重要的一章。

　　孫文被尊稱為中華民國「國父」、中華人民共和國「革命先行者」，是兩岸共同敬仰的歷史人物。臺灣在日據時期，對於祖國大陸的變化充滿了關注，武昌起義成功消息傳出，有澎湖漁民率先渡海投效革命，連雅堂寫下「我中華民族乃逐滿人而建民國」的句子；孫文從事革命政黨運動，臺灣愛國志士受其感召，也組織「臺灣民眾黨」，喚起臺灣人民的政治意識，對抗日運動影響深遠。

　　孫先生過世，北大臺灣學生會以輓聯「三百萬臺灣剛醒同胞，微先生何人領導？四十年祖國未竟事業，捨我輩其誰分擔」，表達深切的哀悼。臺北中山北路現有「梅屋敷」，已保留為國父史蹟紀念館，逸仙路並有國父紀念館，孫先生對臺灣的影響顯著。

　　以飛動健筆風靡文壇的「言論界驕子」梁啟超，應臺灣仕紳林獻堂邀請，1911 年 3 月 24 日到臺灣考察訪問。在臺期間，梁啟超發表熱情的演說，對於臺胞士氣的鼓舞，有段動容的文字：

> 中國在今後三十年，斷無能力幫助臺人爭取自由，故臺灣同胞切勿輕舉妄動，而作無謂之犧牲。最好仿效愛爾蘭人對付英本國之手段，厚結日本中央政界之顯要，以牽制臺灣總督府之政治，使其不敢過份壓迫臺人。

除此之外，情感豐富的梁啟超又寫下不少膾炙人口的詩句，成為近代臺灣文學的一部分。

　　拖著辮子能讀西方名著的辜鴻銘，1924 年 11 月 22 日由日本轉進臺灣視察、演講，於 12 月 21 日返回廈門。在一個月行程，辜鴻銘參訪名勝古蹟、教育機構，所到之處受到熱烈的歡迎，其中「東西教育的異同」演講，可以看出其人強調道德教育的重要，而「綱常名教定國論」演講，則主張振興中國要靠綱常名教，並需剷除政客和武人。不過，也有張我軍和署名華罪魁的反對文章，表達不同意辜鴻銘的見解。

　　以小說《沉淪》出名的郁達夫在臺灣同胞期待半年多，終於由日本轉進基隆港登陸。1936 年 12 月 22 日郁達夫到臺灣訪問一星期，足跡踏遍臺北、臺中、臺南、高雄等，受到熱烈的歡迎，對臺灣文藝界的刺激極大，他對臺灣同胞受日本統治之下無法學習漢文的處境，表現無限的同情與眷顧。

　　博學多才，詼諧幽默錢鍾書在 1948 年 3 月 17 日隨著一行人來到臺灣，寓居草山（今名陽明山）賓館，4 月 2 日在臺大法學院演講「中國詩與中國畫」，據報載盛況空前。錢氏停留臺北時，寫下〈草

山賓館作〉詩,其中有「嘉處留庵天倘許,打鐘掃地亦清涼」句,說明他對當地的依戀流連。

上述這些人物,有清廷統治下的官員(姚瑩、劉家謀、劉銘傳、唐景崧),有反抗日本統治的文學家(郁達夫),有被滿清通緝下的志士(章太炎、梁啟超),有主張革命排滿的豪傑(孫文),有文化碩學鴻儒(錢鍾書、辜鴻銘),他們有許多人在近代中國政治活動的份量舉足輕重,彼此之間理念分合,也有鬧得絲棼難解的衝突,如章太炎、梁啟超、孫文三人的恩怨即是,但他們對民族關懷的優美人格特質卻是共通一致的,寫下不少膾炙人口的詩文,迄今文采風流猶傳,是臺灣珍貴的精神資源。如果沒有這些中原豪傑在臺灣的蹤影,可以想見,臺灣的近代史將要失色不少,有了他們的足跡,更加豐富了臺灣的人文之美。本書關注的重點在此,其價值亦在此。

如果說本書有缺失,在於選取人物比較有爭議者是唐景崧,彼既已接受臺民擁護為「臺灣民主國」總統,並向世界宣告獨立於日本人的佔領,不料卻在日軍登陸強行接收之際而臨陣脫逃,潛行到廈門,陷臺灣於混亂而不顧。所謂士君子有可貴者,「臨財不苟得,臨難不苟免」,但唐景崧竟是臨難潛逃,完全違背與大眾宣言「願人人戰死而失臺,決不願拱手而讓臺」的行徑,實有虧節行,負於臺灣同胞,豈是作為領袖人物之風範,又何足稱「知識分子」美名焉?張秉銓所謂「枉說請纓舊儒將,沐猴終竟是庸才」,應是可以作為一生蓋棺論定。因此,筆者很難理解主編為何要選錄唐景崧作為近代中國知識份子在臺灣的「典型」?其次,本書另一缺失,校對出了問題,下冊頁 115 至頁 116 之間無法銜接卒讀,疑有文字遺漏,建議再版時應確實補充完妥。

今人辜振甫先生所以令人懷念欽仰,在於他為兩岸中華民族子民交流溝通,豎立一個良好的互動模式,完全符合兩岸老百姓的共

同心聲與利益，表現大公無私的翩然風範，論氣度、學識與才華，當今臺灣無人可取代之。今日，提到兩岸的對談與合作，辜老還是兩岸眾望所歸的最佳人選。也許，數十年後中華民族團結在一起，實現民有、民治、民享的生活方式，為世界文化貢獻更大的責任，再回顧近幾年兩岸政治意識型態褊狹對立，這些汲汲一己短淺利益的政治人物，擺在歷史天平上衡量，不過顯得蒼白黯淡而無足輕重矣。

　　《近代中國知識分子在臺灣》一書所列舉 10 位人物（除唐景崧之外），在臺灣的行腳，雖是短暫而匆促，但豐富當時臺灣人民文化生活，迄今猶令人臨風想望而不忍忘卻！數風流人物俱往矣，噫，微斯人，吾誰與歸？

原載《全國新書資訊月刊》，第 48 期，2002 年 12 月

奇人奇書　精彩繽紛
——讀龔鵬程《武藝叢談》

一

有的人很有奇情與才氣，使人忍不住要多談兩句。

龔鵬程兄就是這樣的人物。

認識鵬程兄已經超過二十年了，但比較常接觸也是近三年而已。可以說，這三年我對他才真正的認識，但也說不上瞭解。我不願意說瞭解，是因為鵬程兄未必同意有人真正瞭解他，論奇情與才氣，只是外顯部分，所謂「叔度汪汪，深不可測」，鵬程兄既廣博且捷慧，用筆如舌，斐然成章，有誰敢說懂他全部的學問！

在我讀研究所時期，「龔鵬程」三字即響遍研究所師生的耳裏。原先我並不特別留意，後來覺得納悶：怎麼我修了好幾門課的老師，三不五時提起這號人物？原先汪中老師開書法展，一進教室就說：龔鵬程還不錯，我教過這麼多學生，只有他能替我寫篇書法展序，還不致於展覽太孤單。汪老師書法清俊飄逸，古詩也有真性情，這話由他口中說出，顯然非同小可。不久，期末上課，李爽秋老師也說龔鵬程怎麼一天到晚罵人批評這批評那，他也不是沒道理，只是年輕人不需要如此氣盛嘛！然後，又聽到王更生、黃錦宏、王熙元、黃明理諸位師長說他如何如何，指指點點，分外有趣。

這時候，龔鵬程三個字就在腦海留下深刻印象。

二

　　後來，在幾次學術研討會上看到了鵬程兄，談鋒機敏，文采飛動，遇有不同學術觀點時，更是唇槍舌戰，針鋒相對，你來我往，得理全不饒人，大有「一夫當關，萬夫莫開」的氣魄！大約有十多年的時間，鵬程兄主掌私立大學，大量提出新的學術議題與觀點，也以年輕鋒芒銳氣承辦了多次頗有特色的研討會，把中國文史的沉寂學風掀起了陣陣高潮。集學術與行政長才於一體，過去公認是傅斯年先生，當代則數斯人也。

　　最大的一次爭論，是鵬程兄發表了一篇評論臺灣文史哲學的研究報告，大意是說三十多年來的博士論文都是陳陳相因，沿襲舊說，既沒有方法論，也沒有新意創見可言，只會抄一堆大而無用的資料垃圾，有的問題竟可以一再重複炒冷飯云云。消息見報後，在校園裏、學術圈內餘波蕩漾許久，至今友人談起此事，總是印象深刻，成為津津樂道趣談。

　　難道，這是故作姿態，立異以為高嗎？依我看來，並不盡然。觀其近作對聯：「人海藏身焉用隱，神州坐看可無言。今日之事，此二語盡之矣，集北魏石門銘以見志焉」，鵬程兄學問做得好之外，又有以書法抒發性情的雅興，他把詩、書、性情三者融為一體，表現中國傳統的文人風尚，與其說〈論文人書法〉一文在力闢今人反對文人書法的偏見，我寧可說那是鵬程兄在說他自己的性情，大有夫子自道的況味。不知讀者是否讀出文章之外深意？把學術文字與一己生命情調相結合為一體。文章能寫到如此境界，學問自然就有神氣生命了。

　　他自辭去佛光大學校長職務後，遊走神州大江南北，講學大陸高校。去年在臺北開書法展，他熱情邀請我去看展，為我言這幅對

聯的意思，感慨文革後的中國大陸，人文雕零，學風浮濫，頗有不勝惋惜之痛，似乎也有寂寥難尋知音之意，溢於言表。

鵬程兄曾自評作戲語曰：「道是博士、經生、官僚、教授，人天師範；無非酒徒、劍客、才子、仙家，南北游方」。上聯當是眾人對他的共通評價，也無異議；但我以為，下聯一語才是鵬程兄真情至性的本來面目。我想任何對他有深刻瞭解的人，定要拍案叫絕，寥寥幾字，勾勒傳神，只有自知之明兼才華橫溢者，才能說得如此真切！

三

對作者有上述簡單的認識，才好談其近作《武藝叢談》。

依我看來，這是一本近年來少見的奇書。說是奇書，不是沒有道理的。別人坐在書齋研究學問，任憑翻閱多少文獻資料，擠盡腦汁，也寫不出這樣著作來。只有像他游方南北、明日天涯的才子型仙家酒客性情，才有這種灑脫豪情寫得出。

深諳武術與道醫的王慶餘先生曾為我言：「武術不能光談搏擊實戰，應該是一種文化內涵的體現，才算是掌握其精髓」，此可謂知言。如鵬程兄談到臺灣合氣道發展停滯不前，與日本合氣道源遠流長成為家族企業式大異其趣，歸結到兩者文化上的差異，也就是說日本有家族式的絕對忠誠，往往學成之後供奉宗師至死不變，而中國的家傳武術授徒每擔心受教者學會了全套就自立門戶，因此或單傳留一手，導致傳承中絕而難以推廣盛行。把武術當成一門學問看待，又能夠以文化內涵的角度來分析比較，鵬程兄算是個中翹楚！但，有這樣深刻認識的高人，當今又有幾個呢？作者自序言：

> ……畢竟我這三十年間主要活動的場域不在江湖、不在武林，而是在所謂的學術界文化界。在這些地方，武術乃是支流甚或末流，一般人不懂也不關心。文人學者，袖手雅談而已。對於武術竟能關聯於中國文學、醫學、藥學、儒道佛學、幫會史、社會史等，大抵均無概念，不知此乃欲瞭解中國社會與文化之秘鑰。
>
> 相對來說，武術界的朋友，演武論技，固擅勝場，但文史非其所長，又常不曉學術規範，固其講古論藝，時不免河漢其談。更因門派所囿、見聞所限，知識不廣。
>
> 因此我在學術界與武術界其實兩方面都缺乏共鳴者，我只是一直在做著我自以為好玩的一些事而已。偶或稽古考文、說拳論劍，常也不知寫成的文章可持與誰看。

這段文字極為重要，切不可等閒滑過，因為它透露了幾項值得探究的訊息：作者寫這部《武藝叢談》本不期待有知音者，何況這種絕學很難言說，真的沒有幾個人懂。以神州幅員如此廣袤，歷史傳統如此悠遠，各種光怪陸離雜事無奇不有，而要真正瞭解中國社會與文化，在現代學院派的分科系統下，細目類分文學、歷史、哲學、社會、政治、心理、法律、經濟、地理、宗教等等，各人鑽入其中而無法拔乎其外，猶如瞎子摸象，總是不夠愜意，與中國傳統學問的綜合博雅，是扞格不通的。因此許多人談的中國傳統文化，不是支離破碎，便是以今日的觀念來強行穿鑿附會古人當如何如何，實則沒有搔到癢處，距離古典中國甚遠。但《武藝叢談》既有文學典雅筆調，又有歷史考據癖好的功底，社會心理情態也統攝在內，當然更有中國俠義精神貫穿其間，也有武林秘聞掌故軼事等，

內容豐富，精義紛陳，文字雄放淵懿，把多人忽略的面向拈出，令人大有原來如此之嘆。以下請嘗試分別敘述之。

（一）正本清源　探究底蘊

現今人們共通的常識，以為天下武學出於少林，少林武術創自達摩，而達摩的《易筋經》乃天下武學聖典，究其實，這些竟然都是虛妄謬誤的。詳見〈達摩易筋經論考〉一文。

（二）力闢玄虛邪門歪道

武林功夫，講究是實學的真本事，但高手往往不輕易過招亮相，王慶餘先生說得好：只要是含有表演性質的，如口舔燒紅鐵塊、利劍插入喉管、飛簷走壁等，大多是騙人把戲，虛假的為多。

〈武林玄學〉一文指出，武俠小說中難以想像的武功，如四川唐門藥功暗器，還有彈指神功，這些不過是極逞瑰麗幻想的杜撰，不必當真。不過，有些人為了養家糊口，做了騙錢的廣告把戲，像隔山打牛、開碑裂石、負壓千斤等，其惡劣影響是這類廣告太多，久之必然眾口鑠金，使後人對醫、道、武術的正確認識造成紊亂。

（三）闡揚武學精蘊

武學的精彩勝處，不是僅僅講求蠻打搏擊力道，當然也不只是我武惟揚誇耀顯擺，更重要的精義，應該是由尚武精神提升到人格的修養。如作者談鄭曼青把太極拳的發展以朝「至柔」方向一途，

表現在美人手的架勢，這種新嘗試的貢獻，結合老莊思想內涵，已是難得的。

以上大略勾勒《書藝叢談》的貢獻。本書在方法上值得稱道處，我以為有兩點，一是遊走江湖，探訪武林高手異人。

作者個性豪爽，深諳武術，大江南北遊走，廣交善緣，不少武林界奇人高手皆願與其會面，因此藝林掌故奇聞，自然廣博，詳人所略，收穫豐碩。如談到王慶餘先生的武藝筋經門功夫，本欲為其做口述歷史，因事冗而不得，由我與博士生訪談而得，加上自己獨到見解，乃成了〈筋經門的武學〉文章，也間接催生了我的訪談專著《藝道情──王慶餘口述傳奇的一生》。又如峨眉派武術的概況、青城派武術的來歷，乃至崆峒、昆崙等，作者均一一能夠親訪這方面的高手專家，自然談來就能鞭辟入裏，得其肯綮。

第二個特點是視角新穎，另闢蹊徑，不受傳統窠臼束縛。

最能夠闡明作者治學的獨到處，莫過於〈武喻〉短文，表面上在說套拳應該考慮一己身材長短，才能做極致的發揮，而實際上也在反思所謂「治學方法」云者，必須根據性情、環境、興趣與各方面條件的配合，豈能一概而論？如說「治學方法不是只去教人學一些套式，乃是要教人創拳之法，乃是要人去思索太極拳為何不同於八卦掌，它們根據何種原理而被創造成如此兩種拳。更重要的，對我來說，它們提供了什麼，使我能發展出屬於我自己的這一套」，唯有自覺自省，才能提出如此有深刻見解的話。

本書各篇文字在不同時間寫成，但能夠以流暢筆法，兼具考據功底與敏銳識見，予讀者耳目一新的感受，又多方搜集相關圖片資料，使文字更具有可讀性，圖文並茂，足見煞費苦心，也是作者逞揚才氣又嚴謹細膩的一面，值得重視。

　　鵬程兄書法自成一格，學養贍富，已有《書藝叢談》專著行世，少年血氣，醉心武學，現在又有《武藝叢談》梓行，可謂文武兼備，難得奇才。

　　由於好雲遊四方之個性，又嗜食各地奇異美味佳餚，隨筆散見各地，讀來饒富趣味。憶及每與其同餐共飲，舉座四談，皆大歡喜。故他如能把各地見聞與飲膳文化結合的隨筆集結，編成一部《食藝叢談》，也是一件風雅事，更是學林之佳話。鵬程兄完全有此條件致力於斯，當游刃而有餘地矣，謹試目以待！

原載《中國文化》2009 年第 2 期

按：受到本篇書評的影響，不久，鵬程兄果然出版了《飲饌叢談》
　　一書在兩岸風行，一時洛陽紙貴，頗受好評。

2011 年 8 月 12 日　附識於台北敦化南路寓所

五四新文化運動一代表刊物
《新潮》月刊之研究

一、前言

　　五四運動是民國八年五月四日以北京大學學生為主導發起的愛國運動。而在五四運動之先，北大學生就創辦了《新潮》雜誌，對鼓吹思潮、啟迪民智、革除舊俗、宣揚科學精神與人性解放，具有一定影響和作用。固然在《新潮》雜誌之前，文化思想界較為著名的刊物已有陳獨秀主編的《新青年》，但《新青年》的編輯主要由北大八名教授輪流主事。純粹以學生為主導，且影響力較大者，非《新潮》莫屬。因此，本文以《新潮》為中心，探究彼時所關注之焦點與理念，在今日中國百業待興狀況下，仍不無參考價值。而更要緊的是，一個大學學生刊物對社會所投注的責任與發揮的作用是如此巨大，毋寧也是值得現代大學生該深切反省的！

二、一份有使命感之雜誌

　　《新潮》月刊在民國八年元月創刊，由北京大學新潮社主編，主要骨幹人物是傅斯年與羅家倫[1]。關於《新潮》月刊之使命，觀其首期第一卷第一號之〈新潮發刊旨趣書〉文章，可略而知之。其大要曰：

---

[1]　《新潮》的主任編輯為傅斯年，編輯為羅家倫，在傅斯年與羅家倫先後赴英國及美國留學之後，第 2 卷第 5 號起，改由周作人為主任編輯，毛子水、顧

> 今日幸能漸入世界潮流，欲為未來中國社會作之先導。本此精
> 神，循此途徑，期之以十年，則今日之大學固來日中國一切新學
> 術之策源也；而大學之思潮未必不可普遍國中，影響無量。……
> 一則以吾校真精神喻與國人，二則為將來之真學術鼓動興趣。同
> 人等深慚不能自致于真學者之列，特發願為人作前驅而已。

由此可知，《新潮》之使命乃在鼓動覺醒意識，宣導研究學術，主張
「以批判為精神」，「非敢立異以為高」，「凡能以學問為心者，莫不
推誠相與」，其理想色彩，可見一斑。

　　另外，傅斯年在回答顧誠吾的信中，也提到「要改革風氣，不
要遷就社會──這是我的基本主張」（見第一卷第四號通信），可以
代表當時同人氣魄的確不同凡俗，是充滿朝氣與理想的。

三、《新潮》的編輯方向

　　如果將《新潮》所登載文字做詳細閱讀統計，則可以明顯表現
在以下四大方向，即（一）批判的精神，（二）人道的關懷，（三）
西學的引進，（四）文學的革命，以下依序分別述之。

（一）批判的精神

　　五四時期所揭櫫的兩大主義，「德先生」──民主（Democracy）
與「賽先生」──科學（Science），可說是響徹雲霄，蔚為風潮，造
成一股革舊布新之態勢，銳不可擋。

頡剛、陳達材與孫伏園四人為編輯。《新潮》共出版了 12 期，以傅斯年與羅
家倫發表的文章最多，影響也最大。

　　《新潮》文字表現強烈批判精神，可說俯拾皆是，每期都有精彩的論述，其中尤著力於抨擊傳統。以對中華民族的劣根性提出反省，傅斯年就撰文罵中國人之卑劣在於好行小慧，沒有主義[2]，而且又以為中國人的社會混亂，秩序太差，沒有辦事的條理與正軌，所以中國人只有群眾的生活，卻沒有社會的生活[3]。俞平伯在〈民主政治與倫常主義〉一文更是以激烈語氣，毫不留情而露骨地指出，民主政治的精神是自覺，與傳統倫常主義的服從精神是不相容的，要政治革命的真正成功，就得有社會革命，而社會革命是剷除服從的倫常主義，以人格主義代替之[4]；此外，俞氏還寫了一篇〈狗和褒章〉的小說，記載一位婦人足足守寡了 30 年，終生與一條喚作「花兒」的小狗相依為命，當貞節牌坊章頒下之際，此婦人也不幸一命嗚呼了。此文對於喪盡人性的傳統禮教，發出沉痛的控訴，極為哀怨感人[5]！作者其餘如〈現行婚制底片面批評〉及〈我的道德談〉等文[6]，都是表現一貫抨擊傳統虛偽名教的舊道德觀念，進一步主張尊重個性之自由發展，頗有批判的精神。

　　傳統人際關係，講究人倫道德親疏由近而遠的五倫關係，即是儒家所謂的「父子有親、君臣有義、夫婦有別、長幼有序、朋友有信」，其中父子、夫婦、長幼，三者都是因為家庭關係的建立而形成不可割捨的天倫血緣，足見家庭倫理在傳統道德所扮演角色之重要性。《新潮》雜誌對於傳統家庭的抨擊，以女子沒有獨立人格（見後討論）及舊家庭制度為其關注核心，傅斯年在首號《新潮》雜誌即

---

[2]　傅斯年〈心氣薄弱之中國人〉，《新潮》，第 1 卷第 2 號。
[3]　傅斯年〈社會──群眾〉，《新潮》，第 1 卷第 2 號。
[4]　見《新潮》，第 2 卷第 2 號。
[5]　見《新潮》，第 2 卷第 3 號。
[6]　分別見《新潮》，第 3 卷第 1 號，第 1 卷第 5 號。

拈出以〈萬惡之原〉為題，以為中國的傳統家庭破壞個性的發展[7]，可為反對舊家庭制度最激烈的代表作。其後吳康的〈論吾國今日道德之根本問題〉，甚至主張廢棄舊家庭制度傳統孝道觀念[8]，而羅家倫〈是愛情還是苦痛〉小說，描述舊家庭婚俗之束縛與不得離婚之痛苦[9]，顧誠吾發表了〈對於舊家庭的感想〉系列長文，更是嚴厲指出舊家庭的弊病在於名分主義、習俗主義及運命主義，造成的遺毒是沒有是非、沒有愛情，所以就不認為有人格的存在，其目的是實利與虛榮，其手段是老例和世故[10]。傅斯年當時對顧誠吾〈對於舊家庭的感想〉文章極表讚賞，特加按語介紹，張厚載也呼應顧文的看法，主張對舊家庭若不能積極的改革，就以生活獨立作為消極的改革，並提出生活獨立之可貴[11]。

　　除了對於傳統抨擊之外，另表現在學術上的批判精神，即是書刊的批評文章，已經成為重要欄目，一類是「故書新評」，另一類是「書報評論」。為何要有「故書新評」呢？在《新潮》首卷首號有段前言，說得極好：

> 吾人研求文籍雖不可不偏重今世，勢不能盡棄故作，以往著述，因多存永久價值者，志為學人，理必從事。

由此可知，新學舊知二者並重，是《新潮》書評一貫的風格。「故書新評」另一原因，是古書沒有經過系統點校與清晰眉目導讀詮釋，

---

[7]　傅斯年此文為《新潮》雜誌反對中國家庭制度的首要文字，以後的作者對傳統舊家庭的抨擊，傅氏大多持肯定態度，可以想見當時風潮。

[8]　見《新潮》，第 1 卷第 2 號。

[9]　見《新潮》，第 1 卷第 3 號。

[10]　顧誠吾《對於舊家庭的感想》系列長文，分三次登載在《新潮》，第 1 卷第 2 號、第 2 卷第 4 號、第 2 卷第 5 號，由內容可知作者因病而未繼續發表，此文當有四篇綴成，今僅見三篇，第四篇付之闕如。

[11]　見《新潮》，第 1 卷第 4 號。

讀來很費勁，為解決此種披沙揀金之負擔，「不是就一部舊書的本身批評，只是取一部舊書來借題發揮，討論讀故書的方法」[12]。

關於「書報評論」方面，新近書刊不論中西學術著作，皆能以平等眼光與忠實態度為之。西學多評介哲學、科學、社會學與教育領域著作，中學以王國維《宋元戲曲史》最受矚目，評價極高，以為「此書前此別未有作者，當代亦英之與京，所以托體者貴，因而其書貴也」，又「此書取材不易，整理尤難，籀覽一過，見其條貫秩然，能深尋曲劇進步變遷之階級，可以為難矣」，「王君治哲學，通外國語，平日為文，時有達旨，且具有世界眼光」云云，可見王氏在當時是能以新方法治學而受推崇之學者，比起馬敘倫、蔣維喬諸人著作被評為一文不值，真有霄壤之別焉[13]。

（二）人道的關懷

五四時期的思潮是強調個性解放，在文字表現上則是充滿人道關懷，首要是揭露女子沒有獨立人格之傳統積弊。如葉紹鈞〈女子人格問題〉主張尊重女子人格，以平等相待[14]，朱洪〈女權與法律〉則斥責法律種種輕忽女子權益之荒唐，更是充滿為女子打抱不平之精神[15]，而郭須靜翻譯日人界利彥〈男女關係的進化〉，以進化觀點描述未來男女交往當立於平等地位，女子在婚姻離合與經濟生活要完全能夠自由作主[16]，羅家倫〈婦女解放〉一文提出一個極重要的

---

[12] 傅斯年〈故書新評〉前言，《新潮》，第 1 卷第 4 號。
[13] 馬敘倫《莊子箚記》、蔣維喬譯《論理學講義》均被傅斯年批判得體無完膚，以為沒有任何學術價值。俱見《新潮》，第 1 卷第 4 號。
[14] 見《新潮》，第 1 卷第 2 號。
[15] 見《新潮》，第 2 卷第 5 號。
[16] 見《新潮》，第 1 卷第 5 號。

觀念，也就是女子本身要有自覺意識，「婦女固然應當解放，而婦女解放尤賴婦女自己解放起」[17]。

　　在文學小說創作上，楊振聲〈貞女〉寫一位女子在冥婚後上吊自殺的過程，清楚反映女子沒有獨立人格自主婚姻的悲劇，令人掬起一把同情之淚[18]，葉紹鈞〈這也是一個人〉則描述一位女子婚姻不幸福，最終慘遭被販賣之下場[19]。這些文章共同之處，皆有抗議傳統禮教觀念之下，女子平白被犧牲之苦況，不經意地流露作者人饑己饑、人溺己溺之偉大胸懷！

　　胡適之更以北大名教授的身份，親自為一名尋常卑微的人物寫傳記──記載一位原名叫李超女士獨自在家覺得沒意思，便發憤要出門求學，在廣州先後進公立女子師範、聖神學堂與公益女子師範等，因不滿意彼時的情況，於是好不容易籌得旅費到北京入國立高等女子師範學校，而不幸那年冬天她病倒了，次年竟病重死在法國醫院。後來由李超的遺稿發現，她所以要出遠門求學，主要是要逃避逼婚的壓力，但其兄嫂不肯依其意願，就斷絕一切所需費用，李超仍不屈服，堅決而行，最後被各方催促信函而致病逼死。這本是大千世界芸芸眾生中一件小小插曲，所以引起胡適的關注，要為一位素不相識的女子，費盡六、七千字做一篇長傳記，主要是他對李超的遭遇很表同情；因為其一生，代表了一個縮影，「可以用做無量數中國女子的寫照，可以用做中國家庭制度的研究材料，可以用做研究中國女子問題的起點，可以算是中國女權史上的一個重要犧牲者」，可以引發諸多對女子不公的討論與反省。所以按照胡適自己說，「我覺得替這一個女子作傳，比替什麼督軍做墓誌銘重要得多咧」[20]。

---

[17] 見《新潮》，第 2 卷第 1 號。
[18] 見《新潮》，第 2 卷第 5 號。
[19] 見《新潮》，第 1 卷第 3 號。
[20] 胡適〈李超傳〉，見《新潮》，第 2 卷第 2 號。

　　除此之外，人道關懷也表現在市井階層卑微人物身上，以他們日常生活作素材，以其感同身受的心情投入創作，所以頗能引起讀者的共鳴。如沈性仁翻譯俄國 Maxim Gorky 小說〈一個病的城〉，說明小孩與貓皆無食物可吃，生活在饑餓瀕臨死亡邊緣之慘狀[21]。譯者情感豐富，文筆流暢而扣人心弦，仿佛就在眼前般，令人不忍卒睹！在民國初年軍閥割據、擁兵自重的國度裏，最苦痛的還是一般平民，因此傅斯年〈去兵〉一文即直接喊出個人對軍閥擁兵的深惡痛絕：

> 兵是沒用的，兵是代表獸性的，兵是野蠻時代的遺跡。兵是現在社會上一切罪惡的根源，兵是文明進化的大障礙物[22]。

傅氏之言雖憤慨激切，但也並非故作危言聳動聽聞，只要看楊振聲小說〈一個兵的家〉，寫一家祖孫乞討苦相，因其父親當兵已死，母親與姊姊又沒能謀生，全家生活陷入愁城[23]，就能心領神會，想見軍閥為割據勢力而強行徵調民兵，老百姓流離困頓之絕境，仿佛就是杜甫〈石壕吏〉的翻版[24]。而楊鐘健小說〈一個好百姓〉記一戶尋常百姓，被強盜與官軍搶劫搜刮慘狀，作者藉著一位男主人被強押離家，行進中喊出「這就是我當順民的下場」之口吻，似乎在控訴彼時政治黑暗，平民內心煎迫的哀號，恨不得起來拼命造反[25]！

---

[21] 見《新潮》，第 1 卷第 3 號。
[22] 見《新潮》，第 1 卷第 1 號。
[23] 見《新潮》，第 1 卷第 4 號。
[24] 杜甫尚有〈潼關吏〉、〈新安吏〉、〈垂老別〉、〈新婚別〉等詩，都是描寫別離室家、遣戍從軍之苦，極盡哀怨之能事，可與此處數篇小說對讀，真是歷歷悲慘，古今同慨！
[25] 見《新潮》，第 2 卷第 2 號。

　　現實社會的關心，有的往往蘊含人性光輝的一面，寫出一曲人們內在的心聲，楊振聲〈磨麵的老王〉小說就是最佳的例子。全篇記述以磨麵為生主人翁的老王，孑然孤身，心中極羨慕家庭妻小稚趣融融的溫暖，後來病倒無人理，內心深處經歷渴望慰藉而失落的冷清。[26]其對人物性格刻畫細膩，感情模擬極為豐富深刻，正展現對社會低階層老百姓生活之關照的縮影。現實社會的關懷，也有的表達對教育問題高度的反省，並進一步溯源到社會整體層面的全盤檢討。如有一北大青年學生自殺后，李大釗、蔣夢麟、羅家倫等人分別撰文提出一己看法，其中以羅家倫的結論最值得深思，他以為中國青年因沒有美術生活與男女社交公開的活動，是人生觀改變的消極反響，青年自殺是教育上轉變的大問題，歸根究底，是社會謀殺了青年[27]。

（三）西學的引進

　　梁啟超《清代學術概論》對晚清西洋留學生深表不滿，以為西洋留學生殆全體未嘗參加引介西洋思想之運動，運動之原動力及其中堅，「乃在不通西洋語言文字之人，坐此為能力所限，而稗販、破碎、籠統、膚淺、錯誤諸弊皆不能免，故運動垂二十年，卒不能得一健實基礎，旋起旋落，為社會所輕」。其實，就外來思想之傳播而言，彼時中國處於新舊觀念衝擊碰撞之際，欲得一健實穩固基礎，即令留學生能全體參與，亦難冀於短短二十年有所成效可見，因此，梁氏之觀點，未免太過於苛求。

---

[26] 見《新潮》，第 3 卷第 1 號。
[27] 見《新潮》，第 2 卷第 2 號。

　　《新潮》作者群對西學的引介，不妨從兩方面來看，一是翻譯，二是觀念或學門的引進。翻譯多集中在心理學、哲學與社會學等人文知識領域，另外西洋小說與戲劇也有大量的翻譯，往往經由文學作品引進，反省社會的改革。如潘家洵翻譯 Margaret 小說〈爐火光裏〉，藉著一個迷信宗教而古板頑固的舊家庭，因各人觀念不同，發生種種問題，以為中國可以作為借鏡，即是一例[28]。在觀念或學門的引進方面，有經濟學如劉秉麟的〈經濟學上之新學說〉與〈分配問題發端〉[29]，有哲學如崧格年的〈哲學數學關係史論引〉與〈數之哲學〉[30]、何思源的〈思想的真意〉與〈近世哲學的新方法〉等[31]、馮友蘭的〈柏格森的哲學方法〉[32]、吳康與羅家倫共同記錄杜威的演講〈思想的派別〉[33]等，有社會學如何思源的〈社會學中的科學方法〉與〈社會共同化〉[34]，有心理學如汪敬熙的〈心理學之最近趨勢〉與〈什麼是思想〉。[35]比較有意思者，任鴻以心理學的角度寫成小說〈新婚前後七日記〉[36]，已將西學與文學創作做了新的嘗試；康白情更是結合生理學、心理學、人口學、地理學、民族學及社會學諸門知識，寫成〈論中國之民族氣質〉一文，探索中國各區域種族特性，說明近世民族不競之原因，主張發展教育，振興交通事業，才能使中國有再生（the Renaissance）之機[37]；而蔡元培以西

---

[28] 見《新潮》，第 2 卷第 2 號。

[29] 分見《新潮》，第 1 卷第 3 號、第 4 號。

[30] 分見《新潮》，第 1 卷第 2 號、第 4 號。

[31] 分見《新潮》，第 1 卷第 4 號、第 2 卷第 1 號。

[32] 見《新潮》，第 3 卷第 1 號。

[33] 杜威到北京演講，其講稿由羅家倫與吳康共同記錄，分四次在《新潮》連載，始自第 2 卷第 3 號，迄於第 2 卷第 5 號。

[34] 分見《新潮》，第 2 卷第 4 號、第 3 卷第 1 號。

[35] 分見《新潮》，第 2 卷第 5 號、第 1 卷第 4 號。

[36] 見《新潮》，第 1 卷第 5 號。

[37] 見《新潮》，第 1 卷第 2 號。

方民族裝飾起源之理論，說明〈美術的起源〉，亦能有一己獨特見解[38]。

可見，此時西學或以翻譯原著，或以觀念或學門的引進方式，絕大多數是能讀西文原著之人，已超越梁啟超《清代學術概論》中的批評[39]，即此而論，能讀西文之人已逐漸在思想界取得發言之重要位置，殆無疑也。以《新潮》最後一期（第三卷第二號）推出「一九二〇年名著介紹特號」為壓軸看來，作者清一色是正在美國的留學生，計有饒疏泰、朱經、羅家倫、馮友蘭、汪敬熙、楊振聲、何思源、劉光一、金岳霖、江紹原與袁同禮，主編羅家倫亦是留美學人，這期介紹以西方著作為專題，主要集中在心理學、宗教、哲學、歷史、社會學等人文學科，有個顯著特點，即是每位作者都是學有專精知識，不是僅僅一本書的介紹與評論，也涵蓋整門學科的相關領域發展概況，為當時西方學術的最新研究成果，做了最直接而忠實的引進。

（四）文學革命

《新潮》月刊刊載新詩，始自第一卷第二號由胡適領銜發表〈十二月一日到家〉起，葉紹鈞、羅家倫、顧誠吾、傅斯年、康白情、俞平伯等人繼之，均是一時之俊也，此後幾乎每期都有新詩在《新潮》作為發表陣地，正代表呼應胡適新詩嘗試用白話文書寫的明確表態。在這些闖將公開支持下，白話文學運動的聲勢確是浩大，影響層面沛然莫之能禦。胡適晚年接受美國哥倫比亞大學做口述歷史時，不無心悅地說：

---

[38] 見《新潮》，第 2 卷第 4 號。
[39] 梁啟超《清代學術概論》（臺北：臺灣中華書局，1980 年 1 月），頁 72。

當我在一九一六年開始策動這項運動時，我想總得有二十五年至三十年的長期戰鬥才會有相當結果；它成熟得如此之快，倒是我意料之外的。我們只用了短短的四年時間，要在學校內以白話代替文言，幾乎已完全成功了，在民國九年（1920），北京政府教育部便正式通令全國，於是年秋季始業，所有國民小學中第一、二年級的教材，必須完全用白話文。[40]

因此，如果我們細加考察《新潮》諸篇討論白話文學的理論文字，可知背後不無胡適的影子，有著推波助瀾的力量。即以羅家倫〈駁胡先驌君的中國文字改良論〉一文，就是明顯為胡適的主張大張旗鼓，副題標為「解答幾種對於白話文學的疑難」，則可思過半矣[41]。羅氏另有一篇〈今日中國之小說界〉文章，把中國新出小說分為黑幕派、濫調四六派與筆記派三大類，同時對寫小說與翻譯西洋作品提出忠告，以為當有社會責任感，並將矛頭指向林琴南以古文翻譯西洋小說，視為反面教材之例子說明[42]，亦可作如是觀。

顯然地，《新潮》除了幾乎期期有白話新詩外，域外小說與戲劇譯作的大量刊登，均可看出胡適的主張此際已廣為青年普遍接受與支持，吳康〈我的白話文學研究〉（第二卷第三號）、傅斯年〈怎樣做白話文〉（第一卷第二號）與〈白話文學與心理的改革〉（第一卷第五號）等，可說皆是當時風潮之下的產物，而胡適被聘為新潮顧問也絕非偶然！

---

[40] 唐德剛譯注《胡適口述自傳》（上海：華東師範大學出版社，1993 年 4 月），頁 164。

[41] 見《新潮》，第 1 卷第 5 號，其中引用胡適《建設的文學革命論》文字作為佐助，即是一例。

[42] 見《新潮》，第 1 卷第 1 號。

四、結論

　　本來《新潮》是以月刊的形式發行，第一卷第一號在民國八年一月一日出版，一直到第五號，都能按時出刊，但以後幾乎是期期愆延出刊[43]，在第二卷第一號〈本社事啟〉為此已透露政治運動的影響為首要因素：

> 本號原應在八月一號出版的；只因幾月來，為了五四運動，本社社員自當分負些責任；況且我們的學校，那時候天天在驚風駭浪之中，也不能安心作文辦事；所以至今日……

另外，當時時局變化之大，令人有措手不及之感，羅家倫以下一段話，可為彼時心境之寫照：

> 老實說，這一年以來，我們在國內的人，真是苦極了。無時無刻不在驚風駭浪之中，即無時無刻不有應付現狀之苦。往往提起筆來寫不到一張紙，就有事情發生，又擱起，又繼續，我們所過的生活，真可謂「非人的」生活。所以因此弄到出版常致愆期，是我們對國人最抱歉的事。[44]

透過前述諸節的觀察，吾人當有如下印象，第一，《新潮》雜誌所發表的文章，批判色彩極為濃烈鮮明，都是針對當時社會時弊而發的，因此有對市井老百姓溫飽的關懷，也有為舊家庭制度婦女權利不公的揭露，基本上是充滿人道主義精神的；其次，《新潮》對西學引進傳播極為重視，其目的非僅是啟迪民智、一新國人的耳目，同時也有

---

[43]　《新潮》自第 2 卷第 1 號起，就無法按時以月刊形式發行，一直迄於第 3 卷第 2 號上，月刊之名也就名存實亡了。
[44]　見《新潮》，第 2 卷第 4 號，通信。

一個想法，即是重視學術研究的方法，羅家倫提出比較研究方法的命題：我們換了一套方法來讀中國書，反而可以比他們多找出一點新東西來。這可以說是最具代表性的意見。民初以後先秦諸子中的《墨子》研究，胡適、梁啟超等人皆援引西學中的光學、幾何學、邏輯學等知識重新演繹《墨子》一書的現代價值，未嘗不是此意見的具體闡揚？面對傳統古籍的態度，「故書新評」欄目也同樣是承此觀念的延伸，「只取一部舊書來，借題發揮，討論讀故書的方法」，古籍在西學注重方法論的衝擊下，已逐步產生蛻變，清代乾嘉學派的治學方法，至此可謂成為強弩之末，中國學術也走向另一嶄新階段。第三，《新潮》所刊登的文學作品，主要集中在新詩、小說與戲劇創作或譯作，基本上已能看出作者群的普遍認知是此三類文體是代表新文學，也是白話文學，而所討論關於文學史與白話文的思路，觀其援引胡適文字處處可見，即知胡適對此刊物編輯方向的影響力了。

　　比較令人覺得遺憾者，倡議白話文學的前提是為了作為表達新思想的利器，反對陳陳相因的濫調古文，其基本思路並沒有錯，但不免矯枉過正，將中國古典文學優美精華部分批判得一無是處，甚至有主張白話作文宜充分直接運用西洋語法，使白話文歐化[45]，同時也有以為中國漢字妨害知識的普及，阻止文化的進取，故需改用拼音文字，舊文學完全拋棄亦不足顧惜[46]！

　　今天古文詩詞已鮮有人鍾意書寫，白話文學一枝獨秀發展，似乎也使古典文學傳統銷聲斂跡，早成為過去的專有名詞，固是時代使然，無法抗拒之潮流，但白話文學宣導數十年的成就，難道我們已見到公認一流作品問世足堪與《水滸傳》、《紅樓夢》等名著比肩齊驅？即此而論，是否也該重新估量其間之得失輕重？

---

[45] 傅斯年〈怎樣做白話文〉，《新潮》，第 1 卷第 2 號。
[46] 傅斯年〈漢語改用拼音文字的初步談〉，《新潮》，第 1 卷第 3 號。

　　總而言之，《新潮》月刊所反映的問題，有的已經成為歷史陳跡，留予後人作為史料的一部分，如宣導婦女爭取平等與獨立人格、白話文的全面推行運用、舊家庭威權制度的全面瓦解等，反傳統主義已成為當時思潮主流，是無容為諱之事實；有的仍在步履蹣跚之中行進，尚未能建立起新的制度與規範。五四運動經過 80 年的歷程，中國人曾經走過軍閥混戰、對日抗戰、國共內戰、反右運動、大躍進、文化大革命等一連串巨大波瀾，乃至於改革開放 20 年後，似乎又回到五四的原點，重新再出發，在這漫漫兮長夜孤寂，中國人耗盡了難以估量的精英分子，也付出了慘痛而沉重的經驗與教訓，緬懷於此，不禁令人感慨萬千！

1999 年 4 月 20 日定稿於臺灣桃園

歸骨於田橫之島
——評王汎森 Fu Ssu-nien:
A Life in Chinese History and Politics

　　傅斯年（1896-1950），一個令人既熟悉又陌生的人物。

　　國、共內戰時期，通貨膨脹達到最嚴重的地步，以孔祥熙、宋子文為首的豪門資本家涉及不法貪瀆，傅斯年公開撰文揭發弊端，輿論如潮水一面倒支持，不久孔、宋被撤職下臺，「傅大炮」的社會聲望達到了極點[1]。這是眾所熟悉的傅斯年。可是，由於政治意識型態的局限[2]，傅斯年長久以來被大陸學人所忽略，如 1979 年夏鼐的論文集認為安陽古物發掘是中國考古學的里程碑，而 1989 年逄振鎬出版專書《東夷古國史論》對東夷研究的新觀點提出，均對傅斯年早年的貢獻隻字不提[3]；在臺灣方面，以傅斯年與胡適建立的研究方法與風格，既影響臺灣數十年史學發展的走向，但也不斷地成為挑戰批評的箭靶（target），如新儒家的代表人物徐復觀批評傅斯年與其所創辦的史語所有意忽略了中國傳統學問之內省的道德價值。結

---

[1] 傅斯年發表〈這個樣子的宋子文非走開不可〉、〈宋子文的失敗〉、〈論豪門資本之必須剷除〉三篇文章，十五天後，宋子文下臺。見：Wang Fan-sen，Fu Ssu-nien: A Life in Chinese History and Politics（Cambridge: Cambridge University Press，2000），pp.180-181.以下均見原書，不另標書名。

[2] 傅斯年與國民黨關係密切，支持蔣介石，在 1949 年被毛澤東宣判為戰犯，在「批判胡適集團」運動又被點名，從此傅斯年對近代中國的貢獻在歷史上消失。見原書頁 6。

[3] 見原書頁 7 注 20。

果是，1919 年至 1949 年知識份子與政治史之間千絲萬縷的重要內容，卻因而晦暗模糊了[4]。

　　傅斯年在中國近代學術界與教育史上的地位如何？他處在民族救亡圖存的五四時期以及抗日戰爭階段，如何看待傳統、如何在學術淨土理想與政治危機現實之間拉鋸調適呢？他終其一生的人格特質又是什麼？雖然早在 1980 年《傅斯年全集》即已出版，但始終沒有人能將上述疑問解釋得清楚，直到王汎森的 Fu Ssu-nien: A Life in Chinese History and Politics 出版後，傅斯年一生的志業才有清晰而完整的輪廓，而他優美人格特質也為後世立下不朽的典型。

　　本書係作者的博士論文改寫而成，掌握豐富完整的原始檔案文獻，包括文章原稿、私人來往書札、讀書筆記與眉批等，又親自訪視傳主山東聊城故鄉、英國倫敦大學檔案館，也訪問同時代相關的同儕、學生等[5]，對傳主時代背景與思想形成有通盤的瞭解，依時間順序，將傅斯年建立學術事業以及淑世理想娓娓道來，既有事件陳述，也有轉折關鍵處的分析，展現作者敏銳洞見的宏觀視野和剖析檔案的細膩思維。本書實可作為五四新文化運動迄於 1950 年為止，中國近代學術與政治三十餘年間糾葛的袖珍綱要。

　　支配傅斯年一生最重要奮鬥泉源，厥為愛國主義情操（patriotism）[6]。作者以此為核心，透過重大事件的描繪鋪敘，一個時代的風貌歷歷在目，而傅斯年執善固執、好俠不羈的性格，則構成鮮明而動人的形象。「五四運動」帶領學生遊行抗議政府外交

---

[4]　見原書頁 7。

[5]　見原書頁 6 注 18，頁 59 注 21，頁 194 注 136。

[6]　愛國主義（patriotism）與破壞主義（iconoclasm）在五四時期的知識份子身上並存，其界限是不易區隔的，作者以「一枚硬幣的兩面」比擬之。詳見原書頁 156-159。

挫敗，是傳主直接參與政治活動的一件大事，也成為其一生難以擺脫政治糾纏的心理負擔（mental burden）。同年冬季，傅斯年出國留學，先到英國，1923 年轉往德國柏林，修習自然科學的數學、化學、物理、實驗心理學，歷史學與比較語言學是後來才發展出來的興趣。

一、創立中央研究院歷史語言研究所

傅斯年留學歐洲，使他對西方漢學的成就有深入的認識，他認為中國學者學術表現應成為國際的一環，漢學的中心能由歐洲的巴黎、柏林扭轉到北京；就是憑這股不服輸的民族自尊，表現一種嫉羨交纏情結（a hate-and-envy complex），在 1928 年創辦了中央研究院歷史語言研究所（IHP）[7]。

IHP 的設立，是傅斯年個人學術生涯與事業攀向頂峰的一大創舉，也是影響近代中國學術研究走向專業化的里程碑[8]。其中以河南安陽考古發掘與搶購明清內閣大庫檔案的經過，最為關鍵，其成就與意義有：建立專題研究集體合作的典範、中國古代文明有了斷代實證的依據、矯正顧頡剛疑古學派的偏頗之風、重視歷史檔案的研究等。而傅斯年提出〈夷夏東西說〉與〈大東小東說〉文章主張商、周是不同種族的多元文化論述，迄今仍不失討論價值[9]。

---

[7]　見原書頁 68，頁 156 注 74。

[8]　見原書頁 8。另頁 91 注 166。作者指出傅斯年對 IHP 的貢獻除了七大史料蒐集出版計畫之外，在他任內出版了七十冊專刊，超過八十本《中央研究院歷史語言研究所集刊》。共 448 篇論文。

[9]　見原書頁 8，頁 107-114，頁 120-122。

　　IHP 的學術成就是卓越的。其中研究成果的指標《中央研究院歷史語言研究所集刊》自 1928 年首期出版迄今，完全沒有中斷，在學術界享有極高的聲響。已故著名考古學家張光直指出，在世界上要找出對中國古史研究最有成績的六位，IHP 的學者占四位，而對商代文明研究最有成績的四位均是出身於 IHP[10]。

二、政治與學術之間

　　商代是否為奴隸社會，由左派學者提出，引發了一場中國社會性質的論戰；而當大家把焦點期待在經過安陽考古挖掘的 IHP，傅斯年卻不回應這個議題，這是他有意實踐學術理想的堅持——在資料未收集充分之前，任何猜測或過度詮釋均不可取，歷史研究應建立在客觀的實證基礎上，同時學術研究也不該淪為政治或流行議題的奴婢。這是 IHP 創設的初衷，明顯受到德國蘭克（Ranke）學派客觀史學的影響[11]。

　　對於中國傳統，傅斯年自「五四」夙主張文化破壞主義（iconoclasm），但在日軍侵略擴大，民族危機感加深，使他不得不宣揚歷史上英雄人物的事蹟，把傳統做某些方面的「美化」，以鼓舞民心士氣。另外，對於費孝通組織「西南民族學會」，與吳景超從事人類學調查研究，發現這些少數民族與漢族是有所不同的，這本是學術研究的客觀呈現，但傅斯年卻責難他們為「假學術之名的無聊學者」，對國家認同團結有惡劣影響，不該在流行廣泛的刊物出版[12]。以上是政治影響到學術客觀研究的例子。

10　見原書頁 198。
11　見原書頁 141-142，頁 146-147。
12　見原書頁 173-174。

三、編纂《東北史綱》

　　IHP 創設初衷，有意以專題研究（monographic study），避免過度詮釋的通識論述，這是傅斯年一貫的堅持。但日本侵略東北，發動所謂的「瀋陽事變」，則形成了一大考驗！「書生何以報國」的疑問，激發傅斯年編纂中國通史的動機。《東北史綱》主要是駁斥日本學者說滿洲、西藏、蒙古不是中國的領土之謬論，由姚從吾、方壯猷、徐中舒、蕭一山、蔣廷黻的幫忙下完成。但此書首卷甫出版，在國內引起一陣指責聲浪，柳詒徵的學生繆鳳林、鄭鶴聲提出強烈批判，質疑此書的錯誤打破記錄[13]。本來歷史研究客觀事實呈現，是傅斯年的理想，但為突發政治的需要而編纂《東北史綱》，則是學術與政治引發緊張焦慮的另一縮影。

四、歸骨於田橫之島

　　傅斯年反對儒家內省修養的哲學，具體的實例就是他延續清代阮元的思路，寫了一篇〈性命古訓辨證〉長文，表明了立場[14]，而令人覺得意外的，到了 1940 年代，他重新肯定程、朱哲學[15]，儒家「恥躬之不逮」的力行哲學，卻有進一步的展現。

---

[13] 見原書頁 149-152。「九一八事變」後，東北史研究成為熱潮，著名大家除了上述傅斯年等人外，還有張其昀、金毓黻、馮家升、孟森等。關於此，詳見彭明輝著《歷史地理學與現代中國史學》，臺北：東大圖書公司，1995，頁 314-333。

[14] 見原書頁 129。

[15] 到美國養病一年，他有餘暇重新思索人類精神領域的價值，肯定孟子心性之學，並以《孟子》作為往後台大學生必讀的教材。見原書頁 190-194。

　　1947 年 6 月，傅斯年到美國東部治療疾病，國、共兩黨正如火如荼激烈酣戰，到了 1948 年兩黨軍力有了微妙的變化，傅本可以滯留美國，但他不顧親戚勸阻，8 月回到岌岌可危的中國。1948 年底，長江以北淪為中共的勢力，國民黨政府派兩架專機飛往北京搶救第一流的學者，傅在南京機場看著稀稀落落的乘客，不由失望極了；因陳布雷與段錫朋二位老友自殺的刺激，使傅決心為「舊朝」而死，他把自己關在小屋三天，反覆背誦陶淵明《擬古》詩，可窺探他對國民黨「大勢已去」的心境：

> 種桑長江邊，三年望當採。枝條始欲茂，忽值山河改。
> 柯葉自摧折，根株浮滄海。春蠶既無食，寒衣欲誰待？
> 本不植高原，今日復何悔[16]！

　　現今有一條幅「歸骨於田橫之島」，為傅斯年任台大校長時所寫，表明自己寧死在臺灣的心跡。居然一語成讖，1950 年 12 月 20 日逝世於省參議會會場[17]！學術行政與政治淑世的理想壓垮了這位英才。

五、一個五四青年的挫敗

　　日本軍閥侵略中國，衡諸有實力抵禦日軍唯有蔣介石，於是他在國民黨與共產黨之間做了抉擇。傅斯年覺得無力解決立即的政治危機，而馬克思五階段論——原始共產主義、奴隸制、封建制度、

---

[16] 見原書頁 183-185。
[17] 見原書頁 195-196。

資本主義、社會主義──詮釋了歷史發展的理論，吸引年輕人對眼前屈辱中國的未來充滿了憧憬，他反對儒家內省道德哲學也為共產主義的宣傳鋪下道路，最後結局，大陸易幟拱手給共產黨統治，作者認為，對一個五四青年的理想無疑是一大挫折！

　　以上是本書內容舉其犖犖大要者，讀者也可以發現其他新穎見解。如以胡適、傅斯年為主導的 IHP 陣營，表現的學術趨向，不僅與南方中央大學系統的柳詒徵、繆鳳林等人注重民族道德的史觀有所不同，更與左派史家如郭沫若等非學術主流的外圍學者強調社會經濟、階級的通俗史學大相逕庭，而這些微妙的人際網路與彼此排擠的派系之爭[18]，透過作者生花妙筆抽絲剝繭揭示，饒富閱讀興味。再如胡適對傅斯年影響，這是老師輩對學生很自然的作用，也廣為治近代學術史學者所悉，但學生反過來影響老師，卻不易見到；作者找到了可靠線索，證明胡適的名作〈說儒〉係受到傅斯年的啟發[19]。傅斯年與羅家倫對俄國革命的高度評價，以為是世界人類的希望，也是解決中國問題的靈丹妙藥，這是受到李大釗的影響，一直為人所忽略，作者找到了文獻證實[20]。這種深入發掘歷史底蘊的功力，是很不容易的。

　　有些難解的疑問，作者並不迴避。如作者指出黃侃（1887-1939）與劉師培（1884-1919）在 1900 至 1909 年之間是相當激進的，但大約在 1917 年，不知何因，卻轉向保守。傅斯年是黃、劉二人最

---

[18]　見原書頁 93-97。南方中央大學系統之史學特色，彭明輝有深入研究，見《歷史地理學與現代中國史學》一書，尤其是頁 264 注 4，頁 285 注 41，以及頁 287-298。

[19]　見原書頁 122。另參見王汎森，〈傅斯年對胡適文史觀點的影響〉，《漢學研究》，第 14 卷 1 期，頁 177-193，以及〈讀「傅斯年檔案」箚記〉，《當代》，第 116 期，頁 30-53。

[20]　見原書頁 24。

欣賞的學生，也是當時被認為可傳承中國文化的重要接棒人，但很快地，傅在 1918 年卻投靠新文化陣營，加入新潮社，沒有材料解釋傅為何有如此的轉變。傅如此迅速的轉變，甚至被懷疑是保守陣營派來的奸細。作者以為傅的轉變，其根源有二：一是章炳麟、康有為對清學的破壞，使保守陣營成為一個「空殼」；二是保守陣營無法對現實的問題提出解決，使人對傳統喪失自信[21]。又如前述費孝通與吳景超從事調查研究，發現西南少數民族與漢族是不同種族的觀點，引起傅斯年的責難；作者留下存而不論的議題，給予讀者思索空間：在國家危機時，歷史學家是否應該模糊、遮掩不利的事實？

本書也花了極多的篇幅在建構傅斯年早年思想形成的背景[22]，筆者以為這是有意義的：傳主的祖先傅以漸（1609-1665）在滿族初建立政權下工作，按照漢人的標準來看，這是背叛而有虧節行的汙點，對傅斯年是件很難堪的「原罪」，後來他堅持開除在日軍統治下的「偽北大教授」，以及他到臺灣寫下「歸骨於田橫之島」條幅，表明他不妥協的性格，似可以找到了源頭，也為其一生人格提供了說服力。因此，周作人說傅斯年以黃侃高足的身分轉向加入新潮社是「投機」[23]，就人格的一致性而言，是站不住腳的。

對於中國政治的問題，傅斯年以為中國只有「群眾」，沒有真正的「社會」，唯有透過「公民訓練」的歷程，才能徹底解決這個根本問題[24]。的確，中國積弱的原因，在於愚昧迷信、國民素質低落，

---

[21] 見原書頁 25-26。

[22] 見原書頁 5，頁 11-19，頁 23。

[23] 見唐寶林、林茂生，《陳獨秀年譜》，上海：上海人民出版社，1988，頁 88 注 1 轉引《周作人回憶錄》的話。

[24] 見原書頁 197-198。

這也是魯迅提到的「國民性」問題。一直到現在,西方國家那種井然有序的公民社會,表現出守秩序、有禮貌、重公德的形象,不也就是梁啟超「新民說」大聲疾呼的目標嗎?很不幸地,近百年知識份子不斷追求建立「公民社會」的夢想竟沒有能夠實現,柏楊寫出《醜陋的中國人》一書居然受大家歡迎,談了一個世紀的問題,依然沒有長進,究竟原因何在?且讓我們好好深思吧!

傅斯年創立史語所奠定下的規模,經過日軍炮火與國、共內戰艱苦支撐的考驗,1948 年底隨著國民黨政府遷到臺灣,繼續茁壯成長,2003 年 12 月 22 日作者在「慶祝中央研究院歷史語言研究所成立七十五周年演講」中提出了史語所進入了一個「新傳統時代」的最大挑戰:

> 史語所創所之後二十年間,方向相當清楚,希望迅速作到傅斯年先生在〈旨趣〉中所宣示的,要讓東方學的正統在中國。它一開始的氣派顯然很大,表面上處理歷史文獻、史料等,但根本想法是重新解釋中國歷史,一方面要脫出傳統的羈絆,另方面要與歐美、日本競爭。他們在開拓研究方面的實績及開啟研究方向上的成就,不必在此重述,但我覺得另外一點更重要,今天的史語所除了應該繼續堅守深刻細密、樸實無華的學風外,也要能領導議題。

這隱隱約約嗅出超越傅斯年時代成就的雄心壯志。至於未來「新傳統時代」如何再造學術高峰,則考驗著這代人的智慧與努力!

最近北京大學歐陽哲生教授整理出版《傅斯年全集》,在 1980 年臺北聯經出版公司的《傅斯年全集》基礎上,增補了許多漏收的文章,也有一些新的資料,其〈序言〉明確期待「能為海內外學人

進一步了解傅斯年一生志業及其理想提供便利」[25]，這是毫無疑問的，但史語所「檔案」五千餘件，大多未公佈，由〈序言〉導讀看來，參考學者研究成果極多，唯獨 Fu Ssu-nien:A Life in Chinese History and Politics 此書未見徵引，筆者覺得仍有推介價值，於是有斯篇之作[26]。

2004 年 2 月 12 日初稿

2004 年 4 月 13 日修訂於中央研究院文哲所

原載《九州學林》，二卷三期，2004 年秋季

---

[25] 歐陽哲生主編《傅斯年全集》序言，發表在臺北《傳記文學》第 84 卷 1 期、2 期，2004 年 1 月號、2 月號。

[26] 據筆者寓目所及，原書已有重要書評三篇：Edmund S. K. Fung 發表在 The American Historical Review, Vol.107, Issue 1，潘光哲發表在《近代中國史研究通訊》第 32 期，陳正國發表在《新史學》13 卷 1 期。

《北京大學圖書館藏善本書錄》讀後記

一、前言

　　世界各大圖書館蒐藏保存中國善本古籍，可說均具特色，琳瑯滿目，美不勝收；然而北京大學以其百年歷史的地位，又兼具在中國近代政治、學術、思想、文化諸方面獨領風騷的傳統，孕育一批又一批的學者名流，自然其典籍收藏就格外引人注目。最近北京大學剛過百年校慶，也出版了不少學術著作，欲藉此充分展現北大深厚紮實的嚴謹學風，《北京大學圖書館藏善本書錄》就是其中之一種，值得向讀者介紹。但經筆者仔細拜讀之後，發現本書特點固然是有，其瑕疵亦復不少，本諸「不虛美，不隱惡」，實事求是之態度，提出一己之看法，並祁方家指教。

二、特點

　　本書於 1998 年 5 月由北京大學出版社出版，係張玉範、沈乃文兩位先生所主編，作為北大百年校慶獻禮之一，書名題為《北京大學圖書館藏善本書錄》（以下簡稱《北錄》），是集老館長向達（覺民）先生字，其中北大名教授宿白先生為本書寫序，可以知道「本書錄所收是從一百三〇種館藏精品中選出，大部分是李氏藏書，每書敘錄介紹」。至於李氏藏書入北大始末、書籍種類數量、李氏生平，向

達先生四十多年前寫下〈北京大學圖書館藏李氏書目引言〉一文，最為明晰扼要，茲引錄如次：

　　北京大學圖書館所藏李氏書原來為李盛鐸（號木齋）氏木樨軒的藏書。所藏以板本書和敦煌卷子聞名當世。敦煌卷子是他做學部大臣的時候，敦煌殘餘的古卷子正好由甘肅運到北京，他利用職權挑取其中最好的歸諸私囊。抗戰時期這一批敦煌卷子最好的跨海東去，歸於日本人，其所藏書籍，則幾乎是全部賣給北京大學。現在所印的書目，就是北京大學圖書館所藏李氏書的全部目錄。

　　北京大學圖書館所藏李盛鐸氏木樨軒藏書九千零八十七種，五萬八千三百八十五冊，其中名貴的舊刊本和罕見本約占全書三分之一強。這批書籍是北京大學藏書中最有學術參考價值的專藏之一。

　　李盛鐸氏是一個近代最負重望的藏書家。他是江西德化人，從小喜歡藏書，既盡收湘人袁漱六（芳英）藏書，又因光緒間出使日本得識彼邦目錄學家島田翰，因島田翰之助，得盡購國內不常見或久佚之古書以歸。其中日本古活字本、古刻本和古抄本，以及朝鮮古刻本尤多。一九一一年後旅居京津，經常到琉璃廠訪書，當時著名私家藏書散入廠肆者如曲阜孔氏、商邱宋氏、意園盛氏、聊城楊氏藏書中之精華，亦多轉歸李氏。他又喜歡校勘書籍，丹黃不去手，數十年如一日；一書一校至於三、四校，牢守蘇州派藏書家死校之法，不輕下斷語。每書後多有自寫題跋，述得書經過，版本源流和書林遺事甚詳，有黃蕘圃、顧千里遺風。在近代藏書家中，方面既廣，質量又高，自當首推李氏矣。

至若北大收藏李氏書籍，其價值如何，向先生又云：

> 李氏書中屬於純版本性的古書甚多，在雕板史和書史中有特
> 殊地位的也不少。例如《周禮疏》乃南宋兩浙東路茶鹽司刻
> 本，鄭注與賈疏合而為一，當始於此本。《尚書》乃南宋刻本，
> 行款和撫州官刊群經相似，可稱傳世《尚書·偽孔傳》之最
> 古刻本。《史記集解》乃南宋初期建陽刻本，字仿瘦金體，楊
> 氏海源閣舊藏《史記》四個宋本之一。《漢書》乃南宋建楊劉
> 之間刻本。《後漢書》乃黃善夫刻本。此三書完整無缺，都是
> 非常珍貴的本子。此外北宋福州東禪寺藏以下，宋、元、明
> 三朝藏經殘本，李氏書中亦大致具備，這些比較罕見的佛教
> 經典古刻本，不僅研究宗教史者所當留意，也是雕版印刷史
> 的絕妙資料[1]。

此外，李氏書籍有許多明人抄本及清人抄本，也有大量著名學
者的稿本和校本，向先生文章皆有提到，就不徵引了。

現在《北錄》所收一百三十種館藏精品圖錄，基本上正是反映
向先生文章的精髓，計有勺園修禊圖乙幅，宋元刻本六十七種，明
刻本十四種，抄本、稿本與校本二十二種，古代日本與朝鮮十四種，
活字本、套印本與繪本十二種。宿白先生在序中有言：

> 自雕版印刷發明以來，歷經唐、五代、宋、元、明、清，我
> 國的印刷術經歷了發生、發展、繁榮、興旺的階段；從雕版
> 印刷，到活字印刷，到彩色套印技術的發明，乃至近代先進

---

[1] 以上引文俱見向達〈北京大學圖書館藏李氏書目引言〉一文，原寫于一九五
六年十月，收入李盛鐸著、張玉範整理：《木樨軒藏書題記及書錄》（北京：
北京大學出版社，一九八五年十二月第一版），附錄。

> 的印刷技術的使用，以及書籍從卷軸裝到冊頁裝的變化，北
> 京大學圖書館的古籍收藏基本上反映這個歷史過程。

由此可見北大圖書收藏之豐富與品質，而《北錄》所收不過是鼎中一臠之極品──每頁照書影或圖繪原樣彩色印刷，精美絕倫，底下有一行至五行不等之說明，並標明長寬尺寸，採中文與英文對照並行，提綱挈領，簡潔流暢，予學者極大利便，甚具參考價值。

三、缺失

本書既是擇要以原樣彩色印刷為主，文字說明又占極小部分，筆者以為書名若是加上「圖」與「輯要」三字，成為《北京大學圖書館藏善本書圖錄輯要》，應是較原來書名為勝，也合乎實際的情況。如 1960 年 10 月，文物出版社曾出版一函八冊由北京圖書館編纂的古籍版刻圖錄，反映歷代各時期版刻的發展過程，定名為《中國版刻圖錄》即是。

其次，本書首頁為〈勺園修禊圖〉局部，次頁以〈勺園修禊圖〉全圖分割成三段排列縮印，由文字說明，足徵此幅長卷絹繪彩圖列於書首之意義：勺園，為米萬鍾的西郊園林，意取海淀之一勺水。今北京大學即座落於勺園舊址之上。可見北大現址（原燕京大學原址）與勺園舊址存著密切之淵源。

北大今屬於北京市海淀區，校園內仍有以勺海及勺園大樓為名之景觀，這幅圖卷之歷史價值也就不待言了。可是，如此重要的一張圖，我曾疑心在排列順序上卻弄錯了！原來圖卷因為太長，篇幅不夠容納，為翻閱方便，不採取全圖翻印再以經折方式處理，而採

用分割上中下三段排列，這本是無可厚非的，無奈編排忙中有錯，竟將上中兩段順序弄錯了，於是無論由下到上，或是由上到下目移神遊，皆無法銜接一覽全圖；筆者因以掃描機原跡列印出來，再取剪刀剪下拼湊銜接，確定上中兩段果然弄錯順序，因此完整全圖為中上下才是。

　　再者，本書在圖版之選取雖如前述之審慎，但不能無憾者，仍有文字說明錯漏未能完全校出，此為美中不足之處，如：

(1)頁 20，《說文解字》文字說明有「述古圖書記」藏書印，但由圖版則知明顯落了一字，應為「述古堂圖書記」才是。

(2)頁 78，文字題為《蘇文忠公集》，有書影圖版，應為《蘇文忠公文集》方是。

(3)頁 83，《苕溪漁隱叢話前集》文字說明胡仔序後有「翠　精舍校定鼎新重刊」木記，「翠」字下空一格，該是找不著此字，未及補上，由書影圖版，此字為「嚴」。

　　另外，有些圖書收藏家每喜在書頁空白處鈐蓋藏書章「某某某印」，其印章若是方形，通常為了文字行款勻稱美觀，「某某某印」之「印」字，或刻在左下角，或刻在右下角，一律都應讀做「某某某印」，不能因「印」字刻在右下角，就讀作「某印某某」，但本書文字說明卻不是如此。如頁 17《監本纂圖重言重意互注論語》有楊守敬的收藏章，編者說明為「楊印守敬」，同一枚收藏章，在頁 142《春秋經傳集解》，編者反而說明為「楊守敬印」，可見編者對此模棱兩可，搖擺不定。又如頁 6《周禮》有汪喜荀的陰文方形收藏章，「印」字在右下角，編者能說明為「汪喜荀印」，而頁 13《重言重意禮記》有周良金的陽文方形收藏章，行款也是同樣「印」字在右下角，何以編者卻說明為「周印良金」？其餘如頁 67《唐僧弘秀集》有汪士鐘收藏章、頁 86《詩人玉屑》有沈鴻祚收藏章、頁 137《梨

園按試樂府新聲》有黃丕烈收藏章，編者說明概為「某印某某」，這是不妥的。

　　再說明一點，有的善本分散藏於各地，曾予影印出版，本書編者做了提示，這是負責的做法，如頁 34《大唐六典》，編者云「此本存世十五卷，分藏於北京圖書館、南京圖書館和北京大學圖書館。1983 年中華書局曾據以影印」，及頁 47《五曹算經》、頁 48《數術記遺》，均言「1980 年文物出版社曾據予影印」，及頁 110《注易日記》、頁 134《曝書亭集》，均言「此書已收入天津古籍出版社 1996 年出版的《稿本叢書》中」，但頁 99《奇妙全像西廂記》，編者僅言「曾影印出版」，如能仿前開列諸書，清楚查明標示何年由何出版社影印出版，豈非臻於美善？再花點工夫查核又何足惜呢？

四、《木樨軒藏書題記及書錄》與《北京大學圖書館藏善本書錄》對讀

　　其實，本書完全有充分的條件做好校勘的工作，因為據筆者所知，主編之一張玉範先生早在 1979 年開始，就前後花了近四年在北大善本閱覽室工作，在宿白先生指導下，完成了《木樨軒藏書題記及書錄》鉅著（見原著前言，以下此書簡稱《木錄》），1985 年 12 月由北京大學出版社出版。是書整理鉅細靡遺，一絲不苟，表現北大學人治學嚴謹之傳統，應是迄今為止將李盛鐸藏書題跋做了最完整呈現的專論，[2]然將之與《北錄》對照校讀，則不免令人惋惜《北錄》印刷如此精美，文字說明卻太輕率了，茲略舉如後：

---

[2]　蘇精在《近代藏書三十家》（台北：傳記文學出版社，1983 年 9 月初版）有〈李盛鐸木樨軒〉一文談李氏家世生平及文章，惜資料不足，又未能見李氏

(1)頁5《尚書》，13卷，編者云「宋諱匡、讓、胤、殷、玄、徵、貞、恒、慎均缺筆」，對照《木錄》，缺錄了「桓」字。

(2)頁51《類編陰陽備用轂奇書》，編者云為「元後至元三年刻本」，對照《木錄》，衍「後」字。

(3)頁68《新雕皇朝文鑑》，150卷，編者言「宋諱避至廓字」，疏略得太簡，不如《木錄》所言「宋諱桓、宋、慎等均缺筆；敦、廓缺筆，外加墨圍」，來得清楚。

大體而言，《木錄》文字係一一皆照錄李盛鐸題跋原文整理，自然較《北錄》文字詳盡。以學術價值而論，《北錄》偏重原書圖版，印刷色彩精美，反而不太措意文字說明，如頁67，《唐僧弘秀集》卷第五書影，無論是藏書章、紅筆黃筆圈點原色、紙張漬染蝕斑等，均清晰顯示，而再配合細讀《木錄》頁353，黃丕烈、袁克文的跋文，則本書之行款、避諱、源流、刻工等情況，將收得補充說明之效也；又《北錄》頁95，《家塾事親》書影，古人大小藏書章朱泥色澤歷歷可見，美則美矣，仍無以彰顯收藏者李木齋對此書得來因緣巧合，激動興奮之心情：

> 明弘治甲子刊黑口本《家塾事親》五卷，蓋十餘年前購之滬市者。因其第一卷所錄皆方書，置之醫籍中，不甚措意，固未以為珍秘也。今夏梅雨，檢點舊本書，取而閱之，乃知醫藥後尚有選擇、占驗、歲月、雜事、襁褓等門及家庭飲食雜術事類，似宋元人《居家必備》、《日用大全》諸書，不能專入醫學；且前有明萬曆間錢氏題字，後有張訒盦跋，知頗為名人所珍惜。余奈何尋常視之？良以為疚，因取置秘籍廚中。

原著，不免多泛泛之談，不如張玉範先生〈李盛鐸及其藏書〉一文來得深入。張文收入《木樨軒藏書題記及書錄》之附錄。

　　所奇者，錢氏協和裝潢於萬曆甲寅，張君訒盦重裝於嘉慶甲

戌，余閱是書亦恰遇甲寅，上距張君訒一百年，距錢氏三百

年，豈是書顯晦有時，必百年而遇賞音乎？後我百年讀是書

者當以斯言為息壤矣。

甲寅中秋日　德化李盛鐸記

明萬曆甲寅為西元 1614 年，清嘉慶甲戌為西元 1814 年，正好相距

兩百年，而木齋閱此書甲寅為西元 1914 年，恰巧又逢百年之後，必

深玩此題記，體會「必百年而遇賞音乎」之歎，方足顯典籍文化傳

承之意義，孰謂古籍無生命乎？因此，筆者以為《木錄》與《北錄》

兩書如能對照合併一讀，除引發興味之外，對北大所有木樨軒藏書

也就有更加親切之認識了。

五、一點期許

　　以上乃求全責備之詞，並無意抹煞《北錄》一書之價值，此書

在圖版選擇確是具備了代表性，如頁 23 宋刻元印本《漢書》蝴蝶裝，

頁 54 宋刻元明遞修、公文紙印本《桯史》（紙背為成化十八年丁糧

供狀），頁 60 金代《妙法蓮華經文句》佛經手卷，頁 61 元大德刻、

明永樂印磧砂藏本《金剛壽命陀羅尼念誦法》經折，頁 67 宋刻本《唐

僧弘秀集》有古人黃朱兩色圈點，頁 164 四清內府刻《曲譜》朱墨

套印本，頁 165 明代《十竹齋畫譜》五色套印本，頁 169 清代《清

軍練兵陣圖》彩繪本……等等，印刷精良更是無話可說，不過文字

編纂有如前述諸多缺失，筆者以為，倒不如採用影像掃瞄方式貯入

電腦，一來全部典籍可以完整保存記錄下來，不虞損毀，二來透過

全球網路連線傳遞，使更多學者可以透過電腦閱讀這些典籍，打破長途跋涉之空間限制，對推展文化交流與促進學術研究，當是有積極的意義！

原載《古今論衡》，第 2 期，中央研究院歷史語言研究所，1999 年 6 月

此中空洞無物
——評《2000 台灣文學年鑑》

　　年鑑本屬專業之學，自宜禮聘學者從事，以臻資料精萃與體例完備。如今囿於政府採購法令的制約，把台灣文學年鑑的編纂公開競標，文化遂淪落到商品化，令人嘆息！

　　一部理想的文學年鑑，要求資料豐富翔實，要能具體反映一年文學研究與創作的整體表現，應該涵括以下幾項內容：一、文學理論研究，包括文學研究綜述、重要論文摘要、新書評論提要；二、文學創作與研究，作家作品綜述、現代作品創作與評論、古典文學研究；三、文學活動記錄，包括重要文學聚會、年度文學獎、學術會議報道評析、年度作家介紹、國際著名作家來訪消息、文學大事紀要；四、附錄，包括文學書名索引、文學研究書籍與論文索引、人名索引等。

學院派研究者大量缺席

　　如果以上述四項標準來觀察《2000 台灣文學年鑑》，其最大致命傷是學術性不強，未能發揮到工具書資料檢索的功能。造成這種先天不足的原因，是學院派文學研究者的嚴重缺席。眾所周知，編纂文學年鑑，本是「為人」之學，是專業性很強的工作，一定要有辭書專家與學者參與，才能有嚴謹的體例，並寫成 2000 年台灣文學研究趨勢綜述的學術文章。但是我們只看到一堆文學研究分類書

目，以及少數閱讀消化資料後的「綜述」文章，這與一般的編排目錄有何區別呢？如其中列出十七本書作為「重要選集作品目錄」，我翻閱完畢，沒有對作品留下印象，只有一些作者、篇名，看得眼花繚亂，不知編者在表達什麼。再者，文學研究者有不少學術文章在期刊上發表，本應至少對重要者作提要式介紹，但此部分居然付之闕如，令人感到不可思議，也自然談不上計量文獻學方面的統計分析了。

另外，這部《年鑑》選擇的視野和角度也有待商榷。如李敖以小說《北京法源寺》作為第一位台灣作家角逐諾貝爾文學獎的作品，其所代表的意義，不正是台灣向世界文壇發出的宣告嗎？還不能列入「特寫文學事」一類嗎？高行健為首位獲諾貝爾文學獎的華裔作家，令人景仰，但與臺灣文學有何關係？高行健到台灣訪問不是不該報導，但選出十八項特寫文學事，沒有特寫李敖代表台灣角逐諾貝爾文學獎，其選擇的視野不是很成問題嗎？「1999 年台灣本土十大好書出爐」，編入《1999 台灣文學年鑑》即可，編入《2000 台灣文學年鑑》是不相關的。

翻檢過去四年的《台灣文學年鑑》，我們可以看到有新詩、散文、小說、兒童文學的創作及活動，也看到大量深中肯綮的研究文章，大多由優秀的學者撰寫，正是台灣生命力的具體展現。《年鑑》如能把近十年或二十年歐美、日本、中國大陸有關台灣文學研究的論著，編成文獻存目，請學者寫成研究的綜述文章，可以從比較看出海外研究台灣文學的方法、觀點與特色等，由此檢討台灣文學在世界文學中的定位，並有展望新世紀台灣文學創作與研究的期許。可惜，這部《年鑑》並沒有給讀者帶來如此磅礴的氣勢，而且內容的可讀性也不如前四本《年鑑》，實在令人惋惜。

政治色彩不宜太濃

再者，其體例也很成問題。文學出版大事記一般都是按照編年體順序有條不紊地敘述，不必特意以事類為主。以「辭世文學人小傳」為題，本帶有立傳性質，寫出傳主生平功業，要求文筆洗練嚴謹，此乃體例所制使然，不得不如此。由於學者大量缺席，試看以劉紹唐的《傳記文學》為例，竟然如此自相矛盾，既說「數十年來，劉紹唐真誠、寬厚的胸襟，使得舊雨新知文稿源源不絕」，又說：

> 1960 年 1 月，大陸即開始出版《文史資料選輯》第一輯，自此大陸出版的傳記、自傳、回憶錄文章等書，多如恆河沙數。這批材料卻是十餘年台灣《傳記文學》的大稿源，而使劉紹唐苦心經營的《傳記文學》幾有「文史資料選輯台灣版」之稱。這種無可奈何之事，更在兩岸開放之後，成為更必然的現象，而《傳記文學》的稿源旱象也就不用憂慮。（頁 162）

劉紹唐的《傳記文學》有「民國史長城」、「以一人敵一國」的美譽，研究中國近代史的學者，幾乎無不參考《傳記文學》。編者如此信口開河，全然可以不必讀書求證，編年鑑也未免太容易了。至於資料的陳舊與錯誤，難以悉舉。大量抄襲他人觀點而不注明出處者，以及錯字與文辭不通者，此書俯拾即是，這已經不是一般工具書應有的編纂水準了。

關於理論的探討，〈從文學年鑑到文學年鑑學〉一文認為文學年鑑不該只被界定為「工具書」，還當重視教化的功能。此點與筆者大相徑庭，筆者仍以為年鑑是屬於工具書性質的，政治意圖不必過於表述，應該以平實闡述資料為宜，盡量避免太多政治色彩。至於「分

類與選擇」的問題，完全取決於視野觀點的不同，見仁見智。但提出討論，總是件好事。

　　類似年鑑一類的工具書，本屬專業之學，自宜禮聘學者從事，以臻資料精萃與體例完備。如今囿於政府採購法令的制約，文化建設委員會把《台灣文學年鑑》的編纂公開競標，文化遂淪落為商品化，全然無視年鑑的專業特質並不是任何人皆有能力勝任，遠遠不如大陸在經濟條件不是很好的情況下，仍能動輒以一個學術機構精英主持編纂文學年鑑、史學年鑑、哲學年鑑等。政府再窮，也不能窮到讓代表台灣文學顏面的年鑑編得如此視野狹隘、內容貧乏空疏。更嚴重的是，有相當數量的辭書專家與台灣文學研究者沒有被聘請參與。然而傳媒竟一陣喧嚷熱鬧叫好，以為「厚度和內容，都打破以往的記錄」（台灣《民生報》2002 年 4 月 4 日），文建會自誇為「最大的特色，就是它是歷年來最重的一冊」（台灣《聯合報》2002 年 4 月 4 日），對內容卻沒有深究。與同樣是 551 頁的《1999 年台灣文學年鑑》相比，2000 年的只是紙張較厚而已，又有何特色可言？這種無異耳食之見，沒有認真提出客觀評價的言論，未嘗不是值得深省的台灣文學的奇特現象。

原載香港《明報月刊》，2002 年 10 月

評劉達臨《中國性史圖鑑》

前言

　　說起中國性事的系統研究，外國人比中國人更早從事，而且成就斐然，那就是鼎鼎有名的荷蘭外交家高羅佩（R.H. van Gulik, 1910-1967），他的兩本開山名著《秘戲圖考》（Erotic Colour Prints of the Ming Period）、《中國古代房內考》（Sexual Life in Ancient China），奠定中國古代性學領域的先驅地位。中國人對性學領域研究是寒傖的，民國初年張競生在北大講授性史，曾掀起一陣旋風，但衛道人士大肆抨擊，所以後繼無人。直到二○年代，出身清華大學國學研究院的潘光旦先生寫了馮小青影戀的研究論文，四○年代又翻譯靄理士（Havelock Ellis）《性心理學》（Psychology of Sex: A Manual for Students），這個領域才不至於交白卷（見譯序及重刊本費孝通書後）；不過潘氏之研究與譯作，在當時中國社會並沒有受到應有重視，而且也沒有高羅佩那種條件，因此這個領域的寶座只好拱手讓給外國人了。學術研究講求真才實學，沒有及時又努力深入鑽研，題材雖是中國的，研究佼佼者可能是外國人，那又有何話可說呢？

　　上海大學劉達臨教授以十餘年研究人類性問題的功底，最近編撰成了《中國性史圖鑑》大作，嘉惠士林，遠遠彌補中國人研究性事這一頁薄弱的記錄，具有重大意義，因此我以潘光旦先生自題靄理士《性心理學》譯作稿成絕句其一的 「欲挽狂瀾應有術，先從性理覓高深」 詩句，作為對本書出版的讚禮，肯定劉教授披荊斬棘之功，是不可磨滅的！

內容大要

本書《中國性史圖鑑》於公元 2000 年 1 月出版（長春，時代文藝出版社），分為上、下卷，計有十一萬字，彩色圖版六〇〇幅，展讀內文即知，本書以圖鑑為重心，輔以文字說明歷史脈絡，詮釋傳統中國人對性（sex）的完整風貌，堪稱精心佳構，值得一讀。

本書的內容，除了〈緒論〉、〈後記〉之外，共計有九章，請分別簡述如次。

首章〈性行為方式的重大進化〉，以人類學的觀點，談到人類性行為的方式，由「後入位」進化到「前入位」。

第二章〈古代性崇拜〉，分為生殖器崇拜、生殖崇拜、性交崇拜三節探討。

第三章〈從群婚雜交到一夫一妻制〉，談人類由母系社會到父系社會的歷程，並略述婚姻生活的快樂與痛苦。

第四章〈房室生活和房中術〉，大略提及性工具與性藥物、日常生活中的性興趣，以及房中術的內容。

第五章〈同性戀和變性戀〉，重點在說明性愛對象與性愛方式的倒錯。

第六章〈妓女、太監等性壓迫現象〉，除了談到妓女、太監在中國古代的淵源與受壓迫情形，並觸及女子纏足、貞節牌坊下的悲劇。

第七章〈性文學藝術〉，以春宮圖與性文學作品（主要集中於小說）探索古代性生活的概況。

第八章〈宗教與性〉，以道教房中術、儒家《易經》生殖觀、密宗歡喜佛等說明宗教與性的關係極為密切。

第九章〈官方和民間的性教育〉，說明古代「壓箱底」和「嫁妝畫」在子女性教育的作用。

全書內容大抵如前所述。以下分述其特點。

本書特點

本書最大特點是資料豐富齊備。遠遠勝過荷蘭高羅佩的《秘戲圖考》、《中國古代房內考》以及 Rev. Yimen 的《春夢遺葉》（Dreams of Spring：Erotic Art in China），蓋上列著作所掌握的資料僅限於傳統文獻、春宮圖版與一些春宮瓷器等，劉著則更進一步全面掌握了豐富文獻材料與文物，作者自言研究途徑有三，「一是研究有關古籍，二是探訪與性有關的古跡，三是搜集性文物」，其中性文物有近 1200 件之多（原書後記），包括陶器、石器、玉器、木雕、刺繡、春宮圖、岩畫等，宜乎許多問題的闡述遠勝高氏，成為這一領域的後繼。

當然，資料齊備只是研究的初階準備，能結合專業知識與運用新穎方法，研究才能觸及問題的核心。本書作者原是社會學領域研究婚姻、家庭問題的專家，自 1985 年起，開始以社會學、心理學的角度研究人類性問題（見劉達臨《中國古代性文化》前言），細讀本書，則知本書結合了人類學、心理學、文學、神話、生理學、社會學、考古學、民俗學等多學門專精知識，並在解釋問題上，敘述有序、倫次清晰。如第六章談論中國歷代娼妓活動狀況與學者名流交往掌故，反映了官方所屬的宮妓、官妓、營妓、歌舞妓，以及私人擁有的家妓、私妓，與彼時社會風氣、政治活動、經濟生活等皆有緊密聯繫關係，其間尤多勝義；而娼妓來源（俘虜、罰良為娼、賣良為娼、引誘或販賣等），引例大略可信為確諦，至於罰良為娼是否為歷代普遍現象，或僅是少見特例，則有待進一步研究。

　　作者研究對象雖是古代性文化，但對於當代社會實際問題，亦能投注關懷，結合學術研究，深具知識份子社會責任感。如當代對於同性戀的現象，是否採取寬容態度，迭受爭議，國情文化背景不同，自然影響人們觀念。本書指出同性戀的現象，在中國史上淵源久遠，不是鮮見孤例，並根據現代性科學的分析研究，推斷全世界同性戀約有一億人至兩億人左右（原書頁 266）；又如性愛方式的倒錯（男裝癖、施虐狂、受虐狂、窺陰癖、露陽癖），作者除了提出傳統文獻以為佐證外，對於其發生原因提出先天遺傳、後天習得、暫時發洩或好奇愛變等（原書頁 287-288），均予人對待這些現象有正確態度的幫助。

　　許多罕見性具，其作用若何，經作者解說之後，立即令人心領神會，足見其對性學領域研究之深入。如漢代即有銅製男性陰莖（原書頁 174 圖鑑）、婦女刷洗月經帶的工具（原書頁 204 圖鑑）、女子纏足各式專用木凳（原書頁 342-343 圖鑑）、纏足女子不便下床而在床上便溺的「不到翁」溺器（原書頁 343 圖鑑）等等，不但實物圖鑑清晰，文字說明亦簡練明白；而關於古代妓院的用品，如唐代妓院門前有「肏肉童子」石雕陳設（原書頁 317 圖鑑）、活動的紙板性交玩具（原書頁 320 圖鑑）、妓女以草藥清潔陰部的木盒（原書頁 326 圖鑑）、代價券的用途（原書頁 334 圖鑑）、有提供「吹蕭」暗示的戒指（原書頁 327 圖鑑）、有性交圖樣的銅盒（原書頁 321 圖鑑）、春錢（又叫堂子錢）的作用（原書頁 316 圖鑑及頁 315 文字說明）、處罰婢女或妓女的鐵製絞指刑具（原書頁 335 圖鑑）……等等，對於娼妓生活的了解，提供最有說服力的證據。上述性具絕大多數在原書正文沒有提及，圖鑑寥寥數言說明，起著萬鈞之力的點睛之妙作用，是筆者首次僅見，令人嘆為觀止，其於學術價值自不待言也。

缺失檢討

本書特點有如前述，而缺失有三項，不能不指出。

首是作者立論觀點迭見新意，而有些情況不免穿鑿附會，令人不敢苟同。如在第二章提出原始初民有男女生殖器崇拜的象徵物，這是完全正確的，但以為考古發掘所出土大量魚或雙魚文物，作為女陰崇拜物的證明，並解釋道「魚形，特別是雙魚和女陰十分相似，雙魚宛如女子的兩片大陰唇，而中間還有孔縫；另一方面，魚的繁殖力很強，原始初民以此寄託人丁興旺的美好希望。同時，這種崇拜物的出現也是和原始初民漁業生產的發展分不開的」云云（原書頁 40），筆者對於魚與女陰崇拜是否必然有相關連，則不敢以為絕對。另外，數千年前出土陶器貝紋，作者以為「更使人產生女陰的聯想」（原書頁 41 文字、頁 48 至 49 圖鑑），則恐未必盡然。

第二項缺失，本書設有責任校對，但因校對不夠透徹，以致於有不少錯誤，茲列舉如下：

1. 頁 151 引《昭明文選》王延壽〈魯靈光殿賦〉中「伏羲鱗身，女媧蛇軀」之句，誤作〈魯引光殿賦〉。
2. 頁 151 引《易經・序卦傳》之句，《易經》誤作《男經》。
3. 頁 151 六禮中的「納采」，誤作「納彩」。
4. 頁 161 天堂、地獄「神絡圖」，據右側圖鑑攝影，當為「神路圖」。
5. 頁 161 圖鑑有「妖誣叛道，姦盜邪淫」文字的戒淫木牌，惜圖樣放置顛倒，必須挪移才能卒讀圖樣文字。
6. 頁 296 註一見《史記・始皇本紀》，應為《史記・秦始皇本紀》。
7. 頁 333 註二《世說新語・汰引》，應為《世說新語・汰侈》。
8. 頁 348 言「在古代男女的性生活中，除性交以外，最激動人心的大概就是玩棄女子的小腳了」，「玩棄」當為「玩弄」。

9. 頁 348 言「高羅佩就認為三寸金連之所以吸引男子」云云,「金
連」當為「金蓮」。

10.頁 361 言「此禍雖除,但明王朝已元氣喪盡,病入膏盲,不久
就滅亡了」,「病入膏盲」當作「病入膏肓」。

以上僅是個別錯字未能細心校對,實例有如是者,較嚴重者是引用
二手研究資料或沒有查對確實,致有錯誤得離譜,如頁 350 云:

> 光緒 13 年(公元 1887 年)7 月,梁啟超、譚嗣同、汪康年、
> 康廣仁等又發起成立全國性的不纏足會,總會設於上海,各
> 州、縣、市、集設分會。

考梁啟超(1873-1929)光緒十三年僅十五歲,尚在廣東學海堂唸書,
何能在上海發起不纏足會?查閱年譜,應是光緒二十三年(公元 1897
年)才是。

　　亦有脫文未能補足者,如頁 315 言「韓　收到這禮物後賦七律
一首」,「韓」字下空一格,該是校讀不仔細,尋繹上下文意,則知
當為「偓」字。又如頁 360 言魏忠賢「年輕時本是個無賴,因為賭
徒所逼,而自宮,萬曆年間中選入宮」,有兩空格沒有補好文字。翻
檢台灣商務印書館出版的百衲本《明史》卷三百五列傳第一百九十
三魏忠賢本傳,則知原文為「魏忠賢,肅寧人,少無賴,與群惡少
博,不勝,為所苦,恚而自宮,變姓名曰李進忠。其後乃復姓,賜
名忠賢云。忠賢自萬曆中選入宮,隸太監孫暹,夤緣入甲字庫」,因
此,缺字為「恚」。

　　有些資料來歷交待不清,讀者有心想進一步覆案閱讀,則有茫
然不知何處尋覓苦。如頁 352 至頁 353 言此片甲骨文可能是迄今世
界上最早的宦官記錄,如能標明出處,豈非美事一樁?

內容商榷

　　本書特點與缺失既已說竟，以下若干小問題，筆者與作者容有逕庭，不妨列為並存異說，也許隨著往後資料發掘更為充分，不同見解則有堅實依據為判。

　　古人有否特為性交製作家具？作者以為古人家具除了床鋪之外，尚有專用於性交的「美人椅」、「春凳」（原書頁 172 文字，頁173-174 實物圖鑑證明）。由現存春宮畫觀之，不乏男女於榻上、椅上、蓆上、馬上、几案上、船上、驟車上、鞦韆上進行性交，意態撩人，模樣挑引遐思凝想，美感橫生，妙趣無窮，然不可必以為真實如斯，當可視為古人馳騁豐富想像力之一斑。至於是否確有為性交而特製之「美人椅」、「春凳」（顧名思義，自然與一般家用凳、椅有所不同），文獻無徵，實難以為必。數年前，台灣金楓出版公司非公開發行由龔鵬程博士題籤《秘戲圖大觀》鉅冊（全書 576 頁，銅板彩色印刷，無出版年月，前有杜三升先生 1993 年 10 月撰寫出版緣起），頁 268 亦有一張男女交歡於椅上春宮畫，編者以為這種坐椅設計了稍長的扶手型式，「是為了椅上雲雨而特製的」，同書頁 15 另一張男女交歡於椅上春宮畫，編者就比較謹慎，說明「圖中躺椅比一般稍長的把手，似乎是為了男女交合而製」。另外，1997 年荷蘭斐卿書局出版 Rev. Yimen 的《春夢遺葉》（Dreams of Spring：Erotic Art in China）頁 88 亦有一張相仿春宮絹畫，作者亦云「長柄把手似乎是專為這對情人做愛而特別設計」（a young man makes love to a lady seated on a meditation chair which, because of its long armrests, seems specially designed for this purpose）。顯然地，《秘戲圖大觀》與《春夢遺葉》二書對此以推測語氣，說明亦不敢率爾以為必然。筆者以為，躺椅把手或長或短，並不影響性愛之暢快，故不必因春宮圖躺椅把手稍長，就以為是為了此目的而特製。

　　其次，關於《詩經》章句詮釋與同性戀的關係。本書第五章討論到同性戀的問題，作者列舉《詩經》中的〈子衿〉、〈狡童〉、〈山有扶蘇〉、〈褰裳〉、〈揚之水〉等篇，以為有不少內容都是「兩男相悅」之詞，其中又以『狡童』、『狂童』、『狂且』、『恣行』、『維予二人』之類的詞句，大都和同性戀有關（原書頁 266-267）。其實，作者這種觀點是襲自潘光旦〈中國文獻中同性戀舉例〉一文而來（收錄於潘氏翻譯靄理士《性心理學》，附錄二），但潘文下筆矜慎，明說「只從辭氣推論」，有「同性戀的嫌疑」，作者援引以為與同性戀有關，略顯武斷。季旭昇《詩經古義新證》（台北，文史哲出版社，1995 年 3 月增訂版）對於傳統《詩經》詮釋問題，提出甚有見地看法，可參考。

　　另外，作者將阮孚「性好屐」列入戀履癖者，以為是性愛對象的倒錯（原書頁 282）。今翻檢《世說新語‧雅量》第十五則文字，正是記載此事，其原文如下：

> 祖士少好財，阮遙集好屐，並恆自經營，同是一累，而未判其得失。人有詣祖，見料視財物；客至，屏當未盡，餘兩小簏著背後，傾身障之，意未能平。或有詣阮，見自吹火蠟屐，因歎曰：「未知一生當著幾量屐？」神色閑暢。於是勝負始分。

楊勇《世說新語校箋》（台北，正文書局印行，1976 年 8 月）引《晉陽秋》曰：

> 阮孚字遙集，陳留人，咸第二子也。少有智調，而無儁異。累遷侍中、吏部尚書、廣州刺史。

祖士少與阮遙集（阮孚）兩人各有所好，表現迥異人生價值取向，前者好財，卻不免拘謹於眾人目光，而後者好屐，乃能自適其樂，

無睹於世情。筆者不敏，玩味上述經典文字，始終得不出阮孚是性愛對象的倒錯印象！潘光旦譯作《性心理學》之第四章〈性的畸變與性愛的象徵〉，其中第四節物戀（erotic fetishism）談論足戀、履戀與性愛被虐戀之關係，有很深刻複雜心理層面，劉先生僅以阮孚「性好屐」片段文字，即斷定是性愛對象的倒錯，不免引申曲解太過之誚！

2000 年 11 月 26 日初稿

12 月 2 日定稿

原載《漢學研究》第 19 卷第 1 期，2001 年 6 月

由「高中歷史課程綱要」
之爭論見台灣的認同危機

前言

　　教育部 2004 年 11 月 9 日在網站上公布了必修課程「普通高級中學歷史科課程綱要草案」[1]（以下簡稱「高中歷史課程綱要」），引發了朝野政黨的論戰以及民間的疑慮[2]，紛紛各自表達不同的意見，這本是一個民主社會健康成熟的現象，不過，問題並非如此簡單。雙方爭論最大癥結處，在於「台灣主權歸屬」的問題，這非僅僅是台灣內部的問題，也牽涉到兩岸互動與未來走向的重大轉變。今將「高中歷史課程綱要」爭論的焦點，先做簡單的鳥瞰，然後分析其背後所隱含的意義，提供關心兩岸前途者參考。

---

[1] 見教育部網頁 http://www.edu.tw/EDU-WEB/Web/HIGHSCHOOL/index.htm。

[2] 最具代表性是 11 月 28 日由多位知名大學校長、院士與學者有感於邇來歷史、地理、國文課程的改變，有「去中國化」的不正常傾向，共同出席「新世紀人文再造──正視台灣的危機與社會良知的覺醒」論壇，分就中華文化的傳承、核心價值與教育方向，以及現代知識份子的自醒自覺與社會的良善力量，提出他們的意見。見 2004 年 11 月 29 日《聯合報》。另外，《新新聞》週刊第 924 期（11 月 18-24 日）以專題「誰在改寫歷史？」探討此事件的來龍去脈，並訪問相關人物，頗引人注意。

「高中歷史課程綱要」內容

根據教育部公布的「高中歷史課程綱要」列為必修課程規定，一年級第一學期為台灣史、第二學期為中國史，二年級為世界史，分兩學期講授完畢。

高中一年級第一學期《台灣史教材綱要》有四個單元，每個單元各細分三項主題，每項主題又各有兩大重點，後列附錄，說明編纂教材的主旨。為了簡明清晰起見，先依序羅列之。

第一單元　早期的歷史（史前至 19 世紀）

主題 1.源遠流長（重點：南島語族與台灣原住民、歷史時期的演變）
主題 2.從海上來（重點：涉外事件、漢人移民）
主題 3.開枝散葉（重點：貿易與產業、社會與文化）

第二單元　日本統治時期（二十世紀前半）

主題 1.政府的作為（重點：統治政策與台民反應、基礎建設與經濟發展）
主題 2.社會的變遷（重點：殖民地的社會與文化、文學藝術的發展）
主題 3.戰爭期的台灣社會（重點：皇民化運動等措施、太平洋戰爭與戰時體制）

第三單元　戰後的台灣（二十世紀後半〔一〕）

主題 1.戰後初期的台灣（重點：國民政府接收與二二八事件、省政府成立後的政經發展與中華民國政府遷台）
主題 2.威權體制下的內政與外交（重點：威權體制的形成及其對憲政、人權的侵害、國際情勢的變化與政治改革的要求）

主題 3. 威權體制的轉型與自由民主的改革（重點：蔣經國時代、憲政改革與總統直選）

第四單元　戰後的台灣（二十世紀後半〔二〕）

主題 1. 經濟發展（重點：從進口替代到出口擴張、十大建設與經濟轉型）

主題 2. 社會文化的發展（重點：社會轉型與社會運動的興起、教育文化的發展）

主題 3. 台海兩岸關係與全球化的挑戰（重點：台海兩岸關係的演變、台灣與經貿全球化）

　　高中一年級第二學期《中國史教材綱要》有八個單元，每個單元各細分二至四項主題，每項主題又各有二至三大重點，後列附錄，說明編纂教材的主旨。為了簡明清晰起見，亦先依序羅列之。

第一單元　古典中國

主題 1. 考古與傳說的中國（重點：考古的發現、多元的新石器文化、神話與傳說中的遠古中國）

主題 2. 從村落到國家（重點：早期的聚落、城邦的出現、殷商王朝）

主題 3. 封建社會（重點：禮制的世界、家族與倫常）

主題 4. 封建崩潰與百家爭鳴（重點：春秋戰國的變局、學術思想的興起、重要的學派及其思想）

第二單元　帝制中國

主題 1.帝國的規劃與運作（重點：皇帝制度的確立、學術思想的統制、編戶齊民的社會）

主題 2.新天下秩序的出現（重點：帝國的天下觀、西域與文化交流）

第三單元　東亞帝國

主題 1.統一的前奏（重點：不安的年代、胡漢的衝突與融合、文化大革新）

主題 2.隋唐帝國的宏規（重點：長安之春、制度與規範）

主題 3.天可汗的世界（重點：華夷一家、東亞文化圈的形成、絲綢之路與東西文化交流）

第四單元　近世中國

主題 1.政治與社會的變革（重點：唐宋的變革、北方民族的爭勝）

主題 2.科舉與士大夫文化（重點：科舉制度、士大夫文化、印刷術與知識革命）

主題 3.經濟文化重心的南移（重點：移民與南方經濟的發展、南方文教的盛況、海洋活動的興起）

第五單元　明清帝國

主題 1.專制的統治（重點：統治體制的變更、士紳社會）

主題 2.蛻變的年代（重點：商品經濟的發展、思想與文化的變遷、西學的傳入）

主題 3.社會控制與多元族群（重點：人口增長、多元族群的國家）

第六單元　帝國崩毀

主題 1.變動的世紀（重點：宗教與民變、太平天國、義和團）

主題 2.西力衝擊（重點：鴉片戰爭、從朝貢制度到條約制度）

主題 3.現代化的開端（重點：自強運動、議會制度、康梁變法）

第七單元　中華民國

主題 1.革命與建國（重點：孫中山與革命、民初的政局）

主題 2.新文化與新思潮（重點：五四運動、婦女解放、大眾文化）

主題 3.從中原到台灣（重點：十年建設、中日戰爭、國共內戰）

第八單元　共產中國與兩岸關係

主題 1.共產黨革命（重點：毛澤東與農民革命、槍桿子出政權）

主題 2.共產中國的文化與社會變革（重點：文化大革命、改革開放、
　　　人口問題）

主題 3.兩岸關係（重點：六十年來的台灣、兩岸的局勢）

　　高中二年級為世界史部分，因沒有任何的爭論，也與本文主題無關，就省略不錄了。

　　看了上列《台灣史教材綱要》與《中國史教材綱要》，不可否認的，「高中歷史課程綱要」的確花了不少心血編纂，其表現有兩項特色：

（一）公平看待歷史

　　過去筆者成長的二十世紀 70 年代，看魯迅、陳獨秀等人文章，只能在夜晚宿舍熄燈後，躲在被窩拿手電筒「偷看」，這是迄今記

憶猶新的經驗。在《中國史教材綱要》單元七主題 2 的附錄主張「新青年、胡適、陳獨秀均應觸及」，「新文學是白話文的產品，可介紹幾位作家，像魯迅、茅盾、老舍、巴金和沈從文」，這都可視為體現公平看待歷史人物的態度。

（二）不與現實脫節

如說「成人教育和終身學習的概念是近二十年來人們追求新知的方式，可以適當的篇幅描述」，又說「SARS 這波突來的『看不見的敵人』，正好可以說明生態、經濟、社會和政治之間的相互關係」云云，都可看出注重現實狀況，不滯於古板教條。

但毋庸諱言的，「高中歷史課程綱要」也存在若干值得商榷的部分，而這就是本文要討論的重點。

「高中歷史課程綱要」爭論要點

在談此之前，筆者先扼要提契現今公布的「高中歷史課程綱要」與原先綱要的不同，這樣才比較容易突顯其間的差異性。

長久以來，台灣中學教科書都是採用國立編譯館編纂發行，作為統一的標準教材。在過去十年，教育政策已有若干的變革，如多元入學的方式──除了保留原有的聯考之外，另有推薦甄試──比過去僵化的統一教材、統一命題的升學模式，有了很大的變化。其中開放民間自行編寫教材，是相應的配套措施。根據教育部公布的《高級中學教科用書審定辦法》第 8 條規定「應組成各科審定委員會，依高級中學之課程標準或綱要審定教科用書」，也就是說由各校決定自由編寫的教材，只要合乎教育部頒訂的標準即可。於是乎，

每個學校的課本可能會有不同，這就是所謂「一綱多本」的現象[3]。由於教材「一綱多本」，雖然大多教育工作者肯定其活潑生動、啟發思考、將學者最新研究成果編入教材，可以教學靈活，合於教育的理想，但也有諸多批評，如內容銜接的問題、各版本之間的差異性太大、學界未定論史事寫入教材、學生難有清晰的概念等[4]。

　　從 1999 年嘗試採用新版的高中歷史課程教科書，課程標準是高中一、二冊教本國史，台灣史則依歷史發展的軌跡，適量穿插於其間，其內容如下所示：

一、中國歷史的起源

二、古代封建社會

三、先秦的劇變

四、大帝國的規制與運作

五、草原游牧民族的生活與文化

六、門閥政治與士族社會

七、民族融合與文化交流

八、從中古到近世的變革

九、士大夫精神與庶民文化

十、明清之際中國與西方的直接交通

十一、鴉片戰爭前的中國

十二、台灣的開發與經營

十三、外力衝擊與晚清變局

---

[3] 如自 88（1999）學年度起，各校採用新編不同版本高中歷史教科書有六種，即三民書局、大同資訊企業公司、正中書局、南一書局、建宏出版社、龍騰文化事業公司六家出版，由國立編譯館主編、教育部核定的單一標準本教科書，從此不再使用。

[4] 關於「一綱多本」的檢討與批評，見《新史學》第 11 卷 4 期，以及《歷史月刊》2001 年 10 月號，「新編高一歷史科教科書的檢討」專輯，頁 42-78。

　　十四、台灣建省與乙未割讓

　　十五、民國初年的內憂外患與政治演變

　　十六、民國初年的經濟社會與文化

　　十七、抗日戰爭與中共政權的建立

　　十八、「台灣經驗」的建立

　　十九、台灣社會文化的變遷

由以上提綱顯示，與台灣相關的章次共有四個單元，主題是十二台灣的開發與經營、十四台灣建省與乙未割讓、十八「台灣經驗」的建立與十九台灣社會文化的變遷，台灣史所占的比例是百分之二十一，對照新公布的「高中歷史課程綱要」，可以清楚顯示很大的不同，即是把台灣史與中國史分開，完全切斷了歷史的時間銜接特質，不符合歷史發展軌跡。尤其是日據時期，雖然日本人對台灣人的思想控制很嚴格，但知識菁英對祖國的訊息一直沒有中斷，梁啟超接受名紳林獻堂的邀請訪問台灣，對台灣人民族意識的鼓舞，影響極大[5]；而孫中山多次到台灣，其推翻滿清、建立民國的革命過程，與台灣相為呼應，也對台灣同胞有相當的鼓舞振奮[6]；其次，五四運動爆發，台灣學術文化界亦極為關注，新文學的主張與作品均對台灣本土作家有影響。現在公布的「高中歷史課程綱要」，把孫中山創立中華民國、五四運動放在中國史內，在台灣史卻完全看不到，這難道是合乎歷史的真相嗎？

---

[5]　邱白麗〈梁啟超在台灣〉，收在林慶彰、陳仕華主編《近代中國知識份子在台灣2》（台北：萬卷樓，2002年10月），頁49-96。

[6]　陳少白兩次到台灣，1897年在台北成立興中會支會，王兆培1910年成立同盟會台灣分會，台灣籍志士參加革命活動有台南許贊元、苗栗羅福星、台中林祖密等。詳見吳敏芳〈孫中山在台灣〉，收在林慶彰、陳仕華主編《近代中國知識份子在台灣2》，頁1-48。

　　自 1999 年採用新教材到 2004 年，不過是短短的五年，許多教育工作者漸步入適應階段，教育部卻另立原則確定台灣史與中國史分開，各自獨立編成一冊，並擬定於 2006 年（95 學年度）實施。這樣的決策似嫌過於倉促草率，其過程沒有先經過意見徵詢討論，因此激起了一些反彈的聲浪[7]。除了上述爭論之外，另有兩點：一是關於國民黨政府遷台後的功過，重點大多集中在批判國民黨接收台灣之「竊政」與二二八事件的爆發，揭發「威權體制的內涵及其對人權的侵害」，包含有「國民黨改造、黨國體制、萬年國會、總統得無限期連任等問題，以及官方對人權的侵害和鎮壓政治異議者等」。這些歷史事件的事實陳述，確是有必要，可作為今後執政者引以為殷鑑。可是，對國民黨政府正面的評價卻不多，難免令人有政黨輪替後，教育成為兩黨鬥爭工具的聯想[8]。二是「高中歷史課程綱要」附錄說「中華民國接收台灣的依據與爭議，應該說明過去所稱開羅宣言（實際上為 statement）、波茨坦宣言之實質效力的檢討、聯軍最高統帥第一號命令的意義」，這段話由上下語意玩味，似乎對「開羅宣言」與「波茨坦宣言」的效力產生了質疑，也連帶對「中華民國接收台灣」的正當性起了根本性的疑問。這個議題由教育部「高中歷史課程綱要」專案小組提出，是多麼重大的改變，不能不說是極嚴重的認同危機。難怪引起各界的注意，正反兩面的意見均各有堅持，任何一方也無法說服對方[9]。

---

[7]　知名評論家龍應台表示，編寫歷史教科書，「牽涉到文化認同與感情歸屬，應經過公平、公開、深入的討論，由下而上形成共識，而非用政治權力，跳過討論階段，就把過去以『中國本土』為中心的歷史推翻掉」。見 2004 年 11 月 19 日《聯合報》。

[8]　這是中央研究院近代史研究所張玉法院士接受記者訪問的看法。見 2004 年 11 月 22 日《聯合報》。

[9]　台北市長馬英九與教育部長杜正勝、法務部長陳定南、外交部政次高英茂、

　　台灣所以成為問題，是由中國內戰與國際形勢演變所造成，因此必須先看二次世界大戰的演變與其後的發展。1943 年 12 月 1 日的「開羅會議宣言」（Statement on Conference of President Roosevelt, Generalissimo Chiang Kai-shek, and Prime Minister Churchill, Cairo），明確美、中、英三國盟軍聯合作戰，嚴懲日軍，其目的在於促使日軍攫取中國的領土，諸如滿洲、福爾摩沙與澎湖群島，必須歸還給中華民國（shall be restored to the Republic of China），同時必須離開這些領土，韓國也應自由獨立[10]。

　　1945 年 7 月 26 日由杜魯門、史大林、蔣介石聯合發表「波茨坦公告」（Potsdam Proclamation），要求日本無條件投降，其中第八項重申必須履行開羅宣言的條件。日本在 9 月 2 日簽署了「無條件投降書」，表示接受「波茨坦公告」的條款，即接受台灣等地歸還中華民國[11]。

　　1945 年 8 月，日本宣布無條件投降，中國結束了八年對日抗戰，最後取得勝利，10 月 25 日台灣光復，台灣同胞張燈結綵，歡欣迎接回歸祖國的懷抱。

　　1951 年 9 月 8 日訂於舊金山的「對日和約」共有七章二十七條，其中第二條第二款說「日本放棄對台灣及澎湖列島的一切權利、權利根據與要求」，值得注意是，「對日和約」是日本與四十八個國家代表簽訂[12]，中國大陸與在台灣的中華民國均沒有受邀參

新聞局長林佳龍等人有激烈的辯論，互相僵持不下。見 2004 年 11 月 11 日台北各大報。

[10] See United States Relations with China : With Special Reference to the Period 1944-1949（U.S.GovernmentPrintingOffice,1949），P.519.

[11] 見中央研究院近代史研究所許雪姬主編《台灣歷史辭典》（台北：文建會，2004 年 5 月），頁 508 張淑雅撰「波茨坦公告」條。

[12] 世界知識出版社編輯：《國際條約集》（北京：世界知識出版社，1959 年），

加，同時也沒有明言「放棄對台灣及澎湖列島的一切權利、權利根據與要求」歸屬於何國，因此產生了所謂「台灣法律地位未定」的主張[13]。

1952 年 4 月 28 日日本與在台灣的中華民國政府簽訂以舊金山「對日和約」為藍本的「中日和約」，日本放棄對台灣及澎湖列島的一切權利，仍未明言歸還何國[14]。

美國過去與中國簽署的三個聯合公報，是影響至今兩岸關係的決定因素，不能不提。

根據已故哈佛大學歷史學家費正清（John，K. Fairbank）的觀點，國、共內戰時期，美國對中共武力的錯估，採取不涉入雙方衝突立場，使得中共政權統治中國，國民黨政府被迫遷徙到台灣。美國作為國民黨長期盟友，始終不承認北京代表中國合法政府，但自 1972 年 2 月美國總統尼克森（Nixon）訪問中國，簽署了上海公報（Shanghai communique），北京申明反對「一中一台」（one China, one Taiwan）、「一個中國，兩個政府」（one China, two governments）或是「兩個中國」（two Chinas），華盛頓明確認知「在一中之下，海峽兩岸共存，台灣是中國的一部分」（all

---

頁 333-352。

[13] 這是此次「高中歷史課程綱要」最關鍵的爭執要點，主張台獨者援引 1950 年 6 月韓戰爆發，美國總統杜魯門以台灣法律未定為由，依日本佔領國的身分，宣布中立台灣海峽；之後美國在「對日和約」只聲明日本放棄台澎主權，並未說明歸屬，也不想透過聯合國解決台灣的法律地位問題，「台灣地位未定」於是成為主張台獨者所引據。國際法學專家丘宏達〈開羅宣言波茨坦公告有國際法效力〉一文，從 1978 年國際法院在「愛琴海大陸礁層案」指出，聯合公報也可以成為一項國際協定，另引《奧本海國際法》第一卷第九卷說明「一項未經簽署和草簽的文件，如新聞公報，也可以構成一項國際協定」，此外，雖然中日和約並未規定台灣歸還中國，引據兩個日本判決作出解釋，說明台灣已歸屬中華民國。見 2004 年 11 月 20 日《聯合報》。

[14] 許雪姬主編《台灣歷史辭典》，頁 117 張淑雅撰「中日和約」條。

Chinese on either side of the Taiwan Strait maintain there is but one China and that Taiwan is a part of China），而且「不會改變這個立場」（not challenge that position），影響所及，美國與台灣的關係就是建立在此。同時美國也清楚表示繼續與台灣維持自 1954 年來共同安全協定（軍事同盟）的承諾，但無礙與北京正常化關係。1978 年 12 月經秘密談判，美國總統卡特（Carter）在 1979 年元旦承認中華人民共和國代表中國，不再承認中華民國（withdraw recognition from the Republic of China on Taiwan），而且從 1980 年元旦終止自 1954 年來與台灣共同安全協定的承諾。然而，美國並不放棄與台灣的關係，於是 1979 年 4 月另訂了「台灣關係法」（Taiwan Relation Act），作為台灣與美國非外交的實質往來憑藉，繼續發展經濟貿易、文化等非官方交流，並出售防禦性武器（defensive arms）給台灣。1982 年 8 月的聯合公報，中、美兩國重申卡特總統時代的正常化關係[15]。

　　從 1972 年的上海公報確立「一中」原則、到 1979 的中美關係正常化、到 1982 年的公報重申「一中」原則，二十多年過去了，直到迄今，就是兩岸關係的現實。現今公布的「高中歷史課程綱要」將「開羅宣言」、「波茨坦宣言」、「舊金山和約」、「中日和約」等關係到台灣地位的文件列入《台灣史教材綱要》，但中共與美國建交所簽署的三個「聯合公報」，尤其重要，更是深深影響到現實兩岸局勢的歷史文獻，怎能忽略不提[16]？這種選擇性的處理歷史方式，是很令人遺憾的。

---

[15] John K. Fairbank: The United States and China（Massachusetts: Harvard University Press, 1983），Preface, pp.457-462.
[16] 台北市長馬英九在 11 月 8 日行政院會中提出「完整還原歷史真相」的看法，11 月 18 日再度投書〈讓歷史文獻完整呈現〉文章，見當日《聯合報》。次日有三名高中歷史科教師聯名投書《聯合報》，也表示同樣的支持見解。

　　除了上述的爭論之外，還有一些充滿矛盾的說辭，如說「兩岸的局勢，應該讓學生思考，請以歷史家撰寫歷史的嚴肅態度，不摻雜任何黨派色彩或其他預設立場，客觀敘述學生們將來要面對的問題」，果真以這樣持平態度，也是可以接受的，可是卻又把李登輝的「特殊的國與國關係」提出，不由令人有政治意識形態介入教材之聯想？

「高中歷史課程綱要」爭論的意義

　　根據筆者的觀察，民進黨一向以台灣獨立作為訴求，其《黨綱》之基本綱領「我們的基本主張」第一條明白說要「建立主權獨立自主的台灣共和國」，主張「依照台灣主權現實獨立建國，制定新憲」；1999 年民進黨公布的《台灣前途決議文》，進一步主張「台灣是一主權獨立的國家，任何有關獨立現狀的更動，必須經由台灣全體住民以公民投票的方式決定」，「台灣並不屬於中華人民共和國，中國片面主張的『一個中國原則』與『一國兩制』根本不適用於台灣」。

　　正因為民進黨是主張台獨的政黨，則此次「高中歷史課程綱要」所引爆的爭論，表面上雖是教育問題，實際上不可免地帶有濃厚的政治意識型態糾葛其間，則視為統獨之爭浮出的冰山一角又何嘗不可？何況贊成「歷史課程綱要」者大多是偏於執政黨的政治人物[17]，

---

[17] 如主張台獨的台灣團結聯盟立委候選人在「高中歷史課程綱要」公布後，即到教育部要求更改現行教材內容，並主張本國史即台灣史、本國地理即台灣地理、本國文學即台灣文學、台灣母語應與華語平等。見 2004 年 11 月 10 日《聯合報》。

而反對者，除了學者之外，也有偏於國民黨傾向者，因此，這絕對不是一個可以把教育與政治截然劃分的議題。

這個議題不僅僅是台灣島內的問題，也牽涉到中國大陸民族主義的情感。中共國台辦發言人對此聲明，認為台灣高中歷史課程修改有關台灣未定論問題，其政治用意就是要把台灣的教育變成台獨思想教育，並重申台灣是中國領土不可分割部分的地位從來都是明確的[18]。

一旦民族主義的情感被挑起，很多細微瑣事也能變得異常敏感。吾人可以從民間生活的蛛絲馬跡，嗅到統獨之爭的煙硝味。在台灣素有知名度的「永和豆漿」，在大陸有數家分店，但在外包裝標示「原產國：台灣」字樣，遭到大陸民眾檢舉抗議，後以違反商標法規定，處以罰款，並將產品下架，更換包裝[19]。

無獨有偶，台資「連展科技」公司 11 月 29 日在南京東南大學舉行人才招聘會，「連展科技」工作人員簡介該公司專利核准為「台灣全國」排名第 23 時，引起一位同學不滿，「你們材料上有『本國』字樣，講話中也提到『全國』，我認為不正確。台灣不能稱為國家，因為台灣是中國的一部分」，工作人員回應，「各人觀點不同，你們這麼想，我們也無能為力」，沒想到學生聽了情緒激動，有人高喊退場，三百多名學生紛紛離開現場[20]。

繼「高中歷史課程綱要」之後，高中國文文言文的比例也要刪減，另外增加白話文的比重，也不可免地被認為是有意「去中

---

[18] 2004 年 11 月 18 日《聯合報》。

[19] 同前注。

[20] 2004 年 12 月 1 日《聯合報》轉引南京《揚子晚報》報導，標題為「台資企業招才『本國』惹火三百名大學生」。

國化」[21]。專門培育中學國文教師的台灣師範大學國文系發表聲明，要求教育部應維持文言文占六成五或開放市場自由決定、中國文化基本教材維持必修、高中國文授課時數也應恢復每周五小時[22]。高中國文課程修訂小組負責人表示課程綱要上網公布已一年多，在前任教育部長任內即已定案，沒想到被批評「去中國化」，係受歷史科「連累」[23]。

　　由上述三個活生生的例子，說明了歷史教科書修訂，已經在台灣內部與大陸引起高度緊張，一旦引信被有意點燃或無意誤觸，則後果是難以想像的！

結論

　　「高中歷史課程綱要」已把台灣內部的政治認同爭論激發到文化認同危機的層次。揆諸中國歷史上的改朝換代多只是政治名號的更易，老百姓的價值信仰與風俗習慣仍然存在，在文化上始終沒有太大的改變。民進黨既然以台獨為黨綱，而在做法上，不管未來是修憲或是制憲，其目標就是要獨立建國，近年推行通用拼音與「台語文字」只能在島內通行，並不足以在全球華人圈普遍溝通使用[24]，

---

[21] 親民黨黨團 11 月 26 日在立法院召開記者會，應邀出席的學者指出，國文教學改變只是小問題，真正問題在把自己的文化根源斬斷，去中國化、台獨化衍生的問題。見 2004 年 11 月 27 日《民生報》。

[22] 2004 年 11 月 27 日《聯合報》報導。

[23] 見 2004 年 11 月 27 日《聯合晚報》報導。

[24] 如中央研究院院士許倬雲批評台灣本土化整體表現為一種狹隘的、情緒性的、排他性的社區意識，不太能冷靜思考問題。同注 2。

正如學者觀察最近兩岸發展指出，北京已認定陳水扁在第二次總統任期內的主要工作有兩點，一是在政治上，掏空中華民國，二是在歷史文化上，推行去中國化，因此在對台工作上已經有了調整與措施[25]。民進黨不惜與中國切割兩斷，其政治立場本可商榷[26]，但文化上違背了維繫全球華人慧命「文化中國」的理念[27]，引起兩岸緊張的情勢是不難想像的，因此，「高中歷史課程綱要」的爭論，實不容等閒視之[28]。

　　台灣與中國文化本是同根，對照種族、國家與文化認同的討論，張純如在其近作指出，美國生長的華裔（ABCs）雖然在工作升遷上與日常生活受到白人社會的排斥與歧視[29]，但有相當高比率對中華文化帶有難以割捨的情感，有的還以帶有中國人血統而自

---

[25] 這是文化大學美國研究所兼中國大陸研究所教授陳毓鈞 2004 年 11 月 28 日在《中國時報》所寫的文章，題為〈北京向阿扁告別？〉。

[26] 大陸對台政策，提出比照香港、澳門的「一國兩制」，在台灣內部有不同的討論，李敖是公開大膽提出可以接受的少數特異人士，國民黨主張維持現狀觀望者居多，民進黨則主張台獨建國，目前在台灣這三種意見各有支持者，難有一致的共識。但民進黨現為執政黨，在宣傳氣勢上具有較大的優勢，因此台獨聲浪頗高，而美國為維持兩岸平衡關係，對台獨的氣焰不斷提醒克制，中共對此也一直密切關注

[27] 考試院委員林玉体曾說孫中山不是國父，中國史為外國史，考試院長姚嘉文跟著附和，激起民眾的不滿，認為如此說法，孔子、關公、媽祖等豈不成了外國人？11 月 29 日仍有民眾舉白布條「蛋洗歷史罪人杜正勝林玉体」到教育部抗議，引發緊張的氣氛。見當日 TVBS 新聞。

[28] 截至 11 月 29 日，「高中歷史課程綱要」專案小組對外宣布，為避免單純的高中課程修訂掀起政治風暴，計畫刪除綱要中的「舊金山和約」與「中日和約」，並且在第一冊台灣史追溯中華民國建國歷史。足見這個引發台灣島內緊張的議題，不敢太冒然定性，但其後續發展仍值得觀察。

[29] Iris Chang:The Chinese in America（New York: Penguin Group Inc., 2004），p.181、pp.185-188、pp.211-212、pp.305-307。

豪[30]。海外猶有眾多珍惜自己文化根本的華裔，台獨主張者近來反
中國文化的傾向，是引起許多人惶惶不安的重要原因之一。

2004 年 11 月 29 日初稿，

12 月 2 日修訂於文哲所 502 研究室。

本文原發表在 12 月 16 日於澳門大學主辦

「國家認同與兩岸未來」國際研討會

---

[30] Ibid,pp.212-214、pp.305-307。張純如本人即是代表其中的人物，她的父母先是 1949 年逃離共產中國革命到香港、台灣，然後再到美國留學，成為美國大學教授，她自小在美國生長受教育，因同情中國人在南京大屠殺的悲劇，奮力寫成馳名美國史學界的專著 The Rape of Nanking: the Forgotten Holocaust of World War II（New York: Basic Books,1997），台灣有蕭富元譯本《被遺忘的大屠殺：1937 南京浩劫》（台北：天下文化，1997 年）。

檔案、校勘與歷史真相
——以黃彰健著《二二八事件真相考證稿》為例

前言

　　以研究戊戌變法史與校勘明實錄馳名史學界的前輩學者黃彰健先生，最近完成了一部扛鼎力作《二二八事件真相考證稿》，不僅展現其心思縝密的深厚考證功底，使多年來眾說紛紜的二二八事件有了撥雲見日之效，歷史真相得以澄清昭然於世，同時也體現了學者憂心時局，忠實學術良知的耿介情操，值得鄭重向讀者推介。

　　《二二八事件真相考證稿》為何而作？過去傅斯年目睹民生經濟達到不堪忍受的境地，以孔祥熙、宋子文為首的豪門涉及不法貪瀆，寫了〈這個樣子的宋子文非走開不可〉等文章，使得孔、宋二人被撤職下臺。據作者黃彰健先生說，他很佩服傅先生的「讀書不忘救國」的情操，《二二八事件真相考證稿》的完成正是體現了這種精神，有意踵武傅先生：「（彰健）正撰寫第四本《論衣禮與經傳所記禘祫》，已寫第一章及第四章，以憂心時局，遂擱置，而寫《二二八事件真相考證稿》。記得民國三十七年傅斯年先生由美國回國，在史語所大門前晤談，傅先生說，他有許多書要寫，因憂心時局，不能不過問政治。我現在正是這種心情。」，「這本書如能使二二八事件受害家屬明瞭事件真相，減少其對中華民國政府的怨恨，減少未來海峽兩岸和平統一的阻力，也許可以說是我對中華民族的貢獻吧」

（見原書序），則不難理解，這部力作，除了學術價值之外，尤具有關懷現實的深切意義！

由於作者擅長史料考據，此書的研究方法，也是值得注意的。作者提到其取徑乃沿襲清初黃宗羲與萬斯同整理明代史料的方法，「國史（包含檔案）取詳年月，野史（包含口述歷史、回憶錄）取詳是非，家史取詳官曆，以野史家乘補檔案之不足，而野史的無稽、家乘的溢美、以得於檔案者裁之」。（見原書序，以及葉129）

所以，作者的方法仍舊是採用傳統中國史學家的考據方法，而縱觀全書迭有新見，突破前人研究二二八事件成績，可見治學方法無分中外與新舊，善在運用巧妙而已。昔王國維有言：「學無新舊也，無中西也，無有用無用也，凡立此名者，均不學之徒，即學焉而未嘗知學者也」（見〈國學叢刊序〉，載於《觀堂別集》卷四，收在《王國維遺書》第三冊，葉 202），此言最得學術真諦，而作者差足近之。

當事人親歷事件的見證與回憶，按照常理，「現身說法」應該是最值得信任的。但作者發現，有些人的口述歷史可以補檔案的不足，有些人的口述歷史則與檔案抵觸，顯係錯誤。所以會如此的原因，作者指出，「有些錯誤係記憶有誤，有些則由於所得資訊自始不完整，有些則由於隱諱、歪曲、有意不忠實」（原書葉21）。例如，彭孟緝撰《臺灣省二二八事件回憶錄》以及彭的幕僚所撰〈二二八事變之平亂〉載有彭孟緝與陳儀來往電報，這是很可貴的文獻資料，也為學者大量引用作為立論的依據，可惜該電報竟係假造的（見原書頁3-6），而且柯遠芬寫的〈事變十日記〉，也有不忠實處。多年來，學者沿用這些資料，卻無察覺有問題，作者的貢獻在於敏銳洞察力與史料扎實功底，這些資料都利用檔案仔細審核，一一分析考辨，指出不可輕信為研究的依據。

　　本書出版之前,由陳重光、葉明勳擔任「行政院研究二二八事件小組」召集人,以賴澤涵為總主筆,黃富三、黃秀政、吳文星、許雪姬等人合撰的《二二八事件研究報告》(1994 年 2 月時報文化出版企業公司出版),乃代表二二八事件研究最權威的著作。《二二八事件真相考證稿》(以下簡稱《考證稿》)出版梓行,則徹底提出與代表官方觀點的《二二八事件研究報告》(以下簡稱《研究報告》)的不同詮釋體系,這兩種觀點與方法大相徑庭的著作,究竟孰是孰非,讀者可自行判斷,而可以肯定的,二二八真相的瞭解,在此二書對讀之下,則邁向開始的第一步。

　　以下依序分四節探討本書:一、內容要點與貢獻、二、研究方法舉隅、三、揭示學術研究進境的歷程、四、承續中國傳統史學表述方法。

一、內容要點與貢獻

　　以賴澤涵為總主筆,黃富三、黃秀政、吳文星、許雪姬等人合撰的《研究報告》(1994 年 2 月),主導著臺灣二二八事件的詮釋權,十三年後,黃彰健先生《考證稿》(2007 年 2 月,臺北聯經出版公司)則提出諸多不同見解的看法。

　　本節以介紹《考證稿》主要內容要點。為了行文方便與清晰呈現本書的貢獻,則提及與《研究報告》不同處(這部分也是《考證稿》最精彩處),這樣可以使讀者辨別二書差異處,也便於覆按比較之。以下以各個小事件依序說明之。

◎二二七緝私血案

　　二二八事件導火線為何?其近因係由 1947 年 2 月 27 日晚上查緝私煙販賣引發的糾紛而起的。煙販林江邁頭部被打受傷,市民陳

文溪被槍誤傷身亡，遂引發群眾不滿，集會遊行一定要嚴懲兇手，民怨累積已久如潮水而瀉，而陳儀當時沒有立即做好處理，於是全島蔓延。

關於二二七的始末，各種文件與報導記載互有異同，作者有細膩的考辨，這是所有研究二二八的學者從來所忽略的（見〈二二七緝私血案發生經過考實〉章，原書頁 295-335）。

◎二二八事件爆發與陳儀成立長官公署、實行專賣及公營貿易制度有關

如前所述，二二八事件係由查緝私煙販賣誤傷人民而起，遂引爆一發而難以收拾的事件，作者研究指出，其遠因則與陳儀在臺灣的施政措施有關。

日本殖民臺灣期間，制定了許多條例及章程，日本投降，中央政府光復臺灣必須將這些條例及章程變動，陳儀奉命接收臺灣，利用職權設立了貿易公司與專賣局（原書頁 233-235）。陳儀接收臺灣後，沒收了日本公私營企業，而這些貿易盈餘在過去日據臺灣時期為「重要物資營團」及「拓殖株式會社」所得，如今全歸貿易局所有，這就導致了臺灣人民所說的「變本加厲」，「日本狗去，中國豬來」，誤以為中國政府視臺灣為殖民地（原書頁 234-244）。

貿易局雖說盈餘將用以建設臺灣，並非與民爭利，但實際的結果是民營公司工廠倒閉，人民失業，而恰巧台籍日本兵及台籍浪人大量歸來，他們找不到工作，也就成為參加二二八暴動的主要分子。

有不少台籍浪人及台籍日本兵，因在大陸地區仗依日本勢力而為虎作倀，欺負大陸人，在日本投降時，受到中國同胞的侮辱，大陸人將這些人視為漢奸戰犯，沒收其財產，將其下獄，後因人數太多，政府下令這些人從寬釋放，僅受理直接有暴行而經檢舉的案子。

臺灣光復後，這批人大量湧回，因找不到工作，又遍佈全島，在二二八事件爆發時，他們尋仇報復，因此二二八所以迅速蔓延而難以收拾（原書頁 244-245）。

　　陳儀認為，長官公署制度較省政府制度為優，而專賣制度與官營貿易尤為其治台的經濟政策重心，所以陳儀一直到二二八事件被平息後去職，始終不認為他的政策有錯誤（原書頁 222）。

◎蔣介石處理二二八事件的最高指導方針

　　最早提到蔣介石處理二二八事件的最高指導方針，是 1937 年 5 月柯遠芬〈事變十日記〉：

> 三月六日。
>
> 主席又來電，將整編二十一師全師調台，同時駐閩的憲兵二十一團亦調兩個營來臺灣。而且指示處理事變的方針，政治上可以退讓，盡可能的採納民意，但軍事上則權屬中央，一切要求均不得接受，這是最高的指導方針。

1992 年 1 月，〈柯遠芬先生訪問紀錄〉則說：

> 當陳長官在二十八日以電話告訴蔣主席，臺北已發生動亂後，二十八日下午由南京來的專機帶了（蔣）主席處理二二八事件的四個指導原則。……由陳長官轉述給我聽的。
>
> （一）、查緝案應交由司法機關公平訊辦，不得寬縱。
>
> （二）、臺北市可即日起實施局部戒嚴，希迅速平息暴亂。
>
> （三）、政治上可儘量退讓，以商談解決糾紛。
>
> （四）、軍事不能介入此次事件。但暴徒亦不得干涉軍事。各軍事單位遭受攻擊，得以軍力平息暴亂。

> 這四個原則十分明確，以後處理二二八事件時，完全依照這
> 四個原則來進行。

作者根據檔案分析，這四項指示應係二二八當天蔣介石在電話中下
達陳儀的，不可能是發出的電報（原書頁 219-221）。

　　何以陳儀不在二二八當天告訴柯遠芬，而遲至 3 月 5 日始告訴
柯呢？作者根據檔案發現，在二二八當天如宣佈依循蔣的指示「政
治上可以退讓，盡可能的採納民意」，則陳應該採納 1946 年初及 1946
年 7 月 18 日臺灣人民向中央的請願：廢除長官公署制度，改為省政
府，取消專賣制度及官營貿易，陳儀應向臺灣人民道歉、認錯，並
引咎辭職（原書頁 222，另參原書頁 245-251）。這樣，將對陳不利，
陳不便遵行，故當下隱瞞不告訴柯。

◎ 高雄動亂的真相

1　出兵平亂的正當性

　　二二八事件爆發之後，彭孟緝與陳儀來往諸多電報與代電，已
編入了中央研究院近代史研究所出版的《二二八事件資料選輯》第
一、第三、第四、第五及第六冊，但其內容順序是零散的，閱讀、
研究頗不方便，《考證稿》依序排比警總檔案（原書第三篇〈二二八
事件爆發後彭孟緝與陳儀來往電報及代電輯錄〉，頁 99-128），清晰
呈現彼時如何決策平息這場事件的經過。作者指出，彭孟緝出兵平
亂是正當的，是被迫不得不如此獨斷專行、斷然處置（原書頁 19、
頁 23），與《研究報告》說彭孟緝是屠夫、鎮壓而「無差別的掃射」
不同（頁 410）。

2　暴徒提出要求國軍繳械等不合理九條要求

作者指出，《研究報告》隱諱涂光明提出包含接收鳳山軍械庫與要求國軍繳械等九條內容不提，係為了坐實國軍鎮壓屠殺的說法，不是史家應有的忠實態度（頁 163）。

3　三月一日至三月五日陳儀未向蔣介石請兵

《研究報告》說二二八事變爆發後，陳儀即向蔣介石請兵，因援軍不能馬上到，遂采緩兵之計，與臺北二二八事件處理委員會作拖延談判，等國軍登陸抵台，陳儀就撕破臉，以軍事武力鎮壓。

《考證稿》指出，從二二八到三月六日，陳儀致蔣電只有〈丑儉（2 月 28 日）電〉與〈寅支（3 月 4 日）電〉二電，均未言請兵事，而根據《大溪檔案》，蔣介石於三月五日決定派兵，在當天下午六時十分致電陳儀：

已派步兵一團，並派憲兵一營，限本月七日由滬啟運，勿念。（原書頁 209-217）

◎蔣渭川在二二八事件中的貢獻

二二八事件爆發後，陳儀為了迅速平亂，採取兩條路徑，一方面派民意代表斡旋，同時一邊遊說蔣渭川出來做溝通的橋樑。蔣當時為臺北市商業協會會長，曾經代表民間上書長官公署修正平抑物價政策，在民間深孚人望；蔣與台籍日本兵的淵源密切，他是臺灣省政治建設協會的首席常務理事，非常善於演講，而且其社會地位極高，在臺灣光復前擔任多項職務，如臺北市議會議員、臺北總商會會長、臺灣貿易商同盟會會長、臺灣書籍雜誌商組合理事、紙文具商聯合會會長、臺灣藥業組合員，以及稻江、商工、龍江等信用

合作社的理監事、工友總聯盟指導顧問、臺灣民眾黨中執委等，此
所以陳儀要請蔣出來的原因。

　　作者根據檔案、報刊、文件等新材料，發現從三月二日到三月
六日，代表臺灣人民向陳儀提出政治改革，為臺灣人民爭取權益
的，是蔣渭川與其領導的處委會民間代表。《研究報告》沒有下過
深入挖掘史料的工夫，竟以為陳儀欲利用蔣所領導的臺灣省政治建
設協會勢力，以削弱處委會的力量，以達到「內部的分化、瓦解」，
又以為柯遠芬請蔣出面，係出自于「蓄意利用」的動機，對於蔣在
二二八事件中投注心血努力的貢獻一概抹煞，還編造蔣「可能亦藉
此難得機會立功成名」說辭，作者對此澄清了事實，給予公正評價，
還諸應有的歷史地位（見〈論蔣渭川與二二八〉章，原書頁
377-423）。

◎王添燈欺騙臺灣人民

　　作者對王添燈研究，得到一個新的發現，被歌頌為英雄人物的
王添燈提出三十二條要求，第一條即是要求國軍繳械，另有撤除警
備總部等多條超出地方權限的要求，並在三月八日《人民導報》刊
出三十二條內容，還編造出三月七日下午四時二十分向陳儀提出條
件的謊言，把欲國軍繳械要求刪略，也把《人民導報》的三十二條
通知英、美領事館，企圖以移花接木、魚目混珠方式推卸責任。

　　《考證稿》認為，《研究報告》完全不理會英國領事館的檔案，
也漠視了美國領事館的檔案，更不欲深究三十二條與四十二條要求
不同版本的關係，也沒有經過檔案報刊等資料比對校勘的細膩工
夫，因此其觀點就有局限的偏見，得不到歷史的真相（見〈揭穿王
添燈欺騙臺灣人民〉章，原書頁 425-476）。

◎二二八事件與臺灣獨立的關係

　　高雄暴動事件有〈三月六日審訊涂光明筆錄〉，軍法官問涂光明此行的目的何在，涂回答「要求自治，趕走內地人」，《考證稿》認為趕走內地人，要求自治，嚴格說來就是鬧獨立。作者又根據警總檔案，高雄暴動是王添燈派周傳枝來主持的，而王添燈也是要求臺灣自治的。要求自治是表面上的，實質上是陰謀獨立。這與託管獨立是不一樣的。（頁 175-184）

　　三月三日處委會代表函請美國駐臺北領事館，請求報導二二八事件真相，同時又有臺灣同胞 807 人由 141 人簽署的請願書，請美國領事館轉致美國國務卿馬歇爾，要求聯合國託管一直至臺灣獨立（原書頁 479-537）。

◎二二八事件與中共的關係

　　王添燈的〈告臺灣同胞書之一〉以及〈告臺灣同胞書之二〉的文字不是臺灣人所能寫得出來，是大陸人寫的，可能是共產黨人寫的（頁 467），而且台共、中共在地下黨期間多為單線領導，從事活動又秘密，不大可能有檔案記錄他們自己的活動。對於臺灣二二八事件武裝暴動最激烈地區，如台中的謝雪紅與楊克煌、嘉義的陳復志、高雄的涂光明、斗六的陳篡地等人是否均是共黨分子，作者指出，謝雪紅、楊克煌是台共，而其餘之人由於史料不足，只能存疑待考（頁 288）。二二八事件爆發，陳儀將之歸咎於「奸匪勾結流氓」，把責任完全歸咎于共產黨的領導，作者研究指出，二二八事件是突發的，說是中共所煽動，並非合乎事實。（頁 275-292）

二、研究方法舉隅

　　《考證稿》內容要點與《研究報告》不同處，有如前述所及。以下要舉幾個例子說明《考證稿》以何方法得出以上的結論。

1 揭示史料來源

　　作者長期研究中國歷史，對於傳統強調史料來源特別重視。因此研究二二八事件，有項異於他人特點，就是把史料來源交待極為清楚。

　　經過不同版本的互校，作者發現，閩台監察使楊亮功《調查報告》的附件一有閩台監察使署調查員鮑良傅、鮑勁安〈奉派調查臺灣省專賣局職員葉德耕等查緝私煙一案調查報告〉所附十八件附件，來源共有三個本子，即是《研究報告》附錄一根據監察院影印的〈鮑良傅報告〉、中國第二歷史檔案館蔡鴻源編的排版本子、陳興唐主編《南京第二歷史檔案館藏臺灣二二八事件檔案史料》內的排版本子；比較有意義的，作者發現三個本子俱不完備，於是指出各本所缺項目，並為十八件附件編了一個簡目（頁 295-303）。

2 細膩而巧妙的繡花針本領

　　作者長於校勘版本異同，並能從中觀察出為何不同的原因，窮根究底，深入探得歷史肯綮。

　　以〈揭穿王添燈欺騙臺灣人民〉章為例，王添燈提出三十二條要求，見於三月八日《新生報》，但是英國領事館檔案的三十二條與《新生報》登載的內容有歧異，作者根據美國人葛超智（George H. Kerr）向美國大使報告的三十二條文件係出自於《人民導報》，於是一路追蹤尋找《人民導報》的內容，竟然得知英國領事館檔案的三十二條內容與《人民導報》同一出處，而以《人民導報》的內容和葛氏的報告

比較，則知葛氏的報告不僅取材於《人民導報》，也取材於三月八日《新生報》，葛氏對於第一條要求國軍繳械沒有據實報告，還刻意隱瞞，欺騙了美國大使。作者又找到了三月八日《中外日報》，發現其條文內容與《新生報》相符合，而與《人民導報》不合，再根據大溪檔案的時間記載，證明了王添燈的《人民導報》對臺灣人民的欺騙。這樣一路追蹤資料，如手撥春筍，層層卷撥入內，其心自見。

關於四十二條要求，作者所知道的就有三種不同的本子，即是三月八日《新生報》所載、三月七日晚六時二十分王添燈廣播的、長官公署《臺灣省二二八暴動事件報告》收錄的，但其間的內容次序有若干的不同。

葛超智（George H. Kerr）著作《被出賣的臺灣》（Formosa Betrayed），長期以來被主張台獨的分子所引述，經過作者比對美國政府公佈檔案，發現葛氏將「切斷與中國大陸政治經濟的一切聯繫 for years」，把「for years」改為「for some years」，將「一直至臺灣獨立」（"until Taiwan becomes independent"）改為「否則，我們將一無所有」（"Otherwise we Formosans will apparently become the stark naked"），明顯扭曲原意，篡改了公文書。作者指出，這是葛氏有意的篡改，只希望臺灣由聯合國託管，不希望臺灣獨立，這樣美國太平洋防線就可經由日本、琉球、臺灣、菲律賓，連成一條防線。（頁479-537）

作者以繡花針細膩工夫指出它們異同關係，並考察其變化的軌跡，是從來研究二二八學者所難以望其項背的，因此其成績自然超邁時賢，有突破的貢獻。

3 首次揭露有些電報是偽造的

電報有可能是偽造的。這是從來研究二二八事件的學者所忽略的。

作者先考察《臺灣省二二八事件回憶錄》的電文與〈二二八事變之平亂〉記載文辭內容有不一樣（頁3-6），於是根據檔案所收真實電報內容校勘，得知《臺灣省二二八事件回憶錄》的電報與檔案所載不同，《回憶錄》與〈平亂〉所載電報屬偽造文書，不可據以為歷史研究材料（頁6-15）。

至於幕僚撰寫〈平亂〉為何要偽造彭孟緝「將在外君命有所不受」的電報？作者認為事件平定後：

> 白崇禧在高雄宣慰時，稱讚彭的斷然處置『專斷獨行』，這對彭『原本鈞座指示』、『忍讓處理』言，係『將在外君命有所不受』，因此彭的幕僚即偽造陳電令彭『電到即撤回兵營』及彭『將在外君命有所不受』的電報。（頁17）。
>
> 由於強調『將在外君命有所不受』，故〈二二八事變之平亂〉該文即強調陳儀『以政治解決』此一策略的錯誤，責備陳儀『軟弱怕事，坐視事態之擴大』。
>
> 〈二二八事變之平亂〉及彭《回憶錄》絕口不提我上文所引陳三月四日前與彭電文，並隱諱彭之主張政治解決不說，這也是為了要坐實陳『以政治解決』、『軟弱怕事』，遂故意省略不述。
>
> 彭及彭的幕僚大概不知道，政治解決，陳係奉蔣的指示（頁18）。

能夠指出當事人及其幕僚偽造電報文書，誠屬不易，但又更進一步指出為何要作偽的緣由，則屬更為難得。這是作者積累數十年功底有以致之。

4 以檔案與當時來往電報判斷野史與口述歷史的真偽

由於檔案與事件發生時的來往電報，往往「實錄」當時的情況，以時間先後為線索排序，則事件來龍去脈可以有清楚的輪廓，再以

此基礎，則坊間野史與當事人口述歷史或有出入不同、或有相抵觸之處，則可以很快判斷是否記憶失實、有意隱諱或扭曲。作者言：

> 史明《臺灣人四百年史》係野史，而王作金、李捷勳、彭明敏、陳浴沂、孫太雲諸人訪問紀錄述所經歷，或有傳聞失真，或有意歪曲史實，幸賴有警總檔案及當時陳儀、彭孟緝來往電報以資判斷（頁72）。

這是作者深造有得的經驗之言，在本書中處處可見，可作為研究近現代史學者引以為借鏡。

三、揭示學術研究進境的歷程

　　任何研究隨著新資料的發現，或可補充原來觀點的不足，或可修正錯誤，這是眾所皆知的。吾人研究問題，不僅僅要知道結果的真確無訛，更要緊的是學習研究過程的方法。作者以近九十歲的高齡寫成這本專著，也是其一生的壓卷力作，他也有意識的在本書中自述學問進境的歷程。

　　如卷一之上，先是有〈彭孟緝與高雄事件真相〉文章，主旨在證明彭孟緝《臺灣省二二八事件回憶錄》所收錄陳儀與彭來往電報係偽造的，並排比警總檔案三月一日至四日、六日至七日的電報，說明彭出兵平亂是正當的，發表於 2002 年《高雄研究學報》。

　　後來，據作者自言，找到了彭三月五日致陳儀電報，「填補了這一重要缺口，遂使我動念，根據警總檔案、大溪檔案，深入探討高雄事件的經過」。因此作者發現：「有些人的口述歷史可以補檔案之不足，有些人的口述歷史則與檔案抵觸，顯係錯誤。有些錯誤係記憶有誤，有些則由於所得資訊自始不完整，有些則由於隱諱、歪曲、

有意不忠實」(頁 21)。於是有〈再論彭孟緝與高雄事件真相(初稿)〉文章。

　　繼而〈再論彭孟緝與高雄事件真相(二稿)〉發表於 2003 年 11 月 16 日的「大高雄地區近百年文化變遷研討會」。作者言,主要是以收錄彭孟緝與陳儀來往 24 通電報為基礎,「然後討論:對高雄事件各種不同的記載之可以商榷處。我所用的方法仍是沿襲黃宗羲及萬斯同的國史(包含檔案)取詳年月,野史(包含口述歷史、回憶錄)取詳是非,家史取詳官歷,以野史家乘補檔案之不足,而野史的無稽、家乘的溢美、以得於檔案者裁之」(頁 129)。

　　隨著新資料的發現,作者因此得悉〈再論彭孟緝與高雄事件真相(二稿)〉有若干推論是錯誤的,就都在「文章底下加注,而不另行修正」(頁 167)。如言三月六日上山談判的代表,林界不在內,作者後來找到新資料,知道這是錯誤的判斷,於是在當頁下注解云「據本書卷一之下新資料,林界三月六日上山。詳新資料所附按語。」(頁 145)

　　根據新資料而隨時加入不同的見解,這種撰寫文章的過程,並非作者孤明先發,其言「郭沫若的名著《殷契萃編》在晚年重印時,僅於書眉注明他的新意見,而不修改他的舊作,也因此,我將這些可以訂正舊作的文章,本書第五、六、七篇印入本書卷一之下,而在卷一之上的〈再論〉二稿加注,請參看卷一之下我對此問題的新意見。也因此,我將我的書原名《二二八事件真相考證》加一『稿』字」。(原書作者自序)

　　所以,讀者在閱讀本書時,應隨時前後對照,並比較思考其中論點的差異,才能領受到做學問的歷程是艱辛不容易的!

　　何以作者不隨著觀點的改變而更動文章呢?這是筆者的疑問。作者曾為筆者說,做學問很不容易,文章所以會有初稿、二

稿保留原來的樣子，就是要讓人知道，推論有時候會有不準確的地方，發現了新資料，把原來即使是嘔心瀝血的論證推翻掉，這樣忠實記錄了學術研究的進境過程，對於年輕人也可以作為參考取資的。

四、承續中國傳統史學表述方法

　　本書內容的表述方式，受司馬遷的影響很大。司馬遷寫《史記》敘事之巧妙，往往以「互見」的方式呈現，一方面節省不必要的重複，一方面可以把握住一個事件的中心而不致離題太遠。

　　二二八事件很複雜，每個環節緊緊相扣，敘述很不容易，以太史公「互見」的方式表述，恰可以把握要點，清晰眉目。

　　如〈論蔣處理二二八事變最高指導方針，陳儀延至三月五日始告知柯遠芬〉章，提及「陳儀一直到他去職，始終不認為他的政策有錯」，作者注解說：「請參見本書第十篇」（原書頁 222），提及三月三日發生了臺灣民眾請美國駐臺北領事館代遞向美國國務卿馬歇爾的請願書，該請願書的結論說：「要臺灣省長官公署的政治改革，最迅捷的途徑為聯合國託管，切斷與大陸政治、經濟的一切聯繫，一直到臺灣獨立」，作者注解說：「本書第十七篇將詳細考論此事」（原書頁 224-225），提及蔣介石「三月五日派兵有關電文，見《大溪檔案》」，作者接著說：「本書第八篇論文已徵引」（原書頁 225），提及「對蔣渭川、王添燈向陳儀所提政治改革建議」，作者說：「本書卷三將詳細討論」（原書頁 229），這些都是為了把握論題的重點，把相關的事件以「互見」的方式表述，讀者可以隨即按覆詳看，也可以先看完本篇文章，再依提示「按圖索驥」。

結論

　　綜合以上討論，可以顯示本書有個特點，應是以考證為主，許許多多大大小小事件的時間、地點、前後關係，散見在各地留下來的回憶錄、口述歷史、會議紀錄、電報、檔案文件、報刊報導等，作者窮盡所有可能的線索，不憚繁瑣複雜，一一抽絲撥繭，細膩考辨，使得過去語焉不詳、純然以訛傳訛的錯誤或撲朔迷離的情況有所澄清，作者尋覓資料可以說是"竭澤而漁"，這對瞭解二二八歷史真相，無疑地，是非常重要的。

　　讀者如沒有時間細看全書，建議可以通讀作者的〈自序〉，蓋此篇文章將本書最重要的創見與方法以簡潔的筆法描繪，可以說是一篇精彩的內容提要。

　　本書各篇文章雖各自獨立成文，但篇中文字敘事巧妙，環環相扣，把各篇文章細細玩味，對於二二八事件的前因後果，當能有深刻地認識。由此可見，本書在瑣碎考證之中，仍見有系統的組織，今特予拈出，並敬質讀者指教。

　　以二二八事件的錯綜複雜，如能編有索引，將蔣介石、二二八事件處理委員會（處委會）、陳儀、彭孟緝、蔣渭川、王添燈、林茂生、託管獨立、葛超智、林江邁等詞條編出，將更能發揮價值，建議再版時能將索引編出，便於讀者查閱。

2007 年 9 月 5 日初稿，

10 月 1 日二稿，

11 月 8 日定稿于四川大學華西新村

後記：

　　這篇文章於 2008 年 2 月 16 日在中央研究院近代史研究所檔案館會議室發表，承蒙「二二八增補小組」主要負責人朱浤源教授邀請、作者黃彰健院士親臨出席指導，以及多位學者專家參與討論，盛情可感，謹表萬分謝意！

　　另外，《考證稿》在本文發表時，據悉第二版已經排印發行，且編了索引，因此筆者的建議，竟是不謀而合，特記於此。

　　　　　　　　　　2008 年 4 月 9 日識於四川大學歷史文化學院

《美國圖書館名人略傳》讀後記

　　美國學術發展極為興盛，以其雄厚國力支撐學術研究，而學術研究亦貢獻於國力的提昇，二者相輔相成，如環扣緊密接續。圖書資源充裕與否，關係學術發展的前景，因此欲觀一校或一國的水準如何，由圖書館的管理與收藏，大略可以得知。最近嚴文郁先生力作《美國圖書館名人略傳》一書，「列舉美國圖書館界傑出領袖五十人的事功與軼事，按生卒年排列，以窺見美國整個圖書館事業的軌跡」，是很值得向讀者推介的一部著作。

　　本書具有六大優點，可以詳為述說：

一、資料紮實

　　本書作者自序就五十位傑出圖書館界領袖之出生地域、家庭環境、教育程度、壽命及其成就等，均有精確而詳細數字統計，即可徵作者行文一絲不苟，非有紮實工夫，實難臻至！

二、文字簡鍊可誦

　　作者文字典雅簡鍊，寥寥數筆，即對人物有精彩的描述，堪稱一流寫手。如對威廉・佛來德瑞克・浦耳（William Frederick Poole）一生功績、其人成功之道及人格特質，有如此的蓋棺論定：「在 19

世紀美國圖書館事業發展中，浦耳確是一王子和偉人。從他的 47 年圖書館生涯，可以追溯美國圖書館的發展史。開始於社會性的商業圖書館（Boston Mercantile Library），進而建立二個公共圖書館（辛辛那提和芝加哥），最後樹立一個研究圖書館（New berry）。致力於圖書館建築研究，打破傳統而創新的模式，影響下半個世紀。浦耳是個有夢想的思想家，一個有魅力的領袖，為圖書館拓荒的先鋒。他將圖書館行業提升為人認同而敬重的專業。他的成功來自他的精力、學識、熱情與奉獻精神。他的地位達到巔峰，不只因為他蓋世才華，而高尚人格也是因素之一。他集堅強、正直、勇敢、智慧、效率之大成，使他在生之日享受榮譽，身後留下不朽之名。1951 年他獲選入 ALA 名人堂（Hall of Fame）」。

又如對艾德溫・安德遜（Edwin H. Anderson）有如此評價：「艾德溫・安德遜為美國圖書館界早期受過正式專業教育成就最大的一位。前賢如 Jewett，Winsor，Poole，Cutter 和 Dewey 篳路襤褸以啟山林，開出一條道路，俾後來者有所依循，徐圖發展。安氏即是承先啟後的第二代人物」。皆是以最簡短的文字，表達最深刻的意義，將人物寫活，凸顯在讀者眼前。

三、人物評價，實事求是，不虛美，不隱惡

「隱惡揚善」固是個人自我修養之要求，但作為公正客觀的人物評價，就該實事求是，做到不虛美、不隱惡的超然立場。作者在此點也明顯地能夠做到。如對麥斐爾・杜威（Mevil Dewey）的優缺點，具能一一指出：「他身軀壯碩，聲音洪亮，演說煽動。主持會議能把握現場，圓滿結束。主張男女平等，嚴肅而親和，進取而正直。

能同時擔任幾個職務，應付自如；惟好大喜功，有時不能履行承諾，計畫層出不窮，後續乏力，須別人為之完成；忙於事功，不能專心治學，非學者型文化人」。

對於撒母耳‧沙瑞特‧顧林（Samuel Seret Green）的地位，作者以為應列名美國圖書館界前十名之代表人物，然而在 1951 年 ALA75 週年 Library Journal 所選四十名代表人物排列，卻沒有其人的名字，作者以為是不妥的。可見作者對人物評價是有一己獨特的見解：「因為他對圖書館專業教育、業務皆盡了最大努力，是個拓荒的專家；撰文論及各種問題，並實行他所標榜的主義，完成偉大的任務」。

此外，對於某些人物，評價亦毫不留情。如對勞倫斯‧克拉克‧鮑威爾（Lawrence Clark Powell）的貢獻有所肯定，以為「他在洛大十數年，將一個普普通通的大學圖書館發展成為美國大學圖書館第五位，他自己也被列為十數著名圖書館專家之一。雖然有許多敵人，但以他版本的造詣、文學的修養、坦蕩蕩的人格，不失為一個象徵性的領袖」；對於其缺點，亦有所指陳：「他的弱點為自我中心，意氣飛揚，恃才傲物，目空一切。這許多弱點為人詬病，使他不能儘量發揮所長。他的目光集中於既往，一直以書香自我陶醉，而不知科學的進步，如電腦、自動化等是不可阻擋的潮流，終於落伍」。

四、成功之道，在在揭示，予人極大借鏡思齊之效

如理察‧羅傑茲‧鮑克（Richard Rogers Bowker）自幼得自父親近視的遺傳，日夜作校對工作，1901 年視力開始惡化，十年後失

明成為盲人，但在往後 23 年仍能將出版社擴大為公司，擔任 P.W.
及 L.J.的編輯，同時發行 Publishers, Trade List Annual, Publications of
Societies and State Publications, Private Book Collectors, The
American Book Trade Directory, The American Library Directory, The
Bookman's Glossary 等書刊，非有堅毅精神，實難如此。又如查理·
艾凡斯（Charles Evans）一生坎坷，從未在一個圖書館工作八年以
上，每次皆為主管的董事會解雇，時常賦閒找不到工作，生活困難，
極不得意。他五十一歲退出圖書館界，「斷絕一切社交、娛樂，甚至
家庭歡聚，終日埋首字紙堆中。他到國會圖書館查資料，寫信告訴
妻子，他從上午九時到下午九時四十五分，除找書外沒有離開座位，
連午晚兩餐飯都忘了吃。在圖書館不開門時則到動物園看禽獸，或
到兒童遊樂場看孩子騎木馬，苦中尋樂，以免與人接觸」。直到八十
四歲去世前，他獨力一人搜集資料，編輯、抄寫，完成了 12 冊四開
本的傳世之作 American Bibliography，至今仍為研究版本的典範，
一雪三十年之恥辱！

五、宣揚對圖書館事業做出卓越貢獻之創舉

　　美國學術的進步，圖書館提供極大的幫助，而圖書館制度的健
全，是由許多專家巨擘前仆後繼、奉獻心血而成的。對於這些對當
代圖書館做出傑出貢獻之人物，作者深致崇敬之意，屢屢為之宣揚。
這些奠定當代圖書館事業的領袖有首創借書條制度的賈士·溫塞
（Justin Winsor），重視兒童閱覽室的約瑟法斯·納爾遜·拉德
（Josephus Nelson Larned）、威廉·豪華德·布特（William Howard
Brett）、約翰·卡登·德納（John Cotton Dana）等；主張開放書庫

讓讀者自由入內的約瑟法斯・納爾遜・拉德（Josephus Nelson Larned）、威廉・豪華德・布特（William Howard Brett）等；倡導館際合作的查理・艾密・卡特（Charles Ammi Cutter）、撤母耳・沙瑞特・顧林（Samuel Seret Green）、約翰・蕭・畢林茲（John Shaw Billings）；完成擴大聯合目錄（union list）與登錄特藏（Special Collections）計畫，影響世界學術研究甚鉅的歐尼斯特・顧盛・理查遜（Ernest Cushing Richardson）；將國家圖書館擴展成為世界第一圖書館的赫爾巴特・卜特倫（Herbert Putnam）；完成《威廉遜報告》，震撼圖書館教育與改革的查理 C.威廉遜（Charles C. Williamson）。

　　現代我們能享受圖書館便捷而效率的服務，當不能忘記許多前輩貢獻的識見與心血。

六、樹立典型風範，足式後人

　　在五十年代麥加錫（Joseph MeCarthy）參議員掀起整風運動，許多作家與名流被列入調查對象，鮑伯・B・黨斯（Robert B. Downs）身為圖書館學會會長，發表宣言反對禁錮思想自由，捍衛人民的閱讀自由權（Freedom to Read），樹立知識份子的典範。

　　此外，本書對於巾幗不讓鬚眉的傑出人物，舉出有七位之多，其成就與貢獻也是值得一提的，如卡羅琳・赫溫斯（Caroline M. Hewins）成立兒童閱覽室，為兒童讀物奉獻五十年心血，有兒童圖書館之母美譽；沙樂美・卡特拉・費爾柴德（Salomer Cutler Fairchild）使用幻燈片配合專題演講，開現代視聽教育的先河；德瑞莎・威斯特・厄姆多夫（Theresa West Elmendorf）1911 年成為首位女性擔任 ALA 會長，全國女性會員都以她為榮；瑪格麗特・曼尼

（Margaret Mann）編印一部書本分類解題目錄，執編目學之牛耳凡五十年，紀念她的 Margaret Mann Award 令她名垂青史。總之，女性對圖書館事業做出的貢獻，是不容忽視的。

　　某些奇人奇事，作者亦不吝於表揚，給予年輕人鼓舞極大。如威廉・佛來德瑞克・浦耳（William Frederick Poole）小時經濟困難，在工讀交替之下完成學業，28 歲才讀完大學，原先想作律師，因索引稿本被竊，到波士頓圖書館工作，蓄意重編索引，在耳濡目染之下，無形中以圖書館為終身志業。又如赫爾賽・威廉・威爾遜（Halsey William Wilson）雖非職業圖書館家，但因一生全力投入經營目錄及索引出版事業凡 53 年，美國圖書館學會與專門圖書館學會均選他為榮譽終身會員，得到圖書館界的認同。

　　其實，作者寫作此書有崇高理想，觀其自序可知：「從事圖書館神聖工作者，毋須氣餒，更應在工作上努力，改善對讀者的服務，這種精神可從美國領袖學得。倘此作能夠提升我界青年的情緒，筆者有厚望焉。」其對青年之期盼如此！

　　本書作者係湖北漢川人，1930 年左右曾到美國哥倫比亞大學留學，從事圖書館事業凡六十年，故此書寫來駕輕就熟，刻繪人物事蹟栩栩如生，彷彿就在眼前。

　　此書非僅是美國圖書館發展史之縮影，五十位名人傳記之中，如仔細閱讀，不難尋到有多位與中國圖書館事業發生密切關係，茲列舉如下：

1. 1925 年中華圖書館協會在上海成立大會，曾聘杜威與畢壽甫為榮譽會員。

2. 在中國武昌文華書院辦公書林的韋棣華女士，就是瑪利・葡姆摩的學生。韋棣華女士曾派她的學生沈祖榮、胡慶生前往紐約公共圖書館附設圖書館學校求學。

3. 1925 年中華教育改進社邀請鮑士偉到中國訪問，他在各地演講，促成中華圖書館協會的成立，具有一定的作用。他指出中國圖書館有七項缺失：（1）經費不足（2）缺乏現代圖書館（3）圖書不借出館外（4）書架不公開（5）編目不合規格（6）推廣能力薄弱（7）建築不適用。同時他也提出三點顧及現實的建議：（1）成立新圖書館，不附屬於任何機關（2）就現有之圖書館加以改進擴大（3）現有之圖書館本體不動，只須多設分館及閱覽室。作者以為「他在華僅二月，雖屬走馬看花，但觀察入微，所作建議具體，堪稱老謀深算」。

中華圖書館協會贈送鮑士偉的紀念品——瓦質牛車，至今還陳列在芝加 ALA 會址的大廳，作為永久紀念。

4. 查理‧哈維‧布朗（Charles Harvey Brown）於 1948 年 1 月到中國各地調查圖書館現況及圖書館教育，還草擬「中美文化關係中關於圖書館事業的計畫草案」，幫助中國圖書館發展的構想有詳細的規畫，惜因政局變化而未能實現。

喬公衍琯先生為我言作者曾有信與之，提及所選五十位卓絕之士，一部分為作者老師，另有許多與作者為同學或舊識，但觀其文字，完全嗅不出其間淵源，可見作者謙沖為懷，不喜標榜。本文諸多要點承喬公指示完成，不敢掠美，特予申謝。

原載《全國新書資訊月刊》，第 4 期，1999 年 4 月

評辛廣偉著《臺灣出版史》

張錦郎　吳銘能

前言

　　兩岸交流往來，除了增進彼此接觸、溝通的機會，也形成良性的互動與競爭，臺灣地區第一部出版史由大陸學人完成，這對臺灣出版界應是一大刺激。

　　辛廣偉《臺灣出版史》據稱是「中國第一部有關臺灣出版研究方面的專著」，對生於斯、長於斯的臺灣學者而言，自宜重視。

　　由於民主政治的轉型，多元化社會已成氣候，對於臺灣本土文化有系統深入研究，近幾年蔚為風潮，成為一門顯學，而臺灣史料保存在臺灣本土最多、也最集中，像這樣性質的著作，無論攝取材料與熟稔程度，臺灣本地學者照理應有充分條件寫出，如今竟拱手讓海峽對岸學者先行完成，臺灣學者研究之疏懶，此為一例，又有何話說？從前連雅堂有「然則臺灣無史，豈非臺人之痛歟」的感慨，但他畢竟寫出一部《臺灣通史》傳世名著，今日吾人亦可云「然則臺灣無出版史，豈非臺人出版界之痛歟」，而我們什麼時候也能寫出另一部令人滿意的《臺灣出版史》呢？

內容大要

　　本書於 2000 年 12 月由河北教育出版社出版，文字計有三十九萬五千言，全書共有 461 頁，除文字外，每個章節又配有相關史料圖片，可謂內容豐富，具有相當份量。由作者卷首的「說明」，可知本書涉及臺灣出版業的範圍，以圖書、雜誌、報紙與有聲出版四類為主，間及發行、出版研究等相關內容。由撰寫臺灣出版歷史角度看來，作者自言以臺灣光復為開端，光復後又以解除戒嚴令為分界點，分為解嚴前與解嚴後時期。從章次目錄安排，可以看出作者撰寫臺灣出版業的圖書類，以解除戒嚴令之前後為分水嶺，共分四章（第二章、第三章、第四章、第五章）完成，大致上肯定解除戒嚴令之後，臺灣圖書類有飛躍性成長，其餘如雜誌類與報紙類亦不外乎是以這種思路撰寫，分別以四章（第八章、第九章、第十章、第十一章）與三章（第十二章、第十三章、第十四章）完成；而比較可議者，有聲出版類僅以一章（第十五章）完成，本來這一類就少，是否該列為一類與上述圖書、雜誌、報紙並列，本是仁智之見，可以商榷。

　　以下分別略述各章內容大要：

　　第一章〈光復前的臺灣出版〉，作者指出 1807 年（清嘉慶十二年），應是臺灣最早出版記錄，而 1881 年前後臺灣有了第一台由英國人帶來的印刷機。此外，分三節介紹日據時代的中文報紙、中文雜誌、中文圖書出版與中文書局概況。

　　第二章〈光復至 50 年代的圖書出版業〉，對於國民黨嚴厲管制出版與受到臺灣同胞的反抗，有詳細描述，而翻印舊書、大陸赴臺作家開辦出版社是此時出版特色。

　　第三章〈60 年代的圖書出版業〉，臺灣經濟開始起飛，帶動出版事業進步，作者肯定文星書店開啟文庫熱潮，臺灣商務印書

館、臺灣中華書局、世界書局、三民書局對文史出版做出卓著貢獻等。

第四章〈70 年代至解嚴前的圖書出版業〉，作者以不少篇幅說明幾家較具活力出版社與兩大民營報社對出版業起了很大作用，包括古籍的編印與翻印、出版眾多華人作家作品、出版大套書等。臺灣反對運動出版品的興起，亦是此時出版史重要一頁。

第五章〈解嚴至 90 年代的圖書出版業〉，作者以為 1987 年實施解除黨禁，開放民眾赴大陸探親，使臺灣社會進入一個新時期，一切百無禁忌，對政府的批判、統獨之爭、本土意識、軍中笑話、環保與反核、口水書、同志系列、成人漫畫等出版內容已是無所不包，五花八門，應有盡有；另外，訊息技術的進步，90 年代中期網路書店迅速發展，標誌臺灣圖書發行新時代的來臨！

第六章〈少兒圖書出版業〉，作者以為臺灣少兒出版可以年代及解除戒嚴令為分界，大致分為三個階段，即光復至 60 年代末的起步發展階段、70 年代至解嚴前的快速增長階段與解嚴後至今的繁榮競爭階段。少兒出版不僅是臺灣出版業中舉足輕重的部分，也是光復後臺灣中文圖書出版業的一個開端。

第七章〈漫畫出版業〉，作者以為光復後，臺灣才開始自己的漫畫出版之路；50 年來臺灣漫畫出版可大致分為三個時期，即光復至 60 年代中漫畫審查的開始、60 年代中至 80 年代中的解嚴前及解嚴至今。

第八章〈光復初及 50 年代的雜誌出版業〉，作者以為 1945 年臺灣光復，臺灣中文雜誌出版才走向真正的開端，並說明國民政府對雜誌的諸多限制。其中專節列出《大陸雜誌》，稱為「不絕的學術薪火」，專節列出《自由中國》，稱為「年代的雷聲」，又把文藝雜誌稱做「沙漠中的綠洲」，把青少年等文化教育雜誌稱做「多彩的曇花」，這些都是很有見解的看法。

　　第九章〈60 年代的雜誌出版業〉，此時期文藝雜誌主要以文學刊物為主，作者以《現代文學》、《文學季刊》、《純文學》並列為文學雜誌的「三駕馬車」，其中以《現代文學》影響最大；餘如《文星》與《傳記文學》列專節討論，充分肯定他們不可忽視的力量。

　　第十章〈70 年代至解嚴前的雜誌出版業〉，作者以為女性雜誌大量出現，是 70 年代中期起臺灣雜誌出版的一個新特色；而財經企管雜誌，如《天下》、《遠見》，講究印刷精美的藝術雜誌，如《漢聲》、《雄獅美術月刊》、《藝術家》等，都是很重要的另一特點。黨外雜誌與「高雄事件」，亦是不可忽視的一頁。

　　第十一章〈解嚴至 90 年代的雜誌出版業〉，作者以為本階段的雜誌可以「內容分層化、主人國際化、經營集團化、銷售多元化、競爭白熱化」來形容；而嚴肅的人文雜誌面臨生存危機，其榮景已一去不復返。

　　第十二章〈光復至 50 年代的報紙出版業〉、第十三章〈60 年代至解嚴前的報紙出版業〉、第十四章〈解嚴至 90 年代的報紙出版業〉，作者以集中三章談臺灣報紙出版概況，共分為三階段：第一階段稱艱難起步時期，即光復至 50 年代末，此時報紙總數達到40 家，不過銷數有限，以三家黨營報紙影響最大；第二階段稱禁錮發展時期，即 60 年代至解嚴前，報紙發行量增加與廣告收入大增是明顯特徵。而副刊已蛻變為整體有主題性、時效性、社會多元內容、圖文並茂的版面，形成了與新聞、評論鼎足而立地位。此時期，自立晚報以公允評論、揭露事實為特色，建立起自己的聲譽；第三階段稱全面競爭時期，即解嚴至 90 年代，言論尺度大開是此時期報紙出版最重要的一點，同時報紙數量到 90 年代末已超過 340 餘家。

第十五章〈有聲出版業〉，介紹臺灣由光復時期至 90 年代唱片、錄音帶、CD 等製作發行與進出口情形，同時依時間的順序分光復至 60 年代末、70 年代、80 年代、90 年代四個階段，臺灣有聲出版流行音樂衍變的概況。

第十六章〈通訊業、印刷業與出版社團〉，作者以為臺灣通訊社的蓬勃發展，領域涵蓋政治、人權、法律、保安、社區、環保、稅務、股市娛樂等，實是拜解除戒嚴令之賜，而印刷業的全面競爭時期，也是因上述原由所造成社會劇變、商業進一步發展、文化出版全面開放，都有直接影響；作者對於臺灣民間出版及與出版相關的社團，也有詳盡介紹。

第十七章〈台灣的書刊發行〉，介紹臺灣書刊發行方式，其中「台英公司與直銷」、「金石堂與連銷店」、「誠品書店——台北的文化地標」、「農學社及 90 年代的發行形勢」、「網路書店與海外發行」等節，頗能真切反映臺灣書刊發行與特色。

第十八章〈書展〉，說明臺灣主辦國內暨國際書展，以及參加海外書展等概況。

第十九章〈出版研究〉，本章鉅細靡遺介紹臺灣出版研究概況，客觀指出台灣出版研究總體上起步較晚。

第二十章〈著作權〉，簡單扼要說明臺灣著作權法的沿革與修訂、著作權服務機構運作、現行著作權法的內容等。

第二十一章〈兩岸出版交流〉，作者對兩岸交流的階段成就，有清晰介紹，並就兩岸共同合作出版、引進外國作品版權、互通訊息、深化有關研討與人才培訓等，提出具體可行措施與期許。

以上各章內容大略情況說竟，相信對讀者能起一點導覽作用。接著該具體說明本書特點與缺失，才是對讀者與作者負責態度。

本書特點

　　經筆者詳閱本書之後，可以歸納四項特點以資談論。

一、內容豐富多元

　　本書大部分的章節合乎詳今（近）略古（遠）的編纂思想。

　　作者花了十二章篇幅說明臺灣出版業圖書、雜誌、報紙與有聲出版品四類為範圍，另外又列少兒出版業、漫畫出版業、書刊發行、通訊印刷業與出版社團、書展、出版研究、著作權、兩岸出版交流等單元，每一單元都以專章探討，其中第二十章〈著作權〉寫得最好，其次第六章〈少兒圖書出版業〉、第七章〈漫畫出版業〉、第十九章〈出版研究〉及第二十一章〈兩岸出版交流〉，均有獨到見解，堪稱佳作。

　　如此一來，本書內容就顯得豐富而多元化，可以說有此一冊在手備覽，臺灣出版業概況也就能瞭然於胸了。

二、反映臺灣文化活動縮影

　　透過出版史的撰述，具體反映臺灣文化活動的縮影，是本書另一項特點。如第四章〈70 年代至解嚴前的圖書出版業〉寫得極為詳盡，差不多當時出版社的特點與出版動態，作者已做了完整勾勒，充分呈現臺灣文化活動的朝氣與衝勁。第五章亦然。作者有言「從某種意義講，這些書的出版可說是臺灣社會的一個縮影」（頁 113），這是很有見地的看法，足見作者觀察入微，目光犀利。

三、提出針砭臺灣社會病態

作者很肯定臺灣的成就，如在「緒論」中有言「如果說中國出版史豐富多彩，那麼臺灣出版史便是其中生動、絢爛的一環」云云，但他也毫不諱言臺灣社會的病態，如分析臺灣本土少兒創作質量不如人的原因，有太注重說教、設計太呆板、水平低等（頁 154）；批評臺灣兒童讀物的現狀，有圖書缺少創作人才、重複出版、套書過多等弊端（頁 157）。

又如臺灣民眾（特別是新新人類）對日本流行文化的特別偏愛，作者能列舉詳盡的時髦書籍有《東京仙旅奇緣》、《哈日族旅遊小聖經》、《哈日一族的天堂》、《我得了哈日症》，以及文學書籍如《失樂園》、《紅花》、《禁果》、《日劇完全享樂手冊》、《黑烏麗子白書》與方智出版社的日本女作家系列等（頁 116），足見並非向壁虛構，而是有所本的細讀資料，這些可看出辛先生的確花下心血，對資料蒐集下過一番歸納整理工夫。畢竟以局外人觀察，往往有客觀真實的一面，如果我們能以平心靜氣態度考量，這應是值得重視的意見。

四、客觀觀察兩岸互補特性

由於歷史發展的不同，兩岸在出版方面各具擅場，也各有一定的限制，如能截長補短，相互合作，未來將是兩蒙其利的雙贏局面。作者對此提出頗為中肯的見解，他認為大陸擁有實力雄厚的出版隊伍，作者、譯者素質高，編輯影響與出版資源均佳，而其缺失是一些出版社經濟力較弱，也缺乏國際版權貿易與出版經營之經驗；而臺灣出版界的優點，經濟實力較強，也有不少出版策畫人才，同時在對外版權貿易較有經驗，其缺失不容諱言的，則是作者、譯者陣

容薄弱,編輯力量與出版資源亦較弱。因此作者以為,兩岸如能在版權貿易與合作出版加強交流,彼此產生互補作用,未來遠景可期(頁 445-446)。

本書缺失

本書有上述四大特點,既是第一部台灣出版史,開創之功誠不可掩,而其缺失亦不能不提,今謹就目力所及,拈出以下五點商榷。

一、出版史料不足

由於作者係利用來臺灣交流機會蒐集資料,沒有長期深入浸淫出版史料的工夫,因此史料掌握就不夠全面,如 1945 年至 1952 年台灣歷年圖書出版社家數統計(頁 110)、1945 年至 1951 年臺灣歷年圖書出版數量統計(頁 111),表格居然空白,彷彿這幾年的出版狀況是極為蕭條的;另外也可以看出,作者在臺灣出版史圖書類部分,多偏重於文學方面,其他領域的史料就很欠缺,因此其觀點就難免有所侷限。所以,本書應是初稿,尚待補充遺漏者頗多(詳後討論),似乎可將書名更為《臺灣出版簡史》、或《臺灣出版史簡編》、或《臺灣出版史概要》、或《臺灣出版史初稿》,如此較顯矜慎,也符合原書現有的水準。

二、史觀值得斟酌

史料的缺乏,必然侷限史觀的視野。

　　臺灣受日本統治有整整半個世紀之久，儘管臺灣同胞心理不樂意，日本人在臺灣以日本文字發行的印刷品（如報紙、雜誌、書籍等），當然成為臺灣出版史之一部分，這一段五十一年殖民地的歷史出版品，應是不能遺漏的；可惜作者在第一章處理這一段史實，僅僅說日本佔領臺灣後，用強硬手段來壓榨臺灣人民的反抗意識，消滅漢族文化，實行皇民化統治云云，簡單幾句話帶過，在第二章也說「光復後的臺灣出版業，可謂一片廢墟」（頁25），似乎在作者眼中，只有漢文出版品才可算入臺灣出版史的篇章，於是往後各章就沒有日文的資料，也是循著這種思路看待臺灣出版史。事實上，日人統治臺灣時期，不少臺灣知識份子雖不能公開閱讀漢文書冊，但他們以日文創作表達思想、鼓吹民族意識亦不乏其數，不能因為是以日文發表，就一筆抹煞他們的貢獻。很遺憾這些資料在作者眼中是不存在的。[1]

　　這種史觀，無形中就不能全面比較滿清統治時期、日據時期、國民黨收復臺灣時期，三者在臺灣出版史上的異同與意義，當然史料不易在短期內蒐全是一回事[2]，可是不該以「截斷眾流」，只取光復後迄今這一段而已。

---

[1]　曹介逸在〈日據時期的臺北文藝雜誌〉一文研究指出，日據時期在臺灣的日本人發行的文藝雜誌就有81種，臺籍本省人發行的文藝雜誌有18種左右。該文詳見《臺北文物》第3卷第2期，1954年8月。

[2]　最近有學者曾就收集精選110本有關日據時期臺灣研究的論著所列參考書目加以分析比較，得到一個值得注意的現象，即戰前（1945年以前）文獻和近人（1945年以後）研究的參考書目，兩者比例是不相上下，這說明1945年以前文獻不少。參見陳宗煌〈臺灣日據研究中一九四五年前資料之使用情況〉一文，收入《書目季刊》，第三十三卷第二期，1999年9月。可見臺灣文獻需花長時間浸淫研讀，寫一部臺灣出版史並不是輕鬆之事。

三、全書體例不一

　　細心的讀者，不難發現，本書在第六章、第七章、第十二章、第十八章、第十九章以及第二十一章，章前皆有短短數行提要式文字，大體勾勒出本章內容，而其餘各章均付諸闕如，不知何故？

四、未辨資料確否

1. 作者第二章有言由 50 年代的暢銷書中，反共作品居突出地位（頁 32），姑且不論這種說法是否符合實際情形，但是作者所一一列舉的書名如羅家倫《新人生觀》、蔣夢麟《西潮》、王藍《藍與黑》、鹿橋《未央歌》、徐速《星星、月亮、太陽》等，均沒有一種是反共作品，絕大多數是以抗日戰爭為背景的作品。顯然作者未見原著，致有如此耳食之見，令人遺憾。

2. 辛書（頁 8）與吳瀛濤的文章（〈日據時期臺灣出版界概況〉，《臺北文物》第 8 卷第 4 期)均認為日據時期最早誕生的雜誌是 1896 年（辛書誤為 1895）（民前 16 年 6 月 17 日）創刊的《台灣產業雜誌》，惟據史和、姚福申、葉翠娣編《中國近代報刊名錄》（福建人民出版社，1991 年 2 月）一書的說法（見頁 133），該刊原刊名為《臺南產業雜誌》，後改名《臺灣產業新報》，因言論受限制和經濟拮据，出版短期即告關閉。

3. 作者云 1958 年 6 月 23 日立法院三讀通過出版法修正草案（頁 43、頁 264），實際應為 6 月 20 日才是。

4. 作者認為「1965 年 6 月 1 日創刊的《出版月刊》是較早的出版類雜誌」（頁 391），其實，還有較早的出版類雜誌，創刊於 1965 年 3 月的《出版界》即是。

5. 作者言桂冠出版社出版《李敖全集》（頁 92），應是出版《李敖作品精選集》（共 10 冊）才對。

6. 作者言《中文大辭典》「也是光復以來出版的最大的一部中文語言辭典」（頁 48），筆者以為，將「中文語言辭典」一詞，易為「語文辭典」較妥。

7. 作者言國民黨軍方也創辦了許多雜誌，「空軍創辦有《中國的空軍》、《空軍學術月刊》。其它還有《軍事雜誌》、《中國聯勤》、《革命軍月刊》、《空軍學術月刊》、《軍法專刊》與《陸戰隊隊刊》[3] 等」（頁 179），《空軍學術月刊》既歸入空軍所辦，何以隔行又出現？該是校對不仔細所致。

8. 第九章〈60 年代的雜誌出版業〉提及 60 年代創刊的財經工商雜誌，包括有《新光郵鈔》（頁 195），其實《新光郵鈔》乃集郵刊物，非屬財經工商雜誌。

9. 第二章〈光復至 50 年代的圖書出版業〉提到臺灣商務印書館在 1957 年修訂《辭源》，預約 6000 部，是 50 年代的一件大事云（頁 38~39），這種說法也有問題，因為《辭源》在 1915 年出版，1931 年續編，1970 年補編增 8700 條，1978 年第 4 次增訂，增了 29430 條。因此，1957 年的《辭源》乃是重印，並非修訂。

10. 第二章又云抗戰勝利後，大陸的大出版社紛紛在臺灣設立分部，「1946 年，兒童書局臺灣分局首先在台北掛牌，隨後，中華書局、商務印書館、世界書局、啟明書局、正中書局相繼跟進」（頁 27），然而據 1947 年即進館服務的臺灣商務印書館總經理張連生〈臺灣商務印書館四十四年述略〉一文[4]，國內出版

---

[3] 按，《陸戰隊隊刊》為《陸戰隊月刊》之誤。

[4] 見《商務印書館九十五年——我和商務印書館》（北京，商務印書館，1992 月 1 月）。

業者開始在臺灣籌設分支機構,「緣與開明關係密切的范壽康教授其時正任臺灣行政長官署教育處處長,因利乘便,開明乃拔得頭籌,其後正中書局、中華書局相繼來臺,商務則係第四家,已是臺灣光復後兩年,即 1947 年的事了」。

11. 關於《臺灣文獻》的出版,作者並不了解其歷史沿革,因此所言有些時序上的錯亂矛盾,令人茫然無所適從。作者言 1949 年有一些具通訊性質在本行業流通的雜誌如《臺灣文獻》(頁 175)、又言 50 年代初期創辦的重要文史類學術雜誌還有臺灣省文獻會創辦的《臺灣文獻》(頁 183)、又言 60 年代以地方志研究方面的雜誌較多,包括《臺灣文獻》(頁 205)、又言較有影響的有 1962 年 6 月臺灣文獻委員會創辦的《臺灣文獻》年刊等(頁 195)。

按,《臺灣文獻》前身為 1949 年 8 月創刊的《文獻》,自第 1 卷第 3 期(1950 年 8 月)改名為《文獻專刊》,而自第 6 卷第 1 期(1955 年 3 月)改稱今名;同時,該刊亦非通訊刊物,正如前述所言的「50 年代初期創辦的重要文史類學術雜誌」。

五、疏漏待補不少

1. 第一章〈光復前的臺灣出版〉第二節日據時期的中文報紙出版,遺漏臺灣報業史上重要的一段史實,即 1944 年 3 月 26 日(採林瑞明的說法,一說 4 月 1 日)六家報紙(臺灣日日新報、興南新聞、臺灣日報、高雄新報、臺灣新聞、東臺灣新聞)合併,改名《臺灣新報》,社長藤山愛一郎。此報自 1945 年 10 月 10 日起第一版是中文版,文章有〈獻詞:慶祝臺灣光復頭一次雙十節〉乙文,還有廖文毅、林茂生和陳逢源的詩文。林茂生的

詩題是〈八月十五日以後〉，原文是：一聲和議黯雲收，萬里河山反帝州，也是天驕誇善戰，那知麟鳳有鴻猷，痛心漢土三千日，孤憤楚囚五十年，從此南冠欣脫卻（？），殘年儘可付閒鷗。11 日有林獻堂、王白淵和林茂生的作品。12 日有〈答葛秘書長之願望〉的社論，13 日有黃得時的作品：岳武穆的〈滿江紅〉，15 日社論〈歡迎我國軍登陸〉，17 日社論〈學生需要埋頭苦讀〉。22 日仍稱《臺灣新報》，未見 23、24 日報紙，不知是否繼續發行。25 日已改名《臺灣新生報》。

2. 作者將出版單位侷限出版社與書局（可能係依據內政部、行政院新聞局出版的出版社登記一覽和出版年鑑上出版社名錄之類工具書的出版品），實際上，臺灣出版圖書的單位有各級政府出版的書刊、公私立學術研究機關、各大學、各種學會、宗教團體、私人團體和作者編者的私人出版品。

3. 第二章〈光復至 50 年代的圖書出版業〉是本書疏漏最多的一章，也是最重要的一章，攸關史實，不能不詳加補述。本章提到的出版社和書局共有 100 家，其中有 29 家在中央圖書館 1945-1956 年的藏書目錄上是沒有記錄的。據《中華民國出版圖書目錄》第一至第五輯之統計，1945-1956 年的出版單位計有 728 家，其中出版社和出版公司有 185 家，書局、書店、書屋有 110 家，政府機關（含黨、團、地方政府）有 119 家，團體（學會、協會、教會、寺廟等）有 89 家，雜誌社有 69 家，報社和通訊社有 23 家，大專學校、研究機構、圖書博物館有 37 家，中小學有 45 家，發行所有 6 家，其他（如印刷廠、文具公司、文化供應社等）有 42 家，外國機關有 3 家，不包括作者（含譯者、編者）自行出版有 160 家、私人出版有 32 家。光復後至 1956 年出版機構（單位）出版圖書超過 100 種者，計有 11 家，

本章漏了革命實踐研究院（138 種）、臺灣省政府（125 種）、國防部總政治部（102 種）。又據統計，1945 年至 1956 年出版圖書超過 30 種至 99 種的出版單位（包括出版社、書局、政府機關、雜誌社）有 29 家，本章遺漏未提的出版單位有 10 家：大方書局、海外出版社、經緯書局、興新出版社、瑞成書局、康樂月刊社、臺灣印經處、交通部、臺灣銀行、中國交通建設學會。

4. 第二章談到 50 年代圖書出版，有足供稱道者，作者卻將之遺漏。如 1941-1947 年中華文化出版事業委員會出版《現代國民基本知識叢書》有第一至第六輯，作者卻只提了第一至第四輯；其他遺漏重要圖書出版品，有 1947-1949 年的《臺灣文獻叢刊》、1944 年的《臺灣省通志稿》、1946-1949 年的《臺北市志稿》、1946-1949 年的《臺北縣志》、1943-1948 年的《基隆市志》、1948 年的《宜蘭縣志》、1949 年的《雲林縣志稿》、1947 年的《新竹縣志》、1946 年的《臺南縣志稿》、1947 年的《臺南市志稿》、1945 年的《高雄市志稿》；大套書遺漏者，如 1955 年的《仁壽本二十五史》934 冊（由二十五史編刊館刊行，胡偉克主持，都 3470 卷，凡 3000 餘萬言，售價新台幣 13800 元，一次付清則售 6900 元，折合美金 324 元，港幣 1830 元；最大特色是精選元、明、清三朝孤槧善本薈萃而成）、1955 年的《大藏經》55 冊。

5. 經過筆者統計，作者全書列舉出版社、書局有 524 家，其中政府機關、學校機構有 10 家，列舉書名有 579 種，其中工具書有 54 種，列舉期刊有 723 家，可惜忽略了各大專院校之學報，列舉報紙有 87 家。作者漏列重要出版社或書局者，有敷明產業地理研究所、協志工業叢書出版公司[5]、嘉新水泥公司文化基金

---

[5] 協志工業叢書出版公司早期稱為協志工業振興會，1955 年左右開始出版書籍，迄於 1979 年止，共出著名學者譯作或自撰書籍有 115 種之多，大多是

會、中央研究院、東海大學出版社、文海出版社、文津出版社、巨流圖書公司、華正書局、華世出版社、教育文物出版社、偉文圖書公司、明文書局、中華徵信所、萬卷樓圖書公司、大安出版社、長安出版社、明潭出版社、中外文學月刊社、台原出版社、近代中國出版社、稻香出版社、笠詩刊社、經世書局、食貨出版社、洪氏出版社、樂天出版社、李敖出版社、故宮博物院、臺灣省文獻會、中華民國國際關係研究所、中華學術院、國立中央圖書館臺灣分館、國立歷史博物館、交通部交通研究所、中國學術著作獎助委員會等 80 餘家。

6. 第十二章〈光復後至 50 年代的報紙出版業〉，作者云「光復後的一年多時間裏，台灣各地先後創刊了二十餘家報紙」（頁252），但文中列重要者只提了五種：臺灣新生報、中華日報、東台日報、民報、人民導報[6]，疏漏了工商日報（1946 年 5 月創刊）、大明報（1946 年 5 月創刊）、國聲報（1946 年 6 月創刊）、臺灣民聲日報（1946 年 1 月創刊）、興臺新報（1946 年 8 月創刊）等。作者又云「二二八事件後的兩年裡，臺灣報紙數量又開始回升。……此時臺灣報紙數量達到了 40 家」（頁 252-253），之後只提到了中華日報、全民日報、公論報、自立晚報、國語日報等五家，漏提更多，如天南日報（臺中市）、平言日報（臺灣版，臺北市）、民族報（臺北市）、和平日報（臺灣版，臺北市）、臺北晚報（臺北市）。

7. 作者以為楊逵主編的《一陽週報》，應是臺灣光復後最早的中文雜誌（頁 26、頁 174）。其實，根據學者最近的研究，《一陽週

名著精品。

[6] 辛書誤為人民報導。

報》1945 年 9 月在台中創刊，《文學小刊》亦是 1945 年 9 月在臺北創刊[7]。

8. 作者云《幼獅文藝》創刊於 1954 年，胡軌為發行人，瘂弦任主編（頁 184）。這種說法很籠統。確切地說，瘂弦是第 30 卷至第 39 卷的主編，早期的主編有鳳兮、鄧綏寧、劉心皇、楊群奮、宣建人、王集叢等，後來主編者有南郭、朱橋。

　　以上五項是舉其犖犖而大者，至於幾個小地方若能避免，豈非更臻於完善？

　　或有未見原著，而導致內容錯誤者：如辛書以為《國教報導》、《國教世紀》、《國教之聲》是以儒學研究為主要內容（頁 194），究其實，乃是各師範學校出版的刊物，以國民教育研究為主要內容的雜誌；《明史稿》（頁 61）疑為《清史稿》或《明實錄》之誤；《大學新聞》（頁 4）為《大學雜誌》之誤；《明道月刊》（頁 214）疑為《明道文藝》之誤；《臺灣時報》（頁 273）疑為《臺灣日報》之誤；《臺北風物》（頁 15）疑為《臺北文物》之誤；《臺北香爐》（頁 113）應為《北港香爐人人插》；洪文瓊（頁 149）為男性，不用人稱代詞「她」；《人民報導》（頁 252）應為《人民導報》[8]；《新生日報》（頁 306）應為《台灣新生報》。

　　或有校對不仔細，而導致錯別字者（亦有漏寫作者姓名者），單是頁 33 就有錯別字 9 個：如《三色菫》誤作《三色槿》，《感情的花朵》漏作者張秀亞，《長相憶》誤作《長相思》，又漏作者王琰如，《亡國恨》漏作者穆中南，《偉大的舵手》漏作者鍾雷，「張心漪」誤作「張

---

[7] 見羊子喬〈光復初期的臺灣文化界〉一文，《書香廣場》24 期，1988 年 11 月。

[8] 關於《人民導報》簡介，可參見吳純嘉的文章，發表於《臺灣歷史學會通訊》第 5 期，1997 年 9 月，頁 69～71。

心漪」,「王敬羲」誤作「王敬義」(出現兩處),《瑞典之花》漏作者王書川,《心向》漏作者楊海宴,《葬曲》誤作《奔曲》,又漏作者潘壘,《陋巷之春》漏作《陋港之春》,《橋影簫聲》誤作《橋影蕭聲》,《湖上》誤作《湖》。其他還有「主要參考資料目錄」誤作「主要參考資料索引」(目次頁),《邸報》誤作《詆報》(頁3),「1896年」誤作「1895年」、「1897年」誤作「1896年」(頁5),「1896年」誤作「1895年」、「45頁」誤作「43頁」(頁8)、《在飛揚的時代》誤作《在飛揚的年代》(頁35),「聶華苓」誤作「聶華玲」,「王文興」誤作「王文星」(頁51),「王夢鷗」誤作「王夢歐」(頁72)、「胡金銓」誤作「胡金全」(頁78)、「洽購版權」誤作「恰購版權」(頁144)、「李玉階」誤作「李玉皆」(頁266)、「卑南族」誤作「卑難族」(頁330)、「孫運璿」誤作「孫運璇」(頁355)等皆是。(錯字超過四十個,不逐一詳列)

八點建議

本書特點與缺失,具如前述。以下筆者有八點建議供作者參考,也許再版時可以列入補充考慮,亦歡迎讀者提出討論。

一、本書雜誌採用的定義,影響第九章至第十一章的收錄範圍

作者認為「刊期在七天及七天以內者為報紙;七天以上者為雜誌」(見原書「說明」)。其實,雜誌(期刊)按照出版法、出版界、圖書館界、百科全書的定義,均包括半年刊、年刊,甚至不定期出版品(中國大陸幾本出版史專書、各國圖書文獻機構所編的期刊目錄,均收錄半年刊與年刊,甚至收不定期連續性出版品),因此1945

年至 1949 年，臺灣的期刊創刊至少有 343 家[9]，絕非第八章所列舉如此之少！

　　由於定義如此籠統，於是產生了一大問題，即作者漏了半年刊、年刊、各大學學報、中央研究院等所有學術機關出版的期刊。茲依出版單位大略分為以下三類：

甲、研究機關的學術刊物：中央研究院有《中央研究院歷史語言研究所集刊》、《中央研究院近代史研究所集刊》、《中央研究院民族學研究所集刊》、《中央研究院中國文哲研究所集刊》等，以及漢學研究中心的《漢學研究》。

乙、醫學會團體的學術刊物：重要者有《臺灣醫學會雜誌》、《中華民國小兒科醫學會雜誌》、《中華民國外科醫學會雜誌》、《中華民國耳鼻喉科醫學會雜誌》、《中華民國消化系醫學會雜誌》、《中華民國骨科醫學會雜誌》、《中華民國婦產科醫學會會刊雜誌》、《中華民國腎臟醫學會會訊》、《中華民國微生物及免疫學雜誌》、《中華民國癌症醫學會會訊》、《中華民國營養學會雜誌》、《中華民國獸醫學會雜誌》、《中華民國放射線醫學雜誌》等。

丙、屬於大學出版的學術刊物：主要是各大學學報，著名的有臺大的《文史哲學報》、《社會科學論叢》、《臺大考古人類學刊》；清大的《清華學報》、師大的《師大學報》、政大的《國立政治大學學報》、《中華學苑》、淡大的《淡江學報》、東海大學的《東海學報》、《圖書館學報》、《歷史學報》（東海、臺大、師大、政大、成大都有這種學報）等。

---

[9]　具體確實情況是這樣的：1945 年 21 種、1946 年 85 種、1947 年 111 種、1948 年 62 種、1949 年 64 種。

　　這些學術性專業刊物，有的歷史悠久，擁有絕佳口碑，作者在第八章〈光復初及 50 年代的雜誌出版業〉，其中專節列出《大陸雜誌》，稱為「不絕的學術薪火」，固是不錯，其實上述《中央研究院歷史語言研究所集刊》等數種亦是極為重要刊物，作者如能多舉一些，或許更能確實反映臺灣學術研究的真正面貌。

二、每一章前宜有一段簡單大事紀要

　　歷史發展是離不開政治、社會、經濟等方面的影響，出版史尤其是如此。本書如能在每章之前有一段簡單大事紀要（約 300 字至500 字），敘述 50 年代、60 年代、70 年代……臺灣重大政治、經濟、教育文化大事，有了環境背景為襯，對於不同年代出版特色的比較分析，則較有著落，不致於浮泛無歸。

三、書影或照片選登

　　出版事業離不開出版人、出版社、出版品，重要出版社創辦人、主編、集會照片，出版社的建築外觀，著名報刊雜誌的創刊號、有影響力學術著作或工具書的封面，甚至作者手稿等，如能設法編入，輔以適切文字說明，則更能增加可讀性，也凸顯歷史圖像的敘述張力。在此方面，本書處理並不令人滿意。

四、輔以期刊內容分類的撰寫方法

　　第八至第十一章談到臺灣雜誌（期刊）出版的概況，作者以解除戒嚴令為分水嶺，依時間順序分為光復初及 50 年代、60 年代、

70 年代、解嚴前後至 90 年代，這種以時間為主軸的撰寫方法，其優點是歷史發展脈絡可尋；不過，筆者以為，如能輔以分類的方法，各章有一節按雜誌內容性質分為綜合性期刊、社會科學類期刊、自然科學技術類期刊、文化教育類期刊、文學藝術類期刊（後二類或可合併為文史哲學類期刊），如此則介紹較完整，不易有疏漏。

五、戒嚴時期禁書的研究

不容諱言的，臺灣戒嚴時期很長，查禁書刊不少（以李敖一人受查禁之書就達近百冊之多），在黨外時期、民意代表選舉期間很多書刊紛紛出籠而被查禁沒收；此外，20、30 年代作家作品以及 1949 年後滯留大陸學者名流著作也有不少被查禁。

戒嚴時期出版法規與戒嚴後出版法規有極大不同，作者如能運用行政院新聞局、省政府、臺北市新聞處查禁書報清單，列表統計，應能清楚顯示戒嚴時期台灣查禁書刊「理由」與總數，以觀這段民國史上晦暗時期的禁書歷史，應是一件有意義的工作。今人史為鑑編有《禁》一書（1981 年 2 月，四季出版公司出版），收集眾多文章討論國民黨政府對書刊、雜誌、報紙等出版品查禁情況，頗有系統，惟是在戒嚴時期出版，難免資料不足，尚待全面分析研究[10]。

---

[10] 戒嚴時期，人心惶惶，劉冰回憶起 50 年代，世界書局連翻印舊版工具書《四用辭典》不免也要戰戰兢兢，唯恐惹禍上身：「在印刷《四用辭典》那段時間，我除去每天跑印刷廠之外，楊家駱還要我『看』辭典，從字典的第一頁，直到最後一頁。看什麼呢？因正值動亂的時際，唯恐舊本字典中有觸及政治禁忌的字句。因此每逢我看到有問題的解釋和例句時，便得逐一記下，然後由編輯部一一改正。」詳見劉冰《我的出版印刷半世紀》（橘子出版公司・美國長青出版公司聯合出版，2000 年 10 月），頁 240，頁 29 同。

六、談出版離不開編印工具書

　　臺灣學術文化界做了不少工具書編纂工作，質量極佳，廣獲好評，而作者全書提到的圖書有 580 種左右，包括工具書五十四種，其中書目和百科全書各十二種，字（辭）典八種，索引七種，年鑑六種，類書三種，大事記一種，其他五種。近 50 年來臺灣出版多少參考工具書，尚無人做這方面的統計。不過就數量來說，專列一、二節來敘述應是可以考慮的，而辛書只列舉五十四種工具書，疏漏太多。同時所列舉的那些工具書，在體例編排、收錄範圍、款目著錄等方面，都有很多缺失。本文嘗試就漏列的重要工具書，按參考工具書的類型列舉編者和書名如下：

書目

　　　　中央圖書館編《臺灣公藏善本書目書名索引》、《臺灣公藏善本書目人名索引》；
　　　　程發軔主編《六十年來之國學》；
　　　　張偉仁主編《中國法制史書目》；
　　　　嚴靈峰主編《周秦漢魏諸子知見書目》[11]；

---

[11] 工具書大多是眾人集體編纂的結晶，而福州嚴靈峰氏更以一人之力，積累超過五十年治學功底，編有《周秦漢魏諸子知見書目》、《無求備齋文庫諸子書目》，又據這些書目編印成叢書，如《老子集成初編》（藝文印書館，1964年，160 冊）、《老子集成續編》（藝文印書館，1970 年，280 冊）、《列子集成》（藝文印書館，1971 年，12 冊）、《莊子集成初編》（藝文印書館，1972 年，30 冊）、《莊子集成續編》（藝文印書館，1973 年，42 冊）、《墨子集成》（成文出版社，1975 年，46 冊）、《荀子集成》（成文出版社，1977 年，46 冊）、《韓非子集成》（成文出版社，1979 年，50 冊）等《無求備齋子書集成》，書目和資料整理、編印互相配合，毅力過人，精神尤為可佩。

王國良等編《中國文學論著集目正編》、《中國文學論著集目續編》；

中央圖書館臺灣分館主編的《臺灣文獻書目解題》（含方志類、傳記類、公報類、地圖類、族譜類，以上均出自高志彬之手）。

索引

臺灣大學圖書館編《中文期刊論文分類索引》；

中央圖書館編《中華民國期刊論文索引彙編》；

馬景賢、袁坤祥合編《經濟論文分類索引》、《財政論文分類索引》、《貨幣金融論文分類索引》；

林慶彰主編《經學研究論著目錄（1912-1987）》、《經學研究論著目錄（1988-1992）》、《日本研究經學論著目錄（1900-1992）》、《乾嘉學術研究論著目錄（1900-1993）》；

昌彼得、王德毅等編《宋人傳記資料索引》；

王德毅、李榮村等編《元人傳記資料索引》；

中華農學會等編《臺灣農業文獻索引》；

中華文化復興運動推行委員會主編《中國文化研究論文目錄（1946-1979）》；

漢學研究中心出版的索引，較重要的有簡濤主編《中國民族學與民俗學研究論著目錄（1900-1994）》、陳麗桂主編《兩漢諸子研究論著目錄（1912-1996）》、鄭阿財與朱鳳玉主編《敦煌學研究論著目錄（1908-1997）》等；

四庫全書索引編纂小組編的《四庫全書傳記資料索引》、《四庫全書藝術類索引》、《四庫全書文集篇目分類──學術之

部》、《四庫全書文集篇目分類——傳記文之部》、《四庫全書文集篇目分類——雜文之部》。

字辭典（含科學名詞）

劉季洪等主編《雲五社會科學大辭典》；
李熙謀等主編《中山自然科學大辭典》；
盛慶錸等主編《中正科技大辭典》；
慈怡主編《佛光大辭典》。
除此之外，還有國立編譯館出版的科學名詞，約有 100 多種。

百科全書

藍吉富主編《中華佛教百科全書》。

年鑑

經濟日報社編《中華民國經濟年鑑》；
文訊雜誌社主編《臺灣文學年鑑》。

大事年表

國史館編的《中華民國史事紀要》；
郭廷以編撰《太平天國史事日誌》、《近代中國史事日誌》、《中華民國史事日誌》；
其他還有 1946 年臺灣省政府行政長官公署統計處編《臺灣省五十一年來統計提要（1894-1945）》、1949 年臺灣省政府主計處編印的《臺灣貿易五十三年表（1896-1948）》。

　　由以上所列工具書可以明顯看出，在國學研究方面佔有極大比例，主因是中共文革十年（1966-1977 年），學術文化破壞極大，臺灣在國學研究沒有受到波及，猶如長夜中一顆閃亮明珠，相形之下，應是這段歷史中特別突出耀眼的一頁。

七、對臺灣出版界具劃時代貢獻人物，應列有專節介紹、評價

　　人物是出版事業的靈魂。對人物做出適當評價，是史家展現別識心裁的所在。

　　臺灣光復以來，對臺灣學術文化做出顯著貢獻者，不乏可以列出一長條名單，但投入出版事業，奠下往後臺灣學術發展根基的三位重要人物，卻不能不提（以下人物生平皆省略不書，僅節錄與出版業相關史實，以節省篇幅，希讀者見諒）。

周憲文（1907-1989）──臺灣研究文獻的奠基者

　　周憲文主持臺灣銀行經濟研究室，發行「臺灣文獻叢刊」（始於 1957 年 8 月，終於 1972 年 12 月）309 種，計有 595 冊，約有 4 千 660 萬字，厥功至偉，吳幅員〈追思經濟學者周憲文先生〉一文最為翔實，肯定「臺灣文獻叢刊」的價值云：

> 不僅包括臺灣內涵之歷史、地理、文物、風俗、人情，而且外延至直接與臺灣有關的史地背景；特別著重鄭成功光復臺灣故事，近且擴展到明崇禎朝以及南明史事。論其體裁，則上自唐、宋、元、明時期之文，下逮日據時期之作：舉凡詔諭、方志、奏議、記事、書牘、日記、碑傳、文集、詩詞及雜著，無所不包。其中不乏「孤本」，史料價值極高。

談到「臺灣文獻叢刊」的資料來源，吳幅員又說：

> 公家所藏，有前台灣省立台北圖書館（前身為日據時期臺灣
> 總督府圖書館）、國立臺灣大學圖書館（前身為日據時期臺北
> 帝國大學圖書館）、中央研究院歷史語言研究所、故宮博物
> 院、國立中央圖書館、臺灣省立博物館以及省縣市文獻委員
> 會；私人收藏，有方豪、胡適、丘念臺、楊雲萍、連震東、
> 洪炎秋、賴永祥、曹永和等人士所提供。臺灣所藏，已如上
> 述；海外所藏，有來自美國國會圖書館、加利福尼亞大學東
> 亞圖書館、日本東洋文庫、東京大學東洋史研究室、京都大
> 學圖書館以及香港馮平山圖書館等藏書單位。

至於「臺灣文獻叢刊」研究資料的蒐集整理與校點編輯，吳幅員又說：

> 除邀約臺灣大學歷史系教授夏德儀（百吉）參與，並由部份
> 提供資料人士及學者專家所為之外，由他本人與研究室同事
> 吳幅員分擔之。此一叢刊，原由他「一手造成」，並無一定計
> 畫，出一本，算一本；自四十年八月首創，迄六十一年十月
> 退休，其出版三〇六種、五八八冊。……

臺灣研究在當今成為顯學，可以說是周憲文資料編纂的遠見所致，
如此一位博覽宏通學者，「為臺灣區域歷史研究建立了極堅強的基
礎，隱然成為國史新穎的津梁」[12]，對 50、60、70 年代臺灣所做的
成就，是後人難以望其項背的，而作者竟然隻字未提[13]，無論如何，
是說不過去的！

---

[12] 黃典權《臺灣文獻叢刊作者、目錄索引》序，國立成功大學歷史系、臺南中
正圖書館出版，1978 年 12 月。

[13] 如第二章〈光復至 50 年代的圖書出版業〉、第三章〈60 年代的圖書出版業〉、

臺灣銀行經濟研究室將日據臺灣半世紀留下許多關於金融與經濟方面研究資料，分別門類出版，其中定期刊物較著名者有：《臺灣銀行年報》、《臺灣銀行半年報》、《臺灣銀行季刊》、《臺灣金融統計月刊》、《臺灣金融年報》、《臺灣生產統計月報》、《臺灣經濟金融月刊》、《臺灣進出口貨標指數》、《臺灣工礦企業資金調查報告》；不定期刊物較著名者有：《臺灣研究叢刊》、《臺灣特產叢刊》、《臺灣文獻叢刊》、《臺灣都市消費者家計調查報告》、《臺灣國民儲蓄調查報告》、《銀行研究叢刊》、《國際經濟統計簡報》、《經濟學名著翻譯叢書》。以上共計 1429 冊，1 億 8 千 176 萬字，數量可觀。

張其昀（1901-1985）──文化沙漠的灌溉者

張其昀對臺灣出版業的成績，劉紹唐主編「民國人物小傳一二九」（見《傳記文學》第 47 卷第 4 期）記載最為扼要；另參酌《中華年報》加以整理如下：

1950 年 3 月，任中國國民黨中央宣傳部部長，任內創辦中國新聞出版公司，出版《中國一周》等書刊。

1950 年 8 月，為中央改造委員會秘書長，任內發起創辦「中華文化出版事業委員會」，刊行《現代國民基本知識叢書》及《學術季刊》、《新思潮》等刊物多種。

1955 年 7 月，籌設「中華叢書委員會」，開始編印《中華叢書》。《中華叢書》內容分為八大類：影印珍本善本孤本古籍、重印有歷史價值古籍、近人學術名著、美術圖譜、外人所著漢學要籍、中國名著選譯外文、辭典、目錄（至 1957 年，共達 300 餘種）

第八章〈光復初及 50 年代的雜誌出版業〉、第九章〈60 年代的雜誌出版業〉，均無提到周憲文其人。因此，第二、三、八、九章是本書最大敗筆，而史料來源掌握不足，應是主要原因。

　　1956 年 1 月，正式成立「中華叢書委員會」。

　　1959 年，主編《中華民國地圖集》（5 冊，1962 年全書完成）。

　　1960 年 2 月，出版《文物精華》甲編第 1 冊（翌年出版至甲編第 10 冊）。

　　1961 年 1 月，《清史》第 1 冊出版，10 月全書 8 冊出齊。

　　1961 年，成立「中文辭典編纂委員會」，擔任主任委員。

　　1966 年，主編《世界地圖集》4 冊，監修《清代一統地圖》，與姚從吾監修《元史》。

　　1968 年 8 月，《中文大辭典》第 40 冊出齊。

　　1970 年，監修《金史》。

　　1981 年 3 月，監修《中華百科全書》第 1 冊出版（共 10 冊，1983 年 7 月出齊）。

張其昀其人貢獻為何，〈鄞縣張曉峰先生其昀行狀〉有中肯的評價：

> 創立中華文化出版事業委員會，出版現代國民基本知識叢書
> 及「學術季刊」、「新思潮」等刊物多種；臺灣在日本統治下
> 五十一年，厲行愚民政策，光復之初，世人多目為「文化沙
> 漠」，至是，沙漠中始現綠洲，由苗壯萌長，而至花樹婆娑，
> 先生之功，顧不偉哉！

辛書對張氏雖有肯定，但卻是平淡的敘述，不知張氏在光復之初出版這些叢書，對青年學子普及知識的意義，因此辛書顯然是隔靴搔癢，沒有抓住要點。

劉紹唐（1921-2000）──中國近現代史料的淵藪

　　胡適一生熱心倡導傳記文學，1962 年 2 月在臺北過世，同年 6 月，北大校友劉紹唐就發刊《傳記文學》，迄今沒有中斷。

　　在劉氏經營之下,《傳記文學》除了出版 453 期之外[14],也如滾雪球般留下豐富而難得的傳記、回憶錄、日記、書信、文稿、圖像照片、史家著作等,成為近代史上最具權威的參考資料之一,故有人稱之為「民國史長城」。事實上,研究近代史的學者,幾乎無人不參考《傳記文學》所累積的相關出版品,包括有《民國人物列傳》等現代文學叢書 142 種、《談聞一多》等文學叢書 104 種、《第一次中國教育年鑑》等民國史料叢刊 22 種、《徐志摩全集》等文學集刊四種,以及收錄 2800 多位傳主的《民國人物小傳》與《民國大事日誌》。

　　中國社會科學院近代史研究所《民國人物小傳》迄今僅出 8 冊,傳主 482 人,遠遠不如劉氏的成績,因此唐德剛讚譽為「以一人敵一國」,洵屬當之無愧!

　　此外,王雲五、楊家駱、李敖等人對臺灣出版事業亦發生鉅大影響,茲介紹如次:

王雲五(1888 -1979)——執中文出版事業的牛耳

　　王雲五先生堪稱近代出版界奇葩。

　　他沒有高等學歷,完全靠自己勤奮自修,成為出版界執牛耳人物。

　　他最重要的經營理念「十本書有三、四本書虧本還不算虧本,只要是好書」,尤其重視擴大而普及,無論是選書、古書標點與今註今譯、編索引,以至印刷裝訂,編輯適合青少年、兒童讀物的叢書單本,都是著重在普及上。例如主持編印《萬有文庫》兩集,共收入圖書 2040 種,有 4040 冊,約 1150 億字[15],開創了圖書出版平民

14　劉紹唐過世後,《傳記文學》由世新大學成露茜、成嘉玲女士接辦,繼續每月按時出刊,亦維持原有水準云,令人欣慰。

15　辛書稱當年的《萬有文庫》共兩集 4000 種(原書頁 56),某圖書館館長云:

化的新紀元。因此，出版界公認近五十年的中文出版事業，如果把雲老的成就剔除，便要黯然失色。

王氏發明四角號碼檢字法[16]，又把《佩文韻府》、《嘉慶一統志》、近十省的通志，都編有索引，予學者帶來不少利便，真是功德無量；他又出版許多大部頭書籍（每部涵括數十百冊者）20餘種，尤其以《雲五社會科學大辭典》、《中山自然科學大辭典》、《中正科技大辭典》、四庫珍本（一集、二集、三集）、四部叢刊、宋元明善本叢書、人人文庫等，均是我國出版界之創舉。

王氏的傑出貢獻，為人所稱道有：奠定大出版事業之地位、弘揚學術促進文化交流、創造革新常開風氣之先、經營有道兼顧社會價值與商業價值、弘揚出版道德確立信用等。

楊家駱（1912-1991）──今日之紀曉嵐

金陵楊家駱到臺灣後，曾任職世界書局與鼎文書局，對近代目錄學理論探索與出版事業貢獻突出。

他曾把1929年蒐集國內的《永樂大典》殘卷、加上歷年向世界各國圖書館蒐集《永樂大典》的原書影印本，合為803卷，輔以前編和附編，總為865卷影印出版，對中國文化傳播做出顯著貢獻，海內外學者譽為「今日之紀曉嵐」。

「《萬有文庫》是民國初年由王雲五先生主持出版的，收集翻譯了世界名著一萬種」（聯合報，1997年7月），數據均不正確，亦不懂書籍的種類與冊數是不同的觀念。

[16] 其實，王氏之前，已有一些不同的號碼檢字法，惟王氏薈萃諸法之長的四角號碼檢字法最好用，因此一直到現在許多工具書檢索還是採用此法。胡適對四角號碼檢字法還編有歌訣：一橫二豎三點撇，點下帶橫變零頭，叉四插五方塊六，七角八八小是九。以上據喬衍琯先生示知，特此深表感謝。

　　他數十年對出版工作要求，舉其影響重大者，有出版《四庫大辭典》、《叢書大辭典》、《民國以來出版新書總目提要》、《中國文學百科全書》、《新舊唐書合鈔（并附編十六種增附編二種）》、《唐史資料整理集刊》五種、《遼史彙編》（萃集中外契丹史之作 81 種）、《中國近代史文獻彙編》、《十通分類總纂》、《古今圖書集成學典》、《中國天文曆法史料》、《中國地震史料》、《中國法制史料》、《中國經濟史料》、《中國音樂史料》（以上五種為《中國史料系編》編輯之一部分）、《中國經濟史料清代編》（又名《古今圖書集成續編初稿食貨典》）；主編有《中國學術名著》、《中國學術類編》凡 1500 冊，此其所籌畫《中華全書》之薈要。

　　1990 年更以近八十歲高齡赴美，分訪國會圖書館、哈佛燕京等圖書館研商擴編《中國圖書大辭典》，並以之為《中華全書》編刊書源之引得，擬結合世界各大藏書機構共襄盛舉。不幸遽而辭世。

　　其遺稿有《中華大辭典》原稿三十七箱、《中國圖書大辭典》原稿六箱、《中國史繫年》原稿五箱、各省著述志彙編卡片六箱，全數都捐給中央研究院中國文哲研究所。

李敖（1935-　）──獨樹一幟的作家兼出版家

　　李敖稱得上臺灣出版史的一個異數。

　　本身能言善道，文采犀利飛動，以雷霆萬鈞氣魄戳破傳統禁忌，曾做過兩次牢，在牢獄之中依然神氣活現，如期按月出版《李敖千秋評論叢書》，不能不說本領高超，人見人怕鬼見愁。

　　他曾一人獨立辦過報紙「求是報」，也曾出版多種有影響力的雜誌，如《文星》、《李敖千秋評論叢書》（120 期）、《李敖千秋評論號外》（4 期）、《萬歲評論叢書》（40 期）、《李敖求是評論》（6 期）、《烏鴉評論》（24 期）等，這些已成為抗議國民黨高壓統治時期，主要

的歷史文獻之一，是臺灣近五十年來出版史上一個奇景。另有集結成冊的「李敖新刊」七本和三十餘本叢書，《李敖大全集》（40 冊）是他一生寫作成績總結。去年他被提名角逐諾貝爾文學獎，可說是臺灣最有文才的出版家。編輯有《李敖校訂中國歷史演義全集》、《中國名著精華全集》、《古今圖書集成》（文星版）等。

　　真理追隨者鄭南榕辦《自由時代》一系列週刊，聘李敖總監，為抗議國民黨逮捕，以自焚殉道。

八、出版社建立特色有值得提出者

　　作者第三章〈60 年代的圖書出版業〉第三節「四大」領先（頁55-58）提及臺灣商務印書館、世界書局、臺灣中華書局、正中書局的出版概況，然猶有足以稱說者，列舉如下：

臺灣學生書局

　　臺灣影印過去的著名期刊、公報總數，至少不下於 300 種，如早期的臺灣學生書局、文海出版社、成文出版社、古亭書屋、臺灣商務印書館等即是。過去的學術期刊，如《國學季刊》、《國立北平圖書館館刊》、《圖書館學季刊》，普受學術界矚目。臺灣學生書局將上述三種期刊重新翻印出版，實開臺灣翻印學術期刊之先河！又編製有《圖書館學季刊分類總目錄》索引，其特點是分為圖像之部與文字之部，翻檢方便實用，連當時的廣告也依樣翻印，足見目光不俗。

　　臺灣學生書局也是最早影印舊報紙的出版社，包括《國民日報》、《蘇報》、《述報》、《花圖新報》等。

　　此外，聘請林海音經營純文學月刊社，全力資助出版，又有《書目季刊》[17]（1966 年創刊，早期主編有夏德儀、屈萬里、方豪、劉兆祐等）發行海內外，獎掖學術文化，令人感佩！

故宮博物院

　　故宮博物院精品文物遷到台灣後，除了收藏保存，定期公開展覽，亦提供專家學術研究之用。以故宮文物為對象的出版品，重要者有《景印文淵閣四庫全書》（與臺灣商務印書館合作）、編印《明清檔案》（與聯經出版公司合作）、編輯《國立故宮博物院藏清代文獻傳包傳稿人名索引》、《清代文獻檔案總目》、《故宮法書》、《故宮名畫三百種》，以及複製名畫等；定期刊物有《故宮週刊》（只出 26 期）、《故宮通訊》（Bulletin）英文雙週刊、《故宮季刊》（後改名為《故宮學術季刊》）、《故宮展覽通訊》（National Palace Museum Newsletter）、《故宮文獻季刊》（只出 4 卷 4 期）、《故宮圖書季刊》（只出 4 卷 2 期）、《故宮簡訊》（只出到 3 卷 11 期，後由故宮文物月刊取代）[18]。另外有《故宮叢刊》數十種、善本叢書等，其中與日本學研社合作編印《故宮選萃》，以中、英、日三種文字說明，發行全世界，行銷廣泛，印數極多，為故宮出版品之冠。

---

[17] 據文史哲出版社發行人彭正雄先生云，《書目季刊》原先擬採用《圖書季刊》之名，惟彼時已有人登記用此名稱，故改採用今名；而《書目季刊》封面字樣係由劉國瑞先生請彭先生到中央圖書館（即現今國家圖書館）尋覓漢碑拓片集字綴輯而成。

[18] 辛書對於故宮博物院出版品提到太少，只說了《故宮季刊》（後改名為《故宮學術季刊》），英文刊名只列了兩種，其餘全無。此外，《景印文淵閣四庫全書》（與臺灣商務印書館合作）的出版，是學術文化界一大盛事，歐美、日本等漢學界評價極高，辛書對此全然未提，令人費解！

　　這些出版品不僅印刷精美，有很高的鑑賞價值，許多資料更是首次公開，對於學術研究之推進自不待言。

臺灣商務印書館

　　商務印書館到臺灣後，在出版界確實有一番建樹，除上述專節介紹王雲五其人嘗提及之外，比較值得注意者，是將《東方雜誌》與《教育雜誌》（兩者皆創刊於清代末年）全套影印出版，提供研究民國以來教育學術文化絕好材料，尤其《東方雜誌》每期之末的「時事日誌」，如將之抽離結集在一起，就是一部民國近代史的寫真縮影。出版社有此歷史眼光，真是罕見！

　　另外，影印《文淵閣四庫全書》堪稱臺灣古籍整理加工的典範。除了全書影印之外，還編印了 6 冊《四庫全書總目》（含書名及著者索引）與《四庫全書簡明目錄》（含書名及著者索引）、4 冊《四庫全書考證》、6 種內容索引和 1 冊總目錄；目錄由張子文編輯，書後附書名及著者索引，書前有張連生的〈景印文淵閣四庫全書後記〉一長文云。

其他出版社

　　新文豐出版公司有《大藏經》、《敦煌寶藏》、《叢書集成新編》（有續編、三編）、《石刻史料新編第一輯》（有第二輯、第三輯）等大型系列學術書籍出版，蒐羅資料齊全，為學者研究帶來莫大方便。

　　另有成文出版社，創辦人黃成助與長期擔任業務經理葉君超以企業營利補助出版事業，出版 1949 年以前諸多政府公報與有學術價值期刊、地方文獻刊物等，並有「哈佛燕京學社引得叢刊」數種，最具國際學術眼光，令世人刮目相看！

參考文獻之探討

　　本書是第一本關於臺灣的出版史專書，吾儕不免以完備求全的標準，作者所依據之參考資料，計有臺灣出版品圖書 78 種、雜誌 16 種、報紙 6 種、重要文章 10 篇，香港出版品 1 種，中國大陸出版品圖書 17 種、雜誌 9 種，以及馬來西亞出版品 1 種。其實，還有不少必覽參考資料，作者未見。今就所知見提出幾種供作者參考。

工具書重要者

　　《中華民國出版圖書目錄彙編》（一至七輯）（中央圖書館編）[19]、《中華民國出版圖書目錄》（第一至五輯，共 6 冊）（中央圖書館編，1956-1961 年）、《中華民國政府出版品目錄彙編》（中央圖書館編，至 1999 年已出版了九輯）、《中華民國出版事業統計概覽（民國 77-83 年）》（行政院新聞局編印，1995 年 6 月）、《中華民國出版事業概況》（行政院新聞局編印，1989 年 5 月）、《臺灣年鑑》（黃玉齋主編，臺灣新生報印，1947 年 6 月）[20]、《臺灣年鑑》（公論報社編印，1951 年）、《光復後臺灣地區文壇大事紀要》（增訂本）（臺北，文訊雜誌社編輯，1995 年 6 月，479 頁）、《臺灣文壇大事紀要》（民國 81-84

---

[19] 其出版時間與收錄範圍如下：第一輯，1964 年 9 月出版，收錄 1949~1963 年圖書；第二輯，1970 年 1 月出版，收錄 1964 年 1 月~1968 年 6 月圖書；第三輯，1975 年 10 月出版，收錄 1968 年 7 月～1974 年 12 月圖書；第四輯，1980 年 12 月出版，收錄 1975 年 1 月～1979 年 12 月圖書；第五輯，1985 年 10 月出版，收錄 1980 年 1 月~1983 年 12 月圖書；第六輯，1989 年 6 月出版，收錄 1984 年 1 月～1988 年 12 月圖書；第七輯，1995 年 4 月出版，收錄 1989 年 1 月~1993 年 12 月圖書。作者只提到一、二輯，其餘遺漏未提。

[20] 此部年鑑之重要性，《臺灣歷史辭典》頁 268 有扼要評價：「這是一部代表二次大戰後臺灣當時人士對歷史及政、經、社會、文化各層面的總結性觀點，具有歷史意義。」

年）（陳信元總編輯、方美芬執行編輯，行政院文建會，1999 年 9
月，457 頁）、《民國時期總書目》（1833-1949）（北京圖書館編，書
目文獻出版社，1986-1996，21 冊）、《全國中文期刊聯合目錄》
（1833-1949）[21]（北京，書目文獻出版社，1981 年 8 月增訂本，1260
頁）。

期刊重要者

　　《臺灣史料研究》（1993 年 2 月創刊，半年刊，張炎憲主編，
吳三連台灣史料基金會出版）第 10 號（1997 年 12 月出版）有〈戰
後初期雜誌解題〉專輯，茲引篇目如後。

> 戰後初期臺灣出版事業發展之傳承與移植——雜誌目錄初編
> 後之考察／何義麟
> 《政經報》與《臺灣評論》解題——從兩份刊物看戰後臺灣
> 左翼勢力之言論活動／何義麟
> 《新臺灣》月刊導言／秦賢次
> 《新知識》月刊導言／秦賢次
> 《文化交流》第一輯導言／秦賢次
> 《前鋒》雜誌創刊號／張炎憲

比較令人詫異者，辛書結集出版之前，自 1997 年已經在《出版廣角》
月刊連載了十七次，除了第一章〈光復前的臺灣出版〉之外，全部
連載完畢[22]。可是，在辛書「主要參考資料目錄」大陸雜誌類（頁

---

[21] 此部目錄收錄 1945 年至 1949 年的臺灣期刊就達 155 種之多，是非常值得參
　　考的資料。
[22] 辛書第十九章〈出版研究〉也曾以〈臺灣的出版研究〉為題發表在《出版發
　　行研究》（見 2000 年第 2 期與第 3 期），內容觀點，基本不變。

458 起）卻沒有列出《出版廣角》，殊不知光是 2000 年就有兩篇重
要文章值得參考——許鐘榮〈創長遠事業　奔錦繡前程——20 年出
版經驗與體會〉（收入《出版廣角》，總第 42 期，頁 40-45，2000 年
6 月）、沈奇　隱地〈詩‧書‧人——臺灣詩人出版家隱地訪談錄〉
（收入《出版廣角》，總第 43 期，頁 46～50，2000 年 7 月）。

學位論文重要者

　　賴秀峰《日據時代臺灣雜誌事業之研究》（政治大學新聞研究
所，1973 年）、賴永忠《臺灣地區雜誌發展之研究》（政治大學新聞
研究所，1992 年）、莊惠惇《文化霸權與抗爭論述——戰後初期臺灣
的雜誌文化分析》（中央大學歷史研究所，1998 年，220 頁）、Chiu
Jeong-yeou, Publishing and the book trade in Taiwan since 1945, PHD
thesis, University of Wales, Aberystwyth, 1994.

專書重要者

　　昌彼得總主編《故宮七十星霜》（台北，臺灣商務印書館，1995
年 10 月，318 頁）、陳永源主編《國立歷史博物館出版書目提要》
（1955-2000.11）（國立歷史博物館，2000 年 11 月，357 頁，收有圖
書 699 種，錄影帶 43 種）、《商務印書館九十五年》（北京，商務印
書館，1992 年 1 月），其中有張連生〈臺灣商務印書館四十年述略〉，
文長 16 頁。

期刊論文重要者

　　徐有守〈王雲五先生與商務印書館〉（收入《東方雜誌》復刊第
7 卷第 1 期，頁 62-77，1973 年 7 月）、洪文瓊〈三十年來國內兒童
讀物量的分析〉（收入《書評書目》第 84 期，頁 28-42，1980 年 4

月）[23]、葉芸芸〈試論戰後初期的臺灣知識份子及其文學活動
（1945-1949年）〉（收入《文季》，2卷5期，頁1-18，1985年6月）、
曾堃賢〈近年來臺灣地區圖書出版事業的觀察報告〉（收入《中國圖
書館學會會報》第55期，1995年12月）、莊惠惇〈戰後初期臺灣
的雜誌文化（1945.8.15-1947.2.28）〉（收入《臺灣風物》49卷1期，
頁51-81，1999年3月）、莊惠惇〈國族的流行體系──戰後初期臺
灣雜誌文本中的主流論述〉（收入《史匯》第3期，頁35-72，1999
年4月）。

　　以上資料對於辛書應能起拾遺補闕之作用，俾再版時有所參酌
取擇焉。

其他應注意細節

　　一本成熟的學術論著，「看是奇倔似尋常，成如容易卻艱辛」，
除了以上所述各點，為讀者檢索利便計，作者應編書後索引（包括
出版單位、書名、刊名、報名、人名等）、增列附錄如1945-1997年
臺灣大事記或臺灣出版大事記、出版法規（偏重解嚴前公布的法
規）、歷任內政部出版事業管理處長、行政院新聞局長、禁書表單等，
以及序文中顯示成書經過，能有餘力注意到這些細微末節，著述之
能事已粗具矣。此言雖易，實踐則因人而異。

---

[23] 此篇論文，辛書雖有引用，唯未標示刊名與卷期，讀者欲案覆卻頗不方便。
同樣的情況，頁457〈戰前臺灣的日本書籍流通〉一文漏列副題〈以三省堂
為中心〉，又誤刊名《文學臺灣》為《臺灣大學》，同時又遺漏期數（第27-29
期）、出版年月（分別為1998年7月、10月，1999年1月）和起訖頁數（分
別為頁253-264，285-302，206-266，共51頁）。所以要提出，不外說明撰寫
學術文章宜嚴謹，一點細節都不能疏忽。

　　至於其他遺漏之書，除前述者外，以下各書作者也完全忽略，
出版公司有如聯經出版的《聯副三十年文學大系》、前衛出版的《臺
灣作家全集》、自立報系出版的《臺灣近代民族運動史》、《臺灣近代
人物誌》、《二二八消失的臺灣菁英》等；而個人有如吳相湘的《孫
逸仙評傳》、《民國百人傳》、《現代史事論叢》、張曼濤主編的《現代
佛教學術叢刊》、鄭明娳的《現代散文欣賞》、《現代散文縱橫論》、《現
代散文類型論》、《現代散文構成論》、《現代散文現象論》、黃文吉主
編的《中國文學史書目提要》（1949-1994）……等等，如此繁多，
不煩待舉，已是史料欠缺所造成，就不再贅言了。

尾聲

　　撰寫本文，確實費了不少時間逐一翻閱資料，尤其文中許多數
據統計，都是參閱各種文獻，經過反覆排比整理才落筆。為何要花
如此力氣呢？吾儕認為專家撰寫書評是極為要緊大事，非但為讀者
介紹入門鑰匙而已，與作者析疑商榷，提出不同見解，於人於己皆
有長進，同時也促進學術研究風氣。

　　過去楊聯陞（蓮生）先生每評一書，一定博覽群籍，言之有
據，讓讀者耳目一新，也令作者心悅誠服，書評能到此境界，才
是上乘。

　　這篇磨刀之作，本無意示人，但想到學界有股歪風，評書不
敢實事求是，深怕得罪他人，於是盡說些逢迎拍馬阿諛之詞，無
關乎提昇學術，長久下來，書評不振，學風影響惡劣，學術公信
受到極大斲喪。因此，傾力將平日所懷所感捻出，但願能激起臺

灣學界重視書評的嚴肅性，多有專家參與撰寫書評，建立起客觀的學術評鑑。

　　本文撰寫期間，承蒙喬衍琯教授、彭正雄先生、曾堃賢先生、宋美珍小姐、劉美鴻小姐、鄭敦仁先生費心核閱，提出中肯意見，謹申謝意。

原載《書目季刊》，第 34 卷第 4 期，2001 年 3 月

亂世英才盡零落
——讀湯晏《民國第一才子錢鍾書》

　　除了引言、結語之外，本書依傳主經歷，先是描寫家世、幼年、父親錢基博的教育與影響，然後〈清華才子〉這一章最為精采，把傳主一生在清華四年的才情與博學發揮得淋漓盡致，是本書最長的篇章，也是錢氏「一生最愉快的一段歲月」；接著〈青年講師〉章以夫人楊絳為主，烘托出二人相識、相戀到結為連理枝經過，牛津、巴黎、西南聯大、藍田、上海等章，寫一個博學鴻儒在戰亂時代輾轉遷徙，創作不輟的旺盛生命力，奠定現代中國文學史上的地位。

　　當代中國仍有不少禁忌，其中文革是人人欲知的隱痛，可是真正經過，還真不容易說清楚。反右、文革的光陰，知識份子怎麼度過這一段非驢非馬、狗彘不如的生活，多年來一直埋藏在筆者心底，悲憫、好奇而欲深究的歷史。能夠想像嗎？被戴紙牌高帽「揪出來」、頭髮被剃成縱橫兩道的「十字頭」、身上被抹上唾沫鼻涕和漿糊滲入衣服、脫去鞋襪彎腰跑圈圈、打掃院子、到幹校勞動改造等，一位才華橫溢的大學者，就這樣被糟蹋玩弄，任何一段插曲都是極盡人格尊嚴羞辱，令人驚心動魄，宛如無法揮去的噩夢！

　　毛澤東統治之下，作者指出，「如以《槐聚詩存》為準，錢鍾書於 1930 年代，抗戰及勝利前後，詩的產量較豐，1949 年後，錢詩作甚少，有時一年祇有一首，與早年多產，恰成一強烈對比」（頁 140 註釋 19）。作者也指出，「錢鍾書浪費了很多寶貴時間卻不在 30 年代的歐洲，也不在戰時後方，也不在珍珠港事變後或勝利後的上海，而是在 1949 年後的北京，遑論他在五七幹校做信差了」（頁

156）。寫出《圍城》名著之後，錢氏不再創作小說，以四十歲不到就封筆不寫，「的確沒能夠充分發揮他的才華」（作者引楊絳致其書信語），他的餘年只有一部傳世經典之作《管錐編》，而青年評論家余杰說「《管錐編》只讀到密密麻麻的注釋，錢鍾書的面目卻模糊不清」，意思是說沒有血肉個性。筆者把《管錐編》再細讀之後，歉難同意上述論點，因錢氏對中國學術並非只有引述西方經典疏通而已，其於哲思妙理亦有所發揮，不過確實在字裡行間不易讀出其感情。學者無法天馬行空放言高論，誠然可歎，但我們要問：在隱居山林仍不可得的環境下，一切價值倫常瘋狂錯亂，能夠有自己的語言嗎？錢鍾書的女婿以自殺的代價，作為反抗黑白顛倒、是非不分，可以說是小人物的一幕縮影。

在一個昏天黑地時代，生命如草芥，能夠「默存」活著，寫出《管錐編》，至少還不至於交白卷，如要奢求「威武不屈」，捫心自揣不一定能，何必要求別人當烈士？錢氏為楊絳《幹校六記》寫小引，對這場天翻地覆運動提出看法：

> 或者慚愧自己是糊塗蟲，沒看清假案、錯案，一味隨著大伙兒去糟蹋一些好人；或者（就像我本人）慚愧自己是懦怯鬼，覺得這裡面有冤屈，卻沒有膽氣出頭抗議，至多只敢對運動不很積極參加。

我每讀到這一段話，就感到無限的心酸，在人類史上曠古未有的大悲劇，中國第一才子的嘆息，豈只是幾句輕描淡寫滑過就能釋懷！

錢鍾書從不談自己，也沒有寫下自傳，想要寫出「可靠的生動的傳記」，並不容易，作者自言高中時期就讀過錢氏《寫在人生邊上》，還把〈魔鬼夜訪錢鍾書先生〉全文抄在日記本；1979 年錢鍾書訪問美國，作者親見心儀已久的江南才子之後，就有意為他寫一

本傳記，二十年讀遍海內外所有關於錢鍾書的著作，能夠掌握的材料，已經是達到相當極限。幾多與楊絳往返書信，澄清不少關於傳主的疑點，作者有清楚交代，傳主與夏志清函件，也是極珍貴的材料，亦一一不放過探幽尋覓。

　　一般傳記多有以文學創作的筆法，近乎小說人物對話方式呈現，本書以平鋪直敘，每一段與傳主有關的事蹟，務求信而有徵，來源出處註解得非常詳細，如〈清華才子〉章註解達二十餘頁，對於純屬捕風捉影傳說，一概訂正詳考，決不人云亦云，如錢鍾書與清華校長羅家倫見面的確實時間，作者強而有力的推斷，矯正流行的錯誤。楊絳說作者「不採用無根據的傳聞」，「不敢強不知以為知」，細讀本書，當能同意。

　　綜觀錢鍾書的一生，不論是幼年庭訓、少年入學，青年到北京清華大學就讀，然後應聘到上海光華大學，最後留學著名學府牛津、巴黎，學成歸國，一路漂泊到西南聯大、藍田、上海，任何一段的日子，即使或有異域孤寂冷靜，即使或有烽火連三月流離顛簸，難掩才氣過人的鋒芒銳氣，生命光彩，青春飛揚，在在令人欣賞。文革結束後，經過三十年斂跡沉寂，錢鍾書沒有被歷來的運動所擊倒，初次出國訪問，果然震動學界，引起世界矚目。隨問隨答的從容言談與不經意流露深邃學識，在在顯示嫻熟西洋典籍與對祖國文化的自信，傳主短暫密不透風演講行程之後，世界一流名校「慧眼識英雄」，邀訪講學源源不絕，但錢鍾書仍不改其才氣過人的傲骨，堅不為所動。他的名言「吃了雞蛋好吃，何必一定要見會下雞蛋的老母雞」，顯示老來猶不改幽默、機鋒談興。可是，1949 年到 1978 年近三十年的光陰，大才多能如錢鍾書者，活得極為黯淡消沉，不有精采可言，作者以極短的篇幅 28 頁帶過（平均一年不到一頁！），資料不足並非主要原因，而是生命毫無風景，表達其對糟蹋人才、自

毀民族生機之政治運動，最深沉的抗議，微意自在其中。1989 年「學
潮運動」，驚悸國際，香港文匯報社論只以「痛心疾首」四字表達，
亦可作如是觀。

原載《書目季刊》第 36 卷第 2 期，2002 年 9 月

《臺靜農先生珍藏書札（一）》試讀後記

　　自中央研究院中國文哲研究所 1996 年 6 月公布出版臺靜農珍藏陳獨秀書札迄今，倏忽六年已過，學界對此豐富材料，竟未能充分利用於學術研究[1]，遂至這批史料閒置一旁，殊為可惜。為了不使這些留存不易的史料閒置無聞，筆者先有〈臺靜農先生珍藏陳獨秀手札的文獻價值〉之作，其後本想續寫〈臺靜農與陳獨秀〉文章，以明二人非比尋常交誼，正擬提筆撰寫之際，夏明釗先生先寫出同題之作發表，已完整說出臺、陳二人關係，因此此題可以不寫，只有對夏文不足之處，提出商榷，寫成〈關於陳獨秀自傳寫作時日辨正〉短文[2]。最近完成《臺靜農先生珍藏書札（一）》（以下簡稱《書札（一）》）試讀的註解工作，有必要在此略談一己心得，並澄清其日期編序的疑問與學界研究陳獨秀的疏失，以對這些留存不易史料起著研究引玉之作用。

---

[1]　迄今所知，只有大陸學者鍾揚與夏明釗使用這些材料寫成文章，台灣學者無人注意這批文獻的重要性。參見拙作〈臺靜農先生珍藏陳獨秀手札的文獻價值〉，《古今論衡》第 8 期（2002 年 8 月），頁 19。本文校稿期間，2002 年 9 月初，接獲安徽大學歷史系沈寂教授來函提示，靳樹鵬對《書札（一）》其中的信和詩有所介紹，而香港學者陳萬雄在 1997 年 12 月 6 日的《文匯讀書週報》上發表〈臺靜農與晚年的陳獨秀——讀《臺靜農先生珍藏書札（一）》〉。對於沈寂教授提供訊息，不敢掠美，特申謝意。

[2]　吳銘能：〈關於陳獨秀自傳寫作時日辨正〉（台北：歷史月刊，2002 年 8 月）。

關於幾封時間待斟酌的書信

細讀這些歷史材料，可知《書札（一）》的編輯小組很用心，除了依序將陳獨秀留下的一百餘封信件按年月日順序完整排列，有信封亦不放過照錄刊登，先引〈編後記〉的一段文字：

> 唯原件所署，有月日而無年次，其中雖半數有先生所編號碼，卻僅屬流水號，並無先後次序，幸信封雖與信函分開放置，而大多完好，編輯小組乃據信封上所署之日期、郵戳、地址及信札內容逐一核對，以編次年月，除少數有信封而無信函，或有信函而無信封者外，絕大部分皆能按日期編次。其不能確定者五封，則附於後。

> 除書札之外，又有詩文一卷，乃先生將陳氏歷次寄贈之詩文黏貼而成者，又有陳氏為先生所書「一曲書屋」橫額一幅、贈先生及其尊翁之中堂、對聯各二幅，以及陳氏贈與先生之自傳手稿，一併附此刊出。

這段說明很重要，不但扼要介紹編序信函所花下的心血，同時對陳獨秀留下至今的史料種類，也可略知其梗概。現在針對信函「其不能確定者五封」，嘗試提出個人淺見，就教於高明。

第一封信函（《書札（一）》頁248），僅書9月4日，由信件內容，找不出可資確據線索，無從繫年。

第二封信函（《書札（一）》頁250），展讀內容，其中有「聞西南聯大已有一部分遷至白沙」一語，今查《國立西南聯合大學校史》1940年11月第161次常委會決議條云「成立敘永分校，請楊振聲任分校主任」，則知此信當寫於民國29年11月之後；又審視內容，其中提及「陳館長已有回信來，謂拙稿不日即寄上海商務印書館付

印；望二兄撥冗加速校正完竣，以便其早日寄去，是為至禱」等語，對照民國 29 年 11 月 16 日信函（《書札（一）》頁 67），有文字云「拙稿何日始能寄出付印，寄滬抑寄港，均求即速賜知」，正好可與此信銜接，因此書寫日期當在民國 29 年 11 月 16 日之後不久。

　　第三封信函（《書札（一）》頁 251），先看民國 29 年 11 月 23 日陳氏致臺氏書信，其中有云「拙稿經建功兄校正，有所修改或加注，為益實多，惟後半尚未見有疑問示下，想尚未校竟，甚望能早日校竟，以便早日交陳館長寄出付印」（《書札（一）》，頁 73），再看此信亦云「農兄五日手示及拙稿二冊，均已由仲純兄轉來，陳館長已有回信云稿寄上海付印，農兄來示謂寄香港印，不知究竟在何處印？前建功兄所問各條，均已答復寄上，不知收到否？象人行動以下，建功兄尚無問題寄來，已無問題耶，抑尚未校正完竣也？弟極盼此稿能早日交陳館長寄出付印，如何，尚希示知」，正是指同一件事而言，由此可見，這封信當寫於接近民國 29 年 11 月 23 日前後不久。又此信言「陳館長已有回信云稿寄上海付印，農兄來示謂寄香港印，不知究竟在何處印」等語，與上言（頁 250）言「陳館長已有回信來，謂拙稿不日即寄上海商務印書館付印」云云，內容多銜接相關，亦足證實為同一時期。

　　第四封信函（《書札（一）》頁 252），內容僅有兩條《小學識字教本》稿的修改意見，似難以斷定書寫日期。可是，也不是全無線索，原來民國 29 年 10 月 19 日的書信（《書札（一）》頁 65）有《小學識字教本》稿丰字條修改意見云：

> 解說之末請加如下一段：「《說文》封字，籀文从丰作，金文亦从丰，古言封豕（見《左傳》）、封狐（見《離騷》）、封牛（《爾雅》作邦牛，《漢書·西域傳》作封牛，師古曰：封牛

項上隆起者也），義皆為大，丰盛義之引申也。今語浙江呼大豬曰幫豬，即《左傳》之封豕；蜀語謂甚重、甚硬、甚臭，曰幫重、幫硬、幫臭，字皆為封，亦即丰也。古無輕脣，封讀如邦，東、冬、鍾韻字，古多讀如江、唐韻；故從丰之邦在江韻，從封之幫在唐韻」。

將這封信丰字條修改意見置於上封信之後：

「蜀語謂甚重、甚硬、甚臭，曰幫重、幫硬、幫臭」之下，加「吳語亦云幫硬，粵語曰硬幫幫」十二字。

正好接得上意思，由此明顯這封信是寫於民國 29 年 10 月 19 日之後無疑[3]。

　　第五封信函（《書札（一）》頁 253），原件係以粗草紙書寫，有揉成一團再攤開壓平痕跡，中間有破洞，文字多漫漶殘缺，尤其是首尾不見文字，不能卒讀完整意思，尤增辨識困難。試尋線索，有《小學識字教本》稿丽字條修改意見云：

「皆取義於丽……亦由此引申」，改為「麗離皆丽之同音假借，象門窗刻穿花紋，美觀而透明也，用麗為華麗、美麗字，

---

[3]　承論文審查人指教，以為民國二十九年十一月廿日（《書札（一）》頁 70）亦有《小學識字教本》稿丰字條修改意見云：
（1）丰字條　前所加之下即「從封之幫在唐韻」之下，再加如下一段：丰又孳乳為蚌、為胖（肥胖字篆應從丰作胖，即《玉篇》訓脈之◎，不應從半，《說文》胖訓半體肉，〈內則〉注云：胖謂脅側薄肉；不應有肥大之義。），變易為弸，《說文》訓弓彊貌。
因此，論文審查人主張《書札（一）》頁 252 的日期當置於民國二十九年十月十九日至民國二十九年十一月廿日之間云。筆者以為，《書札（一）》頁 70 與頁 252 兩封書信日期固然皆置於頁 65 書信日期之後，但沒有證據判斷兩者日期孰先孰後，故仍持保留態度。

即由此引申」。（原小字注：此條即前已寫上，亦望照此文校一下。）

在民國 31 年 3 月 6 日（《書札（一）》頁 208）亦有《小學識字教本》稿丽字條修改意見云：

「麗麖或作離妻、離樓，皆取義於丽、离與妻之有空處透明也」，改為「麗麖或作離妻、離樓，丽、離皆㸚之同音假借，㸚象門窗刻穿花紋，美觀而透明也」。

兩相對照，再舉現今完整的《小學識字教本》丽字條參考，其部分文字為：

麗麖或作離妻、離樓，丽、離皆㸚之同音假借，㸚象門窗刻穿花紋，美觀而透明也，用麗為華麗、美麗字，即由此引申。[4]

顯然以此信與今本《小學識字教本》文字相同者較多，但民國 31 年 3 月 6 日的修改意見亦多文字相同者，似乎兩信寫作時間相差不遠？而幸運地，在此信丽字條修改意見下有寫雙行小字注云「此條即前已寫上，亦望照此文校一下」，這就說明此信寫在民國 31 年 3 月 6 日之後不久，因此小字注云「此條即前已寫上，亦望照此文校一下」，才有著落，而且兩信修改意見是如此相像才解釋得通。

　　以上五封信函，除第一封之外，其餘都能大略確定書寫時間，理由有如上述。另外，有兩封信經筆者仔細研究推敲，確定有誤，在此亦要提出更正。

---

[4]　陳獨秀：《小學識字教本》（成都：巴蜀書社，1995 年 5 月），頁 160。

　　其一是民國 29 年 7 月 10 日的信（《書札（一）》頁 45），此信編者植入民國 29 年，誤也，當為民國 30 年才是。考魏建功於 7 月 19 日有一信給陳獨秀，其中有云「日前先生與靜農函，論及古音陰陽入分類問題，先生所言亭林之誤，一語破的」，正是回覆此信內容而言，接著對古音陰陽入分類的意見，魏建功有長篇議論，在此就不一一具引[5]。魏氏此信未標示年份，僅有日期，但值得注意者，由信中「惜玄同先師物故已兩閱寒暑」之言，經考知錢玄同（1887-1939）於民國 28 年逝世，故魏氏此時信函當寫於民國 30 年。再者，當時臺靜農與魏建功同任職國立編譯館，兩人交情深厚，彼此互看陳獨秀的來信，乃經常的事，於是陳獨秀有時寫信將兩人姓名並列，如民國 29 年 11 月 16 日（《書札（一）》頁 67）、民國 30 年 1 月 9 日（《書札（一）》頁 100）、民國 30 年 8 月 20 日（《書札（一）》頁 142）、8 月 27 日（《書札（一）》頁 144）、9 月 5 日（《書札（一）》頁 145）、9 月 30 日（《書札（一）》頁 153）、10 月中秋日（《書札（一）》頁 155）、10 月 8 日（《書札（一）》頁 159）等皆是。

　　其二是，民國 30 年 11 月 31 日的信（《書札（一）》頁 175），編者以為陳氏筆誤，當寫於 11 月 30 日，似乎是言之成理，因 11 月無 31 日也。然而，細觀此信內容，起首云「韻表六份收到，即於卅日匆復一函」，翻檢前一日（即 11 月 30 日，《書札（一）》頁 173），正有為此事回覆的信，因而陳氏次日寫此信，當為 12 月 1 日才是。何也？因為另在 12 月 1 日（《書札（一）》頁 176）陳氏再寫第二封信，書有「又啟 12 月 1 日」字樣。如果此信真如編者所訂為 11 月 30 日，則 12 月 1 日信函書有「又啟」二字就無法理解。

---

[5]　魏氏此信收入《魏建功文集》（南京：江蘇教育出版社，2001 年 7 月），第參冊，頁 398 至 400。

關於陳獨秀貧病交迫的看法

　　一般研究陳獨秀晚年，論者大多提及他既貧窮且多病的生活，以加強其潦倒失意的窘況。的確，以陳獨秀一生豐富多彩的經歷視之，他早年赴日本參與籌畫反清革命運動，民國建立後，創辦《新青年》雜誌，鼓吹新思潮，又被蔡元培拔擢為北大文科學長，成為以北大為中心陣營的新文化運動領袖人物，而他又是中國共產黨創黨元老，曾經一連擔任五屆中共總書記，其社會聲望真是如日中天，不可一世！晚年他沒有固定工作，既被中共開除黨籍，又先後坐國民黨五次的黑牢，只以賣文維生，發表自己見解，獨立不遷，度過風燭殘年。因此許多研究者提到陳氏晚年，都是以貧窮且多病的形象，這固然是與其年輕鋒芒畢露相較而言，不無道理，由書信內容及後人口述追憶觀之，也的確如此。

　　不過，研究者多忽略一項事實，處於陳氏晚年同時代的學者，貧窮且多病的生活，乃是普遍現象，不獨獨陳氏如此，由書信可知，魏建功、臺靜農亦經常生病。再試以王振鐸流亡雲南昆明的日記為例，我們看到當時學術界的領袖人物，正處在抗戰時期的西南大後方，物質條件極差，營養不佳，生病者大有人在。如民國 29 年 1 月 5 日的日記，王振鐸描述陳寅恪的生活如此：

> 陳寅恪身體太弱了，每日食飯只用麵條，及少許麵包，茶是不吃的，麵條是非煮得爛熟不能吃，他對廚子說：我最恨的是煮得這麼硬！

同年 1 月 6 日記載：

> 到了李濟之、董作賓、梁思永的家，才知道他們住的是一座破落了的回回人的家，均在樓上，破爛不堪。

至於顧頡剛有一段時間病得很嚴重，王振鐸在民國28年6月4日的日記寫道：

> 赴頡剛家，交童君致顧信。顧先生病了。我回來請闇嚴大夫來看病，志屏也去了。

6月18日顧頡剛仍然沒有好轉，繼續寫著：

> 赴頡剛家，他還是病著；雁堂、守和都來此。在路上遇元昭及容琬小姐。他們都是去顧家的。

6月19日又說「七時許，我去頡剛家，他的病仍未好，顏大夫給他看了看」，次日又「早去顧家送藥」[6]。此外，向達在民國32年年底寫給魏建功的一封信，提到自己在李莊生活「亦復焦頭爛額，油鹽柴米俱成問題，精神委靡之至」的困窘狀況：

> 建功仁兄先生侍右：白沙一晤，極慰下懷。弟於十七日至江津往晤內院呂秋逸先生，十八日即赴渝，二十、二十四兩晤士選兄，曾將吾兄及嫂夫人事轉達，請其留心，赴印一節亦曾設道，結果如何，則不得而矣。中大情形甚亂，沙坪壩去過兩次，不敢道問，余以人地生疏，更無所知，有負所托，慚愧之至！十月廿九離渝，當夜宿白沙，以昏黑未及奉訪，卅一日抵李莊，至今一月，終日昏昏，赴西北事既成進退維谷之勢，個人方面亦復焦頭爛額，油鹽柴米俱成問題（原注：幾至斷炊），精神委靡之至，遲遲上聞，唯乞有以諒之，幸甚，

6　以上所引資料，俱見李強整理：〈王振鐸流滇日記〉，《中國科技史料》，1996年第17卷第2-3期。

幸甚。遷居白沙固所甚願，上月中沈魯珍來信　房屋有辦法（原
注：沈君謂貴校在離鎮半里許，租有房屋，樓房三正間、一
小間，帶廚房，大約兩家合住，可以相讓，唯未提租金，不
知如何），條件則為每周講演兩次，此無甚不可。唯遷至白沙，
最少非八千莫辦，此刻何從得如許鉅款？只有函傅孟真，請
其在攷察經費中借一萬元，然此無異於向虎口中討食，成否
只有天知道耳！又白沙近來物價，便中乞示知一二，以作參
考，至為感盼。勞貞一《居延漢簡考釋·釋文之部》已石印
成書四冊，定價二百五十元，唯並未影寫，又石印極壞，復
無攷釋，未免可惜也。卒閒　不盡一一　即叩

著安　並祝

潭禧　　　　　　　　　　　　弟　向達拜啟　十二月二日
　　　　　　　　　　　　　　靜農兄處並乞代候為幸[7]

尋繹覆信內容，應是魏建功勸請向達遷居白沙，但以日用生活維持
不易，一動不如一靜，且向達對物價波動特別敏感，故信中也希望
魏建功留意「白沙近來物價，便中乞示知一二，以作參考」。以上文
字，可以想像當時貧困艱苦的日子，應是一個通例。何以如此？因
物價騰貴高漲，知識份子的收入往往無法維持生活基本開銷。另由
民國 29 年 12 月 23 日陳獨秀給楊朋升的一封信，最能反映他在經濟
壓力下的心境：

---

[7]　見程道德主編：《二十世紀中國文化名人墨跡》（北京：北京出版社，2000
　　年），頁 144。此信筆者所以定為民國三十二年所寫，乃因內容提及勞貞一《居
　　延漢簡考釋·釋文之部》已石印成書四冊出版，經查出版時間為民國三十二
　　年，出版地點又在李莊，向達因此能知悉甚詳。

數月以來，物價飛漲，逾於常軌。弟居鄉時，每月用二百元，主僕三人每月食米一斗五升，即價需一百元，今移居城中，月用三百元，尚不及一年半前每月用三十元之寬裕，其時一斗米價只三元，現在要七十元，長此下去，實屬不了！昨接成都省立傳染病某醫生來書，據云成都除房屋人工外，其他食用物價較重慶猶高昂，弟因此料想兄處，月非五百元不能維持，或恐不只此，而收入未必有此數，弟尤為困難，不審何以應付之？擬否另設他法謀生，便中乞示一二，以免關懷。[8]

次年 11 月 22 日給楊朋升的信又說：

此時弟居鄉亦月需費用六百元，比上半年加一倍，兄竟至多我數倍，如何可支？為兄計，唯有出外做官（只有縣長或管理糧食之職務，可以發大財），及移家出川（黔、湘、桂之生活費都比川省要少一半）二策。以弟之年力，此二策均不可行，惟有轉乎溝壑已耳！[9]

據此則知，由民國 29 年 6 月 15 日[10]到民國 30 年 11 月 22 日，短短不到兩年的時間，物價如此劇烈波動，宜乎生活艱困，維持不易。

如果真要理解陳獨秀生活困窘，也許由信封上可以看出。陳氏生活極為寒傖，在近百個留存至今的信封，有的是以廣告紙剪裁黏

---

[8]　見水如編：《陳獨秀書信集》（北京：新華出版社，1987 年 11 月），頁 510。

[9]　同上，頁 521。

[10]　陳獨秀晚年以屨弱身軀，處於日軍戰機轟炸聲中完成《小學識字教本》下卷字根、半字根部分後，在歷盡艱困支撐之餘，不無感嘆「法幣如此不值錢，即止此不再寫給編譯館，前收稿費亦受之無愧也」。參見民國二十九年六月十五日（書札（一）頁 35）致臺靜農書。

貼而成，把印有文字部分摺在裏層，空白可書寫的部分作為外層；也有的是友人來信的封套，沒有丟棄，他再次拆開反摺，以重複使用。在台大圖書館特藏室調閱原件，我從他給臺靜農先生的信封上，對著檯燈，撐開信封內頁，發現反摺在封底裡面原先寄給陳獨秀信件的寄信者地址及姓氏，看出他愛惜物資的一個側面。也許這些微不足道的蛛絲馬跡，正可透露他生活上自奉儉樸的訊息[11]。其次，透過信封內頁寄信者對陳獨秀的稱呼，有稱為「陳石安先生」者，「石安」即「實庵」之同音，彌補後人對陳氏名號考據的不足[12]。可見，原始文件的文獻價值無所不在，端在於研究者如何以敏銳嗅覺予以詮釋。

其他猶可商榷的觀點

蕭關鴻編《中國百年傳記經典》，其中說陳獨秀「晚年由武漢而重慶而江津，貧病交纏，意志消沉。有詩云：「除卻文章無嗜好，世無朋友更淒涼」[13]，「貧病交纏」倒是真的，「意志消沉」，則恐是誤讀詩句，不解陳獨秀晚年的心境，也沒有讀出寫作此詩的本事。

---

[11]　陳獨秀重複使用寄信人的信封，是否與晚年生活困窘有必然關係，頗難據以為必，尚待進一步探究。友人張錦郎先生服務圖書館界，多少年來已養成重複使用讀者填過的借書單及待報銷的卡片紙張，可見愛惜物資的美德，未必與貧窮有必然的關連。

[12]　我找到兩個信封內頁，寄件人地址皆是「上海亞東圖書館」，收件人一寫「江津縣城內黃荊街八十三號陳石安先生收」，另一寫「城內黃荊街八十三號陳石安先生」。唐寶林、林茂生合著：《陳獨秀年譜》（上海：上海人民出版社，1988 年 12 月）首頁說後來由陳獨秀的姓名的諧音或演變，出現過的筆名、別名、化名等，共列舉計有四十五個之多，卻沒有「石安」。

[13]　見蕭關鴻編：《中國百年傳記經典》第二卷（上海：東方出版中心，1999 年 1 月），頁 479。

　　唐寶林、林茂生合著《陳獨秀年譜》完整引錄「除卻文章無嗜好，世無朋友更淒涼；詩人枉向汨羅去，不及劉伶老醉鄉」這首詩[14]，將寫作時間訂為 1941 年（民國 30 年辛巳）7 月，並說「在屈原祭日，送何之瑜、臺靜農、魏建功等東歸，聚飲大醉作詩紀念」，其後被孫文光〈陳獨秀遺詩輯存〉一文完全輯錄[15]，可見影響力；然而，朱文華〈讀陳獨秀遺詩輯存〉一文卻指出，這本是依據川言《陳獨秀詩錄略注》，但該詩末原有「聞光午之瑜靜農及建功夫婦於屈原祭日聚飲大醉作此寄之建功兄」文字，以為陳獨秀並未參加此次聚飲云，孫文光將之完全輯錄，這很容易使人產生語義歧誤，不妥[16]。朱文華的見解是對的。實際上，這首詩在《書札（一）》頁 312 也有，係寫贈給臺靜農先生，但在詩前，有一段重要的話，其文曰：

　　聞光午、之瑜、靜農、建功諸君於屈原祭日聚飲大醉，作此寄之。

　　與上述「寄之建功兄」文字大同小異。由兩封書信，可以找到線索說明本事，其一是 1941 年（民國 30 年）端午節當天，陳有信給臺云（見《書札（一）》頁 125）：

　　瑜兄自回聚奎後，未有信來，不知何事忙或有病，乞示知！此祝健康

　　　　　　　　　　　　　　　弟獨秀叩　　五月卅日即端午日

此時（即屈原祭日）陳尚不知何之瑜、臺靜農等人聚飲事，因此有關心問候的文字；臺給陳覆信雖不可得知其內容為何，但不久之後，

---

[14] 見唐寶林、林茂生合著《陳獨秀年譜》，頁 531。
[15] 發表在 1989 年第四期《安徽師大學報》。
[16] 發表在 1990 年第三期《安徽師大學報》。

6 月 15 日陳致臺信件（見《書札（一）》頁 129），則可知必定告訴聚飲事，陳以未能參加為憾，於是在交待好文稿校對事，起首便言：

> 來示已悉。聞兄等痛飲，弟未能參加，頗為惆然！

陳獨秀乃性情中人，對此立即寫詩抒發一己感懷，是極自然之事，何況他晚年交遊不多，這幾位都是他最為親近的知交，他竟然失之交臂把盞「痛飲」，其心情落寞悵惘，可想而知。

由書信內容，陳獨秀對朋友很重情義，民國二十九年春間，臺靜農與老舍去見他，事後他有不勝依戀情懷，難以為支[17]；同年冬季，他在信上對臺靜農說「弟甚望兄及建功兄新曆年能來此一遊」[18]，又說「兄新移居諸事，想尚未停當，建功兄病恐亦未全復元，來遊城中之舉，諒必推遲矣」[19]。次年，他仍惦記著相見之事[20]，但始終未能一見。一種甚為期盼邀約相見的心情，持續達一年之久，就在信件上屢屢提及何之瑜、魏建功等人的近況，沒想到一直到端午節他們有聚飲事，陳獨秀卻在眼前失之交臂，寧不是一大憾事？必深入書信內容，理解這種前後周折之微妙心境，再來讀這首詩，上二句「除卻文章無嗜好，世無朋友更淒涼」，是說明自己沒能參加這次聚會的心情，下二句「詩人枉向汨羅去，不及劉伶老醉鄉」，是想像知交把酒言歡融融之樂，寄語友朋，表達其嚮往臥眠醉鄉之境界。因此，《中國百年傳記經典》的「意志消沉」說法，是不符合事實的。

---

[17] 陳獨秀在三月九日給臺靜農的信上說「兄與老舍來此小聚而別，未能久談為悵！聞兄返白沙時頗涉風濤之險，甚矣，蜀道難也」，見《書札（一）》頁 17。

[18] 見十二月十七日信，《書札（一）》頁 82。

[19] 見十二月二十七日信，《書札（一）》頁 93。

[20] 民國三十年二月八日信云「兄約於何日能來此，或竟不能來，均望示知」，二月十三日信云「上元已過如許日，諒兄已無暇來此一遊矣」，俱見《書札（一）》頁 104 及頁 109。

這首詩揆諸情理,應寫於 6 月,《陳獨秀年譜》說陳獨秀有參加此次聚會,是不對的,將之置於 7 月,亦稍嫌遲些[21]。

餘論

　　一般學者名流手跡出版,大略有三種型式。一是照原稿影印,並附以現代楷體文字對照,懂書法者,可以欣賞到原件的神采韻味,看不懂行草字體者,也能透過現代楷體文字而有所理解。此種型式應是最理想的,但投注的人力與金錢,也最為可觀。第二種是僅照原稿影印出版,不提供任何楷體文字對讀說明。因此,必須對書法有相當修養者,方不礙閱讀。由此編輯傾向,似乎有一種意圖,能夠品味原件讀者,文化水準本來就高,何必費辭多言?另外一種是僅以楷體文字編排,沒有原件對讀。缺點是讀者看不到原件內容,無法探究其字裡行間不經意筆觸流露的情感,也較不易發現文字句讀的疏失。

　　中央研究院中國文哲研究所將陳獨秀墨寶依原跡照相出版,係屬於上述第二種型式,本來閱讀出版品即可,何以筆者仍要不憚其煩再閱原件呢?任何文獻的複製品,其紙張的質地與歷史感均不可能與原件一模一樣再現,換言之,「歷史文獻」的複製,最多只能呈現可見的內容,至於研究者對歷史事件與人物體會的深淺,披閱解

---

[21] 唐寶林後來在 1993 年 5 月〈關於陳獨秀的文字學論著〉(代序)一文,仍堅持說「1941 年 7 月屈原忌日,陳獨秀等送臺靜農、魏建功東歸聚飲大醉,陳當場作詩紀念曰:除卻文章無嗜好,世無朋友更淒涼;詩人枉向汨羅去,不及劉伶老醉鄉」,純然錯誤。見陳獨秀:《陳獨秀音韻學論文集》(北京:中華書局,2001 年 12 月),頁 15。

析，境界本就有遠近高低的不同。《書札（一）》內容，印刷清晰，可以觀覽無礙，惟陳獨秀書信有時寫得很潦草，寫到信紙邊欄上，如果照原來色澤出版，自然可以毫無疑礙看得一清二楚，可是以黑白照相出版，就產生一個很大問題：寫到邊欄上面的文字與原紅色粗線邊欄混成一團漆黑，讀者已沒法辨識其間文字內容。如《書札（一）》頁 28、頁 41、頁 59、頁 104、頁 251，勉強可以依上下文意猜出意思，但頁 47、頁 73、頁 74、頁 117、頁 125、頁 180，沒有調閱原件，實難以讀出內容。

其次，《書札（一）》的陳獨秀〈實庵自傳〉，文字清晰可讀，唯有調閱原件，才知與複印件有若干不同：原件裝裱在乙本冊頁上，外以二片木板夾住保護，由每一頁右側可以看出，本來是二孔裝訂的稿子，每張稿紙係紅色欄方格，有八行，每行有二十八字，後來拆開重新裝裱，每張稿紙左上角有流水號編碼，由 1 號依序排到 35 號，在濃淡相宜的墨跡中，文字潤飾痕跡，歷歷可見。以往學者研究陳氏生平，眾口咸以為「此稿寫於 1937 年 7 月 16 至 25 日中」，現在原件明白標點「此稿寫於 1937 年 7 月，16 至 20，五日中」，可以修正過去習焉不察的謬誤，這是最可寶貴的文獻價值；再者，〈實庵自傳〉原先發表在 1937 年第 51、52、53 期的《宇宙風》雜誌，往後海峽兩岸分別再重新排印出版，拿原件分別校對，文字魯魚亥豕與疏漏之外，最明顯是「人家倒了霉，親友鄰舍們，照例總是編排得比實際倒霉要超過幾十倍」之後，遺漏了「人家有點興旺，他們也要附會得比實際超過幾十倍」句，現在能夠校出這個疏漏，也是這件僅有的歷史文獻另一價值了[22]。

---

[22] 關於〈實庵自傳〉的價值，詳見拙作：〈臺靜農先生珍藏陳獨秀手札的文獻價值〉，《古今論衡》第 8 期（2002 年 8 月），頁 20-22。

最後要誠摯致謝以下熱心幫助的單位與學者，使得所有陳獨秀的文獻試讀工作能夠順利進行，前臺灣大學圖書館特藏室夏麗月主任的支持，筆者可以自由調閱陳獨秀書信原件，解決了無法卒讀完整內容的書信，中央研究院中國文哲研究所編輯小組費心編序書信日期，為筆者省卻不少時間，林慶彰先生對校讀工作的關切與贈書，張錦郎先生惠賜文章資料，傅斯年圖書館提供相關珍貴文獻，李宗焜先生對文字辨識的協助，均表現無私的學術熱忱，令筆者受益良多，滿溢感懷！審查人對文字若干疑點，提出許多很好的商榷意見，俾內容更加完善。上海吳孟明先生為筆者到上海圖書館，找到了當時發表在《宇宙風》雜誌的陳獨秀〈實庵自傳〉原貌，校正了原先筆者失檢年代的錯誤[23]，在此一併表示誠摯的感謝。其文字或有失校誤讀，自然由筆者負責，並期海內外方家批評指正。

原載於《中國文哲研究通訊》第 13 卷第 3 期（2003 年 9 月），
頁 190-201。

---

[23] 筆者在〈臺靜農先生珍藏陳獨秀手札的文獻價值〉文章說〈實庵自傳〉正式發表於 1938 年第五十一、五十二、五十三期的《宇宙風》雜誌，在中央研究院各圖書館並沒有這三期的《宇宙風》，吳孟明先生親自找到了原刊各期，並核對了日期，實際時間是 1937 年 11 月 11 日至 12 月 1 日。吳先生並說明〈實庵自傳〉到陳獨秀出獄後至武漢，才由亞東圖書館出了單行本，1938 年吳先生到武漢不久就看到了。

詮釋文字世界的李敖
——讀《長袍春秋——李敖的文字世界》

　　《西遊記》第 34 回與第 35 回寫齊天大聖孫悟空化身變成為數眾多的猴子，一下是「孫行者」、一下又是「者行孫」、一下變為「行者孫」，喧喧嚷嚷，熱鬧異常，把平頂山蓮花洞的老魔（金角大王）、二魔（銀角大王）騙得團團轉，分不清楚誰是真正的「本尊」孫悟空。李敖也有多種面向，有好訟成性的李敖，有不合作主義者的李敖，有「用筆如刀」的李敖，有俠骨柔腸的李敖，有大坐牢家的李敖，有單幹戶的李敖，有歷史學家的李敖，有文學家的李敖，有大出版家的李敖，有敢以裸照示眾的李敖，有口才犀利的李敖，有⋯⋯的李敖，因此李敖很複雜，李敖不是一個可以三言兩語談清楚的人。但是，李敖有一項最突出的特點，駕馭中文表達能力的技巧，已臻於出神入化的境地，罕有對手，他有名言：「五十年來和五百年內，中國人寫白話文的前三名是李敖，李敖，李敖，嘴巴罵我吹牛的人，心裡都為我供了牌位」，其狂傲與自信如此。既然大家都知道李敖文筆是一流的，但敢於下筆研究剖析李敖用字遣詞，卻需要有極大的膽識，作者選題寫成專著《長袍春秋——李敖的文字世界》，就是抓住「本尊」李敖的那一桿健筆，寫成碩士論文而不怕被刁難的成果。

　　作者在〈自序〉說要謹守評論之分際，「以理論為準繩，以文本為血肉，盼立愷切客觀之論，希收因指見月之效」，如此認真的態度，使筆者不敢馬虎，因此，願意談一談讀後己見。

　　此書寫得最見精彩、表現最為成功的，是在第四章〈李敖的文字藝術（上）〉與第五章〈李敖的文字藝術（下）〉。作者長期浸淫披

閱李敖著作，別有會心體悟，因此徵引實例說明李敖文字表現手法，就格外駕輕就熟，引人入勝。例如李敖的〈老兵〉一詩：

> 老兵永遠不死，
> 他是一個苦神。
> 一生水來水去，
> 輪不到一抔土墳。
>
> 他無人代辦後事，
> 也無心回首前塵，
> 他輸光全部歷史，
> 也丟掉所有親人。
>
> 他沒有今天夜裡，
> 也沒有明天早晨，
> 更沒有勳章可掛，
> 只有著滿身彈痕。（頁 185）

作者寫下如此的分析：

> 曹植寫〈洛神〉，讀者無不屏氣凝神；李敖書「苦神」，讀者只有黯然神傷。渡海老兵，面對此詩，豈有不潸然淚下之理？身既隔海，生亦隔世，歷史之嘲、造化之弄、家國之難，過河兵卒啊！如何能解？此處落腳且為家吧！家？愁家也好，家愁也罷，家者，枷也！既為心之枷，更是身之鎖！（頁185）

又如美國戴布茲（Eugene Victor Debs）的名言：

> While there is a lower class I am in it.
>
> While there is a criminal element I am of it.
>
> While there is a soul in prison I am not free.（頁 196）

李敖的翻譯如此：

> 只要有下層階級，我就同儔；
>
> 只要有犯罪成分，我就同流；
>
> 只要獄底有遊魂，我就不自由。（頁 197）

作者的分析是這樣的：

> 李敖的中譯，既照顧到原文各行前長後短的句型、三行之間重複的用字與句型、最後一句的轉折與強調效果，更是把句尾的押韻譯得妥貼工整。in it：同儔，of it：同流，not free：不自由；首二句句末連用兩個「it」，李敖的譯文已連用兩個「同」將之化掉，以「儔」、「流」穩住韻腳，堪稱高明，極為「等效」，若非文言素養深厚，恐怕很難如意。（頁 197）

諸如此類以作品為例，一一細說文字出神入化之妙，條理清晰，充滿閱讀的同理心，給予讀者的感情是動人的，所以分析很能引起共鳴。

　　本書也有一些觀點，筆者以為似可再斟酌，值得提出討論。

(1)作者深知李敖行文風格，有時為了自炫高才博學，常用一些誇張宣傳的筆法，除了以顯示一己推倒古今豪傑，文章老子坐穩第一把交椅之外，也不無刺激群眾心理，以期著作暢銷的商業效益。由文章一路讀來，作者的思路太受李敖牽引，在不知不覺下陷入其中。如第三章第一節是要說明李敖有意

　　識地將文章寫得深入淺出，風趣好玩，期盼能夠影響更多的
　　群眾，並以誇張的口吻說明司馬光的失敗（頁107），而作者
　　卻也循此思路附和說「司馬光耗盡了畢生心力，卻只有他的
　　好朋友王勝之捧場，一本書的吸引力貧乏至此，不禁令人懷
　　疑是否存在的價值」（頁108）。今日，《資治通鑑》已是不可
　　動搖的經典地位，以後仍會有識貨者一再閱讀，作者把李敖
　　誇張的說法當真，如此否定司馬光的成就，下筆似太輕率了。
(2)又如第二章〈李敖的生平與思想〉，第二節是在說明胡適對李
　　敖的影響，這一點是毫無疑問的，只是筆者認為，李敖受梁
　　啟超的影響，恐怕不下於胡適，而其成就如何，也是可以商
　　榷的。就以李敖文章的表現法而言，作者在第四章與第五章
　　有所深入探討，已如前所述，而事實上，論文筆突破傳統，
　　融合俗語、駢語對仗、韻語音節、外國語法等，梁啟超信筆
　　揮灑，自成一格，筆鋒常帶情感的特殊風格「新民叢報體」，
　　其表現的氣魄與鋒芒，真是前無古人，後人也很難踵武企及，
　　奠定其人在近代文學史上的崇高地位。梁啟超又是有名的報
　　業鉅子，「言論界驕子」一生與人論戰無數，所向披靡，一夜
　　之間可以有萬言的產量，面對袁世凱的籠絡利誘，堅不為所
　　動，〈異哉所謂國體問題〉文章照樣發行，表現大丈夫特立獨
　　行、不屈附權貴的氣慨。尤其是古文傳統在梁啟超健筆縱橫
　　之下，已出現奄奄一息的龍鍾老態，胡適、陳獨秀後來白話
　　文學運動的成功，可以說是順勢而行的潮流所致。到了李敖
　　時代，白話文已是風行全國有年的文體了，因此從近現代文
　　學史變遷的觀點而言，論文章的敢於突破現狀，李敖與梁啟
　　超比較起來，恐怕要瞠乎其後，黯然失色，至於「五十年來
　　和五百年內，中國人寫白話文的前三名是李敖，李敖，李敖，

嘴巴罵我吹牛的人，心裡都為我供了牌位」，則有待於歷史的考驗，現在還言之過早。

(3)再者，作者把李敖太過於美化，因此將其「一國兩制」政治觀，說成是「像一個憂心忡忡的先知一樣」（頁70）。試看李敖自己怎麼說的：

> 我最近被攻擊，是因為我提出一國兩制。一國兩制在台灣沒人敢提，包括新黨也不敢提。我主張的一國兩制是一個中國，兩岸各自表述，並未說一個中國是指中華人民共和國，或是中華民國。一國兩制是鄧小平提出的，是指在一個中國的前提下，兩岸在不同的制度下，互相尊重，五十年不變，五十年後才決定中國如何統一；一國兩制是暫時性的。（頁72）

理論上，「兩岸各自表述，並未說一個中國是指中華人民共和國，或是中華民國」，「在一個中國的前提下，兩岸在不同的制度下，互相尊重，五十年不變，五十年後才決定中國如何統一」，這是何等開明，何等符合老百姓的最大利益。在中國還沒有建立起輿論監督的機制與成熟的公民社會制度之下，任何事都是處在不確定狀態。寧可維持現狀，等待中國民主化超越台灣，再平心靜氣由老百姓自由選擇吧。

早在十餘年前，筆者就跟李敖說過，以一人的力量對抗國民黨極權統治，使得台灣黨禁、報禁解除，促進台灣民主化，貢獻厥偉；但李敖在台灣已完成階段性任務，筆者期盼他以批判國民黨的精神來批判共產黨，如此在中國史上更能有崇高的地位。如今，時光匆匆而逝，李敖已是近七十歲的老人了，筆者不奢望他能像年輕時代般勇猛銳氣，依舊維持一貫的批判當權者。

如果細讀本書，作者也提出了解釋：因為嚴僑的共產黨身分，使李敖把「共產黨」等同「理想主義」的代名詞，這也間接回應了

論者對李敖的質疑──為什麼李敖罵遍中國各省各黨人，就是獨漏共產黨？（頁 28）

　　這種解釋是難以服人的。論理想主義者，陳獨秀是中國共產黨創始人之一，又兼任五任中共黨委總書記，聲望如日中天，不可一世，而一旦他發現過去他所創立的共產黨背離其理想愈來愈遠，他不惜與黨決裂，走自己的路，堅持最後肯定資產階級自由民主的見解。梁啟超「不惜以今日之我與昨日之我戰」，亦是樹立了另一類型知識分子的勇於突破現狀。所以，李敖的態度，是很令人困惑的。

　　另外，有幾處作者自相矛盾。如彭明敏回台競選 1996 年總統，李敖以為「真正第一流的知識分子影響政治而不涉足政治，我期望的彭先生和我一樣潔身自愛卻戰鬥不衰」（頁 92），作者是肯定如此看法的。可是，後來李敖卻代表新黨出來競選 2000 年總統，作者卻讚賞有加，「宣揚理念、揭發弊端，實已為台灣的選舉文化注入一股清流」（頁 80）。為什麼李敖出來競選總統，可以說是「宣揚理念、揭發弊端」，別人出來競選總統，難道不是「宣揚理念、揭發弊端」嗎？總不能以兩套標準。第六章〈《北京法源寺》的文學性〉，作者引用了楊照的觀點，同意整部《北京法源寺》幾乎是李敖個人的喃喃自語，所塑造的人物都成為他自己的分身（頁 252）。但是，作者卻又說：

> 他總是在小說創作中「有我」，而不能在其中「忘我」、「去我」、「無我」。這是李敖的遺憾，也是李敖的驕傲，或許唯其如此「極端有我」，方足以自成其大。（頁 290）

對於李敖寫小說的失敗，不光是《北京法源寺》如此，過去筆者評論過另一部小說《上山・上山・愛》也是失敗的作品，以及最近出版的《紅色 11》，皆是有「極端有我」的毛病，忽略了人物性格塑

造與背景、情節的描述，無法如《水滸傳》或《紅樓夢》人物有鮮明的個性，這是人各有所長，無法強求全才兼備。作者評論李敖的《北京法源寺》，態度如此游移閃爍，實大可不必。

最後提出幾點意見，供作者考慮參考。第三章〈李敖的語言哲學〉，語言談得不夠，理論也有待充實補充。第四章第一節〈百無禁忌的語言觀〉似乎移置到第三章內較妥。第六章第二節〈李敖對中國文學批評的批評〉，寫得太過於簡單，也沒有省察是否是李敖個人的偏見；事實上，中國文學批評傳統，自《文心雕龍》以後，歷代的詩話、詞話、筆記、文集等，不乏系統而成熟的論述路數，作者應對此有所涉獵，才能有深入的分析與令人信服的見解。另外，有許多學術價值很高的歷史著作，如《孫中山研究》、《二二八研究》、《你不知道的二二八》（與陳境圳合著）、《蔣介石評傳》（與汪榮祖合著）、《國民黨研究》、《民進黨研究》、《蔣介石研究》、《孫案研究》、《孫立人研究》、《張學良研究》等，這些都是李敖的一家之言，也廣為學術界所引據，所以李敖文字也有很嚴肅的一面，作者既然研究李敖的文字世界，集中焦點在他潑辣風趣一面的探討，此類雖非其所關注，但也應簡單提出，令讀者認識其多樣化的文字風格。

總之，本書優缺點俱見，讀者如能以輕鬆的態度看看，亦不失趣味橫生，作為認識李敖文字世界的入門之書。何況碩士學位論文能改寫得如此活潑有趣，流暢可讀，也是一種新的嘗試。作者年輕有活力，勇於吸收新觀念，還有很遼闊的揮灑空間，筆者期待下一本著作有更大的進程，謹以此與作者共勉之。

原載《全國新書資訊月刊》，第 55 期，2003 年 7 月

由留學大陸風潮看中國的崛起
——兼評周祝瑛《留學大陸 Must Know》等書

　　過去，台灣留學美國之風潮，蔚為主流，曾幾何時，留學中國大陸，成為台灣學子的重要選項之一，尤其近五年來，有加溫的趨勢。這些滿懷雄心逐鹿中原的學子，熱情可愛，對未來充滿憧憬，與拼命唱衰中國的台灣官方，前一陣子有《中國即將崩潰》一書出版，引起官方竊喜，彷彿是兩條迥然不同的道路，箇中消息有足堪玩味者；儘管官方仍蒙住眼睛，不願承認大陸清華、北大等名校的學歷，但大家心知肚明，能夠在大陸的「名牌大學」深造，與大陸菁英份子同班同學，未嘗不是人生的一段特別歷程？在連續保持經濟成長一枝獨秀榮景，目前「一片大好形勢」之下，沒有人否定中國大陸崛起的事實，也沒有人敢忽視其廣大的經濟市場，於是，有遠見的青年追趕全球商業投資中國，是繼經商之後，又一波留學熱潮已沛然莫之能禦！

　　到坊間尋書，關於留學大陸的書刊雜誌，琳瑯滿目橫陳書架，已在數量上追近留學歐美、日本的書刊，預料還會持續增加，這說明留學中國市場潛力非可忽視。筆者八年前曾經負笈對岸就讀博士，五年前順利取得學位，也關注兩岸關係，手邊有幾本較具代表性的留學大陸書刊，可以略為一談。

　　坊間可見的留學大陸書刊，一般可分為三類，第一類是以雜誌方式，每期（月刊）介紹一所大學，如以《中國通》、《投資中國》較具系統，其他的雜誌或報紙當然也有不少零星報導，都能反映社會的需求現況。

　　第二類是長期在大陸實地就學,以一己經驗為中心寫出心得,最大特色是表達自然坦誠,真實性強,沒有深入其中,無法寫出如此感人的篇章。儘管大陸與台灣同文同種,但大陸許多與台灣不同的地方特色的習俗,就分外引起這些「台灣留學生」的注意。我每喜愛讀他們描寫北京人的生活,如逛公園、品嘗京味小吃、冬季到結冰湖面上滑冰、使用辭彙的不同、「順口溜」反映社會百態的縮影、胡同特有的文化魅力、海淀書城的人山人海、校園豐富多彩的學術講座等,他們是如此真實,何況也是自己親身經歷過,讀來親切有味,不少回憶與聯想,隨著一頁又一頁篇章而起伏。把這些不同時期的著作留下來,我想,就是將來研究大陸社會發展變遷的絕好材料之一。

　　如蕭弘德《台灣學生在北大》(台北:生智出版公司,1999年2月)一書,提到與大陸學生思想交流的種種,敏感的統獨問題論爭等,最特別的是附了五篇日記,每一篇日記都有主題,其中引人注意是作者與外國人交往的經驗,包括有日本、韓國、俄羅斯、泰國、德國、美國、以色列、加拿大、非洲克麥隆等國家,北大留學生餐廳簡直就像一個小聯合國,從前早就有這樣的感覺,但可惜當時沒有記錄下來,現在看到的日記體文字,不由會心領悟其中的臨場感。

　　又如張佑如《留學北大》(台北:希代書版公司,2001年9月)一書,表現一位擁有台灣、美國、英國、日本四地學歷的青年,向中國大陸觀察學習的熱情,「唯有正確了解中國大陸,才能真正看清我們台灣的處境,這就是我決定前去大陸的原因」,「台灣和大陸必須進一步交流時,如果我們對大陸的情況不瞭解的話,不只會有誤會發生,還可能發生不必要的隔閡與對立」(原書自序),這些話的氣象多麼開闊與自信!我對於她紀錄入木三分的「順口溜」,有極深刻的印象,如『辦事之歌』說「送上美女主動辦,送上錢財推著辦,

無錢無女靠邊站」,『機關之歌』說「八點上班九點來,品茶看報好自在,好菸見抽不見買,革命水酒把胃壞」、「樓堂管所爭者蓋,小車牌子認老外,成天文山加會海,哪裡熱鬧哪裡在」,字句活潑生動,很形象地反映大陸時下幹部眾生相。作者說:

> 北京人的幽默,是一種大徹大悟,就某個角度而言,這種大徹大悟可以看作是對社會的失望,另一方面,能夠以如此調侃的口吻詼諧地講著這些笑話,也表現了一種成熟,但是這種成熟如果是出自青年時,似乎也預示了社會的希望。(原書頁 106 至 107)

這種成熟而入微的觀察角度,不親臨其境探索,無以感受與瞭解,則又豈是台灣一般迂腐的教育部官員所能望其項背的?其他殿末三章〈歷史與現實〉、〈唯物主義和三位一體〉、〈臺灣的角色〉,見解之敏銳與犀利之分析,均可圈可點,很有一讀的價值。

再者如陳正騰、劉岱旼、何依庭合著《輕鬆進北大——考取北大完全手冊》(台北:時報文化公司,2001 年 7 月),可別被書名所矇蔽,過來人都知道,進北大並不是輕輕鬆鬆,反倒是辛辛苦苦,不是好玩的。他們不過告訴我們如何有效率準備考取北大的方法,但沒有相當的程度與毅力,還是不行的。此書最大特色是收集入學資料的來源與準備方法,非常完備,有此一冊在手,到大陸就學與生活的所有疑慮,差不多可以迎刃而解了。其次,本書也告訴我們在大陸可以有各種不同生活經驗的體會,且看下一段極為真實的描寫:

> 誰都知道四季分明是怎麼個分明法,但不親自體驗,你不會明白站在零下二十五度哈爾濱刺骨寒風街道中,會像長針一

樣痛；不到新疆，你體會不出「朝穿皮襖午穿紗，抱著火爐吃西瓜」的暢快感覺；沒有當過留學生，你不會真正明白小型聯合國的精髓，也不會那麼快就學會用八國語言說「我愛你」；不騎著自行車到街上溜達，你不會痛恨自己騎車技術如此低落，以致於在下雪天裡騎車時，不能像別人一樣把雙手放在口袋中取暖。（原書頁 21）

　　台灣一年四季如春的氣候，有機會去見識大陸南北東西各不相同的地理景觀與人文氣息，也是人生一大樂事，作者的感受，深得我心。其次，北大學生與台灣的學生有何不同呢？有三位曾經到北大洗禮過的過來人，寫下三段文字就是一個縮影，值得深思：

他們或許比較窮，讀書方法比較死，但是勤勉的學習，卻使他們的實力更加地紮實。台灣的學生到圖書館找資料就是影印；大陸的同學卻是一筆一劃將所需資料抄下來，再寫下自己的心得感想。這樣的方法雖慢，可是在抄錄的時候，便無形中留下了印象。……（原書頁 191）

那時是晚上十點多，我們走到一棟教學大樓，每個教室裡幾乎坐滿了學生，低著頭埋首書堆之中，這是他們所謂的「上自習」。不只在晚上，白天圖書館裡晚到的同學是沒有位子可以坐的；更有甚者，經過未名湖都會看到有學生坐在柳樹下看書或大聲朗誦英文讀本。……（原書頁 193）

記得第一次到一個本地學生的宿舍拜訪時，一進門就看到「經世濟民」這四個工整的正楷字掛在書桌前的牆上。小小的書桌上，則堆滿各種經濟學的專書、期刊和論文。這一切，彷彿在悄悄地訴說著主人的自我期許和做學問的專心程度。而這樣的情景，我在好多同學的房裡都看到過。……（原書頁 197）

所謂「他山之石，可以攻玉」，任何到過大陸「名牌大學」的人都不會否認他們奮發精進的拼勁，這對於讀書風氣向來不是挺理想的台灣各大學校園，但願能有一絲警省激勵的作用。

黃台英《西行取經——如何赴大陸求學》（台北：邱比特國際文化公司，2001 年 11 月）一書，與前三本有一點最大的不同，作者不是北京大學的學生，分析的角度與看法較為全面周全，如第四章〈如何選擇最適合你的學校與科系〉與第五章〈大陸的一流名校〉，就比較客觀提出選擇系校的考量，以及大陸名校各學院的發展背景與特點、侷限，很值得有志到大陸留學的台灣同學參考。

第三類是專題採訪，寫成一本專著，如郭燕如等著《留學大陸搶先報》（台北：墨刻出版公司，2001 年 9 月），採取親赴大陸南北名校實地勘查，並訪問曾經到過大陸就學的畢業生與在學生，由於是眾人集體合作的報導，又有新聞專業的訓練與編輯，絕大多是最新一手資料的整理，可讀性高，不會有過時之虞，很有參考的價值。另一本值得介紹的專著，是周祝瑛《留學大陸 Must Know》（台北：正中書局，2002 年 3 月），這是一本專題計劃案的研究，代表學術單位研究留學大陸的利弊得失，它的意義是台灣學術界已經正視這個現象，毋寧是件可喜之事。此書對兩岸高等教育有多方面的比較，作者以為透過比較，可以真正了解大陸的現況。不過對於想去大陸留學的學子而言，此書太多的數據與理論，可讀性遠不如前幾本來得有吸引力，也許是學術研究性質使然，不能太隨興書寫。再者，本書對於台灣學生赴大陸就學的背景、入學管道、生活適應與學習評量等研究，由於抽樣的數量與地區受限，人數無法有完整的統計呈現（迄今為止，台灣學生在大陸的人數有多少，沒有一個可靠的數字），因此筆者並不認為是可以完全列入必以為據的參考。比較值得注意者，本書第五章〈大陸學歷認證問題〉才是受人關注的重點，

作者對大陸學歷是否該承認的問題，提出較為全面的分析，其中以應否承認大陸學歷的爭議，提出有五點，分別是對於私校學生招生來源的衝擊問題、對台灣就業市場的影響、中醫藥界的反彈、大陸高校教育水準參差不齊、國家忠誠的問題，其複雜層面與糾纏關係，有了客觀的陳述，對於利弊得失，也以國家層次、組織層次、個人層次來考量，可以說是最平實而全面的研究。茲照錄作者頁 112 附圖說明，較易瞭然其間觀點的討論。

除上述三類之外，由大陸官方單位中國招辦聯合委員會編的《如何到大陸拿學位》（台北，靈活文化公司，2002 年 4 月），厚達 350 頁，共分〈報考指南〉、〈人才需求與專業介紹〉、〈普通高等學校資訊〉、〈全國重點大學招生資訊〉四大部分，則不言而喻，中共官方積極向台灣招生的動作，已浮上檯面。

行筆至此，大略已勾勒出台灣學子到大陸留學有關書刊的情況，讀者是否能從中得到一些啟示呢？事實上，大陸發展的軌跡顯示，先是貧窮落後，國民素質低落，到現在的持續成長，尤其經濟建設突飛猛進，沿海大城市的生活水準已不比台灣差，晚近上海以新興的崛起態勢，甚或有亞洲商業執牛耳地位的雄心。

可是，耐人尋味的，儘管教育部仍然不承認大陸學歷，何以台灣學子依舊奔向中國大陸就學呢？周祝瑛的研究指出，其原因是「升學環境不足、傳統文憑至上觀念、自我生涯規劃、同儕壓力、家庭因素、嚮往對岸名校、求學費用較歐美便宜、無語言障礙，到看好兩岸未來發展前景等因素」，「再加上大陸優惠港、澳、台學生入學的政策，赴大陸就學自然成為台灣學生的另一項選擇。」（《留學大陸 Must Know》頁 4）

筆者對此現象，略有所知，願在此花點時間深談。台灣本與大陸同文同種，沒有語文學習的困難，也沒有文化隔閡的問題，這是

許多人選擇留學大陸的原因之一。其次，大陸有廣大豐沛的人力與價廉物美的資源，已是具備二十一世紀「世界工廠」的條件，年輕人規劃未來在大陸發展事業的雄心，以早點融入當地社會為優先考量，自然地，到大陸當地就學，是了解大陸最好的方法，何況學費也比較便宜，選擇的科系又多樣化，有時候真能發展自己的興趣。另一個附帶誘人的條件，大陸風光秀麗，文化底縕深厚，歷史名城到處皆是，在課餘閒暇，有計畫的好好到大江南北各地看看，非但有益身心，增廣見聞，尤其是研究歷史、文學、中醫、藝術、考古、民族、地理、社會等學門最佳的實地印證處所與靈感泉源，這些具有濃厚中國本土特色，打破長久以來西方至上學術壟斷的格局。再者，大陸與「世界接軌」的旺盛企圖心，方興未艾，表現在對外學術交流是非常積極的，也就是說，大陸較有實力的近三十所大學向國際化目標開放，近十年與世界級大學交流合作日趨活絡，尤其是北大、清華、南開、復旦、南京、浙江、四川、武漢、中山等名校，已是未來國際上較具有競爭力的大學，普受世界矚目，選擇上述其中之一就學，非但是擠身大陸發展的跳板，也是活躍國際舞台的捷徑。

　　「有次我問讀法律系的同學，大陸的法律學並沒有比台灣進步，為什麼這麼多人來讀呢？」「他告訴我，以後兩岸法律案件會愈來愈多，台商在大陸法律事務，當然要用大陸的法律，所以必須瞭解大陸的法律體系，這樣講我就恍然大悟了。」（《台灣學生在北大》頁191）由此可見，到大陸留學，不少人是由未來現實利益的考量。

　　美國有今天獨領風騷的地位，主因是吸納全球最優秀的人才為其所用，倘若有一天，中共未來在人才的政策如美國一樣，台灣如何因應？與其在等大陸出招，台灣不得不被動接招而陣腳大亂，倒不如先有基本認識：二十一世紀是爭奪人才的戰爭，其最大戰場在

中國大陸，主動以開放的心胸向世界招募一流人才，才是應有作為
的方向。二十一世紀中國崛起的條件已經形成，我們所期待的是一
個講求文明秩序、表現泱泱大國風範的新中國，而台灣民間社會的
蓬勃氣象與民主自由生活方式，正是大陸所欠缺的，也是經濟繁榮
發展下一步要面對的難題，「台灣經驗」能在此時發揮一點作用，是
兩岸和平的保障，我們何必自先缺席而裹足不前呢？當一波又一波
台灣青年渡過海峽奔向大陸留學，非但沒有受到政府的鼓勵，反而
要忍受返回台灣失業受歧視的壓力之際，與鄰近日本、韓國、新加
坡等有計畫的組織學生前進大陸學漢語，政府與企業界均支持相較
之下，其差異真不可同日而語。教育部如果不能認清「大陸大學已
走向國際化」這個事實，仍以為採取「不承認」的「鎖國政策」就
一切不管，只會與民間漸行漸遠，對未來的兩岸對策只有走向封閉
式的自縛，並不會居於有利的主導地位。

　　「知己知彼，百戰不殆」，兩岸接觸既不可避免，政府對中共到
底有多少認識？如果對中共不深入了解，如何與之周旋交鋒？近幾
年有不少留學大陸的人才紛紛歸返台灣，如果政府連這批最具有熟
悉大陸事務的優秀青年都要排擠「不承認」，不懂得珍惜重用，難道
仍要紙上談兵，以從前思維模式就能協調好詭譎多變的兩岸關係
嗎？大陸社會在激烈改變之中，對世界開放的腳步既不可能停止，
任何演變皆有可能，知識菁英階層勢力抬頭，漸漸興起扮演改革的
重要角色，台灣政府應在這個時刻有大氣魄的作為，拋開意識型態
的制限，西進大陸逐鹿中原，締造兩岸新局。這是值得大家共同關
心兩岸未來發展的課題，也必須是理性面對的時候了。

原載《全國新書資訊月刊》，第 45 期，2002 年 9 月

讀沈津《顧廷龍年譜》

年譜是很不容易撰寫的，不僅僅單純描述一人事功、履歷、家庭生活瑣事等，還需考慮與譜主交遊對象之種種活動，以反映一個時代社會文化風尚，因此蒐集入譜材料就關係到一部年譜能否成功的重要因素。

頃近拜讀沈津撰作《顧廷龍年譜》，據他自己說，只花了一年四個月就撰成近百萬字的鉅作，而且還是利用平日下班後的業餘清晨及晚間與週末（星期六、日）假日（感恩節、聖誕節及各種假日），其驚人創作力與拼搏精神，實在令人佩服。儘管以如此快速的時間完成，但這部年譜的質量仍然是令人滿意的。揆其要素，厥有三點：

一、非比尋常的師生關係

沈先生與譜主有三十餘年交情的師生關係，也是譜主有意栽培的得意門生之一。譜主一生為中國圖書館事業奮鬥奉獻，作者既有幸長期隨侍左右，親聆指導讀書、寫字、鑑定古籍版本等專業知識，又受教誨待人處世應對進退修養，對於譜主學術事業與思想、生活等最為熟悉，所以在執筆撰寫年譜，彷彿就像打開記憶的留影機，描寫譜主的一生，也未嘗不是回憶自己過去的經歷，吟詠悲喜離合歲月！

二、完整的日記、手札與記事錄

　　有了上述這層師生關係，玩味年譜文字，可知作者係抱持一種感恩回報、飲水思源的莊敬態度，領受到一位藹藹長者循循善誘、逐步引導鑄造昔日青澀少年成為當今一位傑出文獻學者的歷歷往事。透過譜主一生完整而豐富記事備忘錄、日記、手札的線索，一一尋覓追蹤，則立體呈現一個時代活潑生動的縮影。尋常人欲蒐集譜主記事備忘錄、日記、手札等資料，恐不易短時內辦到，即使有意費力尋覓，也未必能夠完備齊全，而作者既有「近水樓臺」之便，又有與譜主在上海圖書館近三十年共事情感，積累廣大人脈提供往來書札、回憶錄等，更促成這部傑作早日殺青的條件。

三、功底深厚的學術涵養

　　作者一生供職圖書館，有朝夕摩挲文獻之便，又博覽群書，具有傳統古籍文獻深厚功底，已有《書城挹翠錄》、《美國哈佛大學哈佛燕京圖書館中文善本書志》、《翁方綱年譜》等專著刊行，馳名海內外學界，此書寫來可說駕輕就熟，一氣呵成。

　　這三項常人不易同時具備的條件，均聚於一身，促成這部年譜有一大特點，深刻反映上海合眾圖書館成立的經過情形，極盡描述當時張元濟、陳陶遺、葉景葵與譜主等人如何歷盡各種困難，搶救文獻於兵馬倥傯之際，逐步發展成擁有豐富珍藏的私人創辦圖書館，是瞭解上海圖書館事業飛躍茁壯最為珍貴的第一手材料。

　　譜主對上海圖書館事業發展投注一生的心血。今天上海圖書館的規模、收藏、管理與服務制度建立，是與譜主創辦合眾圖書館之

關係分不開的。合眾圖書館創辦的目的,「是在搜集各時代、各地方的文獻材料,供研究中國及東方歷史者的參考,因為歷史的範圍廣大,和它發生關係的學科很多,所以形式上不限於圖書,凡期刊、報紙、書畫、書札、拓片、古器、服物、照相、照相底片及書板、紙型等,亦均收存,務使與考史有關的東西,不致遭無人問津而毀棄」(年譜頁 88)。試以 1956 年 1 月 12 日條(年譜頁 522-523)說明合眾圖書館應該收錄資料的項目如下:

> 在工作中,先生認為:從廢紙中搶救歷史文獻,是蒐集和整理歷史文獻重要途徑之一,并就蒐集的範圍提出十二條意見。
>
> 一、革命文獻,如馬克思列寧主義經典著作、法令、雜志、日報、講義、歌曲、傳單、宣言等。
>
> 二、檔案,如告示、報銷、統計、公文、公報等。
>
> 三、地方志,如一統志、省志、府州志、縣志、鄉鎮志、山水志、寺廟書院志、地圖、地方調查表、鄉土志。
>
> 四、家譜,如族規、分關書、家訓、祖先圖、世德記、姓氏考等。
>
> 五、社團記載,如報紙、雜誌、報告、傳單、章程、紀念冊、人名錄等。
>
> 六、個人記載,如日記、筆記、手札、訃聞、哀啟、壽文、挽詩、傳文等。
>
> 七、古代醫書。
>
> 八、帳簿方面,如商店進貨簿、營業簿、貨價簿、工廠的物料簿、工資簿、地主家的收租簿、完糧簿、民眾團體的徵信錄、家庭和個人的伙食簿、雜用簿以及婚喪喜慶的用費簿、禮物簿等。

九、迷信書方面，如善書、神道志、符咒、卜筮書、星相書、
　　堪輿書等[1]。

十、民間文藝方面，如小說、故事、戲本、彈詞、鼓詞、唱
　　本、歌謠、寶卷、詼諧文等。

十一、古典藝術書籍，如樂譜、棋譜、法帖、畫譜、遊戲
　　　書等。

十二、圖片方面，如照片、畫片、金石拓本等。

　　譜主提出上述蒐集和整理歷史文獻的意見，門類齊全而系統井
然，可以說是通過長期實際摩挲資料歸納出的心得總結，如第八項
言賬簿方面的細目，一般人沒有深刻經驗是提不出如此詳細見解
的；因此，半個世紀過去了，這些資料分類見解非但沒有過時，而
且很多有規模的大型圖書館迄今所做的典藏都無法超出其範圍。這
是譜主宏觀視野有以致之。

　　作者在年譜內有意識地著力此方面撰寫，使得上海近代圖書館
事業興起軌跡之衍變，展讀此譜，歷歷可見。這是作者眼光獨到處，
也說明了譜主一生對近代中國圖書館事業最大的貢獻。

　　譜主搶救文獻資料，有些是從書商處採購獲得，也有不少從垃
圾堆中撿拾者，茲略舉幾則紀錄，以見梗概：

在中行別業門左廢紙舖中檢得日本萬治二年（1659）吉野屋
權兵衛刊《莊子鬳齋口義》，當中國南明永曆十三年也。（年
譜頁 466）

---

[1]　由於彼時大環境的侷限，將「善書、神道志、符咒、卜筮書、星相書、堪輿
書等」均列為「迷信書方面」，時移境遷，今日尊重多元思想的學術研究，
此類書籍很多學者從民俗學、心理學、神學、天文學、社會學、醫學等專業
領域來探究，較為客觀深入，符合實際情況，可矯以往的偏見。

王育伊來，贈《袁爽秋手札》三通，為在垃圾堆中檢得者。（年
譜頁 470）

工作現場是紙屑飛揚的垃圾堆，先生和工作人員不顧塵垢滿
面，汗流浹背，片紙隻字，衹要有資料價值，絕不輕易放過。
經過連續十一天的辛勤勞動，搶救出一大批珍貴歷史文獻。
從內容上說，有史書、家譜、方志、小說、筆記、醫書、民
用便覽、陰陽卜筮、八股文、賬簿、契券、告示等。就版本
而言，有傳世孤本明萬曆十九年刻《三峽通志》，流傳稀少的
明本《國史紀聞》、《城守驗方》，明末版畫上品《山水爭奇》，
還有不少舊抄與稿本。（年譜頁 520）

　　譜主一生從事古籍文獻版本考訂校勘工作，與圖書典籍未曾須
臾或離（思想改造及文革時除外），浸淫文獻既久，不僅熟悉各個版
本異同，還能考究其間複雜的學術流變。跋影宋鈔本《集韻》（年譜
頁 649）說：

段氏據校之毛氏汲古閣影鈔宋本入藏於今寧波之天一閣，錢氏
述古堂影鈔宋本今已歸之上海圖書館。此兩本皆出於北宋慶曆
原刻。田世卿於南宋淳熙重刻之本，亦尚有兩帙，一為北京圖
書館所藏，一為日本宮內省圖書寮所藏。即此南宋覆本，已屬
人間壞寶矣。今就毛鈔與錢鈔言之，兩本版式行款，完全相同，
應為從同一底本所出，但錢鈔字畫不完，缺漏空白，而毛鈔則
否，何也？竊謂缺字缺畫，審係原雕版片之漫漶，非印本紙張
之殘損。毛鈔已經重修，所以不缺不殘。……五十年前，龍負
笈燕京，從事《集韻》之學，先後承葉揆初（景葵）丈以過錄
校郵示，張仲仁（一麐）丈亦以許勉夫（克勤）校本相假，均
經移寫，未及研讀，而蘆溝事變，舉家南旋，此事遂廢。年來

> 喜獲錢氏影宋鈔本，以為校訂譌訛尤為重要，……它日如能以
> 淳熙本并予印傳，以供校勘，則更善矣。

把一書版本源流與己身經眼、交遊情形，隨手自然表出，學術與生
命結合一體，典籍文化傳承宛然可見。在為裴先白藏《宋徽宗趙佶
草書千字文》題跋（年譜頁 648）一文說：

> 《千字文》為古代啟蒙讀物之一……周嗣興所撰者，最為通行，
> 流傳至今，已成為家絃戶誦之本。童時塾師授讀，無不滾瓜爛
> 熟，宜書家以染翰。唐宋以後，釋、道二家用以編錄藏經之序
> 次。唐代名家所書《千字文》，如歐陽詢、孫過庭及僧智永、懷
> 素、亞栖等。又敦煌出土尋常鈔寫者不下三十餘本。宋代書家如
> 宋徽宗趙佶、高宗趙構、僧夢英，元代如趙孟頫，明代如祝允
> 明、陳淳等書人尤喜以狂草揮灑，蓋《千字文》無重字，字體
> 結構各盡所能，至或以為書學盡於此，恐未必然。余謂《千字
> 文》人多熟誦，揮毫疾書，不須思考而命筆飛舞。此卷為趙佶四
> 十歲時所作，精力充沛，一氣呵成，跌宕縱橫，毫無倦筆，勝
> 其楷書瘦金體遠甚，可謂智巧兼優，宛轉自如，下筆有神矣。

　　譜主曾代表中國於 1963 年與 1979 年赴日本交流書法，又嘗為
許多有名建築、出版品題籤，是當代著名書法家，寫這段跋文完全
是行家本色，信手拈來，精采可讀，洵為溽暑一帖清涼劑。

　　譜主對於書法下苦工夫，除了從小興趣使然外，他從事圖書館
工作性質，迭有機會接觸名家題識手稿，有時因業務上的需要，不
得不注意此方面的修養[2]。如有《穆天子傳注備考》，書商以為是劉

2　譜主在 1986 年 2 月上海市古籍整理規劃小組會議上有言：「要整理古籍、整
　理稿本，不識字怎麼行？稿本和親筆尺牘，都是很重要的資料，假使字不認

師培親筆，譜主能舉四例證明必非劉稿（年譜頁 119）。至於譜主對
中國文字與書法、碑帖見解，茲引錄片語已見其概：

> 作書之難，在能凝其氣韻，行真大小，馳赴腕底，若即若離，
> 或疏或密，於放浪之中不失其規矩。（年譜頁 78）

> 以許書為說甲文、金文之階梯則可，若以甲文、金文正許書
> 之繆則不可，蓋三種文字實有時代之不同耳。要之甲文、金
> 文與《說文》之差異，其間必尚有沿革，倘能求得此沿革，
> 則考釋古文迎刃而解。研尋此沿革必先從古文字偏旁細加分
> 析，偏旁不能確定，所說之字亦即含糊，字認未確，古證古
> 史終多附會，各人各考，百無一同。（年譜頁 126）

> 舊拓碑帖必須筆筆細校，原石、翻本，遂能判析。我以為研
> 究碑帖有三個方面：一史料，廣收拓片；二藝術，選書法之
> 優者；三版本，廣訪舊本精校，作出結論。方藥雨《隨筆》
> 有椎輪大輅之功，今日遠勝之。（年譜頁 542）

> 閔翁方綱手摹碑帖尺牘，具見其法，金石之精勤，盛名之下，
> 非偶然也。（年譜頁 542）

其他有關譜主如何鑑定古籍真偽、選購古籍以及與友朋商討版
本問題，本譜迭所反映，就不一一瑣碎徵引了。

還有一項特色，近代學林諸多軼聞掌故，透過本譜的呈現，使
吾人大開眼界，增廣見識。如顧頡剛主持齊魯大學，有致譜主信函
提及對近代學者呂思勉、錢穆、鄧之誠、葉德輝、皮錫瑞諸人學術
的評價：

識，以意改之，全失真意，必致誤己誤人。希望培養古籍整理人才者，注意
及之」（年譜頁 664）。

刻此間已聘呂誠之先生為教授，特許其在滬研究，如賓四兄之例。呂先生《通史稿》積疊已多，如能年出一、二冊，則五、六年可畢。此書一出，鄧氏《二千年》自然倒墜。賓四兄遲遲不行，現不知能成行否？如猶不能來，則甚望其能在通史方面，與呂先生同著力也。自來言目錄學者，條理清楚無如《書林清話》，不知吾叔能將此書標點作索引，兼為之注否？如能如此作，則大學中目錄學一課，可取是作課本矣。姪候在此定心後，亦當將皮氏《經學通論》如此整理，俾益大學經學史課本也。（年譜頁 127）

對於皮錫瑞《經學歷史》的成書經過，有段鮮為人知的秘辛云：

訪劉文興於旅館，時在抄錄翁方綱《四庫全書提要稿》，有因違礙而刪去者、有為紀昀改定者、尚有與刻本不同者。此從劉承幹處借得，約百餘冊。座有柳貢禾君，其云陳慶年為其親戚，曾面告皮錫瑞《經學歷史》本為陳氏擬撰之稿。時同在西湖書院，因為皮述其事。皮即詢體例何如。陳并以所定章次示之。皮欣然請為任之，屬稿三月而成。此外間尚無人知之。（年譜頁 133）

對於劉文淇《春秋左氏傳舊注疏證》與劉師培《劉申叔遺書》出版牽涉人事糾紛則說：

徐森玉來，約晚間訪劉次羽，約其祖庭所撰《左氏疏稿》。……晚飯後，徐森玉來，托借平館書二十餘種。旋即偕至古拔路劉次羽寓，劉捧出《春秋左氏傳舊注疏證》第一卷，為劉文淇撰，以後為劉毓崧、劉壽曾撰，實出壽曾手為多。計原八本，清稿七本。清稿本中有帖籤甚多。原稿有凡例三則，為

清稿本所未錄。

前聞人謂劉氏三世所撰《左傳疏》，失於此次避亂蜀中，實係誤傳。次羽云，辛亥間曾由申叔攜去蜀中，又傳申叔續纂甚多，亦非事實。次羽出示《申叔遺書》，武寧南氏所排印，當時托錢玄同經理其事。南與徐森翁山西同學，故曾助搜稿本甚勤。成書後，玄同即請蔡子民撰一事略冠首。南以示張溥泉，張、蔡有隙，頗致微詞，而南遂不敢發行。玄同知而大怒。南又招森翁商善後，遂定送至南京者皆去蔡文，以陽應之，後即遭亂擱置矣。近始發出，恐尚不能暢通耳。森翁又謂，其中有《說文校語》一種，嘗有《說文》一部，批校甚佳，未題名，而書賈謬署申叔之名，實不足信也。次羽曾校印壽曾《傳雅堂集》，見贈一部。（年譜頁 178）

劉師培學問淵博，著作等身，但對其人之品格，譜主則流露頗為不齒態度：

《劉申叔遺書》索得一部，陳陶遺見之，言其照相係改名金少甫時之像。又言其一生誤於夫人為多。陳陶遺為端方所執，即以申叔投去密報，而知其行跡。「端謂，陶老，汝熟人劉某已在此，汝何妨亦來。陶老之見賣，雖出申叔，實其夫人使之者也」。申叔著述雖富，行為鄙陋，何足重哉！（年譜頁 250）

學人討論古籍校注問題，有的難以索解，留待後來者繼續研究。茲抄錄 1956 年 4 月 12 日譜主致顧頡剛信中的一段：

我與煦華選注《漢書》，雖已交卷，但出版社方面要加選〈司馬遷傳〉一篇。現在有兩句，我們注不出，請賜教。「夫天下稱周公，言其能論歌文武之德，宣周召之風，達大王王季思

慮，爰及公劉以尊后稷也」，周召是否周公、召公，既稱周公，
何以宣周召之風！如指周南、召南，亦不能解。幸撥冗示及
為叩，各家均無注及。（年譜頁 524）

　　關於哈佛燕京圖書館館藏目錄與譜主關係密切，這一段歷史很多
人並不知道。通讀本譜，吾人才曉得譜主曾應燕京大學圖書館館長洪
業邀請，擔任燕大館採購圖書的工作，又擔任美國哈佛大學哈佛燕京
圖書館駐北平採訪處主任，前後做了六年圖書採購工作[3]，其後哈佛
燕京館首任館長裘開明又迭次乞請校勘《美國哈佛大學哈佛燕京漢和
圖書館目錄》的訛誤（年譜頁 27、193-196、211-220）。今天哈佛大
學哈佛燕京圖書館以其豐富而有效率的圖書服務而馳名於世，實為早
期書目編輯完善奠定基礎所致，則譜主曾經下過心血是不容忽視的。
　　譜主與顧頡剛、譚其驤在 1934 年春季商定創辦禹貢學會和《禹
貢》半月刊，乃是為了「研究中國地理沿革及民族演進史的目的，
為了當時強鄰肆虐，侵略不斷，作沿革地理研究，想對民族復興工
作有所幫助」（年譜頁 33），現實情勢與學術研究理想緊密結合，在
近代學術史上具有重大的意義。爾後，日軍侵略中國造成的人員傷
亡與破壞，禹貢學會和《禹貢》不得不被迫中斷[4]，殊為可惜！至於

---

[3]　另參哈燕館前館長吳文津言「創館之初，館長裘開明（闓輝）先生致力於漢
　　學典籍之蒐集，並得北平大學洪業（煨蓮）教授及該校圖書館顧廷龍（起潛）
　　先生之助，在北平書肆代為選購中國古籍經年，中頗多善本」。見《美國哈
　　佛大學哈佛燕京圖書館中文善本書志》（上海：上海辭書出版社，1999 年 2
　　月）序言。

[4]　1934 年 3 月 1 日，《禹貢》半月刊出版（年譜頁 33）。1936 年 5 月 24 日禹貢
　　學會召開成立大會，選舉顧頡剛、錢穆、馮家升、譚其驤、唐蘭、王庸、徐
　　炳昶七人為理事，劉節、黃文弼、張星烺三人為候補理事，于省吾、容庚、
　　洪業、張國淦、李書華為監事，顧廷龍、朱士嘉為候補監事，並由吳豐培、
　　顧廷龍主編《邊疆叢書》（年譜頁 53）。1938 年 2 月 22 日譜主覆葉景葵信有
　　「禹貢研究已告星散，賓四聞已入滇」語（年譜頁 68），是則禹貢學會維持

個人身心造成的傷害，顧頡剛於 1941 年 10 月 29 日致譜主信件言之最詳：

> 姪年來人事愈冗，且蓉、渝跋涉，不勝其勞，顧念此身已成傀儡，一切聽人擺布。雖欲脫出此境，而勢固有所不可，奈何！奈何！內子病勢依然，身體偶一勞頓，或精神偶受刺戟，熱度即行增高。姪甚不願來渝，至兩地心懸，無以相慰，而竟不得不於病中離散，夫婦之首，苦亦甚矣。承囑為誦詩弟撰傳，夫豈不願，而兩年以來，既病且忙，迄今尚未完稿。人生不自由，一至於此，可為浩歎！然此稿常存行篋，祇須得一日之暇，當有以報命也。姪三、四年來，血壓增高，極易疲乏，惟祇要睡眠不太壞，頑軀尚可支持，較之履安好得多矣。渠病腎結核，不割則為慢性之死，割則又恐立死刀下，毫無善法處置，祇得委心任運耳。戰亂四年，先喪我弟，繼奪我父，今我妻又復奄奄待盡，如何能有好懷？而人事橫迫，無一刻之安，即使鐵打之身，亦將無以支持，況本是衰弱者乎？言之增慨。到渝後，住西郊小龍坎，其地離城三十里，較可安心任職。然以人事之多，又必須常常住城，即此跋涉亦復大苦，真可謂勞碌命也。（年譜頁 215）

則亂世歷盡艱辛境遇，各地輾轉奔波勞頓、流離失所困厄，上引所載可為「實錄」，誦讀凝想，一字一句，驚心動魄，予人一掬同情之淚！

日軍侵略這段時期，譜主在日記紀錄了陳寅恪、袁同禮與蔡元培家人等的遭遇，亦令人為之動容。1942 年 11 月 3 日日記云：

不到兩年，足見戰爭對此期學術破壞之嚴重。

陳寅恪所著《唐書外國傳注》、《世說新語注》、《蒙古游牧記注》及校訂佛經譯本（據梵文等）數種，裝入行篋，交旅行社寄安南，不意誤交人家，以致損失，無可追詢，一生心血盡付東流。以此心殊抑鬱，體遂益壞，無三日不病[5]。在港淪陷後，米麵時向葉氏告貸，守和亦如此。再可憐者，為蔡子民夫人及其兩女，亂後遭劫兩回，所有服物再搶僅存，玉翁命家中取衣相贈，而幼女已臥病。蔡夫人幷長女三人覆一薄被，蜷臥其中。中央研究院及北大舊雨，竟無一人顧念及之。子民生前公私之錢，界限極清，致後來身體虛弱，醫令打補針，一計積蓄無多，竟不針治，亦可敬矣。（年譜頁 268）

傅斯年後來堅持開除在日軍統治下服務「偽北大」知名教授，這是人皆盡悉的一段史實。譜主對於容庚等人為生活所迫處境，是寄與同情的：

聞希白（容庚）、因百（鄭騫）皆入北大訊，為之歎息，尤以希白為可惋惜，生計逼人，復何言哉？（年譜頁 245）
希白因任偽北大課，燕大復校，不再聘任，輿論亦不佳，然大小奸逆，有能搖身一變又甚得意者，蓋所謂文人地位甚低，目標甚大者歟！（年譜頁 363）

---

[5] 蔣天樞云「最為巨大之損失，在先生任教昆明時，由他人代交滇越鐵路轉運之兩大木箱中外圖籍，全部為越南人盜去（另以滿裝磚塊之兩大木箱換走）。聞其中僅《世說新語》一書，即有批校本數部之多。先生生平所著書，大多取材於平素用力甚勤之筆記，其批校特密者往往即後來著書之藍本。以故，長沙及滇越鐵路失去之書，無異間接減少先生著述若干種。竊意先生初聞失書時，當有不眠之夜也」，則可與此段日記印證。蔣氏之言見〈陳寅恪先生讀書札記弁言〉，收在《陳寅恪集‧讀書札記一集》（北京：三聯書店，2001年 9 月）前。

對於洪業等人不屈服日本人淫威下志節[6]，譜主表達極高敬意：

> 五月二十四日，接聶崇岐信，告洪業、鄧之誠、陸志韋、劉
> 豁軒四君皆已獲釋。先生為之欣慰。諸君歷劫不磨，不愧人
> 師，當作書問安。（年譜頁 248）

日軍侵略對學術文化浩劫，趙世暹有一封信說他「收水利圖書近三
十年，所有刻本、排印本，廿六年冬，皆被燒毀，稿本、罕見本及
寫本圖亦損失許多，今所剩者，僅一大箱耳」（年譜頁 429），這可
以作為一個時代見證縮影。

知識份子曲學阿世，屈服於政權下的嘴臉，本譜描繪得不多。
善於讀書者，有時並不需要作者把話說盡，貴乎能夠舉一反三，觸
類旁通，往往一沙一世界，從一滴水可以測觀大海。如 1965 年 5 月
條（年譜頁 564）說：

> 郭沫若撰寫了一篇〈由王謝墓志的出土論到《蘭亭序》的真
> 偽〉的文章，引起了《蘭亭序》真偽的筆戰。

這兩行文字平淡無奇，一般人可能兩眼略略滑過，毫不以為意。有
心人尋索可略知其事經過：

---

[6] 翁獨健、王鍾翰編選《洪業論學集》（北京：中華書局，2005 年 6 月），1980
年 1 月序云「在抗日戰爭期間，先生留居北平。一九四一年十二月太平洋戰
爭起，竟與已故陸志韋、鄧之誠等先生同被日軍逮捕入獄，堅持鬥爭，將近
半載，出獄後一直拒絕為日偽工作，表現了堅貞不移的民族氣節」。另參容
庚〈頌齋自訂年譜〉1941 年云「十二月八日，日、美宣戰，日本憲兵接收燕
京大學，捕陸志韋、陳其田、趙紫宸、趙承信、劉豁軒、林嘉通、張東蓀、
戴艾楨及洪煨蓮、鄧之誠、蔡一諤等人」，見曾憲通編《容庚文集》（廣州：
中山大學出版社，2004 年 11 月），頁 666。

記得《蘭亭序》辯論之興起，許多人違心附和，當時我客廣
州，常與令尊過從，譚及學術問題不應隨政治風向轉變。令
尊對《蘭亭》始終認為王氏真跡，對當時某些大人物之論點
深以為憾。我亦有相同觀點，自知人微言輕，於是建議由我
提供近年考古發現之雲南東晉昇平三年墓題句，還有朝鮮壁
畫墓東晉人題壁畫，它一再證明東晉時期的書體已由隸書演
變成今楷。我國邊遠地區尚且如此，江左一帶特別是王義之
父子不當保存隸法。……當全國絕大多數學者一致指責《蘭
亭》偽本時，而令尊敢冒大不諱，義正嚴辭，批駁氣勢洶洶
的謬論，不畏權貴，維護學術尊嚴，此種品德，實在難得可
貴。……[7]

這是楊仁愷給商承祚哲嗣信的話，這裡的「令尊」，是指商承祚，當
時發表了〈論東晉的書法風格并及蘭亭序〉，表明他不能苟同郭沫若
說《蘭亭序》是偽本的立場。楊仁愷所言「有人違心附和，乃指啟
功、徐森玉諸先生，而所謂得罪大人物，自是康生等人」[8]。這場論
戰人物大多塵歸黃土。以上述提到書法界名人啟功自己對這一段過
去的回憶為例，他說：

郭老又結合了一些新考證，寫了一篇〈由王謝墓志的出
土論到蘭亭序的真偽〉，說南京挖出一些王家的墓碑，上面的
字也都是方頭方腦的，因此以柔美見長的《蘭亭序》肯定是
假的。不但字是假的，就連文章也是後人篡改的。在這之前
我曾寫過一篇《蘭亭帖考》的文章，認為《蘭亭序》是真的

---

[7]　此為楊仁愷的回憶，收在商承祚〈論東晉的書法風格并及蘭亭序〉文後，見
　　《商承祚文集》（廣州：中山大學出版社，2004 年 11 月），頁 440-441。
[8]　同前揭書，頁 441。

（指《蘭亭序帖》原作是王羲之的手筆，現流傳的都是根據原作摩寫的），並詳詳細細地考證了現在流傳的各種蘭亭版本，在社會上很有影響。文中自然不可避免地也提及李文田等清人的觀點。所以要討論這個問題就須我重新表態。當時郭老住在什剎海，錢杏邨先生（阿英）住在棉花胡同東口，郭老就讓錢杏邨找我談話。……我聽了暗暗叫苦不迭，心想我原來是不同意說《蘭亭》是假的，一直堅持現存的定武本和唐摹本都是根據王羲之原作的複製品，這可怎麼轉彎啊？但形勢已經非常明顯，這已不是書法史和學術問題了，又把學術問題政治化了，而且「欽點」要我寫文章。從錢先生家回來，我仔細研究了郭老的文章，終於找到一個可以轉身騰挪的棱縫。郭老的文章有一個明顯的漏洞：他認為王羲之的《蘭亭》應是方筆的，否則是假的，但王羲之流傳下來的作品不僅《蘭亭》一種，如在日本發現的《喪亂帖》，它是唐人根據王羲之真跡勾摹的，也是那種柔美的筆法，這該怎麼解釋呢？郭老只好說《喪亂帖》和北碑體的「二爨」碑《爨寶子》、《爨龍顏》「有一脈相通之處」。郭老當時這樣說也許言不由衷，但這明明是不符合事實的，對碑帖稍有涉獵的人都知道這二者截然不同，毫不相干，非要說「一脈相通」那無異於瞪著眼睛說瞎話。……四千多字的考辨文章當天寫好了，題為〈蘭亭的迷信應該破除〉。晚上阿英就派人取走，直接送到郭老家。郭老一看大為高興，第二天（星期六）一大早就把稿子交給光明日報社，第二天（星期天）就見報了，可見它是一篇特稿。

　　過了幾天郭老去找陳校長，……郭老一見陳校長就高興地說：你的學生啟功真好，他說《蘭亭》是假的，很好，很

> 好。陳校長本來是主張《蘭亭》為真的一派，有的人向他請
> 教應臨什麼帖的時候，他常向人推薦《蘭亭序》，現在也只好
> 微笑著持著鬍鬚跟著搭訕道：那是，他是專家嘛！郭老趁機
> 說道：你不也寫一篇？陳校長應付道：我老了，眼睛不行了，
> 寫不了了，等恢復恢復再說吧。算是搪塞了過去。……
>
> 　但後來為什麼沒在這上面做更大的文章呢？可能是因為
> 參與這一論辯的圈子太小，畢竟只能是書法界有限的人，很
> 難達到由此發動更大規模政治鬥爭的目的。……後來他們果
> 然找到了更好的目標，那就是《海瑞罷官》，從此點燃了文化
> 大革命的熊熊烈火。
>
> 　這種拿學術討論來釣政治魚的手段實在是知識份子最害
> 怕、最頭疼的做法。後來我在編輯我的文集時堅決刪去了這
> 篇文章。[9]

則這場論戰在近代史上學術與政治糾葛纏繞下，讀者就不難窺知
其中的曲折複雜情形，今日似很難以「非黑即白」二分法簡單評
說是非。

　　除了上述略舉內容外，筆者認為在譜後有三點做法，值得往後
年譜撰寫者參考云。一是〈顧廷龍著述繫年〉。把譜主一生的著作詳
細列出，含有專著、編輯及主編、論文及文章、校書目錄，均依時
間先後順序排列。這份清單基本上涵蓋了譜者在學術文化上的成
就。至於查不出撰寫時間的文章有十一篇，也錄出篇名，留俟以後
研究者核實。二是編有〈人名索引〉。這個部分表面上可有可無，似
乎無關緊要，但其實大有用處。蓋透過這一長串的人名，可以很快

9　趙仁珪、章景懷整理《啟功口述歷史》（北京：北京師範大學出版社，2004
　年7月），頁212-213。

知道與譜主關係較為密切的人物有王同愈、王煦華、任心白、沈津、沈劍知、沈範思、王伯繩、李英年、李宣龔、吳織、吳湖帆、吳豐培、林宰平、秉志、周一良、洪業、胡適、胡道靜、胡樸安、冒廣生、姚光、容庚、袁同禮、徐森玉、章鈺、郭石麒、郭紹虞、張元濟、張秀民、張樹年、陳垣、陳叔通、陳陶遺、陳漢第、葉恭綽、葉景葵、楊金華、單鎮、聞宥、趙萬里、蔣復璁、裴延九、諸仲芳、鄭振鐸、潘天禎、潘承圭、潘季孺、潘景鄭、潘博山、劉垣、劉承幹、冀淑英、錢存訓、錢鍾書、錢鶴齡、謝仁冰、謝國楨、聶崇岐、瞿鳳起、譚其驤、嚴鷗客、顧衡、顧誦芬、顧誦詩、顧頡剛、顧燮光、顧翼東、高橋智等人，讀者如果沒有充裕時間，不必從頭翻閱，只須隨意尋索，則交織譜主一生人際網絡，宛然顯見，省時又方便。三是有以師友為主的〈人物小傳〉。這個部分在作者先前的一部著作《翁方綱題跋手札集錄》內也曾經嘗試做過，如今做來自然遊刃有餘，意態從容。

本文開頭即言作者與譜主有三十餘年非比尋常師生關係，身受栽培成才，這是作者念念不忘的。譜主對於古籍整理、出版與培育人才等見解，提出了十條很重要的建議：一是培訓人員，老中青三結合。二是先應把本子整理，以便於標點。三是培訓專研人員，大學文科應設古典文獻學系，創設研究所。四是已經有人翻譯或注釋的古書，希望速為付印。五是印刷部門應成立排繁體字的車間。六是編校古書，應加以完全的標點符號並專名號。七是編選《中國善本叢書》，質量、數量應超過《四庫全書》。八是徵求專門著作入藏。九是摸清家底，各省市自治區圖書館應編就館藏線裝目錄或善本目錄。十是保護古書，培養修復人才（1981 年 12 月條，年譜頁 632-633）。這些建議實際上已勾勒出近代古籍整理、出

版與研究方向[10]。譜主主持編纂《中國古籍善本書目》，集合中國大型圖書館專業人才，群策群力，費盡超過十年的光陰完成，以及作者所以應美國哈佛大學哈佛燕京圖書館之邀編撰了《美國哈佛大學哈佛燕京圖書館中文善本書志》鉅作，與譜主的支持是分不開的[11]，而這即是體現了第九項「摸清家底」方向，為圖書館員在圖書館管理與研究實例，具有示範作用，饒富意義。

　　作者撰輯《翁方綱題跋手札集錄》是由譜主所指定的題目，但尋溯源頭卻發軔於 1943 年。譜主在當年 4 月 26 日為姚光跋《復初齋文存》有云：

> 蘇齋佚文甚多，余曩為燕京大學圖書館訪得方小東輯《蘇齋題跋》一冊，多集外文而猶有在佚目之外者。近時各家景印碑版書畫往往有翁跋，若而錄之，所獲甚可觀。即老人所著《清儀閣題跋》外，文無專集。享壽既長，筆墨又勤，平生撰文，奚止僅此。合眾圖書館藏楊寶鏞校《清儀閣題跋》錄

---

[10] 另參 1982 年 11 月 17 日條（年譜頁 632）：整理這些古籍，要有幾個步驟：校勘、標點、注釋、翻譯等。校勘要搜集眾本；標點要讀懂古書；注釋必須參考歷代學者的解釋。廣求各說，折衷一是。並提出，要做到這一點，建議編索引；群經諸子必須完全標點出版。

[11] 1991 年 9 月 29 日（年譜頁 727）致沈津信有云「您有赴哈佛之意，我很贊成，他們條件好，編書志，與您很適宜，待遇亦較優。我與哈佛燕京還有點感情，我助裘開明編卡片，校書本目錄，您必知之」。
1996 年 2 月 13 日（年譜頁 776）致沈津信云「我有一事奉托，您便中留心搜集一點裘開明先生的遺事，他來燕京，討論分類，皆尚相契，頗欲寫一點紀念文字。如果年隔已久，找不到了，亦就算了。裘之後任，是否即吳文津繼任？吳延請您去哈佛，編撰書志，他有見地，亦能識人，為事業著想。忠於事業之人，最可欽仰」。
至於譜主如何助裘開明編卡片情形，譜主有筆記本云「哈佛卡片在燕京編後，複印一式數張，亦由余主之。皆經裘開明先生同意而行，亦舊例也。印卡片，先用紫墨水寫實片樣張，覆蓋膠布上，可連印若干份，很方便」（年譜頁 31）。

　　補題識若干則，可徵所佚亦不在少。倘好事者掇拾遺文，俾
習金石之學者有所觀摩焉。（年譜頁 289）

實際上作者一生學術生涯受惠譜主影響，其〈學術事功俱隆　文章
道德並富——回憶先師顧廷龍先生〉長文已有完整披露[12]，但本譜反
而不如上文詳細，建議讀者取此與本譜合併對讀。

　　任何一部著作很難做到完美無瑕[13]，且校書如清掃落葉，永遠
掃不淨盡。譜前附有多張與譜主相關照片，使本書增加了可讀性，
但其中第 7 頁有題寫美國普林斯敦大學葛思德東方圖書館館額的照
片說明「右一為該館館長，中為顧廷龍」，其實，應該說「左為該館
館長白迪安(Diane Perushek)，中為顧廷龍,右為余英時」。本譜有許
多錯別字沒有校出，茲隨舉若干說明。

　　有因繁簡字體轉化形成訛誤者，如「足徵」誤為「足征」（頁44
行8）、「拮据」誤為「拮據」（頁81行12、頁394行9）、「米麵」誤
為「米面」（頁268行13）、「麵食」誤為「面食」（頁269行23）、「澹
生堂」誤為「淡生堂」（頁365行8及行9）、「輕鬆」誤為「輕松」（頁
439行22）、「請准」誤為「請準」（頁535行8）、「西嶽」誤為「西
岳」（頁561行11）、「呼籲」誤為「呼吁」（頁621行7、頁674行5）、
「徵得」誤為「征得」（頁624行5）、「徵集」誤為「征集」（頁630
行24）。

　　有因字形接近而混淆者，「不能領」誤為「不能頜」（頁 38 行
20）、「百朋之錫」誤為「百朋之鍚」（頁45行10）、「永清縣志」誤
為「水清縣志」（頁65行8）、「冷堆」誤為「泠堆」（頁110行20）、

---

[12] 這是一篇總結顧廷龍先生學術事業最為全面詳細的文章，見《文獻》，2000年第三、第四期。
[13] 本譜有些問題的錯誤，讀者可參見王雨霖撰〈《顧廷龍年譜》舉正〉，收在《博覽群書》（北京，光明日報社）2005年11月。

「上鎖」誤為「上銷」（頁 133 行 15）、「熱象」誤為「熟象」（頁 173 行 4）、「末見」誤為「末見」（頁 450 行 11）、「真贗」誤為「真膺」（頁 467 行 15 及行 21、頁 510 行 9）、「宣周召之風」誤為「宜周召之風」（頁 524 行 12）、「張一麐」誤為「張一麞」（頁 650 行 1）、「縱一葦之所如」誤為「縱一葦之所知」（頁 659 行 3）、「沒入石稜中」誤為「沒入石棱中」（頁 659 行 25）。

　　其餘有不察而未校出者，「會議記錄」誤植為「會會議錄」（頁 199 行 16）、「遠勝絹縑鈍創蔡倫」句衍一「鈍」字（頁 681 行 14）、「圖府巍巍建築築新」句衍一「築」字（頁 695 行 27）、「管錐編」誤為「管錐篇」（頁 947 行 9）等十餘處。

　　另外有些可斟酌的疑問，敬謹提出與作者商榷。

　　1939 年 10 月 16 日條（年譜頁 92）引張元濟來信云「昨得袁君守和來信，為充實《圖書館月刊》、《季刊》材料起見，屬為代求」，尋詣上下文義，這是對期刊的泛稱，非專指這二種刊物，刊名號可刪去。

　　1948 年 8 月 1 日條（年譜頁 433）張元濟為《番禺葉氏遐庵藏書目錄》作序，作者特注明「此篇誤為先生所撰，收入《文集》P.139」，這是作者查對工夫細膩處，不料，忙中有錯，在〈顧廷龍著述繫年〉欄 1948 年 8 月條（年譜頁 831）失檢，仍將此序列入。

　　〈顧廷龍著述繫年〉欄 1985 年 7 月條（年譜頁 835）有〈張元濟與合眾圖書館〉文章，1986 年 6 月條（年譜頁 835）亦見有〈張元濟與合眾圖書館〉文章，兩者重複，翻閱本譜正文，應以前者為是。

　　1954 年 3 月 12 日條云「合眾圖書館改名上海市歷史文獻圖書館」，而在次年（1955 年）2 月 25 日條卻云「經上海人民政府批准，合眾圖書館改名為上海市歷史文獻圖書館，從而成為專事收藏歷史文獻的專業圖書館」，這兩條紀事牽涉到上海市圖書館發展歷史，是

很重要的問題，不可輕忽，而兩者記載竟整整相差了一年，未審何者為是？細覽作者徵引資料來源，前者為《合眾圖書館小史》，後者是《上海圖書館事業志》與《上海市公共圖書館紀事》，皆具有權威性，作為讀者實很難判斷正確時日。

1959 年 9 月 22 日條云「為慶祝建國三十周年，在先生的策劃和推動下，上海圖書館舉辦珍貴書刊展覽，展出革命文獻、近代報刊、古典文獻等珍貴館藏四百七十七種」，「慶祝建國三十周年」應為「慶祝建國十周年」之誤。

1998 年 4 月條云「是月，錄鄧廣銘語：『所不朽者，垂萬世名，孰謂公死，凜凜猶生』，即題其《鄧廣銘紀念文集》」（年譜頁 805），按此語原始出處，為梁啟超晚年住進協和醫院撰作《辛稼軒先生年譜》未完，最後的絕筆語，由其弟梁啟勳所證實，且見於原著最後一頁，鄧廣銘為梁啟超學生，曾著有《稼軒詞編年箋注》，宜其熟悉此語。

最後筆者不能不表示一點遺憾。無論是國民黨統治時期，或者是對日抗戰時期，儘管物價騰貴，生活艱苦[14]，譜主所處社交圈子與學術文化氛圍之下，猶見切蹉共學、相得融洽愉悅情懷，但新中國建立不久，轉入知識份子改造運動與文革時期，那種談讌論學的人際關係與環境都已蕩然無存了。譜主事後有感歎云「十年動亂暴

---

[14] 1941 年 12 月 20 日日記（年譜頁 223）云「日為米煤瑣屑，攖其胸臆，而無人不然」。

1942 年 3 月 12 日日記（年譜頁 236）云「比來時為開門七事所擾，煩極苦極釜魚幕燕寧有安樂之日乎」。

1942 年 3 月 13 日日記（年譜頁 236）云「日來為七事所擾，不能安心伏案，苦甚」。

1942 年 3 月 30 日日記（年譜頁 240）云「夜，偕內人赴『青年』購物，四月一日盛傳百物皆須漲價矣，或稱漲三成、四成、五成不等，民不聊生矣」。

作，老妻臥病，憂皇而歿，余則被幽服勞，身丁變故，萬念俱灰」
（年譜頁 567）。在 1959 年 7 月 24 日顧頡剛致譜主信有言：

> 剛去年參加運動一年，不勝勞累。又晚上開會，激發失眠症
> 甚劇，不得已多服安眠藥，而西藥不堪久服，其後竟致無效，
> 精神遂一蹶不振。而既居北京，處處開會，久無暇日，加以
> 今年注重業務，定有計畫，必須完成。諸端逼迫，體益不支，
> 祇得請准組織，到青島療養。年日以長，體日以衰，而事日
> 以多，其為痛苦，何可勝言！

以這部年譜達百萬字之多，內中學者名流璀璨雲集，風華文采，
令人嚮慕，但文革「在劫難逃」，其間內容則明顯貧乏單調，以 1966
年、1967 年、1968 年、1969 年、1970 年、1971 年、1972 年、1974
年、1976 年等，正當譜主六、七十歲學問思想臻於成熟極境，平均
每年僅約有一頁的篇幅草草留下，其時譜主的生活，可以 1969 年
10 月下旬至 11 月 15 日條為例：

> 先生隨上海圖書館所有工作人員一起，在工、軍宣隊帶領下，
> 去上海近郊曹行公社勞動，接受「貧下中農再教育」。先生在
> 曹行期間勞動的內容有：採棉花、揀棉花、鋤地、撒肥、搬
> 稻、拾稻穗、裝車等。也吃憶苦飯，并參加「鬥批會」。

在 1975 年 1 月 13 日條云：

> 上午聽傳達計劃會議精神。下午參加市裏統戰小組學習。

這是近代學術史上上一輩人共同的噩夢。不獨譜主如此，過去
我所見金毓黻的《靜晤室日記》亦然。在進入知識份子被改造的年
代，不斷被迫寫檢討，強制學習政治理論，日記內容不再是文史讀

書箚記，而是無用的觀樣板劇、看宣傳電影等荒唐事，把大好青春
消磨耗掉，人才竟是如此糟蹋浪費的！

　　拜讀本譜之餘，筆者對作者平生師友風誼，頗為忻羨，而譜主
晚年最為惦念不忘者厥有三事，一是與顧頡剛合作編纂《尚書文字
合編》，這部歷時六十年的鉅作終於在譜主九十三歲高齡正式完成出
版，了卻了一樁心願；二是補編早年著作吳大澂的年譜，這是其一
生蒐集資料心血所萃[15]；三是譜主留下豐富而精采的日記、手札、
讀書筆記，在其人生最後盡頭已意識到整理這些紀錄的重要性，可
惜未克竟此即駕鶴西歸[16]。由年譜透露一鱗半爪訊息，有諸多言及
學術研究者，極具有參考價值：

> 閱《趙惠甫親朋手札》，曾紀澤為天津教案大罵李鴻章漢奸，
> 此批信有豐富史料，暇當細讀之。（1960 年 8 月 2 日條，年
> 譜頁 539）

> 下午，閱《能靜居師友手札》、《應敏齋師友手札》，後者中馮
> 焌光札多言與外人交涉事，頗多掌故。（1960 年 8 月 3 日條，

---

[15] 1994 年 3 月 27 日（年譜頁 744）致李國慶函云「我昔編著過一部清季學者
吳大澂的年譜，現在要作補編。尊處收藏明清尺牘甚富，其中有吳大澂的尺
牘不少，可否複印給我？或者拍攝膠卷亦好」。
1994 年 5 月 12 日（年譜頁 745）致高橋智函云「《尚書》工作結束後，大算
訂補《吳大澂年譜》，現已蒐集到不少昔所未見的資料」。
1995 年 5 月 12 日（年譜頁 762）致吳織函云「《吳大澂年譜》一定要補訂一
下，材料得來不易，一縱即逝，至少有原本的二分之一」。
1995 年 12 月 30 日（年譜頁 773）致傅璇琮函云「再有《吳大澂年譜》，原
名《吳愙齋先生年譜》，曾由燕京學報出版，列為專號之十。後來所得新材
料甚多，渴欲補充，約十萬字。假吾數年，必能成之」。
[16] 顧誦芬在《顧廷龍年譜》之〈後記〉有謂譜主對版本學、目錄學、圖書分類
學及圖書館管理方面的研究心得及經驗，大部分散記在日記、信札、筆記本
和歸類於各類紙袋內的紙片上。這些資料除日記（1939 年至 1980 年）曾由
吳織全部謄寫過以外，其他均未經過系統整理。

年譜頁 539）

閱《讀史方輿紀要》稿本，校得顧祖禹筆數條。（1964 年 7
月 3 日條，年譜頁 562）

剛去歲曾見考古所新發得《漢石經》殘石一幅，其中〈皋陶
謨〉『朋淫』作『鳳淫』，可證陸德明《莊子釋文》之說。惟
有一極不可解之謎，則〈禹貢篇〉冀州『厥田』之上有一『黑』
字，似原文為『厥上惟白壤黑』，或謂冀州為白黑兩色兼備之
土耶？然白壤為鹽碱地，實有明徵。而除鹽碱地外，則為黃
土平原，此『黑』字甚難解釋也。此石發見後，尚未發表考
釋文字，吾叔如欲得此，剛可通知夏鼐同志，囑其將拓本寄
上付刊也。又李遇孫所作釋文，吾叔曾謂以新出土之六國文
字校之，謂非宋人偽造，亦乞早日寫文發表，此吾叔一生學
力所萃，尤不可遲遲為之[17]。剛甚悔八十以前未將筆記著力
整理，到今乃有心無力，故敢以為請，乞斟酌情況，搶時間
完此心願為荷。日記本承代印十冊，此債必須奉還，幸勿客
氣。大足文管所曾有信來，囑作文表揚，知吾叔去年亦往觀，
然此出宋人手，在藝術上遠遜雲崗、龍門，實無可說耳。（1979
年元旦條，年譜頁 606）

去年在成都參觀四川省博物館獲見孟蜀所刻隸古定《尚書石
經》殘石兩塊（《禹貢》），尚有及真書《石經》五塊（有《易》、
《書》、《詩》、《春秋》），與通志堂本相校，完全相同。後讀
馬叔平《凡將齋金石論叢》曾有記及，但總數似尚缺一塊，

---

[17] 譜主自評其一生學術，「最有研究的還是小學，當年在燕京大學時就是學的
這個，版本鑑定、書法都還是後來才搞的。因此，排列是一小學；二書法；
三才是版本研究」（年譜頁 581），顧頡剛此語可謂真知譜主。

我乞得一份拓片，現在裝裱中。……聞山西省在普查中發現
應縣之遼刻藏經，今又發現阜昌丁巳年刻《成唯識編了義□
鈔科文》，填補了版刻史上之空白。（1979 年 3 月 13 日條，
年譜頁 607）

溯自 1976 年 5 月 3 日顧頡剛致譜主信也曾說：

竊有請者，吾叔精神充足，日與圖籍相親，正堪借此大好環
境將百年來著書、刻書、藏書掌故日記一條，為我國近代文
化留一目睹資料，尊意如何？

則如此部份，實在是很有意義的歷史材料，甚盼作者能將諸截出輯
為成冊，嘉惠學界導覽，並為之補作吳大澂的年譜，不負譜主一生
勤勉筆耕心血。

　　　　　　　　丙戌端陽完稿於成都川大望江校區華西新村
原載《古今論衡》，第 16 期，中央研究院歷史語言研究所，2007 年 6 月

讀李敖《上山・上山・愛》

　　李敖，一個令人哭笑不得、又頭疼的人物，更是一位特立獨行的奇人。傳統中國人講「君子群而不黨」，在當今聚黨營造勢力、各霸一方的結盟時代裏，李敖一直是獨來獨往，不結營私黨，尤顯得另類突出，獨樹一幟！冷眼觀世態，熱情剖世情，以大無畏精神，一一點名當世人物，並敢於向當權派說不，堅持不合作主義，這種毫不遮掩內心好惡的人，求諸中外古今，可謂鳳毛麟角，而他確是台灣島內的一位奇人，不得不令人得刮目相看！不管你喜不喜歡他，也甭說你對他的觀感，他許多記錄就不是一般人所及：第一位代表台灣作家受提名角逐 2000 年諾貝爾文學獎、生平著述有 96 本書被查禁、能夠數月蟄居不出戶卻用筆如刀令敵人膽顫心驚、坐牢照樣如期出版雜誌、競選總統卻幫別人拉票、官司訴訟一波未平一波又起……，這些多采多姿的人生插曲，誰說不是奇蹟！

　　《上山・上山・愛》是他最近完成的第二部小說，甫出版就頗受文化界矚目，成為一本知名度極高的暢銷書。書名很怪，但依然有跡可尋：愛情是什麼？愛情的關係好像一起上一座山，上山時候，可以在一起，到了山頂，就該離開，不要一起下山，不要一起走下坡路（頁 387）。由此可見，這部小說是李敖的愛情故事，是李敖談情說愛的故事。內容大要是說兩位二十歲女大學生與他相愛溫存的故事。三十五歲的他，認識了二十歲的她，在六天豐富而歡愉共處一室之後，他被捕入獄，她也無奈被迫離去。十年後，他出獄。又二十年後，他六十五歲，與另一女子巧緣相識，而更奇巧的，眼前這位令他意亂情迷女子與三十年前認識的那位女子，竟是母女關

係！她們異代蕭條，彼此不知，因為這位女子出生時，那位女子就因羊水栓塞導致休克而死，換言之，這對母女的生命就在母體內外完成了接續延伸關係。對故事中的男子而言，二十歲的母親，二十歲的女兒，一前一後各走進其生命旅程的其中一段，他的心境，他的一生經歷，就透過這種離奇罕見情節展開……。

　　由於書中有大量露骨性愛場景描寫，箇中神魂顛倒、纏綿悱惻之餘，極盡挑逗煽情之能事，因此很容易被視為黃色出版品，李敖或深感於讀者有此誤讀，於是在故事開頭之前先以醒目字眼說「清者閱之以成聖，濁者見之以為淫」。細讀內容，不妨先理解「清者閱之以成聖」的意義：原來李敖有意識地藉由小說來表現一己的思想，在小說中，他提出對政治的批判，也說出自己的人生觀與處世之道。如他對國民黨高壓統治的強烈不滿，有這樣的一段話：一九四九年，獨夫蔣介石被共產黨趕到台灣的時候，有兩三百萬大陸人，跟他或被迫跟他同來這個島上，我的父母身在其中，當時我十四歲，沒有選擇權，也一起來了。對一個從十四歲成長的少年，那真是漫漫長夜，從初中到高中，從大學到軍隊，到處都是藍色統治下的白色恐怖，令人窒息。（頁20）對自我努力淵博讀書的自剖：「絕學棄智」當然也好。不過只是覺得，古今中外，那麼多古人死去了，但他們偶爾留下些吉光片羽、鴻爪遺痕，或驚人之舉、或神來之筆，足以豐富我們的生命，吸收他們，更可補充我們生命的多姿多采。——我們的一生，在許多點上，表現得未必超邁古人，現在把古人「先得我心」之處吸收到自己生命裏，予以欣賞、享用，該多麼值得。（頁249）對於朋友交往的哲學，他有獨特的見解：我做了一個夢。……直到後來，事實一再證明，你的確有遠見，你說有麻煩，果然就有，不但有，還一大堆。第一次見到你，你迎頭就沒頭沒腦的問有什麼麻煩，我還奇怪，我說我沒有麻煩啊，你說不會沒麻煩，會有的，

原來認識了你，就開始了麻煩。我就做了這麼一個夢，如今噩夢初醒，原來你就站在我面前，還跟我同台演出，天啊！醒來的比噩夢還噩夢！（頁 240）對男女之間的看法：我相信男女之間的一切關係，都是唯美的關係，戀愛應該如此，分手應該如此，結婚應該如此，離婚應該如此。男女之間除了美以外，沒有別的，也不該有別的。別的一混進來，套子就亂了。（頁 273）他的愛情觀是建立在歌頌健康、歡愉的男女關係上，是充滿情趣與難忘回憶的永恆。如〈愛是純快樂〉（頁 340）、〈只愛一點點〉（頁 342）這兩首新詩，既有男子漢為深情狂歡的甜蜜，也有英雄式的壯別瀟灑，去來有何難！愛情是什麼？愛情的關係好像一起上一座山，上山時候，可以在一起，到了山頂，就該離開，不要一起下山，不要一起走下坡路。（頁 387）愛情不宜一個人等另一個人，愛情不該是有太多等待的藝術，愛情有點像是平行的車子，它總是前進著，誰也不要等誰，大家可以前後交會、可以同站小停、可以林中小駐，可是，這些都是偶然的，沒有競爭、沒有比賽、沒有拖泥帶水的憐憫，一旦一方在前進上發生遲延、發生故障、發生意外，不要要求別的車等自己。（頁 389）這似乎可以看出，李敖的愛情觀是及時行樂式的、是無法等待的、是短暫而逝的，所以，他沒有胡適筆下所謂「千思萬想，直到月落天明，也甘心願意」的執著。是不是李敖不願意接受相思之苦與分手的難過？所以他就用理智戰勝情感，不為情牽腸掛肚？當然，這並不是說李敖不懂什麼是愛情。愛情是不必說太多的，感受勝於千言萬語。問世間，情是何物？直教人生死相許。這又是不同的境界，李敖是懂的。但李敖也沒有必要非要如此不可。人生聚散的意義，他有一番自己的看法：人基本上不是連體嬰，基本上是孤獨的。對大千世界而言，大千世界中進入了你的生命，你本是過客，而進入你的生命中的人，又是你的過客。有誰能與你終生廝守呢？你有八

十年的親人嗎？有六十年的友人嗎？有四十年的敵人嗎？有二十年的情人嗎？都不太可能有，甚至你活得愈久愈沒有。所以，你的過去，其實也是你的過客，每一個階段過去，就是每一個過客。過客走了，你又回到孤獨。你永遠是現在，你無法跟過去長相廝守。（頁 386）這種見解，說穿了，就是達觀，就是隨緣，一切不強求，一切順應自然。而對臺灣知識份子多數曲學阿世，他是頗為不屑的：這個島上的知識分子是最沒有人品的。（頁 67）東林黨表現知識分子不隨波逐流的一種特徵、不諂媚權貴的一股正氣、不與當道合作合拍子的一個立場。這種特徵、正氣和立場，不單是東林人物所具備的條件，也是古今中外任何第一流知識分子所具備的條件。……而這個島上的知識分子，不但不是「第二個政府」，反倒是第一個政府的應聲蟲，這是我最看不起的。（頁 69-70）至於他個人選擇反抗一黨極權統治，不免有坐牢的心理準備，本書中迭有深刻剖析，成為他以個人獨特遭遇為寫作主軸，也是苦思勉行生命裏極重要的部分。這一點，讀者是不能忽略的。再來是「濁者見之以為淫」的意義：小說不乏男女之間床地神魂顛倒的特寫，如果讀者未細讀前後連貫的情節與男女對話的含意，僅是摘取片段閱讀，則會令人有不折不扣的黃色小說聯想。茲引一段，看看讀者的觀感：我緊抱住她。慢慢把她放在床上。我先脫她襯衫，再脫她內褲，然後為她指出那顆小痣所在。當她好奇的接受我的指引時，我拿出床頭櫃中的手鏡和手電筒，讓她從強光反射中看個清楚。那是一顆淡淡的褐色小點，安謐的躲藏在一片柔軟的陰毛叢裏，令人關愛。它的位置，本來是一個防守者的位置，防守粗硬龐大敵人的進逼，可是，當我擁有的出現的時候，它彷彿由防守者變成歡迎者。它背叛了小荼，倒向了我。在我每一次出現粗硬龐大的時候，都會不斷接觸到它、摩擦到它，它是我的小可愛。（頁 201）無疑的，這是性

交的前戲與進行動作,令人有綺麗的遐思。其中「在我每一次出現粗硬龐大的時候,都會不斷接觸到它、摩擦到它,它是我的小可愛」句,明顯是以男性為中心的性器官特寫。再來一段吧:我從她背後「強暴」著她,除了享受肉體的接觸與廝磨,騎在她身上,我盡情的前後看遍她的背影:她翹起的小屁股、她緊夾在一起的大腿、他修長細嫩的小腿、她用腳趾抵住床的雙腳。最後,我俯下身來,扳住她的頭,側面向上,把她性感的嘴唇朝向我,我再親吻上去。她全身被我壓住,又被迫向右扭著脖子,近乎窒息的被緊緊吻住,只能發出惹人憐愛的喉音。更可憐的是,她身體的另一部分,不但要翹起小屁股來迎接、來服侍,還得以嬌嫩的、緊緊的、滑潤的「性服務」,一任那令她陌生的、疼痛的粗長硬大蹂躪不已。直熬到從接吻中,突然傳來了巨大顫動與喘息,她才被放開。這時候,她已經癱瘓了。(頁 271)這種大膽而赤裸裸的性交描寫,與一般低俗的黃色小說又有何不同呢?可是,在這些黃色情節細膩描寫之外,不乏也有思想深度,如前所引述,這就不是一般黃色小說作家所能望其項背的!無怪乎,李敖自負地說臺灣島上每月上市黃色小說高達三百六十萬本,「又何勞大師李敖執筆」?(見頁 550)言外之意,不該如此小看他!以上是筆者對本書「清者閱之以成聖,濁者見之以為淫」一語的理解。

以下談談個人對本書的評價。

就宣傳而言,本書無疑是成功的。李敖挾其在文壇上的盛名,以挖掘資料的長才為基礎,文章早為讀者所傳誦,又善於宣傳包裝,因此其書《上山・上山・愛》先在媒體上說十七年前未寫完就被查禁,而且又說隱居蟄伏多日完成,這點是很能引起讀者的好奇心:究竟十多年前寫了什麼連載未完被查禁?隱居之後又寫出什麼呢?果然,這是很能挑逗眾人的心理。筆者並不是第一次就順利買到此

書，當我買到此書時，正好是台北車站前金石堂文化廣場內最後的一本，可見宣傳是成功的。

　　就情節而言，被捕入獄前，與小菜分手，實踐「我們的哲學」——不許哭，要笑。可是，十年後，他出獄了，情人的禮物，使他回憶，使他落淚，對他而言，眼淚是陌生的，這回竟奪眶而出！人，是因有情落淚呢？還是為青春老去落淚呢？有時候，說也說不清。看完〈第一部　三十年前〉，覺得尾聲太理智了，太不合乎常情，而〈第二部　二十年前〉總共僅僅有五頁又多三行一個字，尤其最後三行一個字的文字張力，起著扣人心弦的悸動，令人回味，覺得這才像人生！〈第三部　三十年後〉，寫認識過去情人的女兒，同一張面孔，同樣雙十年華，可是不同心境，難以排遣的情懷，想說又不能說，誰能理解這種人世滄桑變化的內在聲音！這裡，充滿了跌宕懸疑卻真實如繪、非比尋常又震撼人心的離奇曲折，的確令人低迴。就思想深度而言，文筆雋永，耐人尋味。如說「奇情」與「俗情」，且看有一番精彩的言語：人間很多事，看起來完了，其實沒完；看起來沒完，其實常常完了。用詩來說，前者是「山重水複疑無路，柳暗花明又一村」，後者是「枝條始欲茂，忽值山河改」。因此，智者和達者看人生，多能不斤斤於盛衰榮枯，他們是失馬的塞翁，不以得為得，也不以失為失，因為在許多方面，得就是失，失就是得。這種得失之間的哲理，漢朝賈誼說得深刻，他說：「禍兮福所倚，福兮禍所伏。憂喜同門兮，吉凶同域。」意思是說，一切禍中都有福分、一切福裏都藏禍根（中略）「奇情」論者的價值判斷，是絕世的、是獨立的，它對得失的衡量與鑑定，與「俗情」標準不同。「俗情」的標準是「盡」字，「奇情」的標準卻是「捨」字。「盡」是一切事情都隨波逐流的做，做到胃口倒盡、感情用光、你煩死我、我煩死你為止，一切都「趕盡殺絕」的幹法，不留餘地，也不留餘情。……

現代小鼻子小眼的政治人物，他們實在俗不可耐，毫無趣味，不但做他們朋友沒趣味，甚至做他們的敵人都沒趣味，他們連做敵人都不夠料。他們今天跟你是「親密戰友」「肝膽相照」，明天就把你從百科全書或機關刊物中挖出來，一桶黑漆，把你革命勳業全部抹殺，打成「敵我矛盾」，於是，你變成了「懦夫」、變成了「叛徒」、變成了「漢奸」、變成了「大騙子」、變成了「脫離革命隊伍的反對派」……你變得一無是處，你的功績全不提了，天下變成他們打的，你若有畫像在凌煙閣裏，早就拉下來，撕毀、鬥臭。天下是他們的了！什麼？你是二十四分之一？笑話！滾！──以理想主義起義的人，最後拋棄理想不談，反倒事實都抹殺，見權力起意，這是現代人物最大的「俗情」、最大的反「奇情」悲劇。我清楚知道，隨著時代的「進步」，早年人類的一些動人品質，已經花果飄零、消磨將盡。但對我說來，我仍忍不住一種內心的吶喊，使我在俗不可耐的現代，追尋「今之古人」。可是，暮色蒼茫、蒼茫，又蒼茫。我失望。（頁277-281）如果對中國歷史掌故沒有深厚浸染涵養功夫、沒有覃思妙悟以及別具隻眼的敏銳洞察力，那能將此道理寫得如此鞭辟入裡，發揮的境界如此深刻高明！

　　不常看李敖作品的讀者，看了這部小說的寫法，可能會覺得很有意思，因為作者文字駕馭圓融純青，流暢筆鋒略帶幽默風趣，反應作者黠慧才情與人性感同身受的敏銳，寄奇情於哲思之外，出妙理於欲愛之中，兩者似矛盾又統一糅合調配得恰如其分，即使有乳房、陰毛、粗壯、插入等字眼，使人不覺得是黃色低級趣味，又儘管大量掉書袋搬挪掌故，也使讀者不覺得難以承受而消化不良。

　　從另一角度來說，對於熟悉李敖其文的讀者，這部小說是失敗的。因為它既沒有新的見解、沒有新的主題探討，只是從前的文章或演講錄的拼湊剪貼！對於擁有被提名諾貝爾文學獎作品的世界水

準為衡量尺度，讀者與作者諒該同意此種苛刻而無情的要求。試舉其例，如中國人的宿命論與造命論（頁 62-63），是抄自於《中國命研究》（頁 19），《論語》與《水經注》解題（頁 110），皆分別抄自於《要把金針度與人》（頁 31-32 以及頁 388），好人的壞（頁 444），是抄自於《上下今古談》（頁 12-13），地藏菩薩「上求佛道，下化眾生」（頁 450），是抄自於《中國命研究》（頁 249-250），破山和尚破「執」（頁 451），是抄自於《北京法源寺》（頁 131），牢獄生活對時空觀念改變與對敵友的看法（頁 460-465），是分別抄自於《李敖快意恩仇錄》（頁 405-409）以及《李敖回憶錄》（頁 382-383）等，夠了，不必一一詳列，這難道是讀者所願意看到的小說嗎？重複過去的作品，大量文字原封不動的截摘搬挪，這部小說帶給讀者的，是《李敖大全集》的精華選萃，並沒有表現作者新穎的思想，以寫出《北京法源寺》如此一流作品的功底，這次的期待，的確令人大失所望！

後記

　　寫完本文之後，抒了一口悶氣，很長很長。不由有幾點感想：首先，深覺李敖以其廣博學識與深刻人生經驗，絕對有條件寫成第二部如《北京法源寺》水準的小說，不料，卻挾其文壇盛名，以拼湊方式發表《上山‧上山‧愛》，真令人有上當的感覺，尤其是核對《李敖大全集》之後，這種受騙的心情已化為憤怒與失望，一種美好形象的破滅，內心是頗為難受的。而眾多媒體，又一片吹捧，以為真是曠世鉅作，讀者也聞風悅之而急忙一購，成為近日暢銷書，但對於認真看書的人來說，評書還得實事求是，因而將此感受寫成

文字，同時也給媒體記者一個警惕，不要未細心閱讀原著，就瞎寫評論，自毀言為天下責立場。

沈津著《翁方綱年譜》

　　繼《書城挹翠錄》、《美國哈佛大學哈佛燕京圖書館中文善本書志》等鉅作後，博學多聞的沈津先生又完成了《翁方綱年譜》新著，由中央研究院中國文哲研究所出版，列為「中國文哲專刊24」。頃近筆者反覆拜讀，謹提撮數言於後，並拈出若干文字與作者商榷，其有未諦，亦希讀者指正。

　　年譜製作，難在資料蒐集。而資料蒐集講求是日積月累的工夫，一點也無法取巧。《翁方綱年譜》的完成，充分反映作者把握寸陰兢業，絲毫不放過任何空暇的堅毅性格。原來早在四十年前，目錄版本學家顧廷龍給作者出了一個大題目，即從各種書、碑帖（拓本、影印本、石印本）、字畫中輯出翁方綱題跋，最後運用所獲得的資料編成年譜，經過二十多年後，1985 年底，作者已輯得百萬言的翁方綱題跋文字與撰就 30 萬言的年譜初稿，後又得見臺北國家圖書館珍藏的《復初齋文稿》20 卷、《詩稿》67 卷、《筆記稿》15 卷、《札記稿》不分卷（1974 年均由臺北文海出版社影印出版），經過鍥而不捨地研讀、抄錄與整理，年譜終於有 50 萬言的份量殺青梓行。

　　細讀《翁方綱年譜》，可知材料來源極為豐富，除了上述臺北的收藏之外，中國大陸遼寧、北京、湖南、上海、南京、杭州等著名圖書館以及美國哈佛燕京館，乃至於美國、日本、韓國友人的珍藏與國際上有關翁方綱書畫文物的拍賣圖錄等，只要作者有機會經眼，皆一一過錄整理，網羅殆盡，真是眼勤手快，鐵鞋踏遍五湖四海。

　　翁方綱是清代著名的金石學家，書法別有造詣，馳名寰宇。幼年受外祖影響，珍愛法書名帖，學書夙志由《化度》以入《黃庭》，又以為「必須從大小篆、八分入手，然後有定見」，主張「宜務含蓄以養氣質而已，不止書法一藝也」，尤其是對歐陽詢楷體，他有極高的評價，「率更書以《化度》為第一，即合論唐賢楷書，亦推《化度》為第一」[1]。

　　其次，對於碑帖臨摹，他總結一生體會心得，「臨寫舊帖，與自作書法不同」，「無論真行草各體，皆宜確依其原本大小格局、行次位置，以及筆畫之平直、闊狹、疏密、濃淡，悉照原勢，無少差異，而後運以神骨，是為傳古人精神，亦所以發露自己功候耳」；中年以後趨於好佛，與寺廟僧侶有所往來，並相信抄寫佛經可以祈福消災，圓滿功德，每年總要寫四部《金剛經》，寫完一部，即再接寫一部，作為敬慎養生的工夫[2]。葛金烺跋《愛日吟廬書畫續錄》有云：

> 覃溪乃金石學中正軌也，學識兼到，而又不憚煩勞，窮究周秦漢用筆之法，深明篆分錄代嬗之由。凡遇殘碑斷碣，苟具點畫，到眼即知時代，故海內孤本名刻，不遠千里，皆欲登大匠之門，而求其鑒定。覃溪復於所醉心者，一題再題，而心猶未已，嗜好篤而發為性靈，其書安有不入古三昧耶[3]？

梁啟超跋葉昌熾《語石》，將清代乾嘉以降金石之學分派云：

---

[1]　分見《翁方綱年譜》（以下簡稱《年譜》），頁 7、56、176，以及《翁方綱題跋手札集錄》（桂林：廣西師範大學出版社，2002），頁 108、116。

[2]　見《年譜》，頁 483-484，致鐵保箚。同前書頁 238，引張廷濟《清儀閣題跋》跋翁氏楷書《金剛般若經》亦言「覃溪先生早年不譚釋典，中年病癱，頗資佛力，遂極崇信」。

[3]　轉引自《年譜》，頁 388-389。

> 王蘭泉、孫淵如輩廣搜碑目，考存佚源流，此一派也；錢竹汀、阮云臺輩專事考釋，以補翼經史，此又一派也；翁覃溪、包慎伯輩特詳書勢，此又一派也。近人有顓校存碑之字畫石痕，別拓本之古近者，亦一派也。其不講書勢，專論碑版屬文義例者，亦一派也[4]。

可見翁氏金石學之地位，早已為學界所公認。至於翁氏經眼題跋的書畫、碑帖、典籍，更是難以悉數，散見各處，可是從來沒有人將之收攏匯集，直至《翁方綱年譜》殺青，始具體將翁氏一生的題跋，以最經濟的篇幅，依編年體式按年月日順序排列，標明名稱，羅陳在讀者面前，這是作者剪裁有致的真本事；讀者如欲知悉全文內容，自然有作者另輯得題跋 1386 篇，加上尺牘五百餘通，計有一百餘萬言的《翁方綱題跋手札集錄》（2002 年 4 月由廣西師範大學出版社出版）可以覆按。如此一來，翁方綱的所有研究資料，首次以最詳細、最完整線索披露，有此二書在手，學者就能「按圖索驥」，掌握其整體學術風貌，對清代乾嘉時期學風的理解有更深入推展，這是完全可以預期的。作者這番嘉惠學界的用心，是很令人敬佩的。

除了金石書法、碑帖書畫題跋之外，《翁方綱年譜》也告訴我們譜主以「留心典籍，見聞頗廣」，充《四庫全書》纂修官，參與乾隆皇帝纂修《四庫全書》的始末，與紀昀、阮元、戴震、王念孫、吳錫麒、英廉、孫星衍、吳騫、洪亮吉、桂馥、畢沅、盧文弨、趙翼、程瑤田、王鳴盛、程晉芳、姚鼐、任大椿、朱筠、錢大昕、張瘦同、陳以綱、孔廣森、黃易、趙魏、陳焯、丁傑、沈心醇等碩學

---

[4] 見《飲冰室文集》（臺北：中華書局，1960.5）之四十四下，書籍跋，〈葉鞠裳語石〉，頁 1。

名儒皆有交往，由翁氏致涵齋書札的片段，可以略知當時校稿工作忙碌的情形：

> 弟初到之時，諸公除經部未完外，其史部已經全竣，至此時子部亦全竣，而集部已動手校起矣。……不特弟輩數人早暮併力，不留一隙，即所請諸君，亦皆不辭勞瘁於所分各卷，悉力尋縫，不留毫髮之隙。雖非孫莘老墨妙亭，而空齋畫靜，但聞登登者，皆打補之聲也[5]。……

北京中國第一歷史檔案館將有關《四庫全書》的檔案史料編輯成《纂修四庫全書檔案》出版，包含自乾隆 37 年（1772）正月到嘉慶 9 年（1804）2 月共 1580 件檔案等，比以往陳垣主編的《辦理四庫全書檔案》更為完備，從各個側面反映了《四庫全書》纂修歷史，具有極高的文獻價值，其中陸錫熊在乾隆 55 年（1790）3 月 29 日上奏詳校文溯閣《四庫全書》的數量，大略提到統計有六千一百餘函，與劉權之、鄭際唐、關槐、潘曾起、翁方綱等人各分一千餘函，「謹將各書逐段勻派，按股鬮分，以專責成而均功力」，同年 7 月 12 日又奏「共查出謄寫錯落、字句偏謬書六十三部，漏寫書二部，錯寫書三部，脫誤及應刪處太多應行另繕書三部，匣面錯刻、漏刻書共五十七部」[6]，而《翁方綱年譜》則說：

> 五月初四日至六月二十九日，先生共分看文溯閣《四庫全書》一千零二十函，內照常校改處三千一百九十四簽，考訂改正處四十九簽，開原銜處三十六簽，總共校改三千二百七十九簽[7]。

---

[5]　《年譜》，頁 276。

[6]　分見中國第一歷史檔案館編，《纂修四庫全書檔案》（上海：上海古籍出版社，1997.7），下冊，頁 2174、2192。

[7]　《年譜》，頁 276。作者原書為「文淵閣」，誤也。《年譜》其他如頁 275、

兩者合併對照，可窺知編纂《四庫全書》此一浩大工程，文淵閣校稿分工的實際情況，這對於過去學者研究「四庫學」所忽略的史實，實具有拾遺補闕之效[8]。

翁氏早年生活困苦[9]，養成寡交的性格，不喜與人酬接，惟日日閉戶讀書，非相知深者，不敢妄附[10]。爾後，科舉考試一路平步青云，很得皇帝的賞識，一生仕宦沒有太大的風波[11]，而又精沈厚實涵養，與錢載、程晉芳、姚鼐、嚴長明諸人時相課詩為程，迭有開拓進境。儘管「談笑有鴻儒，往來無白丁」，但其晚年生活並不寬裕，經濟時時陷入拮据窘況，經常要靠借貸度日，衣物典當，積欠累累，乃尋常之事；甚至兒女結婚所需，尚且要向友人賒欠週轉，而最悲慘是兒子生病，藥餌之資竟然沒有著落[12]！豈其仕宦清廉不苟所致耶[13]？

292、296均書「文淵閣」，亦誤也。

[8] 沈津應是較早提出翁方綱實際參與纂修《四庫全書》的貢獻，往後潘繼安、黃愛平、陳先行分對翁方綱纂修《四庫全書》所起的作用，則有具體的實例說明。參見沈津，〈校理《四庫全書總目提要》殘稿的一點發現〉（中華文史論叢，1982，1輯）、〈翁方綱與《四庫全書總目提要》〉（收在《中國圖書文史論集》（錢存訓先生八十榮慶紀念），臺北：正中書局，1991），以及潘繼安，〈翁方綱《四庫全書提要稿》述略〉（中華文史論叢，1983，1輯）、黃愛平，《四庫全書纂修研究》（北京：中國人民大學出版社，1989.1），頁114-115、327-336、陳先行，〈影印《翁方綱纂四庫提要稿》弁言〉（上海：上海科學技術出版社，2000.10）。

[9] 16歲喪父，家中惟有半張破桌，其一半安放油醋罐等，只其少半溫習諸經。每一連三數日，不曾見灶中有炊火（《年譜》，頁11）。19歲遷居正陽門外李紗帽胡同，仍饔飧不給（《年譜》，頁13）。

[10] 《年譜》，頁19、37。

[11] 只有一些小小過失，如於磨勘試卷案內，罰俸一年或三年；失察生員年貌冊，奉旨降三級調用；又因《四庫全書》詳校官校出錯誤，罰至盛京校書。詳見《年譜》，頁21-22、25、57、251。

[12] 翁方綱從59歲就開始立有借據數百兩銀，一直到最後以86歲逝世，生活捉襟見肘，隨處可見，貧困的日子始終與之相隨。見《年譜》，頁290、300、

作者在《翁方綱年譜》能把譜主學術交遊敘述有序，又將其日常生活瑣事呈現到如此細膩的程度，足見潛學涵泳之深厚。

眾所皆知，翁方綱對於蘇軾的書法特別沉醉，觀由他對東坡的〈天際烏雲帖〉多次的題跋識語，可以概見情況。可是，讀過《翁方綱年譜》一書，筆者才赫然發覺翁氏對蘇軾的傾心，達到令人吃驚的地步！在三十六歲以六十金購得〈天際烏雲帖〉，並以「蘇齋」自號之後，翁氏後半生的歲月，在每年臘月十九日蘇軾誕辰，他必定要舉行供奉祭拜蘇軾畫像的儀式，廣邀好友燕集，欣賞東坡瀟灑飛動筆墨，吟詩題詠，以紀念這位多才不世出的藝術大師。除了蘇軾是他最心儀的人物之外，他對書聖王右軍的崇敬，由歷代眾多版本〈蘭亭帖〉大量題跋[14]，也可以略窺一二。此外，宋代的黃庭堅亦是令他欣賞的風流人物，「乾隆乙未，先生生日，稽首拜像」，過十年後，「摹像重開，敬題像贊」[15]。

王漁洋詩學，翁氏讚賞不已，以為「窺見古作者不傳之秘，滌盡渣滓，獨存精液，所謂詞場祖述，江河萬古者歟」[16]。再者，北京的法源寺與陶然亭，風景優美，繁花爭妍，文人雅士前往尋春，構成一幅動人的文化景緻，可以說，研究清代士子文化生活的縮影[17]，

347、380、393、395、442、445、453 等。

[13] 翁方綱在 53 歲自課云：「昔人論居官之法，曰清、曰慎、曰勤。夫慎與勤，皆人之所當勉，而清關乎立心之大者，故《周官》以六計弊，群吏惟以廉為本，是則讀書之實用與吏治之箴規，一以貫之矣。」（《年譜》，頁 222）是知其為官之道，以清廉為本。至於他被罰俸，對其經濟打擊亦是有所影響，是否還有別的原因造成晚年貧困，尚待進一步研究。此處感謝審查人的意見。

[14] 翻檢《翁方綱題跋手札集錄》索引，翁氏題跋〈蘭亭帖〉達八十餘筆，數量遠遠勝過蘇軾〈天際烏雲帖〉，不得不令人印象深刻。

[15] 見《年譜》，頁 237，另參見頁 251、257、265、420 等。

[16] 《年譜》，頁 305。

[17] 如羅聘以能詩擅畫聞名，師承金農，其師在〈冬心自寫真題記〉（見《明清人題跋》，下冊，臺北：世界書局，1988.5，4 版，頁 78）云：「聘學詩於

本書亦多所著墨，這一點，用心的讀者是很容易發現的。以上這些特點，都是《翁方綱年譜》透露與讀者訊息的重要部分。

當然，本書也有若干缺失，本諸友朋千里論學相勉，期於再版時能予修正，以臻於善美。

年譜最大缺失，就是對於譜主一生思想、學術、主張之大概，著墨較少，這方面的原始文字也摘錄不夠多，因此讀者似不容易立即清楚把握翁氏的面貌[18]。也許，讀者必須另參閱作者另輯《翁方綱題跋手札集錄》，才能彌補這個缺失。

其次，這本年譜可惜沒有編索引。過去傳統年譜的做法，悉按照譜主一生事蹟，有條不紊依序交代清楚就算成功了。可是，新時代的需求，讀者若要求在很短時間內翻檢與譜主相關交遊，進一步觀察當時的學術社會活動情形，索引就是一項極重要的利器。以作者掌握翁方綱的所有研究資料，完全有條件編出索引，嘉惠學者更為利便檢索，不料作者並不措意於此，令人覺得惋惜。

再者，有幾個重要的小問題，值得提出討論。

（一）關於朱筠的卒年

本譜以為朱筠卒於乾隆 46 年辛丑，享年五十三歲（《年譜》，頁 166），並在 7 月 22 日條，有譜主所寫〈祭朱竹君文〉與〈直隸

予，稱入室弟子，又愛畫，初仿予江路野梅，繼又學予人物蓄馬，奇樹窠石，筆端聰明，無毫末之舛焉。聘年正富，異日舟展遠遊，遇佳山水，見非常人，聞予名欲識予者，當出以示之，知予尚在人間也。」可見金農以羅聘能繼其衣缽，而翁方綱序羅聘《香葉草堂詩存》（《年譜》，頁 336）則云「屬思飛騰，仍以冬心為歸宿焉」，是亦能真知羅聘。

[18]　審查人對此提出意見，筆者覺得很有道理，特予增補，在此表示十分感謝。

同鄉公祭竹君學士文〉兩篇文章（《年譜》，頁 164），這是毫無疑問的[19]；可是，竟在嘉慶八年癸亥又云：「是年，朱筠卒，年五十三。」（《年譜》，頁 399）同一人不可能卒年出入如此，後一行一定編排誤植，當刪除。如果作者編有索引，這個細微誤失是很容易檢出的。

（二）關於〈黃文節公像贊〉的撰寫年代

作者將〈黃文節公像贊〉一文置於乾隆 51 年丙午 12 月 29 日（《年譜》，頁 237），同一篇文章，又安置在乾隆 52 年丁未 12 月（《年譜》，頁 251），整整相差一年，不知何者為是？

（三）文句的疏漏

筆者閱讀《年譜》引文，有感拗口不順暢者，輒筆錄抄記，再設法核對《復初齋文集》原稿（影印本），因其行草字體辨識不易，未敢必以為是，在此提出數則與作者商榷，亦盼有心讀者指正。

1.頁 88 行 13：「□□感舊之思」句，「□□」似應為「曷勝」。（影 5／1357）

---

[19] 朱筠，字竹君，一字美叔，號笥河，其先浙江蕭山人，籍順天大興，雍正七年己酉（1729）六月初六生，乾隆四十六年辛丑（1781）六月二十七日卒，年五十三，有羅繼祖、姚名達、王蘭蔭分別為之撰作年譜。參考謝巍編撰，《中國歷代人物年譜考錄》（北京：中華書局，1992.11），頁 449。

2. 頁 101 行 13：「俾每人各將字號、官府書單內」句，似應為「俾
每人各將字號、官府、年齒實書單內」。（影 2／306）

3. 頁 106 行 6：對聯「攬轡江千里目，對床風雨廿年心」，「攬
轡江千里目」似應為「攬轡江山千里目」。（影 2／374）

4. 頁 107 行 10：「……姜白石所謂墨筆不出字外者也。想唐人錢、
薛輩雙鉤古跡如手書，當用此法」句，似應為「……姜白石所
謂墨筆不出字外者也。若以筆圈其四邊，縱令極細，究是有形
無神矣，例想唐人錢、薛輩雙鉤古跡如手書，當用此法」。（影
2／392）

5. 頁 181 行 7：「方綱竊自念數年來學業不加進，而聞譽日以增」
句，似應為「方綱竊伏自念數年來，學業不加進，而聞譽日以
增」。（影 5／1278）

（四）文字標點商榷

1. 頁 92 行 4：「俟其全局確定，一聞雪交有期，即刻交出不復。
因昨兄札二次，是以專此覆閱」句，「閱」字當作「聞」，尋
繹文字內容，似應為「俟其全局確定，一聞雪交有期，即刻交
出，不復因昨兄札二次，是以專此覆聞」。（影 1／250）

2. 頁 95 行 9：「馳驅宦途中能懷舊，若此可以風世也矣」句，似
應為「馳驅宦途中，能懷舊若此，可以風世也矣」。（影 2／
295）

3. 頁 107 行 3：「字□今本甚小殘缺，視全文未及十一」句，似
應為「字若今本，甚小，殘缺視全文未及十一」。（影 2／392）

其餘文字校勘的疏失，有三十餘處，因篇幅所限，就不一一詳舉了。

原載《漢學研究》第 21 卷第 1 期，2003 年 6 月

沈津著《翁方綱年譜》暨輯《翁方綱題跋手札集錄》補遺

　　學者名流手札以及未刊稿本、鈔本，於學術研究至關重要，然以其流傳不廣，且研究者多無緣一睹，有心者致力於此，識者自能從中汲取精華，以為研究之資，此無待筆者饒舌多語也。

　　哈佛大學燕京圖書館善本書室主任沈津先生著《翁方綱年譜》暨輯《翁方綱題跋手札集錄》二書，乃其一生治學成績總體表現，其積累光陰達四十年，可謂蘊蓄涵泳，字字得來不易，實是近年罕見之佳作[1]。學者案頭備此，隨時翻檢涉獵，其於有清一代乾嘉學術，當可登堂入室也。

　　譬諸人身，《集錄》乃血肉，《年譜》為骨架，夫骨架立，充之以血肉，則一人之精神風貌活顯，故不妨以《年譜》為啟扃鑰匙，進入《集錄》堂奧，復參酌《復初齋文集》等[2]，如此，於翁氏整體學術風貌，大略可掌握，此作者絕大貢獻也。

---

[1]　《翁方綱年譜》由中央研究院中國文哲研究所 2002 年 8 月出版，552 面，列為「中國文哲專刊 24」，《翁方綱題跋手札集錄》由廣西師範大學出版社 2002 年 4 月出版，614 面，筆者對此二書的價值曾撰文紹介，詳見〈沈津著《翁方綱年譜》〉書評，《漢學研究》第 21 卷第 1 期（2003 年 6 月），頁 461-467，〈銖積寸累蔚為大觀——沈津輯《翁方綱題跋手札集錄》書後〉，《書目季刊》第 37 卷第 1 期（2003 年 6 月），頁 69-91。

[2]　臺北國家圖書館珍藏《復初齋文稿》20 卷、《詩稿》67 卷、《筆記稿》15 卷、《箚記稿》不分卷，均由臺北文海出版社 1974 年影印出版，澳門何東圖書館收藏翁方綱纂《四庫提要》稿，經顧廷龍、周子美兩位專家鑑定為真本無疑，由上海科學技術文獻出版社 2000 年 10 月以線裝 2 函 18 冊出版（標點排印本係由復旦大學古籍部吳格等人整理，上海科學技術文獻出版社 2005 年 10 月出版），再配合沈津《年譜》與《集錄》二書，翁方綱整體學術從此

　　予讀《集錄》文字，每為翁氏空靈清新小品，忻慕傾倒，低迴吟詠，久久不能已，豈至情至性，古今同慨耶？繼而又恨《年譜》以絕大力氣為題跋文字考訂時序，徒空遺篇名，竟未克示以《集錄》頁次，如此一籌之失，惜哉！於是不殫煩瑣，為《年譜》題跋篇名標注《集錄》頁次，積以二旬之力，得《年譜》失載約六十條有餘，又鈔讀傅斯年圖書館作者未及經眼拓本與臺灣師大珍藏翁方綱稿本《杜詩附記》等，可以補充《集錄》者計三十篇。今仿作者原書體例，作此文字，以為補遺云。予從事於斯，蒐錄僅區區數十筆，已覺費力疲神，人仰馬翻，較之作者四十年如一日，得一千餘筆，非有超強毅力，實難以為功，是又知其真不易也。

一、《翁方綱年譜》補遺

乾隆 18 年癸酉（1753）二十一歲

　　11 月，岳父韓公出示〈董臨顏書裴將軍詩〉大行書卷贈先生。（〈跋西都賦卷〉，影 13/3538）[3]

乾隆 22 年丁丑（1757）二十五歲

　　在蠡縣，借彭生家小楷〈洛神賦〉直幅，是文徵明八十後所書，課徒茆舍，南窗下日日臨此。先生習小楷，自此始也。（〈跋文衡山書畫卷〉，影 14/4135）[4]

　　有全面而完整研究的始點。

[3]　轉引自《集錄》頁 356。

[4]　轉引自《集錄》頁 416。《年譜》這一年空白不書，翁方綱晚年猶能書蠅頭小楷，似可在本條資料找到淵源。

乾隆 36 年辛卯（1771）三十九歲

仲春，先生篆題「拜石」榜書。（傅斯年圖書館藏拓本）

7 月 5 日，先生楷體書退之撰〈白鸚鵡賦〉釋文附勒于石。（傅斯年圖書館藏拓本）

乾隆 37 年壬辰（1772）四十歲

夏，先生得明代吳寬手跡一幅，與友人言瓜涇請歸事，適買得明代徐源《瓜涇集》舊本。（〈跋渠陽詩注卷〉，《文集》18/5）[5]

乾隆 39 年甲午（1774）四十二歲

10 月 22 日，分書校辦宋代郭雍《傳家易說》11 卷凡八冊，至 11 月 2 日辦訖，交四庫館。（《翁方綱纂四庫提要稿》4/240）

十一月朔，撰宋代郭雍《傳家易說》提要。（《翁方綱纂四庫提要稿》4/240）

乾隆 41 年丙申（1776）四十四歲

8 月，序明代紀坤《花王閣賸稿》。（傅斯年圖書館藏嘉慶己未閱微草堂藏板刻本）

乾隆 43 年戊戌（1778）四十六歲

9 月，作桂馥編《續三十五舉》序。（傅斯年圖書館藏鈔本）

12 月 13 日，跋侯官林道山所贈玉枕〈蘭亭〉原石本於寶蘇室。（《楷帖四十種》）[6]

---

[5] 轉引自《集錄》頁 31。
[6] 轉引自《集錄》頁 224。

乾隆 44 年己亥（1779）四十七歲

9 月 13 日，跋〈唐故滎陽鄭府君夫人博陵崔氏合祔墓志銘〉。(《緣督廬日記鈔》五戊子/32)[7]

乾隆 46 年辛丑（1781）四十九歲

3 月 12 日，又跋宋拓〈夏承碑〉[8]。

4 月望日，序梁溪安我素《天全堂集》。(傅斯年圖書館藏乾隆 46 年吉安刻本)

長至日，跋唐孟泰《雜蚓詩初集》。(影 4/1127)[9]

乾隆 47 年壬寅（4782）五十歲

中秋日，跋宋葆惇古瓦〈延年益壽〉文。(《文集》19/7)[10]

臘八日，跋〈大觀帖〉第 6 卷。(抄自珂羅版《大觀帖》第 6 卷)[11]

乾隆 48 年癸卯（1783）五十一歲

2 月 19 日，先生臨趙松雪書佛經，自言身體狀況與臨趙書體會云：「余患左身麻木不仁之症足，不出足，除考證金石之外，從事于佛教，適案頭藏趙子昂書佛經冊，心能轉腕，手能轉筆，書字便如人意，古人工書無他異，但能用筆耳。了無俗氣，平原塵

---

[7]　轉引自《集錄》頁 161。

[8]　轉引自《集錄》頁 66。

[9]　轉引自《集錄》頁 34。按：由跋文內容觀之，「長至日」應是冬季，作者將此條排入夏季，非也。

[10]　轉引自《集錄》頁 469。

[11]　轉引自《集錄》頁 200。

土中，但開此書，如臨深登高，脫去羈俗，魚鳥皆得人意妙處。乾隆癸卯 2 月 19 日書於白門清涼禪寺蘇齋翁方綱書。」（臺北謝鴻軒先生家藏）

11 月 3 日，跋〈澄清堂殘帖〉。（《文集》28/6）[12]

11 月 9 日，與張石公、江秋史、宋芝山同賞〈澄心堂帖〉，先生有跋於後。（抄自珂羅版《大觀帖》第六卷）[13]

乾隆 49 年甲辰（1784）五十二歲

閏 3 月 6 日，跋〈隋常醜奴墓志〉。（上海圖書館藏善本）[14]

仲春下澣五日，跋蘇東坡書〈金剛般若波羅蜜經〉。（《文集》29/2）[15]

7 月 17 日，影寫秦會稽篆銘二百八十八字摹本。（上海圖書館藏翁方綱墨跡）[16]

乾隆 51 年丙午（1786）五十四歲

8 月 16 日，漢尉氏令鄭季宣碑正面向壁，其下久埋土中，先生欲顯全文，屬衛河通判黃易升碑向外，乃與知濟寧直隸州事劉永、銓州判王所禮成其事，碑字復全露。（傅斯年圖書館藏拓本）

乾隆 52 年丁未（1787）五十五歲

9 月，為雛君文學校勘《班馬字類》，有跋。（《文集》16/11）[17]

---

[12] 轉引自《集錄》頁 211。
[13] 轉引自《集錄》頁 203。
[14] 轉引自《集錄》頁 98。
[15] 轉引自《集錄》頁 205。
[16] 轉引自《集錄》頁 50。
[17] 轉引自《集錄》頁 15。

乾隆 53 年戊申（1788）五十六歲

中秋後二日，跋趙孟頫書〈天冠山詩〉。（抄自珂羅版《大觀帖》第 6 卷）[18]

乾隆 55 年庚戌（1790）五十八歲

正月 12 日，跋〈皇甫府君碑〉。（上海圖書館藏宋拓本）[19]

3 月 17 日，觀濟寧學宮諸碑并曹仲經、張力臣手題，與黃易、鐵橋考論金石，賦詩而去。（傅斯年圖書館藏拓本）

乾隆 56 年辛亥（1791）五十九歲

正月，跋游丞相藏本〈蘭亭〉。（《文集》9/2404）[20]

12 月 29 日，先生奏懇准翁樹培趕赴盛京重閱文溯閣《四庫全書》摺。（《纂修四庫全書檔案》下/2287）

乾隆 57 年壬子（1792）六十歲

3 月 3 日，按試過濟寧，與黃易摩挲〈鄭季宣碑〉，有跋。（傅斯年圖書館藏拓本）

5 月，為王士祿、王士禎編《濤音集》作序。（傅斯年圖書館藏刻本）

10 月望日，書〈金剛般若波羅蜜經〉。（傅斯年圖書館藏拓本）

仲冬，跋〈元遺山七姬權厝志拓本〉。（《復初齋文集補編》）[21]

---

[18] 轉引自《集錄》頁 208。
[19] 轉引自《集錄》頁 130。
[20] 轉引自《集錄》頁 242。
[21] 轉引自《集錄》頁 295。

乾隆 58 年癸丑（1793）六十一歲

6 月，跋〈陳文勤山東題句〉。（《文集》10/2746）[22]

乾隆 59 年甲寅（1794）六十二歲

正月 19 日，跋祝枝山〈成趣圖記〉。（影 10/2829、2740）[23]

9 月 24 日，跋〈元郭天賜日記〉。（上海圖書館藏《郭天賜日記》手稿本）[24]

乾隆 60 年乙卯（1795）六十三歲

初夏，跋侯官林道山〈長生未央瓦原本詩冊〉。（影 13/3515）[25]

5 月朔，跋伊秉綬藏《諸城劉文正公手牘卷》。（影 13/3513）[26]

嘉慶元年丙辰（1796）六十四歲

冬 11 月，跋〈林青圃通政評文手跡〉。（影 12/3260）[27]

11 月，跋〈聖教序〉。（影 12/3260）[28]

嘉慶 2 年丁巳（1797）六十五歲

冬，跋〈雲麾將軍李秀碑〉。（辛仿蘇藏本，從珂羅版中錄出）[29]

---

[22] 轉引自《集錄》頁 379。
[23] 轉引自《集錄》頁 341。
[24] 轉引自《集錄》頁 329。
[25] 轉引自《集錄》頁 470。
[26] 轉引自《集錄》頁 383。
[27] 轉引自《集錄》頁 387。
[28] 轉引自《集錄》頁 146。
[29] 轉引自《集錄》頁 135。

嘉慶 3 年戊午（1798）六十六歲

4 月 25 日，跋漢〈子游〉殘碑。（《蘇齋題跋》卷上）[30]

9 月 3 日，跋〈舊人手跡〉。（影 15/4320）[31]

十月朔旦，與白山法式善、郫縣郭立誠、武進胡遜訪畏吾村明代李茶陵墓，有記并題詩。（傅斯年圖書館藏拓本）

嘉慶 4 年己巳（1799）六十七歲

4 月，題漢郎中鄭固碑。（蘇齋校字本，抄自石印本）[32]

8 月，摹宋拓殘本跋〈唐雲麾將軍李秀殘碑〉集字，撰作〈重建古墨齋記〉。（傅斯年圖書館藏拓本）

嘉慶 6 年辛酉（1801）六十九歲

2 月，跋蘇軾宋本真像。（此為石刻，在蘇州祠內）[33]

2 月 22 日，借吳門陸松下清齋所藏宋代王厚之（順伯）《鐘鼎款識》，摹挲二旬之久，有跋。（《金石叢刊》初編頁 308）

2 月 24 日，再跋《鐘鼎款識》。（《金石叢刊》初編頁 307）

12 月 29 日，跋《嘯堂集古錄》。（影 14/3829）[34]

嘉慶 7 年壬戌（1802）七十歲

10 月 19 日，作〈有鄰研齋〉詩三首於塔影軒西室之南窗下。（2002 年美術《拍賣年鑑》圖版）

---

[30] 轉引自《集錄》頁 87。

[31] 轉引自《集錄》頁 394。

[32] 轉引自《集錄》頁 59。

[33] 轉引自《集錄》頁 445。

[34] 轉引自《集錄》頁 19。

嘉慶 9 年甲子（1804）七十二歲

除夕，跋伊秉綬藏本〈董文敏書冊〉。（影 14/4021）[35]

嘉慶 10 年乙丑（1805）七十三歲

3 月望後三日，先生見宋游丞相所摹〈蘭亭〉石本，有跋。（上海圖書館藏 18/A345 拓本）[36]

端午日，跋〈郎官石柱記〉。（《集外文》刻本第 3 卷第 156 頁）[37]

10 月，跋〈大觀帖〉第 6 卷。（抄自珂羅版《大觀帖》第六卷）[38]

嘉慶 11 年丙寅（1806）七十四歲

5 月望日，跋〈元遺山七姬權厝志拓本〉。（《復初齋文集補遺》）[39]

5 月望後二日，先生作〈甘泉山石字歌，寄芸臺中丞、墨卿郡守〉。（傅斯年圖書館藏拓本）

嘉慶 12 年丁卯（1807）七十五歲

3 月 12 日，跋〈善才寺碑〉。（抄自有正書局珂羅版）[40]

嘉慶 15 年庚午（1810）七十八歲

小春，跋〈福宜軒〉。（影 15/4322）[41]

4 月，跋虞集書〈劉元帥碑〉。（《文集》30/4）[42]

---

[35] 轉引自《集錄》頁 359。
[36] 轉引自《集錄》頁 233。
[37] 轉引自《集錄》頁 139。
[38] 轉引自《集錄》頁 208。
[39] 轉引自《集錄》頁 295。
[40] 轉引自《集錄》頁 133。
[41] 轉引自《集錄》頁 442。

嘉慶 17 年壬申（1812）八十歲

9 月 3 日，跋吳門鮑氏藏本〈化度寺碑〉。（《文集》22/10）[43]

嘉慶 19 年甲戌（1814）八十二歲

6 月，題記〈唐蘇靈芝書太上玄元皇帝道德經大唐開元神武皇帝注〉。（傅斯年圖書館藏拓本）

嘉慶 21 年丙子（1816）八十四歲

4 月 13 日，撰〈西來閣下丁香樹記〉。（傅斯年圖書館藏拓本）
10 月，跋〈劉熊碑〉。（《文集》20/8）[44]
10 月 20 日，跋〈唐臨王右軍二碑〉。（《辛丑銷夏記》卷一）[45]
仲冬，跋吳榮光藏〈唐臨王右軍二碑〉。（《辛丑銷夏記》卷一）[46]

二、《翁方綱題跋手札集錄》補遺

序桂馥編《續三十五舉》

曲阜桂未谷精研六書，嘗舉所說摹印條件如元吾子行之數[47]，題曰「續志原始」也，志其始，故不復云舉也，續其舉，故引說無例也。

---

[42] 轉引自《集錄》頁 327。
[43] 轉引自《集錄》頁 108。
[44] 轉引自《集錄》頁 81。
[45] 轉引自《集錄》頁 299。
[46] 轉引自《集錄》頁 299。
[47] 按：桂馥原書有序云「摹印變于唐，晦于宋，迨元吾丘衍作《三十五舉》始從漢法，元以後古印日出，衍不及見，且近世流弊亦非衍所能逆知也，因續舉之。曲阜桂馥。」

宋王俅，字子弁，王球，字夔玉，是兩人，子行誤以嘯堂為球，今逕改之，不主於糾正也。未谷論摹印諸條，尚不止於是，是舉隅之義也。其不名「續學古編」以此。乾隆戊戌九月，大興翁方綱序。

注：傅斯年圖書館藏鈔本。此序亦見《文集》石印本 2/10，題作〈桂未谷續三十五舉序〉，但疏漏「志其始，故不復云舉也」句，又乏作序年月。

《安我素先生集》序

　　歲己亥，余典江南省試，得無錫安生吉以《春秋》冠其鄉。比生來謁，則溫粹之氣油然而深長。一日手所校刊其先我素先生集，屬余序之卷首，則當時諫草也。當明神宗之世，高、顧諸君子為士林標準，一時若大庾之譚、餘姚之孫，皆附載安光祿傳中，而光祿裔孫獨能表章其遺文，顯幽光而伸亮節，與史策並垂矣。余嘗得萬季埜手書先生本傳草稿，慨然想見其為人，又嘗獲藏先生之祖桂坡公所舊藏宋槧蘇詩施、顧注本，每念文字之真契，出於忠孝，非區區藻繢之藝所能工也。今安生日抱遺經，研窮古人心得之秘，剖析其同異，而所以闡揚先人之撰述者，篤志不渝又如此，君子之澤必昌其子孫，理之可信者也。生又為余摹桂坡公遺像於蘇集之前，而余得敬識數言於其先人遺文之卷末，庶安氏後人之讀書感舊者，有所興起焉，則所裨豈淺哉！乾隆辛丑夏四月望日，北平翁方綱序。

注：傅斯年圖書館藏刻本。《文集》石印本 3/4B 亦收錄此文，惟缺撰作時間。

序王士祿、王士禎編《濤音集》

　　《濤音集》八卷，皆掖縣人詩，蓋西樵教授萊州時，阮亭省兄於學舍，相與觀海賦詩，因撰次其邑人之作也，往往有兩先生系評

云。予訪此書三十年不得見,今按試於萊始見之。試竣日亦觀海于
蠡勺亭,而求所謂亞祿窟室、黃門別墅者,則堙廢久矣!漁洋〈窟
室畫松歌〉蓋和孫黃門作,所謂江南吳生者,賴此集以傳其姓名,
而註漁洋詩者皆失之,則是集之久不著於世,可知也。集內附載漁
洋詩,吳生前後凡三見,中以道子襯托耳。今所行漁洋詩,則刪去
中間吳生句,雖視初本若稍薙其蕪,而於層折乃轉未了然也。黃門
原唱亦有未合拍處,當時一時偶以石几刻畫,見其神致飛動耳。集
中類此者,亦尚復不少,讀者第賞會其神致,而姑勿深論可也。是
集之成在順治十四年丁酉,正兩先生昆季盛年馳聲藝苑之時,其後
漁洋作《西樵年譜》,於《然脂》、《濤音》二集皆追敍及之,蓋已不
能無陳跡之感,而況今日考新城著錄者耶?萊之人士方謀重鋟於
木,欲方綱為之敍,故獨就其切於漁洋者言之。乾隆壬子夏五月,
北平翁方綱。

注:傅斯年圖書館藏刻本。本文亦見《文集》石印本 3/9A,題作〈濤
    音集序〉,惟乏作序年月。

跋《花王閣賸稿》

昔歐陽子序梅聖俞詩,有「窮而後工」之語,予竊非之。周末
板蕩,諸什不能躋諸〈清廟〉、〈生民〉,而少陵稷、契自許,豈必借
彼〈羌村〉、〈巫峽〉之寄興哉?詩之工不工,不係乎窮達明矣。今
觀景城紀公之詩,而知歐陽子之言,未可盡非也。詩皆明季天、崇
間作,憂時感事,多拂鬱沉痛之音,然而每有事外遠致,蓋嘗綜論
有明一代之詩,其偽體毋論已,其稍有氣骨者,每變而卒不能自勝。
何者?無事外之致也。明之季也,黨於朝而社於野,一二篤志古處
之士,出言而不自知其過激也,公安、竟陵兆其先,雲間、西泠洷
其後,其既洷而莫可遏,則有力者弗能收也。故必不得已而寧取桐

城錢飲光之詩，以為能稍斂浮響云爾。木榮於春，落於秋，而飄籜之音、焜黃之色，反足以增天趣者，惟其間寂之感人深也。予曩嘗與吾友錢籜石論《田間集》，謂北方詩人無其比，籜石因言阮旻錫《夕陽寮集》可以相競。及取阮集觀之，乃閩人也，然其詩亦不及《田間》遠甚，而北人之集在其時，竟無可舉者。今觀是集，雖視《田間》多寡不同，要其峻冷孤峭，可以相視而笑矣。集本六卷，既散佚，此其殘稿也，然蕭寥無多之境，與所謂正相稱。君子論詩至明末諸家，其音哀以思比于亂矣，謂庶幾河間訓典之區，尚有詩在也，其必自此集乎！

乾隆四十一年秋八月，翰林院編修、四庫全書纂修官、年家後學，大興翁方綱序。

注：傅斯年圖書館藏嘉慶己未冬閱微草堂刻本。本文亦見《文集》石印本 3/5，題作〈花王閣賸稿序〉，惟乏作序年月。

甘泉山石字拓本跋

儀徵阮中丞於甘泉山寺得石，有文曰「中殿弟廿八」，又曰「弟百冊」，揚州郡守伊公拓以見示。中丞據舊志，有漢厲王冢。按廣陵厲王胥，武帝元狩六年封，宣帝時坐祝詛自殺，元帝初元二年復立胥子霸。此文稱「中殿弟廿八」、「弟百冊」，則是胥為王時自造宮殿，有此刻文，非冢中石也。漢刻最在前者，篆初變隸，有橫直，無波策，若東漢之初永平六年《鄐君開石門》刻字，亦是篆甫變隸，而古意不及此遠矣。此刻雖無歲月，當与五鳳二年石字竝為西漢古刻無疑。厲王自殺，國除在五鳳四年，則此應更在前，蓋當在昭、宣之間，視五鳳二年石為更古爾。

嘉慶十一年夏五月，北平翁方綱。

甘泉山石字歌，寄芸臺中丞、墨卿郡守。

　　五鳳二年石非甄，朱老誤作陶瓵傳。今茲維揚得古石，其文亦在變隸先。弟廿弟百記中殿，漢屬王冢圖經沿。廣陵赤社競侈靡，都會傑構飛甍翩。當時甓礎磬千億，璧瑠傯指琅玕駢。顯陽歌舞散煙霧，不及石字留頑堅。至今靈壇記禱雨，幾泓翠墨濡蝸涎。惟昔八分自二篆，篆變生隸方生圓。初具橫從匪波策，急就未續凡將篇。偶然記數極艸艸，一洗後代臨池妍。縮之若摹甲乙次，奚啻古器陰款然。多年廟壞今廓壁，中丞雅邁太守賢。中丞昔琢五鳳研，八甄精舍誰差肩。此石特為二公出，刻文更出五鳳前。歐陽不見兩漢字，王禕纙述古瓦編。林侗近詫未央篆，此石地恰名甘泉。墨卿篆學過林，拓寄細楷寸楮邊。邗上昔工煙月語，今也經詁富傳箋。此石此字可無憾，幽光未洩餘千年。五鳳舊本同賮軸，玉虹一氣來星躔。

　　五月望後二日艸稿，方綱。

注：傅斯年圖書館藏拓本。此跋文亦見《文集》石印本 20/12，文字略有不同。〈甘泉山石字歌，寄芸臺中丞、墨卿郡守〉見《復初齋詩集》60/11，文字亦略有不同。

重摹漢石經殘字并識

　　右漢石經殘字，《尚書‧般庚篇》二十八字、《論語‧為政篇》六十字、〈堯曰篇〉二十七字，凡百十五字。又微露者十字、〈為政篇〉女字，則洪釋云闕，而此尚存者。原碑高一丈，廣四尺，今以漢尺度之，每字高廣一寸，以諸書所計碑石之數核之諸經字數，則所謂表裏隸書者，當得其實。而以今板本合其存闕之字計之，則每行字數有不同者，或未見之字，復有較版本增損者，不可以臆知矣。乾隆四十二年秋八月，錢塘黃易購得見眎，謹重摹勒于石。九月一日，文淵閣校理翰林編修大興翁方綱識。

　　石經雖一字，而隸非一手，洪氏已言之矣，然上石則不能辨也。摹書一過，始覺《尚書》、《論語》筆法不同，惟未谷可共論此理耳。己亥夏四月十三日，方綱識於小蓬萊閣。

　　魏經三字漢一字，後有深襄前盤洲。四明崑山闕弗錄，嗚呼豈論吾焉求。昨者共論夏竦撰，四聲古篆邯鄲收。中郎之題自誰誤，盤洲所記信有由。資州石本竟何在，蓬萊閣廢堆荒邱。古文篆隸互參檢，漆書科斗非謬悠。歸來覆展我新刻，想像筆法豐而遒。蔚宗何必誤書事，武庫等是森戈矛。水經公羊遞辨證，劉寬王曜相贈投。為君諦審不傳秘，昭回河漢經天流。八分二篆孫溯祖，一毛片甲鳳與虬。嗟我讀經未通貫，焉有腕力能仰酬。感君買絹已一載，深夜起坐追千秋。欲因是正自隸始，二徐兼訂王葛勾。上窮書孔易之孟，下逮竹素吹簫儔。跛老似見會稽石，統圖果接江式不[48]。隸到中郎篆祭酒，正變萬古通之郵。以茵雅故正文字。那必編續洪與婁。

　　未谷屬摹漢石經殘字，作歌題後，北平翁方綱。

注：傅斯年圖書館藏拓本。後一段作歌題後，亦見《復初齋集外詩》
　　13/4B，題作〈為桂未谷摹漢石經殘字題後〉。

跋漢熹平斷碑

　　北平翁方綱觀，男樹培侍。

注：傅斯年圖書館藏拓本。

跋漢尉氏令鄭季宣碑并陰

　　壬子三月三日，翁方綱按試過此，與秋盦摩挲是碑，左有直紋一線，知額是陽文也。

注：傅斯年圖書館藏拓本。

---

[48] 原注：未谷昨繪〈說文統系圖〉，許祭酒下次江式，終吾衍。

漢朱君長題名

此三字不著時代，然真漢隸也，以書勢自定時代耳。

注：傅斯年圖書館藏拓本。

跋雲麾將軍李秀殘碑

北海書李元秀碑舊拓，殘額一，橫一，圓礎二，又半礎一，凡五石三百四十七字。嘉慶乙丑夏，北平翁方綱手摹，毗陵胡遜校勒。

注：傅斯年圖書館藏拓本。

摹宋拓殘本跋〈雲麾將軍碑〉集字，撰作〈重建古墨齋記〉

嘉慶己未秋，大興翁方綱摹宋拓殘本，知宛平縣事武進胡遜重勒於古墨齋。

重建古墨齋記

黎瑤石〈古墨齋記〉云：「良鄉縣學有北海書雲麾將軍碑，雲麾名秀，幽州人，碑舊置官廨，不知何時校官裂為柱礎，好古者深惜之。近復脩學舍，更以新砥置而不用，推之瓦礫中，過者不睊也。友人邵生正魁（原注：按歐楨伯詩中稱邵儒，蓋粵人也）、董生鳳元（原注：吳匪庵記云董，閩人）往經其地，蹤跡之，則古礎存焉。以語宛平令李侯，侯喟然興歎，寓書良鄉，令輦致都下，構齋於寢室之右，納礎壁間，屬藩參王子世懋署曰古墨齋（原注：王敬美時由尚寶司丞出為江西布政司參議）。李侯暨歐子大任諸君歌以落之。侯名蔭，字于美，南陽人，工詩，善書法，歐博士集中嘗與李宛平唱和者也」是記作於萬曆六年戊寅夏六月，黎民表，字惟敬，號瑤石，廣州從化人，時官內閣中書舍人。歐大

任，字槙伯，南海人，時官國子監博士。是時又有盱眙李言恭、
亳州朱宗吉，皆同賦雲麾將軍斷碑歌者也。按是碑，逸人太原郭
卓然摹勒并題額。李秀，字元秀，卒於開元四年，葬范陽福祿鄉。
劉侗《帝京景物略》云「李蔭所得六礎，共存百八十餘字，碑首
尚存『唐故雲』三字，其後少京北王惟儉攜其四礎之大梁，今僅
存二礎，可辨者數十字而已」。昔董文敏嘗得宋拓殘本，是未作礎
以前者，凡數百字，而董氏摹入《戲鴻堂帖》者，四十七行三百
二十八字，以意綴集成句，訛失頗多，且不著是碑之名，觀者憾
焉。予去年得於吳門，借摹董藏舊本，適武進蕙麓胡子知宛平事，
政成務暇，雅稽古蹟，勒為二石，去其泐蝕者，文雖未全，恰與
《戲鴻堂》行數相等，得三百六十有三字，以視昔日李侯所得六
礎之字，乃倍過之。予為重書古墨齋扁，復李侯之舊觀，存北海
之妙蹟，紀都門之掌故，資藝林之攷据，並撮述〈黎記〉大略，
以備吳誤所未備云。嘉慶四年，歲在己未，秋八月朔，鴻臚寺卿
大興翁方綱撰并書。

　　齋既落成，同人為賦〈重建古墨齋歌〉，又作〈八詠〉以美之。
蓋齋西前有古藤雙椿，後有脩竹，故用劉侗《景物略》記李侯環植
花竹之義，以附識焉。董藏此碑舊本，為之札訪者，武進趙味辛祕
檢懷玉也，為之影鉤者，金匱錢梅、谿上金泳也，故用〈黎記〉邵、
董二君之義，以附識焉。方綱又書。

注：傅斯年圖書館藏拓本。

跋魏袞州賈使君碑

　　是碑魏神龜二年四月立，非三國之魏也。北平翁方綱識。

注：傅斯年圖書館藏拓本。

跋孔子廟堂碑

　　廟堂碑陝本，宋已泐，而城武本至正間始出，未能据以攷唐刻也。謹以宋拓本補缺，凡三石二百三十六字，摹勒於曲阜學舍。乾隆癸丑春，提督山東學政大興翁方綱。

注：傅斯年圖書館藏拓本。

跋城武廟堂碑（城武本）

　　城武縣學虞書《廟堂碑》不著上石歲月，以歐陽《集古》及鮮于《困學》二家之言考之，知陝本泐於北宋時，而陝本泐處，此具有之，則非宋後刻也。又据元虞堪勝伯序云定陶河決得之，此序在至正二十六年，尤可證也。且行次位置與陝本不同，而「相王」間誤多「臣」字，亦可證原本「王」下當有「臣」字，是從唐本初摹無疑耳。是本足與陳本訂證者，凡三十二處，方綱嘗撰《考記》一卷，當合摹一石，為會稽內史印章增此掌錄也。乾隆壬子二月十三日，北平翁方綱識。

　　城武學有漢竹邑侯相張壽殘碑，是碑全文載洪氏《隸釋》，凡五百四十二字。張君卒於建寧元年五月，年八十，蓋世傳詩學者。凡漢隸皆無撰書人姓名，如《華岳》、《夏承》諸碑，間有目為蔡中郎書者，是碑則著錄諸家，從無此說，縣志以為蔡書者，非也。附識其略於此，方綱又書。

　　癸丑春，以宋拓補陝本二百三十六字，摹勒曲阜學舍，四月朔記城武廟堂碑後，方綱。

注：傅斯年圖書館藏拓本。

跋太上玄元皇帝道德經大唐開元神武皇帝注

　　蘇靈芝書《道德經》不著名氏，故著錄家皆未之及。嘉慶甲戌六月，知易州，歷城金洙屬大興翁方綱題記於石。

注：傅斯年圖書館藏拓本。

書退之〈白鸚鵡賦〉釋文附勒于石[49]

白鸚鵡賦

　　若夫名依西域，族本今南海[50]，同朱喙之清音，變綠衣於素采，唯茲鳥之可貴，諒其嫩之斯在。爾其入玩於人，見珍奇質，狎蘭房之妖女，去桂林之雲日，易喬枝以羅袖，代危巢以瓊室。慕侶方遠，依人永畢，託言語而雖通，顧形影而非匹。經過珠網，出入金鋪，單鳴無應，隻影長孤。偶白鷳於池測，對皓鶴於庭隅，愁混色而難辨，願知名而自呼。明心有識，懷思無極，芳樹絕想，雕梁撫翼，時嗛花而不言，每投人以方息。慧性孤棄，雅容非飾，含火德之明輝，被金方之正色。至如海燕呈瑞，有玉筐之可依，山雞學舞，向寶鏡而知歸，皆羽毛之偉麗，奉日月之光輝。豈憐茲鳥，地遠形微，色凌紈質，彩奪繒衣，深籠久閑，喬木長違，儻見借其羽翼，與遷鶯而共飛。退之。

　　乾隆三十六年秋七月五日，廣東督學使者、日講起居注官、翰林侍讀學士北平翁方綱敬書釋文，附勒於石。

注：傅斯年圖書館藏拓本。

---

[49]　按：拓本目錄項附註有吳式芬云「此書似出明人手，斷非唐、宋人筆，退之二字偶同爾」，據此，則退之與唐代韓愈無關。

[50]　按：退之草書原作「族今南海」，翁氏正書寫成「族本今南海」，但「今」字書於右側，字稍小，以示有所區別，頗疑為改正退之訛字，若然，則當為「族本南海」矣。

跋金博州重修廟學記并碑陰

　　此額記字，碑陰作　　，於古篆頗合，雖云李篆，亦黨筆也。翁方綱。

注：傅斯年圖書館藏拓本。

跋拜石榜書

　　辛卯中春，北平翁方綱篆題。

　　辛卯中春，方綱。

注：傅斯年圖書館藏拓本。

訪畏吾村大學士李文正墓記并題詩

　　畏吾村明大學士茶陵李文正公墓，久無知者，國子祭酒白山法式善既攷西涯舊址，因與知大興事郇縣郭立誠、知宛平事武進胡遜訪碑於此，問諸君人數，十年前尚有數塚，今存者西涯祖塚也，爰語寺僧，剔榛葺治，俾來者有攷焉。大清嘉慶三年，歲在戊午，冬十月朔旦，內閣侍讀學士大興翁方綱記。

　　大興翁方綱

　　竹栽覓到郭西郊，野衲閒談古樹根。記詠成齊招世賞，重煩蕙麓約梧門。

　　松楸未必南湘指，桑梓誰同北地論。詩史評量吾豈敢？偶徵遊蹟續慈恩。

　　白山法式善

　　西涯宅廢水空存，又扣禪扉訪墓門。病衲斜陽翦榛莽，牧羊秋雨囓松根。僅留詩句傳湖海，不復鹺鹽計子孫。三百年來誰過問？暮鴉黃葉畏吾郊。

郟縣郭立誠

弔古偕來西郟門，驅車周覽畏吾村，斜陽老樹寒無影，春艸湘江綠有痕。瓦釜記徒增慨歎，堯山堂不著評論。野僧指點荊榛裏，珍重當年抔土存。

武進胡遜

青史賢奸孰並論，茶陵心跡至今存。　有身衛國甘朋比，無物承家到子孫。榛莽尚知明相墓，薰猶更傍魏公村[51]。殘碑泐盡誰憑弔？挈伴低回落照痕。

注：傅斯年圖書館藏拓本。翁方綱詩，亦見《復初齋詩集》52/13，題作〈於畏吾村訪得李茶陵墓，與梧門、蕙麓勒石記之，和二君韻，題於碑陰〉，而法式善、郭立誠與胡遜三人詩，《復初齋詩集》未錄。

趙太守傳

予於己丑按試惠州，得長寧趙子希璜文而奇之。比予歸之六年，則希璜以副榜貢生應京兆試，持其尊甫袁州太守墓誌來，乞為傳。按誌載太守官於淮者二十四年，政績烜赫江左，歷四川順慶同知，而終於守袁州。予過西江，西江人猶言其在袁建唐李衛公祠事。初，攝沛縣水決石淩口，君晝夜立風雨中，督吏民築堤，民罹災者，不待牒覆，開倉賑之，曰：「沛距省數百里，待覆至則民轉溝壑矣。」其假分司假守淮安，攝海州、秦州、江寧、高郵諸邑，皆以賑務著聲。泰之北門，河水深廣，民病涉，君出俸錢造橋，州人稱趙公橋者也。江寧草生，冤者七人，君為開復之。

---

[51] 原注：土人有呼魏公邨者。

前令袁不得於上官，將獲譴，君陰為解而不以告，其任難任勞多
此類。以雍正十二年筮仕於淮，而乾隆二十八年以疾歸里，又二
年卒。有男五人，孫十七人，享年七十有四，可謂勤民而食其報
者已。予既為表於墓道之石，希璜復以傳為請，為掇其略，書之
史官。翁方綱曰：凡觀仕宦者，必履其治，交其鄉人，予嘗見淮
揚間人稱述君政事不置口，而君有子篤學能文，克光顯無疑也。
以此驗其志行，益信。

注：傅斯年圖書館藏拓本。

觀濟寧學宮諸碑題記

乾隆五十五年三月十有七日，北平翁方綱來觀濟寧學宮諸碑并
曹仲經、張力臣手題，與秋盦、鐵橋考論金石，賦詩而去。

注：傅斯年圖書館藏拓本。

跋說文統系弟一圖

右揚州羅聘兩峰為曲阜桂馥未谷作說文統繫之圖。北平翁方綱
題記。

注：傅斯年圖書館藏拓本。

臨趙松雪書佛經

余患左身麻木不仁之症，足不出戶[52]，除考證金石之外，從事
于佛教，適案頭藏趙子昂書佛經冊，心能轉腕，手能轉筆，書字便
如人意，古人工書無他異，但能用筆耳。了無俗氣，平原塵土中，

---

[52] 按：原件作「余患左身麻木不仁之症，足不出足」，頗疑後一「足」字筆誤，
今據文意改之。

但開此書，如臨深登高，脫去觵俗，魚鳥皆得人意妙處。乾隆癸卯二月十九日，書於白門清涼禪寺，蘇齋翁方綱書。

注：臺北謝鴻軒先生家藏。

西來閣下丁香樹記

白紙坊崇效寺西來閣下丁香一株，幹如古藤，相傳康熙初王漁洋、朱竹垞二先生來遊寺中所植也，今百有餘年矣。嘉慶丙子夏四月十三日，實脩上人屬為之記。是日偕宛平查淳及其子林、新城陳用光、魯垂紳、房山丁孝澤、長樂梁章鉅、獻縣戈寶樹、侯官李彥章，同賦詩識之。八十四老人大興翁方綱并書。

注：傅斯年圖書館藏拓本。

跋鐘鼎款識

《款識》一冊，卅葉，凡六十二種，其弟廿三葉夏壺以下，有宋人青箋紙書「鐘鼎款識」之題目，故其冊前亦以此四字篆首也。薛尚功《鐘鼎款式法帖》廿卷，名與此同，而薛所集是摹本，此則皆就原器拓得者，何啻親對齊桓柏寢之陳矣！此冊昔嘗與宋拓武梁祠冊同在馬衎齋處，前人屢有題記。今武梁祠冊歸黃秋盦，而此冊歸之吳門陸氏松下清齋，予前歲於沺上訪武梁祠闕，得借觀其冊，今復得借此冊，摩挲二旬之久，古器精靈，森然來會，信乎有墨緣邪！嘉慶六年，歲在辛酉，春二月二十有四日，北平翁方綱書於石墨書樓之後軒。

黃秋盦屢為予言此冊之妙，今始得借觀於蘇齋之後軒，每晨起展翫數四，與日在吾齋何異？辛酉春二月二十二日，翁方綱記，男樹培、樹崐侍。

注：《金石叢刊》初編頁 307、308。此二段跋文，亦《集錄》頁 457，惟文字略有不同。

致謝啓昆

愚以六月辦竣試旋省，至七月春錄遺才甫竣，即為濟南城北湖上新建之鐵尚書祠作碑，以寸外楷書書之，因乘其筆勢，為尊公寫此文，頗用〈化度碑〉意。八月七日寫就，正欲託熊道臺覓便奉寄，而尊使適來，誠墨緣也。愚六十賤辰，已諄屬兒子，在京不可唱戲，不可請客，蓋自問實不應作生日也。而賢遠伻貺惠，何以克安？惟是鄙見不可不以相告者，此時寸心所結，惟思讀書耳。諸經讀法，皆已熟悉於中，但不得靜功耳。南城門人王實齋在此相助，校出《經義考補正》諸條，已成一十二卷，今以印樣奉寄。實齋因此竟不應鄉試，其精勤可感也。實齋復日夜勸我急成考訂《三禮》、《三傳》之書，愚拈笑而不能應者，非偷安也，此事綱目閎深，非一昕夕可成帙耳。又況拙詩已編至四十四卷，尚須刪改，而金石諸考，亦皆須次第收拾，然且日日為人題跋卷軸，應酬分心，毫無益於實得。又且嗜好搜羅碑刻，坐廢光陰，每日必有公私酬接、無益耗神之務，清夜捫心，汗出浹背。聞譽日滋，而箴規益少，韓子所謂其不為君子而必於小人之歸也，昭昭矣。吾賢試為我計之，當如何？當如何？《西魏書》非不欲作序，非不能做序，但非愚此時所專心討究者，則雖作序，當不精，作序而不精，則不足以發明其書，此一不作無益之一端也。方今長於史學，東南唯一錢辛楣耳。在吾賢以館下後進，官江浦之近，自不便致札求之，而是代名求序，何不可也？今作札一通，並求覓便致之。至於籌借三冊，自應作序，然此事商量之不易，愚正在此斤斤持擇於漁洋先生《七古平仄》之所以然，雖有區區之見，尚未敢直付刊也。今將所作〈精華錄序〉、〈平仄論序〉二篇先寄閱之，而尊稿數種，其大致卷次，已錄其略，俟暇時可作序寄去，不須急急耳。

注：影 10/2713。此信《年譜》頁 303 亦引錄，但未能確定受信人身
　　分，故云「八月，有致友人札」。今按：此信內容有「《西魏書》
　　非不欲作序，非不能做序，但非愚此時所專心討究者，則雖作
　　序，當不精，作序而不精，則不足以發明其書」云云，是知翁
　　氏明白告訴無法為其作序理由，接著說「方今長於史學，東南
　　唯一錢辛楣耳。在吾賢以館下後進，官江浦之近，自不便致札
　　求之，而是代名求序，何不可也？今作札一通，並求覓便致之」，
　　則錢大昕為《西魏書》作序，翁氏力薦以成也。今《集錄》頁
　　590 致謝啟昆手札有「《西魏書》得錢、姚二序足矣」之語[53]，
　　則此信之受信人可以確定為謝啟昆。

致謝啟昆

　　《西魏書》得錢詹事、姚郎中二序足矣。今既刻敘錄，惟全書
未出者，蓋中間尚有待於取材精覈耳。或就其實可傳言者，先刻數
卷，徐徐藏工可也。愚意永熙、大統以後，直至唐初，七、八十年
之間，梁、陳碑禁未弛，而北朝石刻最夥，即如《常醜奴志》，愚嘗
見石本，其孝明之稱究未能以遽斷也。至若一碑中，因其子孫溯其
祖父官閥時地，頗有足資考據者，若得二三楷書手，且就王侍郎昶、
錢詹事二家及愚齋中蓄拓本殘字，一一錄出以供訂證，豈直如裴松
之注《三國》、吳任臣注《十國》之附採而已！心力稍暇，再致書來
商之。餘不悉。翁方綱頓首。
注：此札致謝啟昆，見乾隆乙卯樹經堂藏板《西魏書》，亦見《集錄》
　　頁 590，惟文字稍有不同耳。如「《西魏書》得錢詹事、姚郎中

---

[53]　《集錄》頁 590 致謝啟昆手札原有「《西魏書》得錢、姬二序足矣」之語，「姬」
　　為「姚」之誤，今乾隆乙卯樹經堂藏板《西魏書》有乾隆壬子（五十七年）
　　十一月錢大昕序、乾隆五十六年七月姚鼐序。，

二序足矣」句，《集錄》作「《西魏書》得錢、姚二序足矣」，又「且就王侍郎昶、錢詹事二家及愚齋中蓄拓本殘字，一一錄出以供訂證」句，《集錄》作「且就愚齋并錢詹事齋所蓄拓本殘字件繫錄出」，二者所以不同，《集錄》文字引自稿本《復初齋文集》，係翁方綱原始草稿，而乾隆乙卯樹經堂藏板《西魏書》文字，應是翁氏謄寫之定稿文字。

論杜詩「前輩飛騰入」句示饒州諸同學

「前輩」謂建安、黃初也，「餘波」則及於徐、庾矣。「後賢兼舊制」，乃綜括而言之，所謂關西鄴下既已罕同，河外江南頗為異法者也，故曰「懷江左」，而「病鄴中」又抽出言之也。「入」字即承上句「漢道盛於斯」言之也，其曰「飛騰」者，盡古今文章風會之大端矣，文之制勝，未有不以深心毅力入者，史遷首述五帝德，而曰「好學深思，心知其意」，故馬史之文，精銳過於班史，而班以雍容整肅承之，有韓、柳之崛奇，闢唐、宋文家之涂軌，而後歐、曾有以繼之，此天地造化之自然，陰陽翕闢垂承之勢也。然則繼之者將如何？將繼以綺麗乎？固不甘以餘波自處也，是則飛騰一入，而難為也。繼之奈何？曰以厚而已矣。天地之精華，萬物之發洩，其可以悠久而不變者，惟深厚足以永之，所以勸人多讀書以植其根柢，則前人之所謂「飛騰」者，至此皆歸於切實矣。前人之所謂「入」者，至此彌探於精微矣，顧非口耳記誦之功所能冒也，其必上下貫徹深探而力體焉，凡事以精銳而入者，必以堅重而成，故春發生而秋肅斂，所以貫四時而成萬寶也。此藝文流別、詞場祖述之大略也。

注：臺灣師範大學圖書館藏稿本《杜詩附記》八/8 浮貼夾簽。

與即墨張肖蘇孝廉論杜〈偶題〉詩

　　杜公〈偶題〉一注，自來無善會者。或謂前半論文，後半述懷，或者甚至謂前後渺不相涉，皆由將「緣情慰漂蕩」以下，另作一截看耳，不但後半別生枝節，即前半亦成鈍滯，所謂死於句下者也。「文章千古事」二句，乃一篇之總攝，其曰「騷人」、曰「漢道」、曰「歷代」、曰「江左」、曰「鄴中」，於詞場祖述、藝文流別之故，有意其推本之矣，豈知今乃用以「慰漂蕩」、「賦別離」耶？卒之分詩興於稼穡而已，學士宜於紫荊而已，并佳句之不敢期矣，而更何舊制清規之云乎哉？曠望今古，可為拊膺慨息者也。然念自弱歲以來，實嘗役心力於茲，雖不敢翊吾家之堂構，雖不敢擬前輩之飛騰（此即「驌驦」、「車輪」注腳），然於儒家經術，師法相承，貫穿上下數千百年之間，問津討源，中流砥柱，捨我其誰也，故雖所如不偶，身名抑塞至於如此，而此中甘辛丹素之所以然，自問生平無多讓焉。「庾信文章」六絕句題曰〈戲為〉，蓋散見之詞也，「文章千古」一篇題曰〈偶題〉，則總契之旨也，此一篇乃一部杜詩之大序也。

注：臺灣師範大學圖書館藏稿本《杜詩附記》八/8浮貼夾簽。

為雩都劉廣文說杜〈題桃樹〉詩

　　因一室而推之天下，因一樹而推及萬物，聖賢胞與之懷、稷禹經綸之量也。

　　非為此桃樹作也，拈此一物以慨時事耳，故題曰〈題桃樹〉。中四句皆指往日言之，「舊」字、「非」字正相呼吸，「正」字總收，「亦從遮」即指上句「不斜」之注腳。

　　作詩之日，乃寡妻群盜之日也，迴憶小徑不斜、五桃遮門之日，乃天下車書一家之日，非今作詩之寡妻群盜日也。

　　蓋少陵所居之室，門內有桃樹五株焉。其從前承平無事時，原不禁人之摘實而食也，是以一入其門，直見五桃當逕，桃樹之外，則宅門也，桃樹之內，則堂室也，並未嘗於門之內、桃之外，別營一斜曲掩護之垣扉籬棘也。至是當天寶亂後，人自為計，家自為謀，於是乎家人遂生防人摘食之計，為之籬垣以掩蔽之，因此而入門之逕，遂不得不遷就斜曲，以升於堂矣。少陵不覺覩今懷昔，而慨然曰：此小逕升堂之斜曲者，何為也哉？為此桃樹故耳。其實舊日直入門、直升堂，並不如此之斜也，不過一入門，即見五株桃樹遮其堂室，而亦不妨聽其遮也。秋則食實，春又開花，不特人我同此食實看花之境，抑且鳥雀共此飛翔棲止之所，萬物一體，即一居室，而胞與無私之景象，藹然在目也，於是慨然遠想，曰此正天下一家之日也，非今作詩時，寡妻群盜之日也，就此一物之植，而俯仰今昔之感，所該者，非一事矣。

注：臺灣師範大學圖書館藏稿本《杜詩附記》六/12 浮貼書夾簽，亦見《文集》石印本卷十一。

後記

　　撰寫此文，意外於臺灣師範大學圖書館發現翁方綱稿本《杜詩附記》，以為欣喜非常，不禁手舞之、足蹈之，將此訊息告知張錦郎先生，蒙張先生提示，始悉喬衍琯先生早在三十餘年前（民國 59 年11 月 14 日《國語日報副刊・書和人》第 148 期）即有鴻文〈臺灣師範大學的藏書〉，披露稿本《杜詩附記》為該鎮館三寶之一云。如今悠悠歲月逝去，竟不自知徵引喬公紹介書籍以為七秩晉五壽賀，天下乃有奇緣湊巧若此者，亦一殊勝快事也！

　　此為三年前舊作，時余適在文哲所從事博士後研究工作，所內完善之圖書借閱服務，同仁互相砥礪黽勉之學術氛圍，猶令人感念不已！傅斯年圖書館提供珍貴收藏資料，臺灣師範大學館員周寶梅女士熱心借調稿本，促成本文順利完成，他們支援學術敬業態度，不敢忘卻，藉此特拈出表彰之，並抒鄙人謝悃之忱。

　　中央研究院歷史語言研究所研究員陳鴻森先生夙有清人年譜之作多種，考證精覈細密，發潛德幽光，望重士林，年前發表〈《翁方綱年譜》補正〉長文（見 2004 年 9 月《中央研究院中國文哲研究集刊》第 25 期，頁 287-346），其投注心力與嚴謹學風，足為式法，讀者宜取參閱。

2003 年 4 月 23 日初稿

2004 年 5 月 12 日修訂於文哲所 502 研究室

2006 年 3 月 9 日校稿於川大望江校區華西新村

原載《中國文哲研究通訊》第 16 卷第 1 期，2006 年 3 月

沈津著《美國哈佛大學哈佛燕京圖書館中文善本書志》校讀書後

　　哈佛大學收藏中國古籍豐富，沈津這部書志能真實反映宋、元、明三代善本全貌，詳人之所略，實具有聯合目錄之功能，又能詳加比勘，匡正訛誤，其精細前所未見，研究版本學者可藉此校勘版本異同，也為傳統書志撰寫樹立一個新的里程碑！

一、哈佛大學收藏中國古籍數量

　　美國哈佛大學收藏中國古籍數量，執北美各大學之牛耳，據吳文津〈哈佛大學哈佛燕京圖書館藏中國古籍〉一文的介紹，其善本計有（1）宋版十五種，六十六冊；（2）元版二十五種，五百七十六冊；（3）明版一千三百二十八種，一萬九千五百二十七冊；（4）清版（至乾隆朝止）一千九百六十四中，二萬零九百四冊。此外，尚有鈔本一千二百十五種，分訂四千五百十六冊；拓片五百餘張；法帖三十六種，三百零一冊[1]。又有原版方志三千五百二十五種，約三萬五千冊，叢書一千四百種，約六萬冊[2]。

---

[1] 原文發表於中國圖書館學會主辦「古籍鑒定與維護研習會」（臺北，1984 年 11 月 18 日-12 月 8 日），現收入《古籍鑒定與維護研習會專集》（臺北，古籍鑒定與維護研習會專集編輯委員會出版，1985 年 9 月）。

[2] 參見錢存訓〈歐美地區中國古籍存藏概況〉一文，其文出處同前注。

二、書志內容及體例

　　本書志（上海，上海辭書出版社，1999 年 2 月第 1 版），係前
上海圖書館研究員現任美國哈佛大學哈佛燕京圖書館善本室主任沈
津的力作，內容充實，計有一百五十萬餘字，徵引材料豐富，「曾參
閱各家善本書目、工具書、參考書以及地方志等數百種」（見原書附
錄一說明），觀其〈凡例〉可知書志所收之書，為哈佛燕京圖書館中
文善本書之宋、元、明刻本全部，共計有一千四百三十三種，並不
包括敦煌寫經、輿圖、碑帖、拓片、誥命、文告、契約等，以及日
本刻本與朝鮮刻本。

　　〈凡例〉又說書志之分類，按經、史、子、集、叢部排列，小
類以及具體排列順序，大體依據《中國古籍善本書目》，而書志撰寫
內容依序為一書之書名、卷數、撰著者、版本、冊數、行格字數、
版框之高寬、序跋、書之大體內容、版本源流、刻工姓名、收藏情
況、鈐印等。

　　其實，細心的讀者將能發現，沈先生此部著作，真能做到鉅
細靡遺，一絲不苟，非僅撰著者仕履有簡單小傳介紹，即使是作
序者或題跋者，重要者亦不放過，書末又有引用參考書目，以及
書名、作者、寫工、印工、繪工、刻工、刻書鋪、出版者索引等，
書志能夠詳細至此，真為古今罕見佳構，吳文津館長稱美道（見
原書序）：

　　　其精細前所未見，館藏宋、元、明善本可藉此窺其全貌，研
　　　版本學者亦能得以勘校版本異同而藉資考鏡。

洵屬實情，殆非溢美之辭！

三、書志特色

　　筆者窮數日之力通讀全帙，以為本書志具有八項特色可資談論。

（一）具有聯合目錄之功能

　　中國善本古籍由於文化交流、戰亂等因素，散存世界各大圖書館極夥，早在二十多年前昌彼得即有聯合目錄之倡議[3]，現在本書作者不厭繁瑣，一書在各地收藏情形，均一一清楚標示，並述及版本源流與卷帙異同，予人翻檢查閱，非僅知悉哈佛善本藏存概況，兼知他館亦有入藏，實有聯合目錄之功能。茲舉〈0715 明刻本山海經〉（原書頁 408）為例：

> 　　《山海經》的版本，除去確準出版年及出版者外，題「明刻本」者，約有六種。除去此本外，又有九行十八字本（藏北京圖書館，清毛扆校並跋。黑口，四周雙邊）；九行二十字本（藏河北大學圖書館。白口，左右雙邊）；十行二十字本（藏天津圖書館、四川省圖書館、安徽省圖書館等八館。白口，左右雙邊）；十一行二十字本（藏湖北省圖書館。白口，四周單邊）；十二行二十字本（藏北京圖書館、上海圖書館。白口，

3　昌先生在 1971 年澳洲坎培拉第二十八屆東方學者會議講演「編纂中國舊籍聯合目錄的意義」曾指出應該「編印一部世界各大圖書館所藏中文舊籍的聯合目錄」，文章發表在《文史哲雜誌》（臺北，文史哲出版社，1984 年 7 月），一卷一期。同注 2，錢存訓亦有類似的呼籲：「現在存藏各地的古籍經過全面的調查和詳細的著錄後，應該有系統的編成聯合目錄，並製作各種索引，以供研究者的參考，並瞭解各地存藏的現況，俾資源得以共享」。

　　左右雙邊）。此外又有明末刻本（宋劉辰翁評、明閻光表訂，
　　九行二十字，白口，四周單邊，藏遼寧省圖書館、湖北省圖
　　書館）。

　　《中國古籍善本書目》著錄。首都圖書館、北京師範大
　　學圖書館等七館，及美國國會圖書館、日本內閣文庫亦
　　有入藏。

諸如此類詳載版本異同及各地存藏情形，俯拾即是，其披沙揀金之
功，近世罕見。

（二）評驚學術價值，深具歷史眼光

　　書目提要欲在有限篇幅介紹內容大要，並評驚該書之學術價
值，除熟稔流略之學外，對學術發展趨勢亦要有相當瞭解，沈著在
此方面，表現出色。如以〈0298 明永樂內府刻本歷代名臣奏議〉條
（原書頁 154）而言，除照錄本書目錄外，其對版本、行款、流傳、
收藏等，亦清楚顯示。比較值得注意是本書價值如何，作者有一針
見血的評價：

　　是書所錄宋人奏議，占全書十之七八，乃其精華所在。據王
　　曾瑜先生的研究，此書保存了不少宋人已佚亡之奏議，如辛
　　棄疾、張浚等人。又如指揮采石之戰的虞允文，其有《虞雍
　　公奏議》二十二卷，計二百二十七篇，已佚亡，然此本則保
　　留了不少。又此書中的北宋諸臣奏議與《國朝諸臣奏議》亦
　　互有異同。此外，對於影印的《四庫全書》中宋人文集來說，

此書所收奏議都未經清人篡改，仍存其真，同時也不乏和其
他版本相核能起拾遺補闕作用者。

我想，任何有志於宋代文化研究者，看到此條線索，當欣喜若狂，
如獲至寶。

（三）介紹中國文化常識，深入淺出

此部書志，另一異於他種書志之處，在於用字精練，流暢可誦，
非僅是介紹書目，亦能將文化常識以生花妙筆一一揭示，令人讀來
興味盎然！如〈0202 元大德三山郡庠刻元明遞修本通志〉條（原書
頁 102）云：

> 是書體例仿《通史》，分帝紀、皇后列傳、年譜、諸略、列專等
> 目。起自三皇，終於隋代。二十略為氏族、六書、七音、天文、
> 地理、都邑、禮、諡、器服、樂、職官、選舉、刑法、食貨、藝
> 文、校讎、圖譜、金石、災祥、草木昆蟲等，乃全書精華所在。
> 其中氏族、六書、七音、都邑、草木昆蟲五略，舊史所無，為鄭
> 氏獨創。與唐杜佑《通典》、元馬端臨《文獻通考》並稱三通。

短短數言，鄭樵《通志》內容大要及在中國學術史上之位置，歷歷
可見。又如〈0322 明刻本古先君臣圖鑒〉（原書頁 171），對於傳統
圖像繪畫之特點、木刻刀工之細膩，有精彩傳神的灼見：

> 以名人而繪圖像之風氣，由來已久。楚國宗廟之壁畫上即有
> 人物圖像。晉傅咸〈卞和畫像賦〉：「既銘勒於鐘鼎，又圖像
> 於丹青。」清曾國藩〈聖哲畫像記〉：「昔在漢氏，若武梁祠、
> 魯靈光殿，皆圖畫偉人事蹟。」據載，清代宮中南熏殿藏有

繪本多軸。按古時凡寫像者，須通曉相法，蓋人之面貌部位，
與夫五嶽四瀆各名不侔，自有相對照處，而四時氣色亦異。此
種圖鑒，多有「明鏡可以察形，往古所以知今」之意，以圖
刊之，可以廣示遠近。此本刀法以及線條頗為流暢，人物之圖
像亦神采栩栩，筆力工緻而不流於板澀。諦視紙張、字體，
此本當刻於萬曆間，較明弘治刻本《歷代古人像贊》為精。

（四）詳加比勘，匡正訛誤

有時他種書目對版本鑒定有誤，作者亦能明察秋毫，予以更正。
如〈0739明宣德建陽書林劉克常刻本新箋決科古今源流至論〉條（原
書頁421）云：

> 目錄後有牌記，刊「源流至論一書，議論精確，毫分縷析，
> 場屋之士得而讀之，如射之中乎正鵠，甚有賴焉。然此書板
> 行於世久矣，先因回祿之餘，遂為缺典。本堂今求到邑校官
> 孟聲董先生鏞抄本，欲便刊行，惟恐中間魯魚亥豕者多，更
> 於好事處訪購到原本，端請名儒重加標點，參考無誤，仍分
> 四集，敬壽諸梓，嘉與四方君子共之，幸鑒。□□疆圉協洽
> 之歲仲夏，建陽書林劉克常敬識」。按□□處乃為賈人毀去，
> 以充元槧也。按，是書原著錄為元大德十一年建陽書林刻本，
> 後經李致忠考證並參考《北京圖書館善本書目》，認定為元至
> 正二十七年劉克常刻本（今《北京圖書館古籍善本書目》，書
> 目文獻出版社，1987年，著錄此書兩部，仍誤作「元至正二
> 十七年建陽書林劉克常刻本」）。傅熹年則云：「此處牌子左行
> 上二字燒去，原應為成化二字，疆圉協洽為丁未，當成化二

十三年，則此書為明成化二十三年建陽書林劉克常刻本」，亦誤。津又按，疆圉為丁，協洽為未，丁未元代有大德十一年、至正二十七年，明代有宣德二年、成化二十三年。傅增湘曾於北京廠肆見到一本，在牌記上也被書估挖去一字，做「□德」（見《藏園群書經眼錄》）。故此當為宣德時所刻。估人毀去「宣德」二字以充元刻，此舉曾使不少人為之眩惑。上海圖書館藏此本二帙，一被挖去牌記；另一牌記之前二字亦同此本也被挖去，蓋同樣之小技也。

筆者所以不嫌冗長，照錄上述考證文字，說明沈先生在有限時日仍用心如此，其治學態度之嚴謹，是最值得晚輩欽佩的！

　　此外，有誤以為是海外孤本者，如明崇禎貫華堂刻本《第五才子書施耐庵水滸傳》，有以為「傳世極少，或為海外孤本，聞中國大陸亦僅私藏一部」云[4]，沈著提供確實而可靠的資料，其實際情形是這樣的（原書頁792）：

　　　《四庫全書總目》不收。《中國古籍善本書目》著錄，上海圖
　　　書館、天津圖書館等十三館，及日本東京大學東洋文化研究所
　　　亦有入藏。又日本尊經閣文庫有明崇禎刻本，不知與此同否？

（五）具有鑒識辨偽能力

　　作者識見廣博，目光犀利，大小問題都無所遺漏，即以小如藏書章為例，書賈或藏書家有意作偽，亦難以逃其慧眼。請舉〈0335明嘉靖刻本殿閣詞林記〉條（原書頁178）說明：

4　這是吳文津的看法，詳文情況，同注1。

是書殘存卷三至四、六至十二。書賈割裂首行書名，並鈐有「王印士禎」、「阮亭」、「菟圃」、「善本」、「汪印士鐘」、「子晉汲古」、「小玲瓏山館珍藏圖記」等偽印。又偽撰葉德輝跋於後。

（六）好學深思，迭有新見

本書志有十幀原跡彩色書影置於扉頁題籤之後、正文之前，其中第十幀為明淩瀛初刻四色套印本《世說新語》（書口彩繪），初見頗以為新奇，然不知其所以然。沈先生在〈0686 明淩瀛初刻套印本世說新語〉條（原書頁 391）告訴我們：

> 此本書口有彩繪，第一冊為仇英《秋江待渡圖》、第二冊為王紱《秋江泛艇圖》、第三冊為唐寅《山路松聲圖》、第四冊為文徵明《雪景圖》。此當為收藏家延請高手，據明代四畫家之原作臨摹於書口之上者。設色層次分明，一筆不苟，極為工緻，均有立體之感。是本雖傳世甚多，然近代以來，以彩繪摹於古書書口之舉，罕有其聞。據傅熹年云，其所摹各畫大半藏故宮，疑是近代故宮開放諸畫後，後人據以臨摹。

又在〈0452 明萬曆于承祖刻崇禎于道南重修本重修宣和博古圖錄〉條（原書頁 260），以肯定的口吻，為我們進一步揭開謎底：

> 此書七冊，每冊書口均繪有彩圖，極精緻，與本館所藏《世說新語》書口所繪具異曲同工之妙，審其筆畫，或為一人所為。又按，此類書口有彩繪者，多為民國間琉璃廠某書肆雇善繪者為之，且多售之於外國人士，以得高價，故大陸本土則頗為希見。

如此，我們終於恍然大悟，原來書口彩繪是大有文章在，背後動機竟是充滿了商業行為！

（七）力求完備盡善，一絲不苟

　　作者以兩年之力，獨自完成此部一百五十萬餘言皇皇巨作，在許多細節，真做到了完備盡善，能詳人之所略，誠為難能可貴！如以對刻工的記載，〈0002 明嘉靖李元陽福建刻隆慶重修本十三經注疏〉條（原書頁 2）所列刻工姓名達二百餘人；又〈1360 明萬曆刻本元曲選〉條（原書頁 776）所列元雜劇選集，其完整細目竟錄下超過兩頁篇幅！此外，若善本曾印行出版，也一併說明，如前〈1360 明萬曆刻本元曲選〉條云：

> 按，一九一八年，上海涵芬樓曾據博古堂印本影印。一九三六年，上海中華書局《四庫備要》又有排印本行世。今人隋樹森編有《元曲選外編》，收雜劇六十二種，可為《元曲選》之補充。

在〈1380 明陳懷軒存仁堂印本鼎刻江湖歷覽杜騙新書〉條（原書頁 790）也同樣說明此書出版情形（按，不具錄，有興趣者自可按覆），最可貴是各地出版此書沒有熊振驥序，沈先生為求完備，照錄了近八百言長序。這點細節，可以看出沈著的用心。

　　凡此種種，不一而足，有心人細讀全書，當有所體會，因此沈著絕不是「急就章」，反倒是苦心孤詣之作！

（八）反映藏書來歷

有時某一種書曾經何人之手，往往由藏書章或裝訂可以留下雪泥鴻爪，作者詳記始末，對於館藏善本來歷就提供了直接的證據。這條線索，可以作為哈佛館藏的來歷說明。當編排為：

> 四適者，琴棋書畫也。此書存卷一至四琴部、卷九至十書部、卷十三至二十畫部。計存十四卷，佚去六卷。乃六十年代初，自日本三處得之，故其裝訂式樣等皆有不同。

這條線索，可以作為哈佛館藏的來歷說明[5]。

四、感想

此部著作，實際上是作者摩挲群書經驗與心得的結晶。我嘗試翻檢幾則文字，就可隱隱嗅出作者浸淫書海的心路歷程，絕不是一般人所能望其項背的：

1.〈0001 明刻本九經〉條（原書頁 1）云：

> 此本最易為書估充宋本，曾見上海圖書館所藏，音釋全為書估剜去，又將上面之紙移下，功夫之大，令人歎服。

2.〈0013 明萬曆刻本五經集注〉條（原書頁 9）云：

> 是書天頭極高，蓋坊賈為士人學子易於批點計也。

---

[5] 吳文津將哈佛收藏中國善本古籍分為三個時期，其中第三期乃是第二次世界大戰後十餘年間，中國古籍在日本書肆出現者正多，哈佛燕京圖書館遂開始在日本收購，收穫頗豐富。此書應為此時期購入館藏。

3.〈0062 明萬曆閔齊伋刻三經評注套印本考工記〉條（原書頁 31）云：

> 閔氏所刻此類讀本，雖紙墨精良，然每每任意刪節舊注。鄭振鐸嘗以此書並明周夢暘批點本校讀，於此本不盡不實處大為驚詫。閔本郭正域序刪去敘末「吾楚周啟明氏為郎水部，品藻《記》文而受之梓，夫所謂在官而言官者乎？郎以文章名，所品藻語，引繩墨，成方圓，進乎技矣。有所著《水部考》行於世，則冬官之政舉矣。請校《周禮》，吾從周」等四十五字。又復易「卷」為「篇」，並不標出吳澄及周夢暘之名，於「考注」、「批評」及「音義」均任意刪改變動。此書「批點」實出於周氏手，而「考注」又為吳澄著也。閔刻書之不可靠，往往如是。

4.〈0152 明刻本大廣益會玉篇〉條（原書頁 75）云：

> 按經部小學類圖書中，以此書及《洪武正韻》、《五音類聚四聲篇》之版本最為複雜。十餘年前，余曾就此三書之版本審定費去頗多時日，當時所能調集之版本及書影均在二十種以上。此為明刻本，封面題「明經廠本玉篇」。據《中國古籍善本書目》，著錄為明刻本之不同版本即有七種之多。

5.〈0171 元至正南山書院刻本廣韻〉條（原書頁 84）云：

> 《廣韻》版本極複雜。十餘年前，余曾將北京圖書館、上海圖書館、北京大學圖書館藏《廣韻》元、明刻本全部經眼一過，其他如南京、遼寧、山東、湖北、重慶、湖南等圖書館藏明刻本之不同版本書影亦全部調至一閱，惜未記下各種版本之特徵。日本靜嘉堂文庫有元版、明版，但無法確定和何館所藏同。

　　以上皆是作者的經驗之談，筆者讀來深具感動，繼而想到中國許多傳統學問，非有身歷其境，實難一窺堂奧。即以中國目錄版本之學而言，正是需要有浸淫善本書籍的功底，否則是難以成氣候的，沈先生的經歷，積累敏銳鑒識長才，又博學多聞，正是兼備了最佳的條件[6]。

　　其次，我拜讀此部著作，不能不有一項遺憾，既是沈著常有「此本不知和孰種同版，或不同版」之歎充斥字裏行間，當然其失並不在沈先生，而在於沈著之前，眾多書目多不求完備，或乏刻工記載，或缺提要，或版本羅列不詳，或行款太簡略等，致令沈著完善盡美之志，尚有未逮，然則著述之事又豈容易哉！

　　韓昌黎有言：「世有伯樂，然後有千里馬」。沈先生以「每篇書志五百至六百字左右」，過於簡單，在吳文津館長同意後，「索性放手去寫，長短不拘，有內容的多寫些，反之則少些，寫作中，幾乎每篇書志都要核查十種以上的工具書及參考書，而許多作者的小傳，都是從燕京那豐富的地方志中查得」（見原書〈後記〉），現在沈著能以如此面貌呈現在讀者眼前，吾人在佩服沈先生用功勤快，心思專注之餘，也不得不欣賞吳館長伯樂識人之氣度，以及卓越的學術眼光，千里神駒如沈先生者，才有揮灑之空間。

---

[6]　喬衍琯在中央圖書館建館六十周年前夕，語重心長談到海峽兩岸在古籍版本鑒定人才，同樣面臨青黃不接、人才嚴重斷層的窘態，並以為中圖義不容辭負有責任，對這批文化遺產的愛護，對儘速培育人才。「試想典藏十多萬冊善本，二十多年來沒有以版本為專業的人來管理，還能不急加補救嗎？」喬公大作〈培育版本鑒定人才　中央圖書館建館六十周年祝辭〉原刊登于《新生報》第五版（1993 年 4 月 6 日），現收入氏著《古籍整理自選集》（臺北，文史哲出版社，1999 年 5 月）。李豐楙〈中國文學學門成就評估報告〉一文亦指出版本、目錄及校勘諸學，「由於傳承斷層或以往鼓勵、培育不足，在人材資源上多有不足，因而直接影響到相關的研究成果」，但他提出資料交流或可解決此種困境，則未免太過於樂觀。李文見行政院國家科學委員會主辦「全國人文社會科學會議」（臺北，中央研究院，1998 年 10 月）人文學組會議手冊。

五、展望

　　沈先生以三十年累積功力，費盡心血寫成這部名山大作，已達到人力所能及之最高限度，然而全世界各大圖書館收藏中國古籍善本之確實數量到底有多少？理論上，只要將各大圖書館館藏善本書目或書志合併相近類目，就可以逐條編纂成為聯合目錄，再依次按圖索驥就可以了；而實際上，中國大陸許多圖書館在多年前已經開始對古籍善本書目數據庫的建構，提出了操作面臨的問題與檢討，在國外如美國普林斯敦大學葛思德東方圖書館於1989年也召開會議，將此構想浮出臺面，英國、日本等國家也有所動作，但終因彼此不通聲氣，也沒有建立一致的共識與標準格式，所以迄今仍未達理想境地[7]。試想：如果我想知道全世界有關《世說新語》或《杜工部集》到底有多少版本，我能不能夠直接經由電腦快速查詢，除顯示各個不同版本書影以及收藏所在地之外，並能根據研究上的需要，告訴我行款、序跋、著者生平、題跋手跡及牌記、卷冊數、刻工、刻書鋪、收藏印記等，換言之，利用電腦檢索系統即能閱讀世界各地善本古籍，豈非臻於美善？以現代電子文獻數據化的技術，要達到這個目標，也並非是不可能的，目前臺灣許多學術單位在電子文獻數據化的觀念與經驗，居於領先的地位[8]，如果兩岸圖書館界能共同合作，將海峽兩岸及

---

[7] 關於此問題，參見王運堂、李勇慧〈關於善本古籍書目數據庫建設的回顧與思考〉，收在《中國圖書館學報》1999年第2期，以及李致忠〈略談建立中國古籍書目數據庫〉、〈再論建立中國古籍書目數據庫〉，收入氏著《肩樸集》（北京，北京圖書館出版社，1998年9月）。

[8] 參見黃沛榮〈古籍文獻資訊化之現況與展望〉，《國家圖書館館刊》86年第1期（1997年6月），頁71-93。

海外古籍善本掃瞄，以電子文獻數據化的方式呈現，成立世界漢學研究電子資料庫中心，不僅為永久保存人類文化遺產作出貢獻，也促成學者研究資料取得便捷與課題深入的推進，實是一件不朽盛事！

六、校勘記

　　沈先生這部一百五十餘萬言大作，將哈佛燕京圖書館收藏善本，已作了最忠實陳述，本可適時查閱，但拜讀提要之餘，倘有存疑，則設法翻檢原典相核，今就目力所及，撰寫校勘數條如次。

1.〈0062 明萬曆閔齊伋刻三經評注套印本考工記〉條

　　原書頁 31 第九行云「引繩墨，成方圓，進乎披矣」，按，「披」字當為「技」字，意思才讀得通，蓋字形相近而致誤也。「進乎技矣」一詞，出自《莊子・養生主》「臣之所好者，道也，進乎技矣。」

2.〈0133 明崇禎刻本四書經學考〉條

　　沈先生云臺灣中央圖書館藏本（以下簡稱央圖本）著錄為十一卷，疑將《補遺》一卷合併計算故。

　　今按，沈先生之言是也。央圖本確為十卷，《補遺》一卷，然缺《續考》六卷，又乏崇禎元年徐邦佐自序，其中卷一頁二原佚，有後人補鈔；另全書有蠅頭墨筆批校，朱筆圈點與眉批，夾頁有近二十張工整讀書筆記，細玩其文，乃為徵引群籍注解經文，未知何人手筆。

　　行款均同哈佛本。

3. 〈0175 明刻本韻補〉條

按，央圖本行款與多古體字之例，俱如沈先生言，唯作二冊。有央圖本有浸漬水痕，文字諸多漫患，墨色濃淡不一，品相不佳，卷五終後有刻《韻補》序，惜僅存二頁，其餘闕如也。

4. 〈0212 明刻本班馬異同〉條

按，央圖藏有明嘉靖 16 年李元陽福建刻本，明天啟 4 年聞啟祥刻本，晚明刻本三種。晚明刻本楊士奇跋文前有「西吳後學韓敬」序言。

5. 〈0274 明萬曆羅瑤刻本皇明鴻猷錄〉條

本條第十四行，沈先生句讀云「隱括二百年，間得其可紀者凡六十餘事，皆國家之重務，經略之偉績也」，細懌上下文意，吾以為句讀似應為「隱括二百年間，得其可紀者凡六十餘事，……」，未審然否？

又頁 142 刻工名「方任」，當為「方仕」，其餘均同。

考《國家圖書館善本書志初稿・集部一》（1999 年 6 月出版）頁 183 已將版本易作「明萬曆錫山刊本」，今翻檢原書，行款、序言、刻工等，同哈佛本

6. 〈0299 明崇禎刻清修補印本歷代名臣奏議〉條

第八行「詢之郡縣學宮掌故」句，「宮」字當為「官」字。

今按，央圖本總目有「君德」門至「弭盜」門，共計三百九十卷，原書翻檢確符總目所言，則央圖本似為完帙，然與〈0298 明永樂內府刻本歷代名臣奏議〉條所徵引目錄門類相核，則知門類順序

與卷數安排均相同，唯央圖本缺「禦邊」門及「夷狄」門，古人善
彌縫修補以飾人耳目，一至於此，幾為所蒙矣！今檢央圖書志則云
「此本無禦邊、外域二門，凡六十二門，三百一十九卷」，「外域」
門當為「夷狄」門之誤。

　　沈先生疑央圖本為殘本，信然。

7.〈0385 明嘉靖刻本吳江縣志〉條

　　本條倒行六，「吏科給事中前翰林院庶吉士邑人徐師曾總修」
句，央圖本「吏」字作「兵」字。

　　又按，沈先生判定哈佛本乃明嘉靖 37 年（1558）至 40 年（1561）
刻本，而央圖本作明嘉靖 37 年刻本為誤。今檢原典，鈐印有「瑞軒」、
「如南山之壽」、「羅振玉印」、「臣玉之印」、「卡言」等收藏章，並
有羅振玉手跋題記，央圖所以判定為明嘉靖 37 年刻本者，似依羅氏
題記，今籀錄全文如後，以為參考云。

　　嘉靖吳江縣志二十八卷　嘉靖戊午刻本

　　此書湖廣等處提刑按察司副使邑人沈棨修，兵科給事中邑人徐
師曾總修，前有嘉靖戊午邑令安邱曹一麟序及洪武六年竇德遠松陵
志序、正統七年吳本增輯松陵志序、天順元年莫旦松陵志序、弘治
元年莫周吳江志序、孫顯刻莫志序、正德二年吳江續志序、嘉靖戊
申徐師曾讀陳氏志序，蓋有明嘉靖以前，是志凡七修，此第七次修
本也。然據莫序，洪武以來雖有志，然皆未刊，刊之實自弘治元年
莫志始。此志以莫志為藍本，而參以陳志，並增水利、戎政二門，
紀述頗爾雅，亦詳贍有法，明代方志之佳者。《明史‧藝文志》方志
著錄者不少，乃獨遺此。天一閣所藏明代方志亦夥，亦不之及，惟
《澹生堂書目》有《吳江縣志》二十八卷，不署撰人姓氏及時代，

然卷數與此合，殆即此志也。光緒丁未冬得於蘇州舊家，戊申正月八日題記，上虞羅振玉叔韞父。

8.〈0451 明萬曆吳公弘刻泊如齋重修宣和博古圖錄〉條

頁 260 首行「趙匡意在似，徐熙意在不似，以似不似，深於畫者也，而傳會觚稜之訛生矣」句，「深」字應為「浚」字，「傳」字應為「傅」字。

沈先生云央圖亦藏有此《寶古堂重修宣和博古圖錄》，作萬曆 31 年吳公弘刻本，其中原因待考。按，沈先生所據《國立中央圖書館善本書目》乃 1967 年 12 月增訂初版，1986 年 12 月增訂二版已改回作「明萬曆三十一年吳萬化刻本」，沈先生未見。

9.〈0598 明刻本神相全編〉條

央圖本扉頁刊題「神相全編、袁柳莊先生秘傳、金閶盛耀先梓」。另有手書題記「同治六年丁卯霄枚置於聽龍吟館之南軒、杏月中浣六日燈下識」及「同治丁卯杏月九日霄枚置於聽龍吟館」。

10.〈0758 元至正陳氏秀岩書堂刻增補本詩詞賦通用對類賽大成〉條

頁 431 第十行云「逐類增入駢儷□科，實為詳備」句，□當作「材」字。依據李致忠《肩樸集》（北京，北京圖書館出版社，1998 年 9 月）頁 351 引文。

11.〈0891 明末刻本老子道德真經〉條

按，央圖本同哈佛本，但無序跋，佚缺七十四章至八十一章。

12.〈1023 明刻本雅音會編〉條

　　按，央圖增訂二版書目著錄「明初刊黑口本」、「明天順癸未（7年）漳州刊本」及「明刻溪王鈍校刊本」，沈先生未見。

　　又按，央圖所定天順癸未（7 年）漳州刊本者，乃據康麟自序，而審視文字風格殊異，有多處字畫前後不一，其中各卷末牌記有被剜去子遺痕跡，沈先生言當為嘉靖間所刻，或為嘉靖間據原本翻刻，似可採信。

13.〈1063 明嘉靖高氏刻本南滁會景編〉條

　　按，央圖所藏為十二卷本，其目錄與哈佛本細核比勘，多出卷十、卷十一，而卷一《栢子潭文集》多出〈陽明書院〉，卷二至卷九均同；央圖本目錄明顯有接補痕跡，並缺章煥序，沈先生云央圖所標年代似可商榷，信然。

14.〈1143 明末刻本坡仙集〉條

　　按，頁 636 第四行缺言卷七內容目錄。

15.〈1144 明萬曆刻本東坡集〉條

　　按，頁 637 第四行缺言卷七內容目錄。

16.〈1243 明萬曆舒璠刻清修補印本梓溪文鈔〉條

　　按，央圖本定為明萬曆庚申（48）舒璠刊本，疑誤也。扉頁雖有題刊「舒文節公全集、萬曆庚申六月朔鑴、木衙藏版」，然審其紙質墨色，明顯與全書迥異，實乃後人綴補另湊也。

17.〈1254 明隆慶嚴鎡刻本遵巖先生文集〉條

　　按，沈先生引嚴鎡後序云：「遵巖先生之文，挺拔秀麗，有次第，欲造沖澹自得之境者，必當自組麗芬華中得之，此是集所以垂教之意也，亦先生之志也。」翻檢原書相核，自「挺拔秀麗」下，足足漏了一頁，今補鈔於此：

> 遵巖先生之文，挺拔秀麗，自弱冠已名世，而拔鞁家居之日又早，故其學日益進。迨其晚年，則又純乎義理之學，學以周孔為宗，其所為文章皆直舉胸情，非傍舊轍，蓋將並驅三代、軼兩漢而上之，黃初以下弗論也。嘗欲毀其少年所為文稿，而傳播海內者已久，不復可盡去矣。故舊所刻集多先生所欲毀者，今略刪削其一二，而年月久近不能識別，文辭相去又近，不甚蒼素，以是多並存之。昔者趙文子為室，斲其椽而礱之，礱已半，張老夕焉而諫文子，令勿礱，匠人請皆斲之，文子止之曰：為後世之見之也。今是集也，觀其說理鏘鏘、神奇鬱然者，晚年所得也，斲之者之椽也；觀其辭勝於理、稍競華藻者，少年所為也，礱之者之椽也。並錄而存之，實先生之志也，且以示後之學者，登高自卑、功有次第，欲造沖澹自得之境者，必當自組麗芬華中得之。此是集所以垂教之意也，亦先生之志也。隆慶辛未歲十月之吉，賜進士出身中順大夫知嘉興府事順天府嚴鎡撰。

18.〈書名筆劃索引〉條

　　三畫欄有「大明仁孝皇帝勸善書」，「帝」字應為「后」字之誤。

後記

　　本文的完成，由於張錦郎先生向筆者介紹此部著作，並為之聯繫國家圖書館（原中央圖書館）特藏組，給予筆者閱讀善本提供不少協助與利便，今藉此一併表示萬分感謝！文成之後，美國哈佛大學哈佛燕京圖書館善本室主任沈津特來函表示致謝，其虛懷若谷君子翩然風度，令人欽仰！

　　原載臺北《國家圖書館館刊》，1999 年第 2 期，1999 年 12 月

銖積寸累　蔚為大觀
——沈津輯《翁方綱題跋手札集錄》書後

一、內容大要與特色

　　清代著名金石學家翁方綱（1733－1818）題跋文字為數眾多，
過去有人零零星星做了一些收攏匯集的工作，但畢竟所得有限，且
多為稿本，不能廣為流通，真正傾盡全力，以四十年如一日的工夫
完成者，祇有沈津一人而已；近作《翁方綱題跋手札集錄》由廣西
師範大學出版社於 2002 年 4 月出版發行，共收集了翁方綱所見歷代
碑刻、圖書、字畫與鐘鼎金石文物等題跋文字，有一千三百八十六
篇，以及致友朋手札，有五百餘通，內容豐富，洋洋灑灑，合計共
一百餘萬言，非僅資料齊備，文字亦裴然可誦，具有極高的學術研
究與文學欣賞價值，代表一項輯佚工作的典範。

　　作者將這些瑣碎而非一時一地題跋文字，費盡思量，整理排比，
形成有組織的鉅作。由目錄可知，大體分為書跋、刻石碑版、叢帖、
法帖、法書（分為上、下編，下編集中在清代人物）、圖畫、題額（包
含印、畫像、研、銅器、古物等）七大類，每一類均依時代先後為
序，同一性質者，集中排比陳列。如〈跋化度寺碑〉文字有二十一
筆，作者將翁方綱經眼各種版本的化度寺碑有系統呈顯，藉此題跋
文字可以考察翁方綱對此帖的研究心得與評價，其餘如〈跋九成宮
醴泉銘〉有廿四筆、〈跋聖教序〉有十三筆、〈跋黃庭經〉有十五筆、
〈跋蘭亭〉有八十餘筆等，這種披沙揀金的細膩心血，完全是學者
當行本色，是很值得讚賞的，又有附錄四角號碼索引殿末，予讀者

帶來更大的利便。而最令人嘆服者，是翁氏《復初齋文稿》二十卷、
《詩稿》六十七卷、《筆記稿》十五卷、《札記稿》不分卷（原件均
藏於台北國家圖書館）早經台北文海出版社二十餘年前即全部影印
發行，但乃因字跡潦草，辨識不易,而研究者又多不諳書法，對此豐
富資料竟望而卻步，鮮少引用[1]，作者以極大的耐性與毅力，一一抄
錄、標點、解讀，大量反映在此書中，學者今後徵引將不再有困難，
因此可以這麼說，從此以後翁方綱的研究才真正跨出另一階段的開
始。作者這番嘉惠學界的用心，亦是足資稱道的。

　　本書另一大特點，是作者蒐集了五百餘通書信手札，都是現行
個別文集無法顯現的，而且有許多是難得一見的原稿，如翁氏致丁
杰、孔繼涵、王昶、永戎、朱筠、朱鶴年、阮元、吳騫、吳榮光、
沈心醇、姚鼐、姚文田、洪亮吉、凌廷堪、孫星衍、桂馥、畢沅、
陳焯、黃易、程瑤田、盧文弨、錢大昕、謝啟昆、羅聘、鐵保等大
家耳熟能詳人物的書札，這批珍貴材料的梓行，清代乾嘉時期學術
研究深入推展，當有莫大的助益。

　　透過書札真情流露，翁氏的整體面貌，也才能有更精準的把握。
試舉一例說明，如翁方綱予人的印象，博學多聞，很得乾隆皇帝的
賞識，參與纂修《四庫全書》的工作，官運亨通，又與紀曉嵐、程
晉芳等權貴名流交酬往來，可是很少人知道他晚年經濟生活的情
況，根據《翁方綱年譜》，他在五十九歲開始有向人借貸立據的紀錄[2]。
由他六十歲致謝啟昆書信，即知生活陷入困難：

---

[1]　只有李豐楙曾在二十餘年前使用這些材料完成碩士論文，以後的研究者均無
　　視這些稿本的重要，更談不上取資深入研究了。詳見李豐楙《翁方綱及其詩
　　論》（台北：嘉新水泥公司文化基金會，1978 年）。

[2]　《翁方綱年譜》（頁 290）乾隆 56 年辛亥 9 月 23 日條云：「先生向人借銀，
　　立有立據二張」。

> ……此刻在山東之情況，較之廣東、江西更甚。今歲又以兒
> 子代往奉天看書，百倍拮据，甚至將衣物典質，親見山東典
> 鋪中之當票，此在廣東、江西所未有之事也[3]。

考翁氏在此之前，任廣東學政提督有七年（乾隆 29 年 7 月至 36 年
9 月），江西學政提督有三年（乾隆 51 年 9 月至 54 年 9 月），經濟
條件雖不佳，還不至於「衣物典質」，而今因擔心《四庫全書》被查
出校對疏漏錯誤，自奏請由兒子樹培代往瀋陽文溯閣校書[4]，這期間
不但無薪津收入，還得自行負擔出差旅費，現在情況糟到如此，只
有向其學生謝啟昆告急。六十四歲時，他四女兒出嫁，有信向丁芳
軒借款云：

> 愚自春末夏初，大病一月有餘，至六月始稍復元，而上半年
> 以來之積逋，實十倍於往歲……，又且有最關心慮者，則弟
> 四女於開歲春初，即定有出閣之期，一切均需歲內為之料理，
> 雖極菲薄，不成文理，總非一二數所能經手，是以竟須大費
> 吾友清心，為之竭力一措，濟我燃眉之急[5]。

六十八歲時，又有信向丁芳軒借款：

> 今則實有不得不相致乞，緣今夏、秋來，二兒在署，一切支
> 欠，兼之夏間以來取員至要之處，俱應在歲底清之……[6]。

七十歲了，仍有信向季虎告窮借貸：

惟因去年冬間（十二月二十四日），於此地為四小兒完婚一
事，較京中已省□之至，而已經費至百外（並非付現，所以更
可笑），皆係一切賒支未清，所以雖有今春之俸及尊惠，而至
此仍迫窄之至也[7]。

此時也向王昶訴說，其詩集有靠阮元支助刊刻，金石著作竟無力雇
人出版：

弟之詩，除以前近鋟版濟南十卷外，昨浙撫阮公又為續鋟十
卷，今尚未竣，然自問實不能增進於前，惟有惶汗而已。其
餘訂證金石諸種，皆須先寫出副稿，貧無雇人之資，未知何
時始得就正於畏友也[8]。

最可憐者，在七十八歲時，兒子樹培重病，藥餌之資沒有著落，他
寫信向及庵求援：

旬月以來，培兒遍身發瘡毒，不能進署，告假在家。愚閒居
以來，一切皆培兒料理家務，而此夏初以來，轉要我照料其
醫藥，又兼積欠累累，窘迫百倍於尋常[9]。

另一信，也是為兒子籌措養病經費而著急：

昨者已承贶惠，豈可復以近況瀆擾清神？惟是此歲底實因培
兒數月來不出戶，致有此苦況，誠不得已而寫以奉瀆耳[10]。

---

[7]　《翁方綱題跋手札集錄》頁 540，另參《翁方綱年譜》頁 393。

[8]　《翁方綱題跋手札集錄》頁 505，另參《翁方綱年譜》頁 395。

[9]　《翁方綱題跋手札集錄》頁 475，另參《翁方綱年譜》頁 442。

[10]　《翁方綱題跋手札集錄》頁 475，另參《翁方綱年譜》頁 442。

次年，七十九歲，他仍需借錢為兒子料理後事，由致李宗瀚信可知：

> 介亭云恐怕立秋，今距立秋不遠，今萬不得已，急與我老友
> 婉商，能得暫於一二日內，有何處可暫挪一二百金，以便先
> 為粗辦，一切尚不足支，然再多說，亦恐難定還楚之期也。
> 若可暫挪一二百金，即姑諾至九月以前清還，未識可否[11]？

翁氏一生活了八十六歲，他的餘生超過二十年光陰，必須經由
借貸才能解決生活上的問題。透過上述信箋片段，讀者當可想像一
位年逾古稀老人經濟困窘，為兒子垂危性命奔波，內心彷徨焦急的
苦悶。以上都是稿本所提供的真實面，唯有經過這些書箋剖析，翁
方綱晚年的生活面向才能有如此詳實細膩的呈現。作者將此手箋收
錄在一超，提供了日常生活紀錄，這是很難得的。除此之外，這些
受信人大多均有小傳附在札後，以明其人的身分與翁氏的關係，對
瞭解翁氏交遊情況，也是極珍貴的第一手材料，這點細節，可見作
者處處為研究者考量的用心。

《翁方綱題跋手札集錄》還有一項特點，可以補充《翁方綱
年譜》的不足。最明顯是《翁方綱年譜》頁 18「乾隆 22 年丁丑
（1757）二十五歲」條，因資料未詳，所以作者空白不書；其實，
這條資料可以在《翁方綱題跋手札集錄》頁 416（跋文衡山書畫
卷）找到，因此年譜「乾隆 22 年丁丑（1757）二十五歲」條可以
書如下文字：

> 在蠡縣，借彭生家小楷〈洛神賦〉直幅，是文徵明八十後所
> 書，課徒茆舍，南窗下日日臨此，先生習小楷，自此始也。（影
> 14／4135）

---

[11]　《翁方綱題跋手札集錄》頁 535，另參《翁方綱年譜》頁 453。

這雖然只是短短四十餘字的說明，但筆者以為不僅可以彌補年譜本年的空白，而且更重要是譜主晚年猶能作蠅頭小字正書，也可以在此找到根源。

由此可知，本書篇幅可觀，不像一般集於眾多學者編纂的工具書所能比擬，蓋一般工具書以檢索資料為主，文字乾枯無味，不必要也不可能吸引讀者從頭到尾閱讀一過；本書則完全以一人之力，前前後後四十年光陰，透過各種可能的管道蒐集而成，依類編纂，井然有序，代表翁氏一人題跋手札，文字乃有感而發，或以楮墨寫胸中塊壘，或者酒酣興來隨筆之作，情真意切，沁人心扉，使人目遊神移，遐思凝想。由於翁方綱對於書畫金石的嗜好自幼年即養成，因此他的題跋文字與其一生歷程是分不開的，不僅僅有訓詁名物的考證，反映個人獨特的藝術鑒賞品味，也有個人真摯情感的放肆流露，亦是一個時代文化風尚的縮影。

二、兩點小缺失

作者另有《翁方綱年譜》之作（由中央研究院中國文哲研究所2002 年 8 月出版，列為「中國文哲專刊 24」），這是在輯《翁方綱題跋手札集錄》的基礎上，所完成的另一部姐妹作，有心的讀者，必得兩部同時參照閱讀，我們對於翁方綱其人其事才會有整體的認識[12]。《翁方綱年譜》所列出翁氏題跋文字的篇名線索，幾乎在《翁方綱題跋手札集錄》一書都可以找到全文，如此既照顧到年譜精簡的體

---

[12] 《翁方綱年譜》的價值，詳見拙作〈評沈津著《翁方綱年譜》〉（台北：《漢學研究》，2003 年 6 月）。

例，又使翁氏題跋文字無所遺漏，這是作者安排資料與剪裁有致的真本領。可是，筆者將兩書仔仔細細對讀過，卻不能不表示一點小小的遺憾，那就是沒有在《翁方綱年譜》題跋文字篇名條下標明見《翁方綱題跋手札集錄》的頁次。舉例來說，翁方綱究心研究〈化度寺碑〉歷四、五十年之久，自盧嵩翁、趙松雪以來諸家品鑑之真偽，皆了然可指數，即其殘石露半字處，也能確得其位置，翁氏很自負海內所存此碑的真拓，以其家收藏為第一；我們根據年譜（頁335）的提示，想查「乾隆60年乙卯（1795）六十三歲3月3日跋〈化度寺碑〉十三段」條的全文，固然可以由《翁方綱題跋手札集錄》的目錄「刻石‧碑版」類找到題跋〈化度寺碑〉文字，但目錄顯示自頁106到頁117計有二十一筆之多，怎知那一筆是《翁方綱年譜》云「乾隆六十年乙卯（1795）六十三歲3月3日跋〈化度寺碑〉十三段」條的全文？必須一一從頭到尾遊目瀏覽才能找到。如果年譜能夠清楚標示「見《翁方綱題跋手札集錄》頁110」，豈不是為讀者節省時間，發揮更為便捷檢索功能？《翁方綱題跋手札集錄》花下如此大的心血，竟沒有與《翁方綱年譜》聯繫照應，未嘗不是作者千慮一失的疏忽？

　　圖版付諸闕如，乃美中不足憾事。翁氏金石之學造詣極深，尤重於書勢，用筆結構，點畫向背，偃仰接合，形神兼備，觀察入微，絕不含糊。試引下文可證：

> 「尋」字起處，晉人妙用也，其煩省一小橫，而以下上橫疊接，即《蘭亭》「遷」字之理。辛未六月以《大觀帖》對《聖教》，記此，真足上質諸右軍者矣[13]。

---

[13]　《翁方綱題跋手札集錄》頁303。

這段文字不易讀出精彩勝處，也無從領會其不可言之妙；可是當筆
者展開《天際烏雲帖》『尋』字與《蘭亭》「遷」字併觀對看，其精
神風貌立現，不禁令人拍案叫絕，中間之隔，渙然冰釋矣！此非關
個人文字修養問題，蓋沒有作品圖版在旁參照，講求筆勢，任憑騁
生花妙筆，終究是隔靴搔癢，難以理解。諸如此類的題跋文字極多，
作者沒有圖版配合對照，其價值難免大打折扣，讀者要對翁氏題跋
文字有所深入體會，是難以為濟。

　　餘如文字標點，少數幾筆有待斟酌，且另有數十餘字校勘有誤，
以其無關宏旨，在此就不多說了。

三、《杜詩附記》與《樂毅論考》

　　本書內容大要、特色與缺失，既如前述，筆者亦費數旬之力蒐
讀文字若干，意外幸運發現台灣有兩種翁方綱本子，作者未見，一
是台灣師範大學過去收藏一批東北大學藏書，其中有翁氏《杜詩附
記》稿本[14]，另一為傅斯年圖書館藏翁氏《樂毅論考》鈔本，由於
此二書卷帙完整，向為學界鮮知而予以研究利用[15]，有必要引介說
明之。

---

[14] 許多人不知《杜詩附記》稿本列為台灣師範大學圖書館鎮館三寶之一，足見
　　大有來頭，詳見喬衍琯〈台灣師範大學的藏書〉（民國五十九年十一月十四
　　日《國語日報副刊·書和人》第一四八期）。此條資料承圖書文獻專家張錦
　　郎先生賜知，特表感謝！

[15] 所見僅知李豐楙、宋如珊曾以《杜詩附記》稿本研究翁方綱文學，寫成碩士
　　論文出版，見李豐楙《翁方綱及其詩論》（台北：嘉新水泥公司文化基金會，
　　1978 年），宋如珊《翁方綱詩學研究》（台北：文津出版社，1993 年）。至於
　　《樂毅論考》鈔本迄未見學界運用研究。

　　《杜詩附記》稿本，《翁方綱年譜》並未詳提，比較可靠的線索
在於翁方綱《石洲詩話》，據張維屏跋云：

> 《石洲詩話》八卷，大興翁覃谿先生視學粵東，與學侶論詩
> 所條記也，前五卷草稿，久已失去，葉云素農部忽於都中書
> 肆購得之，持歸求先生作跋，先生因命人鈔存，又增評杜一
> 卷，及附說元遺山、王漁洋論詩絕句兩卷，共成八卷，會先
> 生門人裏平蔣公來督兩粵，因寄至節署，屬為開雕。公命維
> 屏董校勘之役，維屏既以詩辱知於先生，憶丁卯、戊辰寓京
> 師，每清曉過蘇齋，先生輒為論古人詩源流異同，亹亹不倦，
> 一日詢及是編，徧檢弗獲，不意是書失去，遲之又久復還，
> 而維屏於七千里外，乃得取而細讀之，且距先生視學時已四
> 十餘年矣。

按，此跋作於嘉慶 20 年（1815）4 月 8 日，則距「先生視學時已四
十餘年」，而翁氏原先在乾隆 33 年（1768）9 月（原書序）以後只
有五卷流通，後三卷為以後增加，今觀第六卷〈漁洋評杜摘記〉卷
末有翁氏自言：

> 方綱自束髮誦詩，所見杜詩古今注本已三十餘種，手錄前人
> 諸家之評及自附評語，丹黃塗乙，亦三十三遍矣……
> 若夫讀杜之法，愚自有《附記》二十卷，非可以評語盡之也。

另外，在同卷「偶題」條下『此篇前半氣勢甚雄，惜後半多滯語』
語，翁氏批注云：

> 此評予所未見，不知是西樵抑是漁洋，要是不知詩者語耳。
> 不特所云「後半多滯」，是謬語也，即所云「起處甚雄」，亦

是謬贊。〈偶題〉一篇，讀者或目為前後二截，固謬矣，即以
起二句似是統契全篇，而實非文家空冒之起句也，愚嘗與即
墨張肖蘇論之，又與欽州馮魚山論之，詳具於《杜詩附記》
卷內。

綜合這兩段材料，再翻檢現存台灣師大《杜詩附記》稿本二十卷，
正有〈與即墨張肖蘇孝廉論杜偶題詩〉、〈論杜詩『前輩飛騰入』句
示饒州諸同學〉二篇長文浮貼夾籤，均見於第十五卷第 8 頁〈偶題〉
批注處，其內容與上述所言完全吻合[16]。由此可見，現存台灣師大
《杜詩附記》稿本二十卷，乃是翁方綱的完整精心著作，在八卷本
《石洲詩話》出版之際，《杜詩附記》已是全部完成建立自家評詩體
系，其「肌理說」之成熟見解亦當在此時，其所言「自束髮誦詩，
所見杜詩古今注本已三十餘種，手錄前人諸家之評及自附評語，丹
黃塗乙，亦三十三遍矣」，也完全是實然寫照[17]。

　考覃谿初頗服膺漁洋，《石洲詩話》固可略窺崖略，而對照青
年時代其為遼東吳徵君《蓮洋集》作序[18]，全篇反覆以漁洋語為標
的，則謂其拳拳崇拜至極，亦不為過矣，時為乾隆 39 年（1774）
也，其後覃谿頗不愜意漁洋，故於《杜詩附記》已能見其端倪，至
若其於杜詩〈留花門〉批注，對漁洋乃目樓玫媿語為新奇，謂「故

---

[16] 〈與馮魚山編修論杜偶題起句〉並未見於《杜詩附記》稿本內，卻在《續修
四庫全書》第 1704 冊過錄本找到。翁氏對杜公〈偶題〉似別有體會，早在
乙亥（乾隆 20 年）二十三歲即有詩作〈書杜偶題詩後〉，全詩引錄如下：「自
是精神畫不成，非關意匠苦經營，莫窺藩翰寧堂奧，爰變丹青本玉瑩。不可
言傳猶拗怒，竟如卓立未分明，區區每下無高論，尚見千秋作者情」。此詩
見《復初齋詩集》卷一。
[17] 這一點可以從翁氏手定課程於稿本《杜詩附記》封面上證實。
[18] 見《遼海叢書》續集第 3353 頁。另頁 3339 至頁 3340〈蓮洋吳徵君年譜〉亦
可見翁氏屢提王漁洋。

此其所以答門人問熟精《文選》理，謂理字不必深求其解者也，而何以訓詩學乎」[19]，則其不滿之辭，已躍然紙上，其餘例證，俯拾即是[20]，則《杜詩附記》實乃覃谿一生精研杜詩，朝夕玩味吟詠，深造有得之傑構，其擺脫漁洋藩籬之重大憑藉關鍵也，此稿本價值在斯，故不得不於此三致意焉，至於專題研究翁氏學術整體，則俟諸來日。

　　現本《續修四庫全書》第 1704 冊收入有門人過錄《杜詩附記》二十卷，非但字體無法與翁氏蒼勁有神墨跡媲美，更糟是僅錄批注，沒有引錄杜詩原文，而細讀《杜詩附記》原稿本，則知杜詩完完整整恭楷謄錄，一絲不苟，有的批注正好在某首詩中的某句旁，表明其為詩眼關鍵處，過錄本則對此沒有注意，難免將其精髓大打折扣，此為可惜之處！過錄本也許當時鈔寫沒有太大隔閡感，但時至今日，筆者仍以為能閱讀原稿，實在比過錄本較容易進入杜詩堂奧，至少隔閡感是可以削減大半的。甚盼有好事者能將此稿本影印出版，如此不僅對《翁方綱題跋手札集錄》作補遺的工作，相信又是對學界一樁功德了。

---

[19]　《續修四庫全書》第 1704 冊，頁 319-320。

[20]　其中以《石洲詩話》第六卷〈漁洋評杜摘記〉「八哀詩」條，是全卷批評漁洋的大文字，對漁洋批杜公累句逐條逐字具錄，後加按語一一駁斥之，其語氣之嚴峻，亦屬罕見，其中有云「漁洋以此八詩為鉅篇，原自與前人贊賞略同，其所摘累句，則漁洋於詩以妙悟超逸為至，與杜之陰陽雲帥、利鈍並用者，本不可同語也。愚於〈八哀詩〉，《附記》卷中偶亦及此，今舉其一條云：汝陽王璡篇中『專敘「射雁」一事，史遷法也，「上又迴翠麟」乃插入之筆，若無此句，則「扣馬」、「諫獵」句皆無根矣，此種健筆，豈得以漁洋之評議之』」，與現今師大藏稿本《杜詩附記》（卷十三頁廿三眉批）「專敘『射雁』一事，亦史遷法也，『上又迴翠麟』乃插入之筆，若無此句，則『扣馬』、『諫獵』諸句皆無根矣，此種健筆，豈以阮亭之議而減格哉」等語相核，文字若合符節。

　　傅斯年圖書館所藏《樂毅論考》鈔本共二冊，分為卷上一冊、
卷下一冊，以恭楷書寫，每頁一面九行，每行十九至二十字不等（夾
注雙行小字，每行二十字），卷上有文壽彭二行短跋：「己未嘉平十
四日據原稿本校勘一次，其中山谷題跋脫落四條，按語亦脫太半，
書手荒謬，偶翻重葉以致如此，別令小胥更補入之，壽彭呵凍記」，
卷下文壽彭又跋云：「俗緣紛紜，窮二日之力始竟此冊，匆匆校閱，
弗能審也，嘉平十六日述移氏書於郵盦」，己未有嘉慶 4 年（1799）
及咸豐 9 年（1859），當是咸豐九年校閱鈔本（詳後論證）。審視內
容，上卷為讀書札記形式，其體例是鈔錄歷代相關《樂毅論》筆記，
逐條低一格加有翁氏考訂按語，其條目如下：

　　　陳智永題右軍樂毅論後
　　　唐褚遂良撰右軍書目（銘能按：翁氏跋語闕）
　　　褚遂良拓本樂毅論記
　　　唐徐浩古蹟記（銘能按：翁氏跋語闕）
　　　唐武平一徐氏法書記
　　　唐韋述敘書錄
　　　宋曾宏父石刻鋪敘（銘能按：翁氏跋語闕）
　　　岳珂寶真齋法書贊
　　　廣川書跋樂毅論全文一條
　　　廣川跋又一條（銘能按：翁氏跋語闕）
　　　廣川跋又一條
　　　廣川跋又一條
　　　廣川跋又二條
　　　廣川跋又一條
　　　放翁題跋一條

朱子題跋一條

歐陽集古錄一條（銘能按：翁氏跋語闕）

趙明誠金石錄一條

李姑溪集一條

陳思寶刻叢編二條

趙希鵠洞天清錄一條（銘能按：翁氏跋語闕）

陳槱負喧野錄一條

山谷題跋

放翁題跋又一條

米元章書史一條

弇州山人續稿一條

張米庵真蹟日錄二條

徐擅長圭堂集一條

由此可見，文氏所謂「其中山谷題跋脫落四條，按語亦脫太半」，是知鈔本卷上為不全之本。卷下乃全書精華所在，其細目分為：

樂毅論諸本表第一

樂毅論諸本系次表第二

樂毅論主本源流表第三

樂毅論書勢表

樂毅論海字本考第四

敘錄

與《翁方綱題跋手札集錄》題跋文字相核對，可知卷下當為翁氏成系統之作。關於《樂毅論考》寫作年代，全本僅有卷上〈弇州山人續稿一條〉跋語云「嘉慶 14 年己巳（1809）秋 7 月 29 日方綱記」，

如前述所引細目，進而審視內容，則知卷上仍處於摸索階段，皆是考訂歷代諸家意見，此時翁氏已是七十七歲；由《翁方綱題跋手札集錄》輯引跋語考翁氏研究《樂毅論》，時序始於嘉慶元年（1796）之前[21]，至丁丑 3 月有跋云「又詳審此冊《樂毅論》全本與海字本，皆勝於諸本，并添入拙撰《樂毅論考》卷內矣」[22]，丁丑為嘉慶 22 年（1817），翁氏已八十五歲了，今以《樂毅論考》卷下全文內容對全本、海字本傳衍言之甚詳，可知必然此時《樂毅論考》作了最後修訂完稿。以後時隔不到一年的時間，嘉慶 23 年（1818）正月，翁氏就壽終正寢了。

　　《北京圖書館古籍善本書目》子部藝術類書畫目著錄：「樂毅論考不分卷　清翁方綱撰　稿本　一冊」，其是否即是傅斯年圖書館所藏《樂毅論考》鈔本共二冊，分為卷上一冊、卷下一冊？另外，《北京圖書館古籍善本書目》子部叢書類又著錄有稿本十三冊《蘇齋遺稿》共十一種十五卷，其中有「樂毅論考二卷　樂毅論書勢表一卷　海字本考一卷　晉楷偶記殘稿二卷」，與傅館藏本是否同一個本子？在未親見到原件之前，任何臆想都是枉然的。姑記於此，俟來日有機會再解決。

　　附帶一提的，覃谿有一特色，以學入詩，「自諸經傳疏以及史傳之考訂、金石文字之爬梳，皆貫徹洋溢於其詩」[23]，如以此首詩為例：

---

[21]　嘉慶乙丑冬十二月四日跋南宋覆刻本《樂毅論》云「古今正楷，右軍為第一。右軍正楷，《樂毅論》為第一，真跡自唐時已不可見，其摹勒於石，世所僅存者，此本為第一，蓋予亦十年以來贊仰、考索而後得之」，乙丑為嘉慶十年，由此則可推知至少在乾隆六十年或嘉慶元年，翁氏即關注《樂毅論》。見《翁方綱題跋手札集錄》頁 271。

[22]　見《翁方綱題跋手札集錄》頁 224。

[23]　陸廷樞序《復初齋詩集》。錢鍾書《談藝錄》（北京：中華書局，1996 年 1

片石清砧響易酬，稽山定影冠虞歐，偏憐學舍傳神瘦，一例
蘭亭仿越州[24]。

沒有注解，簡直令人茫昧索然，無法掌握其主旨。今以《樂毅論考》
入手，則〈書樂毅論舊本後〉、〈再題樂毅論二首〉、〈又題四首〉、〈得
虞恭公碑舊本尚辨字千許題下撰書銜名亦略可見喜而後題〉、〈廣川
書跋樂毅論燕字謂之聯飛者今於元祐秘閣本見之廣川政和間人此古
本明證也賦四詩記之〉、〈以元祐秘閣樂毅論證予篋中大觀帖第六卷
真本題此二詩〉、〈學書偶述四首〉、〈自題樂毅論臨本後〉、〈題樂毅
論越州學舍本四首〉、〈樂毅論海字本〉、〈以詩崔石士訪停雲樂毅帖
二首〉、〈記樂毅論海字本後〉諸詩，當可迎刀而解，豁然貫通矣。

　　一言以蔽之，《樂毅論考》乃翁氏積二十餘年考索創獲心得，完
稿於暮年之壓卷名篇，其於右軍《樂毅論》源流統系與遞嬗衍變，
考據嚴謹，功底深厚，且於諸本用筆書勢異同，表文合一，剖析入
裡，纖微畢盡，實萃集一生金石學養成熟極詣。此予讀《翁方綱題
跋手札集錄》一書後之心得，敬謹拈出以就教於作者，並質諸當世
博雅君子云。

四、補遺

　　筆者曾撰有〈沈津著《翁方綱年譜》暨輯《翁方綱題跋手札集
錄》補遺〉一文，補充《翁方綱題跋手札集錄》失載題跋文字有二
十四筆，今再增添以下文字，其中引錄《樂毅論考》卷下原文片段，

月）頁 178 亦云「同光以前，最好以學入詩者，惟翁覃谿」。
[24] 此詩見於《復初齋詩集》卷五十九，題作〈再題樂毅論二首〉之二。

雖非跋文，與作者原有體例未盡相符，蓋可與《翁方綱題跋手札集錄》之跋文對照，亦適足以略窺此本風貌之一斑，故特鈔攝附載，以饗讀者焉。

　　王弇州云：「宋有二石本，其一秘閣所刻，其一高紳學士家所藏」（原注：弇州蓋未見《寶刻叢編》，不知宋時尚有唐大和年所刻殘石也，然在今日世所傳本，則只此二石），此二語是今日世傳諸本之撞發凡矣。今傳於世者，其全者，皆秘閣本，其不全者，皆高學士本也（原注：此所謂全本者，非指欝岡齋前一本也。欝岡齋《樂毅論》有二本，反以所謂梁摹本置於後，而以貞觀褚銜一本置於前，即馮氏快雪、董氏戲鴻之本也。貞觀六年，褚公尚未召入侍書，而乃有中書令、河南郡、開國公之系銜，馮氏不考而勒之石，董文敏亦跋為唐摹本，可謂謬矣！此本不足置辯，姑記於此）。而今世所行諸家類帖，惟文氏《停雲館帖》全本與不全本皆在焉，其全本末「异僧權」三字及「永和年月」字，停雲全本亦有之，至今日停雲館原石尚存，而拓者偶失後尾，近來所有停雲本或有失此一行者，觀者竟不知停雲館之前一全本，是梁摹本矣（原注：孫月峰知元符中所刻是唐摹本，而卻又云不知停雲出於元符本，否則停雲前一本之原委，久無知者矣，月峰又誤以為墨蹟上石），其停雲後一本，即高紳學士本也，而高紳學士本，其末不全至「海」字止者，末三小行「節通者」三字，為其第一行末，止存此三字；又一「應」字在其第二行末，又一「海」字在其第三行末，此三行在南宋末重翻越州石氏本，不知何時失之，而文氏停雲館之後一本，遂無此三短行，僅至「節通者」之前一行「長容」二字為止，則觀者又不知其為高學士之海字本矣（原注：章、簡父子遊於文氏之門，《停雲帖》即其父子所手鐫，乃章氏所刻《墨池堂帖》卻有此三短行，而於《停雲帖》反忽之，文衡山及二承亦皆不知之）。惟吳氏餘清齋《樂毅論》全本末有

「异僧權」及「永和年月書付官奴」手（欝岡齋第二本亦同），世皆傳為梁摹也，詳此一全本重勒於石者，惟《停雲》為得其真，是從南宋越州學舍所重刻，元祐《祕閣續帖》之本摹入石者，至《餘清》、《欝岡》二刻，雖其跋云是墨蹟入石，然實是南宋之末有人又從越州學舍重摹之本再翻刻之，大約是南宋坊賈所為（原注：當南宋末，有就此再翻刻者，又有其字較大之一本筆畫微加龕，後來工匠以舊紙拓之，冒為《潭帖》，又溷入《鼎帖》，即王若林云「《潭帖》本梁時所摹，與《欝岡》、《餘清》同」者也，乃王若林又援邢子愿「純綿溫栗」之語，此是邢贊餘清刻者，《餘清》本雖亦偽，實視偽譚本字稍小，亦豈得以邢語概諸所謂譚本者乎？況《潭帖》之目具在，曾宏父石刻鋪敘《譚帖》，何嘗有《樂毅論》乎？若林不考而妄援之，使後學誤執若林所評，竟以《餘清》本與《快雪》本並稱世有二本，亦謬極矣）。其後又有人（或宋末、或元初、或明初）即從此再翻刻之本影寫一通，謂之墨蹟，此即吳江郵所得之墨本，而餘清齋、欝岡齋皆用以上石，邢子愿、董文敏皆目為梁、唐正本者也，惟張米庵親見此蹟，斷以為宋人筆，其識見過於邢、董遠矣，然以愚觀之，尚未必是宋末人筆或元、明人所書耳，其搘拄處，詳列於後。

　　高紳學上海字本不知何時入石，而歐陽《集古錄》、沈存中《筆談》皆謂「相傳右軍親書於石」，蓋宋時人極推重此本，故有或者相傳之語，王弇州至斥為夢中語，其實弇州語，非過也；假如果有「右軍親書入石」之說，則唐太宗既得右軍手書石刻，而何以褚河南所記貞觀十三年四月勒內出《樂毅論》是王右軍真跡，命馮承素模寫賜長孫無忌等六本，於是在外乃有六本備盡楷，則初不言是石刻也？況智永又在貞觀之前，若果有「右軍親書入石」之名蹟傳在人間，豈有智永不知者？而智永謂「梁世摹出，天下珍之」，則智永並未見所謂「右軍親書之石」也。在隋智永不言此石刻，在貞觀

時褚公不言此石刻，則歐、沈所云者，是宋時人相傳之臆說，置勿辨焉，可矣。

注：傅斯年圖書館藏鈔本《樂毅論考》卷下

　　《樂毅論》第三十行「仰望風聲二城」，必從此「仰」字左右，各有直下之筆，雖右直稍下垂，而左右二直仍互為章法，所以「望」字必正接平承，必不可以向左作側勢也。若「聲」字末直垂下，其神理迥自伸長，所以「望」字必作另起，另起則斷無正接平承者，此「二」字上一小橫，故作偏左側入，一以見其讓上「聲」腳之特垂，一以見「二」字另起之得勢，即茲兩字，一正一側，而聿法神理，格制風神，無義不具。自重刻秘閣本乃誤以「望」字應正承，而反側左，又誤以「二」手應側左，而反正承，致《停雲》諸刻皆因之，無復知此妙義者矣。《餘清》、《爵岡》以下，蓋無譏焉。

　　越州學舍重刻秘閣本，改易秘閣原本之位置，此其最易見者。《餘清》、《爵岡》以下諸本，皆與《停雲》同出此也，蓋其後南宋之末，不知何人就越州重刻本，又加重摹，雖盡變其用筆，破觚為圓，而如『望』字應正承，而反側向左，「二」字應側向左，而反正承，此一行內接連二處，最顯易見，是宋末人用絹素重書之，出於越州學舍本，而《餘清》、《爵岡》以下諸本之出於宋末重書本，毫無疑義者矣。惟《停雲帖》則直從越州學舍本翻摹，無宋末重書冒古之浮翳一重，是以《停雲》則謹依原本筆勢，《餘清》、《爵岡》以下則依其位置，而變其筆勢，為別子繼別之畢耳。此考《樂毅論》者中間一大關鍵，故詳著之。

注：傅斯年圖書館藏鈔本《樂毅論》卷下

古今書勢由朴而文，由參差而漸入整齊，其大較也，今世所行《樂毅論》二本，其全文之本，惟賴停雲館所摹前一本，得存其概耳，然《停雲》所摹雖稍弱，而位置未改也，故予取以列於諸翻本之前也；至若高紳家海字本，則王順伯謂其字勢奇絕，今停雲所摹後一本，則字字平板，何奇之有？何義門、徐壇長皆云《停雲》之《樂毅論》不全本，出於越州石氏帖；壇長謂石氏所刻，筆鋒纖毫皆到，文刻呆笨，百不存一，義門亦謂文氏刻視石氏刻廉隅風韻，頓有死生之別，此帖文氏所摹，至「長容」二字止，石氏原刻，此後尚有「節通者」三字短行一，「應」字短行一，「海」字短行一，文氏失考，而於不全之中又不全焉，其章氏墨池堂帖所摹，則「節通者」一行，「應」字一行，「海」字一行，尚具有之，此則《停雲》所據者，別一本也，今更作一表於後。

注：傅斯年圖書館藏鈔本《樂毅論》卷下

跋〈遊龍門奉先寺〉

或以「闕」實「臥」虛為疑者，此固不足與辨，然曷不應之曰：五六「闕」實「臥」虛，則三四「陰」虛「月」實，此亦即章法也。然以語杜，則此特甚淺者。

聞王遵巖有手評杜詩，遵巖不知詩，固無庸與之辨，然客或誦其評曰「已從招提遊」二句，「已」字、「更」字無謂，此則謬誤之甚，蓋杜公著「招提」二字，已自不同，非龍門、奉先等字，僅作地名者比也，「招提」二字，則有禪諦之旨焉。「已從招提遊」，身入於禪境矣，「更宿招提境」，則栖泊於斯，非特一遊而已。是以通篇皆從寺中夜景，發覺悟之趣也，欲覺聞鐘，頓發深省，然後「已」字、「更」字之精神層析，憬然提念，此豈文法哉？直是棒喝偈於已矣！

　　或曰：如子所解，則杜公之詠夜景也，何不從梵天唄響發大乘之蘊，而僅以雲月常言邪？曰：此杜之實語也。杜公學貫天人，筆破萬卷，豈不能用佛語乎？顧以為夜宿於此，則莫若即言夜宿耳，此真善於言佛諦者也，殆其〈暮年〉詩曰「重聞西方止觀經，老身古寺風冷冷」，則三藏六部之奧妙，具以風冷冷攝盡之，即今夜雲月之義也，此理固未可輕語於尋行數墨家也。然即以為文之法言，則彼遵巖王氏固日研求古文氣脈者，豈未睹此詩題目乎？題曰「遊龍門奉先寺」，則此妙不可勝言矣，假使題目「夜宿奉先寺」，則或疑「已」字、「更」字，尚自有說，今試觀題曰「遊寺」，而遊寺之景事，詩中卻無一筆及之，乃於開首一語以一「已」字勒盡之，此即史公化詳為略之筆也；次句乃於題中用加一倍法，此則必用「更」字，而後通篇得勢，又所不待言者。如此看，乃知其詩與題，相為虛實顧盼，亦淮陰候所謂「此在兵法」者也。遵巖之云本不足與辨，然亦可因此而見杜公無一字無至理，則亦遵巖之有以發我耳。

注：首段文字鈔自台灣師範大學藏稿本《杜詩附記》卷一頁一批注，其餘文字則鈔自《續修四庫全書》第 1704 冊過錄本，頗疑原有夾簽浮貼於《杜詩附記》，今已遺失。

跋〈望嶽〉

　　「夫如何」三字，乃是從下句倒捲而出，「夫」字即坐實岱宗如何者。齊、魯二邦不為小矣，顧不解其何以青猶未了也？晉人〈望岳〉詩云「氣象爾何物」，似作訝而問之之詞，非到其境者，不知也，今人誤解作空喝起下之詞，則乖其義。

注：台灣師範大學藏稿本《杜詩附記》卷一頁一眉批

跋〈題張氏隱居二首〉

　　王文簡《居易錄》云：「孔博士東塘言曲阜縣東北有石門山，即杜子美詩〈題張氏隱居〉所謂『春山無伴獨相求』、〈劉九法曹鄭瑕邱石門宴集〉所謂『秋水清無底』者是也，李太白有〈石門送杜二甫〉詩『何言石門路，復有金尊開』，亦其地」。山麓今尚有張氏莊，相傳為唐隱士張叔明（一作卿）舊居，張蓋與李太白、孔巢父輩同隱徂徠，稱「竹溪六逸」者也，山不甚高大，石峽對峙如門，故名中有石門寺，寺後曰「涵峰」，峰頂有泉流入溪澗，往往成瀑布，孔於寺前水匯處作亭，曰「秋水」，又於其左起館，曰「春山」，皆取杜句也。山南有兩小阜，俗儔「金耙齒」、「銀耙齒」者，子美詩『不貪夜識金銀氣』之句，蓋偶然即目耳，非身歷其處，固不知也。

注：台灣師範大學藏稿本《杜詩附記》卷一頁一浮貼夾籤

跋〈留花門〉

　　質、物、月、屑，四部通用。

　　王新城《居易錄》云：「樓玫媿答杜仲高書云，杜〈留花門〉『連雲屯左輔，百里見積雪』，以趙次公之詳且博，略不注釋，蓋『花門』，即『回鶻』，嘗考回鶻之俗，衣冠皆白，故連屯左輔，百里如積雪然也，此條新異可喜」。愚按，此條非新異也，上句「連雲」虛，而此句「積雪」實也，上句「左輔」實，而此句「百里」虛也；有此「積雪」之實致形容，乃覺上句『連雲』之虛寫為有著也，即此上下句雲雪之參差對，而句法之理在焉，此之謂熟精選理也。漁洋先生乃目樓玫媿語為新奇，故此其所以答門人問熟精《文選》理，謂理字不必深求其解者也，而何以訓詩學乎？

注：台灣師範大學藏稿本《杜詩附記》卷五頁二眉批僅書「質、物、
　　月、屑，四部通用。王新城《居易錄》云」，以下文字依《續修
　　四庫全書》第 1704 冊過錄本鈔補。

跋〈桃竹丈引贈章留後〉

前半屋、職同用。

三韻皆六句，而中聯「鬼神」句抽出一句，乃是音節章法。

偶觀李西涯〈靈壽杖歌〉云「爪之不入行有聲」，蓋西涯亦記憶
此詩，而不得「爪甲」二字之妙也。精神頓挫、老病遲迴，全在此
二字，讀者豈可以尋常字眼視之乎？昔東坡詠〈鐵拄杖〉云「忽聞
鏗然爪甲聲」，用之於「鐵」，更為警醒，是乃善讀杜者，而杜語之
妙益見。

「拔劍」與「路幽」，一虛一實，參差作對，此乃所以開展下半
篇之勢也，其節奏天成如此。

不說「歸秦」，而說「入蜀」，不說「凌陸」，而說「涉水」，此
他人所必不為，而先生詩境之真、詩力之厚，所以凌跨百代者也。
「持」字、「人」字兩出，句皆平聲，此乃正其極放筆處，亦即其
音節收攝處。

注：台灣師範大學藏稿本《杜詩附記》卷十一頁二批注

跋〈題桃樹〉

此因一桃樹，而慨想往日也。第一句「舊」字、第七句「非」
字，為之眉目，「五株」以下五句，皆言往日之景象如此。同年錢籜
石每過余，輒談此詩，籜石曰：「『舊』字之妙，極其通靈，此種詩
得《三百篇》遺意，所以獨有千古也」，又曰：「前六句揔注於結句，
所以『題桃樹』而發之也，『寡妻群盜』是今日也，當初原不如此，

天下渾然元氣相恤相望，何苦似今日之阻絕相殘，視如秦越乎？此種作法乃是極平常之理，人自不解耳，蓋人人元各具萬物一體之懷，此作詩之根本也」。

〈題桃樹〉七律未必與〈四松〉、〈水檻〉一時所作，編杜詩者固未能篇篇詳考其歲時，而此詩非重歸成都草堂時作，則玩其詩自知之。

注：台灣師範大學藏稿本《杜詩附記》卷十一頁十二眉批，末二行鈔自《續修四庫全書》第 1704 冊過錄本，又此頁有浮貼夾籤〈為雩都劉廣文說杜題桃樹詩〉，《翁方綱題跋手札集錄》手札類（頁 585）有錄，作〈致劉廣文〉。

跋〈返照〉

嘗取《劍南集》中「痕」字之句集鈔觀之，以為放翁善用「痕」字也，至杜公此篇，則「邨失」、「魂招」無一不攝入，昌黎謂「雷硠巨刃」，斯其至矣。

豈惟「豺虎亂」是特提之筆哉，「高枕」、「閉門」乃正是沉寥空曠中特提之筆耳。予曩時每以東坡〈虎跑〉、〈惠山〉二篇中「敧枕」、「閉門」較其頓挫即離之勢，豈復能與此同論耶！

注：台灣師範大學藏稿本《杜詩附記》卷十三頁十五眉批

跋〈白帝〉

浩浩乎直以淋漓雨氣為之鏗鏘節奏，故是騷些竹枝篇法也，此與〈返照〉一篇逕路迥然不同。

厲樊榭曰：「杜詩『白帝城中雲出門』，初但以為造語奇特，如見山城欲雨，雲氣從城門瀵勃爭出耳」，及讀李善注〈文選・蜀都賦〉，指「渠口」為「雲門」，引鄭氏《周禮》注云黃帝樂曰「雲門」，

言黃帝之德，如雲之出門也，此唯取「雲門」之名，不取樂也。詳左思用「雲門」，蓋即《史記》白渠歌「舉插為雲，決渠為雨」之比，如詩之斷章，故善以為不取樂。少陵直割取「雲出門」三字作景語，使人但駭為神化所至，而忘其為使事，較太沖更騰踔絕世矣。然少陵亦有寔用「雲門」者，『宮中聖人奏雲門，天下朋友皆膠漆』似亦有取乎「出門」之義也。

注：台灣師範大學藏稿本《杜詩附記》卷十三頁十七，首二行為眉批，「屬樊榭曰」段為同頁夾籤浮貼。

〈諸將五首〉答陸丹叔侍郎一條

　　尊兄昨言「胡虜千秋尚入關」，「尚」字不可解，此不可不詳說也。此詩本為警動當時君臣而作，其欲敘唐事而云漢者，亦故作迷離之意，則「陵墓」之對「南山」，似有屹然難犯者，而誰知其「尚入」哉？此其所以警動當時之旨也，全在上七字「漢朝陵墓對南山」，作屹立千秋之筆，是以此一「尚」字扼要分明，確不可易也。其在本句內承接「千秋」字者，則似乎漢史中嘗聞有邊兵入關之事，豈復知千年之後，又復有此事哉？恰又正在關陝終南陵墓之地，竟斥「尚」有之，此安得不愁逼哉？第五句「見愁汗馬西戎逼」，「見」字即「尚」字之正脈也，第七句「將軍且莫破愁顏」，「且」字即「尚」字之眉後三紋也，蓋其口述手畫，以聳當時君臣之聽者，沈著深厚，至矣，極矣，然卻皆平敘至寔之詞，無一毫涉於矯激過當者也。『軍令分明數舉杯』，此空中頓出之句，熟看班椽《漢書》，自知其妙。

注：鈔自《續修四庫全書》第 1704 冊過錄本。

跋〈秋興八首〉

　　詞場祖述之理，條理大成，於斯臻極！

　　有「重」字一本，則益見「兩」字之穩重大方。

　　郎仁寶針砭偽虞注所謂「齊失而楚」，亦未得也。惟此首末句謂「自『落日斜』時，『望』字生來卻是」。

　　「心」字，此一平聲細膩沈頓。

　　第七句沈頓而出。

　　有謂「點」是「點辱」者，非也。

　　論者但知「故國平居有所思」一句領起下四首，皆憶長安景事，此亦大概粗言之耳。其實「瞿唐峽口」一首，首尾以兩地迴環，其篇幅與「蓬萊」、「昆明」、「昆吾」三首皆不同，而轉若與「聞道長安」一首之提振有相類者。蓋第四首以長安故國特提，而「蓬萊」一首以實敘接起，第六首以曲江、秦中特提，而「昆明」、「昆吾」二首以實敘接起，則中間若相間插入「瞿唐」一首作沈頓迴翔者，此大章法之節族也。若後四首，皆首首從長安景事敘起，固傷板，實即不然，而一章特提，一章實敘，又成何片段耶？今第五首實敘，而第七、八首又實敘，中一首與末二首層疊錯落，相間出之，乃愈覺「聞道長安」、「瞿唐峽口」二首之凌厲頓挫，大開大合，在杜公則隨手之變、虛實錯綜，本無起伏收束之成見耳。

　　自第一首正寫秋景，直至此首五、六句，乃再正寫秋景、正提秋事也。細玩八章，雖中間『魚龍寂寞秋江冷』一句為筋節，然前則「夔府孤城」一首皆虛含秋意，並非實寫秋景，「千家山郭」一首全不著秋，惟「清秋」二字一點而已。後則「蓬萊」章亦全不著秋，惟「歲晚」二字一點，此較「千家山郭」一首之「清秋」字，更為虛渾矣。「瞿唐」章以「秋」作兩地聯合節拍，而「邊愁」究非賦秋也，至於「昆吾」一章，則竟脫開通幅，以虛景淡染，「碧梧栖老」並非為秋而設，而「彩筆干氣象」轉於「春」字繫出，此則神光離合之妙也。然則江間塞上黯淡沈寥之景，後七章豈竟全無映照之實

筆乎？然又不可再於江峽之秋景著筆摹寫也，惟此首「夜月秋風」，無意中從「昆池」咽到題緒，所以五、六一聯遂提筆從「菰蓮」重烏秋境，以為實則實之至，以為虛則又虛之至，想像中波光涼思，沈切蕭寥，彌天塞地，然則此首乃已正收秋興矣，第八章乃重與一彈三歎耳。

謝道蘊〈登山〉詩「氣象爾何物，遂令我屢遷」，方綱按，〈詩・大雅〉鄭箋云「天為之生，配於氣勢之處」，正義曰「氣勢之處，謂洽陽渭涘也」，此「氣勢」二字可作謝詩「氣象」二字之證，杜詩『昔遊干氣象』，又云『賦詩分氣象』，即此義也。「昆吾御宿」以下六句，皆括入「氣象」二字內，或遂以「氣衝星象表，詞感帝王尊」之句例之，則非矣。惓戀主知意，自在「蓬萊」一首內耳。後有〈秋日寄題鄭監湖上〉五律亦云「賦詩分氣象」，可以相證。「干」字猶「吹縐一池春水，干卿何事」之「干」，俗解則類于「干求」、「干犯」之「干」，誤也。「東風入律」、「青雲干呂」，正是杜詩此句「干」字之義，解此方知此首第七句反照「凋傷」，捲迴八首，綴繫於秋，尤為奇特矣。

潘安仁〈秋興賦〉序曰「時惟秋也，故以秋興命篇」，釋之者曰鄭氏春官六詩注，興者，託事於物也，若洒謝惠連〈秋懷〉詩，止於一篇而已。蓋託事之理，緣意而生，意盡篇中，故無假於複疊也，惟杜陵之詩，法自儒家而貫攝群籍，然後言情之作與事物錯綜之理，交合出之而極其至焉。然若〈八哀〉、〈諸將〉、〈詠懷古跡〉之倫，所謂事訖而更申，章重而事別也，惟〈秋興〉之篇至於八首賡復，則一事疊為重章共述，斯無區乎？初同而末異者矣，是以古今藝林推為巨製，非其氣力出於物表者，殆無以勝之歟！

注：台灣師範大學藏稿本《杜詩附記》卷十五頁一至頁二，倒數第一段與倒數第三段為夾籤浮貼，其餘文字均為批注。

跋〈詠懷古跡五首〉

　　五首惟「宋玉」一篇，明出「吾」字，然「庾信」篇之「詞客哀時」，固是古今雙關，即「諸葛」篇之「伯仲」、「伊呂」，亦是自許稷、禹分量語。至於「明妃」篇之「分明怨恨」，「蜀主」篇之虛無「想像」、「一體君臣」，皆為自己寫照也。題目「詠懷古跡」四字，正復拆開不得，是詠是懷（原注：此「懷」字是活字，非死字，猶「懷古」之「懷」，非「詠懷」之「懷」也），是古跡渾合淋漓、蕭寥突兀，迺若無轍跡可尋者。不特「詞客哀時」是指庾信，即「羈胡事主」亦指宇文護也，必如此解，末二句方有根斷，無通章屬杜自詠，而至末二句始以庾自比者，且杜公稷、禹自許久矣，亦斷不肯自目為詞客也（原注：相如授簡、枚叟升堂等句，似以詞客自居者，此則所謂言各有當也，若此題上下千年、體段極大，則是杜公全身分量所寄，非比它什偶對一時一境言之者，斷不應自稱詞客者也。若貼合庾子山，而以自己映照入之，則無不可矣）。或乃謂後四章皆按時代先後為次，遂以首章全屬杜自詠者，非也。此詩實因庾信宅而作，「三峽」、「五溪」固不見於庾集，然即屬杜公借今形古，亦摠在浩然緬想、參差互照之間，且即使三、四句屬杜公自詠，而「支離」、「漂泊」又曷嘗不與庾信關炤耶？子山集中正多播遷流寓之詞耳，又豈必其「五溪」、「三峽」之相同耶？第一章以漂泊哀時為主，而帶出詞賦。第二章以悵望深悲為主，而帶出文藻，其地同、其人同也，其事同、其心同也，此自應作前二章，且必應先庾而後宋，若先宋後庾，則是排類時代之詠史詩矣。誅茆舊宅，穿逕臨江，曠隔千年，感連一緒，此則空濛沉寥之思愈進愈上，為前二章之血脈也。至若第四章、第五章風雲際會之艱，得士應天之契，此老胸中迴環感唱，非一日矣，所以「蜀主」章之一體同祀，固不離武侯，而「諸葛」章之漢祚宗臣，亦不離先主，此自是二章聯貫之緒，夫人而知之者矣，然第四

章前半已注出臥龍寺，後半復唱出武侯祠，則是合此二章十六句，蓋不啻說武侯者過半焉，此則先生心事所寄，而此二章氣脈之聯屬，蓋無疑矣。惟第三章「昭君邨」一首，似是閒情憑弔之作，此其所以必在中間，猶敘事文字中間，插入閒筆也，然而起句卻以山川蜿蜒鬱結之脈全注於此，結句卻以千載怨恨冷繫於此，豈得視為偶然託寄之閒筆哉！而彼不知者，方且以為後四章依時代之先後為次，壹似後來地志內之題詠拈題呆賦者，豈復有杜公之真詩乎？

『萬古雲霄一羽毛』即所謂堯舜事業，如浮雲之在太虛耳，「一羽毛」三字合下「見」字、「失」字一片讀之，乃愈見神龍掉空、見首不見尾之妙。

「軍物」，「軍」字以實事為提筆，此不僅因本篇起句之仄腳，并第五句之章節相應所致也。

注：台灣師範大學藏稿本《杜詩附記》卷十五頁二至頁三。「第一章以漂泊哀時為主」段為夾簽浮貼，其餘段落均是眉批。

與馮魚山編修論杜〈偶題〉起句

昨與肖蘇論此篇，謂起二句，乃一篇之總攝，此語恐不善會者，必謂二句總冒，特泛論引起耳，則李空同諸人以起聯雄渾貌襲為杜者，皆得而偽為之矣。愚謂此二句，一篇之總攝者，今試為剖析說之，而後知從來讀此二句者，皆隨口失之也。杜陵之詩，繼《三百篇》而興者也，非天寶、至德、上元、寶應一時之作也，非成都、夔府回想秦川，偶寓亂離之作也，吾最不服歐陽子「窮而後工」之語，夫謂「窮而後工」者，蓋不窮不能工也。杜之浣花、瀼西、東屯、西閣，鬱勃淋漓，可謂極其工矣，至於宣政、紫宸、掖垣、左省間之作，以通集計之，曾不得什之一二耳，此豈非歐陽子之言驗於杜陵乎？曰此非杜陵之志也。周文公、陳時邁，頌思文公之志也，

東山破斧，豈公之志哉？今如請〈零雨〉之篇，嘆其窮於遇而後工，可乎？設使少陵與房、杜諸人並時立於貞觀之朝，有唐一代，雅頌躋漢魏六朝而上矣，不幸而遭天寶亂離，飢餓奔走，抑塞無可告語，而其詩之工乃日出不窮者，蓋天地元氣至此時，必於是人發之，不擇其時與地矣，而此老撫心自許，終若未敢自信者，終若有所遺失者，故於此，有怦怦難釋之積憾焉，其得則先世之傳緒也，前哲之稟承也，其失則坎壈不偶之所致也，然靜言此事，則非一人之事、一家之事，而千古以來流傳付受，文章根於性道，葵華發於事業，故曰自許稷與禹，又曰聖哲垂象繫思深哉，作者其有憂患乎？此所以上下千古，返證寸心者也，必合此通篇字字貫串，而後曉此二句，必合通集知人論世，得其所以不得不作之故，而後曉此二句也，而豈泛論引起之虛冒也哉？凡讀杜詩，無一篇不當如此細看，而此二句，人皆相沿口熟，幾視若文家評語與書舍之題句，逐至并其真理，習而不著，凡李、何以來，吞剝蹈襲，學其貌而遺其精者，皆職是之由也，吾烏能以勿辨哉？

注：鈔自《續修四庫全書》第 1704 冊過錄本

原載《書目季刊》第 37 卷第 1 期，2003 年 6 月

後記：本文發表之後，2011 年春台灣師大研究所同學賴貴三教授已將《杜詩附記》稿本整理完竣出版，自言乃閱讀本文而引發的動力。貴三兄虛懷若谷，誠蒙抬舉，愧不敢當，但其所下的工夫整理，嘉惠學界，是值得稱揚讚許的！詳見賴貴三整理點校《臺灣師範大學鎮館之寶：翁方綱《翁批杜詩》稿本校釋》（台北：里仁書局，二○一一年）一書。

2011 年 8 月 16 日於中央研究院
文哲所圖書館

附錄

敬悼喬公衍琯先生

此情無計可消除，才下眉頭，卻上心頭。

喬公衍琯先生走了！

接到訃聞，不由起一陣寒顫，但竟不能夠親臨祭拜弔唁，這是深深感到遺憾的。

這兩天心情很不平靜，一直陷入難以名狀的哀痛中。固知死生有命，乃是必然的規律，然而喬公對我的幫助與關愛，是我難以釋懷的，豈能無感於心！

「我永遠忘不了第一位賞識我的學者：喬衍琯先生在目錄學領域是國內有名專家，與我素不相識，在讀了我的碩士論文之後，親自打電話給我，並由臺北跑到當時任教僻壤東部見我」，這是 2001 年出版拙作《梁啟超研究叢稿》內〈後記〉的一段文字，內心由衷表達我對喬公真誠的感激之情⋯⋯。

屈指算來，我與喬公相識已超過十六年了。

記得 1991 年秋冬之際一天上午，突然接到一通陌生人的電話：「請問您是不是吳銘能先生？我找吳先生。」喬公名聲早已如雷貫耳聽聞，知道他是文獻學的專家，居然說要拜訪我，我有點承受不起，但又不能拒絕，只好勉為其難接受了。當天下午喬公翩然來到當時我所工作的辦公室。

理著短髮平頭，面貌清癯，一襲藏藍色長袍，一雙黑布鞋，簡單樸素之中，自有番學者奕奕神氣。喬公一見面就客氣道「拜讀大作，十分敬佩」云云的話，使我頓感難為情，不知道該如何回應，只好據實回答說碩士論文口試時，有某位口試委員把我修理一頓，

並沒有對我的論文有太好評價。喬公卻不以為然，說我沒有受過圖書館學的訓練，竟能以目錄學的角度看問題，表示大為讚賞。喬公並說他很佩服梁任公、王靜安兩位先生，以為他們的文章才是第一流的手筆。

老實說，我在論文口試受到難堪指責後，有很長一段時間，心情頗為沮喪，對自己的水準也曾經起了懷疑，遂不敢繼續報考博士班。於是索性先去當兵，打算服完兵役再謀出路。

服役歸來，找到第一份教學工作，喬公遲來的肯定，並問我何不繼續攻讀博士，這不啻如同久旱逢甘霖般，令人重新燃起希望與信心。

因為喬公的關係，我也結識了張錦郎先生。

當時蔣經國先生開放兩岸交流探親不久，到大陸探親旅遊很熱絡，是一股時髦的風氣。許多人到大陸探親旅遊之餘，也把大陸特色土產品、藥材帶回臺灣轉賣，經常在早晨的公園地攤上可以看到。我當時已經沒有兵役上的問題了，很想去大陸看看，並有意到北京大學考博士班。

當我把這個想法向喬公提出，喬公沉吟一陣，不置可否，把到南京老家探望的情形講了一下，也告訴了到南京圖書館看資料的不舒服經驗。總之，喬公認為大陸歷經「文革」後，人心已大變，已經不如他過去所認識的南京了。我讀過李敖寫了一篇文章〈江南，根本沒有春天〉，大概就是這層意思。

喬公的態度很明顯：可以去大陸看看，但不必冒然做決定。他不明說，但我懂他的意思。

毅然決定要到北京，喬公為我張羅必須帶的介紹信、饋贈的郵票等，還特別叮嚀我，要低調、財不露白、謙虛有禮等。從他為我準備種種細節之中，我感受到他已把我當成他的學生看待，或者說

是兒子一樣關心照顧，深怕我第一次進入「鐵幕」有所不便，所以要有萬全的準備。

1993 年春天我第一次到北京後歸來，就決定第二年投考北大博士班。在一年準備時期，只要有北京大學教授到臺北交流，他一定設法為我安排見面機會。

有一次，他很嚴肅地跟我說，沒有學術著作，很難在北京行得通。喬公意思，要我寫一、兩篇像樣的學術論文發表，並說這樣到北京去才不會讓人瞧不起云云。而在這段時期，每當我有一篇文章完成，喬公總是一口氣為我看完，並提出他的意見。當文章修改得差不多了，喬公就為我推薦刊物發表。有了文章在正式學術刊物發表，又有喬公的推薦介紹信函，加上自己也踏踏實實認真讀了一些書，底氣就足了，這是後來我報考北大博士班的有利條件。

我常想，如果沒有喬公的引薦，恐怕我不見得能順利成為北大博士班的學生。這是我一直念念不忘的。

博士班畢業後工作，我與喬公更加緊密聯繫。尤其他從學校退休後，我們經常聊天。從張錦郎先生處，我更加瞭解喬公年輕時就愛打抱不平。喬公嫉惡如仇個性，表現一次最激烈行動，是與他的主管鬧翻了，他憤然寫了一封有「誓不願與崇洋媚外之人為伍」云云的辭職信，然後毫不眷戀地離開人人羨慕的鐵飯碗公家單位，專心一意去從事他喜愛的教學工作。

喬公很喜歡勸人撰寫書評，我寫的第一篇書評——嚴文郁先生大作《美國圖書館名人略傳》的評論——就是由喬公指導完成的，從此之後，一發不可收拾，幾年來斷斷續續寫了書評也有數十篇之多。如果沒有喬公的鼓勵，我不可能會寫出這麼多的書評。

喬公退休後，本有意將其一生經歷學林往事寫成一部新的《儒林外史》，並對中國目錄學理論作一番總結疏理。但以罹經兩次重大車

禍後，使他精力大損，記憶力衰退，又無法站立行走，體力精神一年不如一年，竟不能將其畢生學問、經驗傳授後進而撒手西歸，傷哉！

我很遺憾，沒有能夠紹繼喬公的學問。

喬公重要的著作有《史筆與文心：文史通義》、《崇文總目研究》、《陳振孫學記》、《宋代書目考》、《古籍整理自選集》等行世。其門人曾聖益先生編有著作目錄較為完備[1]。

在除夕前兩天的下午，我與張錦郎先生冒著冬雨綿綿天候去看望喬公。喬公剛修剪過頭髮，整個人氣色很好，尤其講到快樂的往事，心情顯得格外開心。我們告辭時，張錦郎先生還約定下回要帶一些有趣的往事來談，不料竟是最後的訣別。

過完春節後，我搭機飛往成都後，一直為教學研究忙碌準備，沒想到在 3 月 12 日突然接到訃聞，得知喬公在 3 月 11 日火化，這是很令人意外而難受的。喬公女兒宗念給我信上說：

> 我父親喬衍琯先生在 2 月 17 日過世。他在 2 月 16 日一口氣上不來，送到慈濟醫院急救，恢復了心跳血壓，後來送到加護病房，但仍然撐不過去，在 2 月 17 日走了。

喬公離開，沒有太大的病痛，也許這是八十歲老先生的福氣。

喬公，安息吧！

2008 年 4 月中旬敬撰於四川大學望江校區華西新村寓所

---

[1] 曾聖益先生將喬公晚年講述傳統目錄學見解的最後文字，整理成《中國歷代藝文志考評稿》（臺北：文史哲出版社，2008 年 3 月 11 日）一書出版，算是對喬公的紀念。2009 年 1 月 30 日往訪張錦郎先生，蒙張先生惠贈一部，並聆聽張先生談起過去與喬公相處種種往事，實令人感傷學者無法把滿腹學問傳授弟子，又沒有寫出來，真是一大遺憾！2009 年 2 月 16 日附記於四川大學歷史文化學院。

敬悼黃彰健先生

　　元旦下午打開電腦看郵件，臺北中研院史語所秘書室李雅玲女士發來通告，略說黃彰健院士於 12 月 29 日安詳辭世，高壽九十一歲。看到這則消息，開年第一天的新氣象頓時一掃而空，腦海中浮現黃先生生前與我共同完成學術著作的歷歷往事，憬然赴目，內心哀痛，不能自己。當晚目不交睫，一片淒然，次日也不管醫師叮嚀手術後應當多休息的勸告，趕緊寫下以下文字，表達我對黃先生無限的哀思與深切懷念！

初見黃先生在史語所研究室

　　1997 年 7 月 30 日的上午，我不安地打了電話到史語所，請總機轉接黃先生，言明希望與先生見面談談我的博士論文梁啟超研究的心得種種。先生以慈祥的口吻表示歡迎之意，並言隨時可以接見，於是相約次日到史語所研究室聊聊。

　　第二天一早，我把博士論文帶著造訪黃先生。黃先生與我簡單寒暄幾句後，就立即看我的論文。我注意到他的眼神專注表情，不斷地掃看內容，前面大半的篇幅他草草瀏覽翻過，而後當他看到我為梁啟超年譜的文字做校勘時，他揚起目光看了我一下，然後徐徐道來，說他一直很服膺傅斯年先生的見解，大意是說史學研究貴在能夠擴充新的材料，有了新的材料自然會有新的見解云云；對於我能夠利用北大珍藏梁啟超書信原件來為年譜做文字校勘工作，表示

極為讚賞，但也指出我的不足在於沒有進一步提出現在做這樣校勘工作有何新意，怎樣解釋這一層意義。

由於我是北京大學古文獻學專業的博士，大陸文憑在臺灣還不受到承認，因此，次年我以博士論文應徵臺灣的私立大學任教，也只能以講師起聘。但是，我自己心知肚明，黃先生以院士眼光對我的肯定，使我絲毫不覺得自己就矮人一截，儘管這所私校對我的研究置若罔聞。

10 餘年後，北大歷史系歐陽哲生教授主編《丁文江文集》，其中第六卷為梁氏年譜，在序言中特別聲明吸收我的博士論文成果，尤其以我的校勘文字作為《梁啟超年譜》的重要參考依據。去年上海交通大學出版社編輯任雅君女士有鑒於近現代影響較大的歷史人物新資料不斷被發掘，原來以丁文江、趙豐田主編的梁氏年譜已經不敷學術研究所需，有意物色專家學者重新編纂新的一部《梁啟超年譜》。任女士言透過哈佛大學哈佛燕京圖書館善本室主任沈津大力推薦，專程自上海多次長途電話邀請，並親自到成都造訪，希望我能答應擔任主編的工作。

回首前塵，最先肯定我的學術貢獻的就是黃先生。現在，黃先生已經離我遠去了，我也來不及向他道謝致意了。思之哽咽，不勝悵然！

研究二二八「薑是老的辣」

以上大略說明我與黃先生初次見面的淵源。以下我要簡單談談我對黃先生一生學術研究貢獻的認識。

黃先生以繼承清代考據學的實學傳統，治學嚴謹紮實，任何學術新見發掘，都建立在第一手史料基礎上。透過其綿密如春蠶吐絲

手法，最擅長以校勘文字作為研究歷史的始點。因此，任何歷史事件或人物，不管是古代或近代，只要經過其繡花針本領考據，大多的歷史懸案皆能柳暗花明又一村，賦予新的意義。

最明顯的例子，就是以近九十嵩壽高齡完成了學界迄所爭議的二二八事件研究。如蔣渭川的歷史位置、王添燈的功過與蔣介石是否為鎮壓的禍首，乃至於《二二八事件研究報告》隱晦之處，以及彭孟緝與陳儀來往電報編序等，展讀這些內容，饒富新見，創獲多多。

曾經有學者表示黃先生畢竟以明清歷史研究為其所擅，治近代臺灣史學乃半路出家，非其當行本色，因而質疑其晚年絕筆之作《二二八事件真相考證稿》專著的學術價值。當然，這種耳食之見是不值一駁的。蓋史學研究貴乎貫通，緣督以為經，只要金針織法見在，繡出鴛鴦予人看是不成問題的。

談起二二八事件的研究，一般以集合多位中研院著名學者力量專題研究的《二二八事件研究報告》一書最為權威系統，可以作為顯學代表。但個中若干觀點，黃先生表示不能苟同，於是發憤以個人之力獨立完成了 50 萬言皇皇巨作《二二八事件真相考證稿》，就是以考據專長，明言沿襲清初學者黃宗羲與萬斯同整理明代史料的方法，國史（包含檔案）取詳年月，野史（包含口述歷史與回憶錄）取詳是非，家史取詳官曆，以野史家乘補檔案之不足，而野史的無稽、史家的溢美，以得於檔案者裁之。

記得黃先生多次向筆者提及，他研究二二八事件的部分成果曾經送請時為副院長的劉翠溶院士看過，劉院士極表推崇，評為「薑是老的辣」。黃先生也曾經不止一次告訴筆者，他對《考證稿》成績很表矜貴，認為恐怕是其一生最重要、最具原創性的史學專著。關於黃先生二二八研究的貢獻，可參閱我在《九州學林》第 7 卷第 1

期（2009 年春季號）的文章〈檔案與口述歷史之間：口述歷史與「二二八」事件研究〉，不贅述。

戊戌變法史研究「舉重若輕」

其實，黃先生以史料排比校勘入手，最具典型的扛鼎力作《明實錄校勘記》，已能見其端倪。接著《戊戌變法史》與《明代律例彙編》二部專著都是循此路數而展開的名作，使他得到學界的最高榮譽，當選為中央研究院院士。這是他的學術生命輝煌的標誌。

以戊戌變法研究為例，哈佛大學費正清研究中心研究員孔祥吉自言其成績曾受到黃先生的名作《戊戌變法史》啟發頗多。而後起之秀的北京大學歷史系茅海建教授在《戊戌變法史》出版三十年後，曾經興致勃勃到臺北故宮翻檢清代檔案，意圖找尋新的討論題材；但他最後放棄了，說黃先生的研究把所有能夠談的問題都做完了，「連一點湯都不給我留下」。可見黃先生治學勤奮，目光如炬，其史學研究已臻出神入化的境界！

黃先生研究歷史問題，特別重視因果關係，因此史料不足時，有時需要馳騁豐富想像力加以推論。今人講歷史想像力，但究竟有幾多如黃先生竭澤而漁猶且矜慎落筆！

在過去兩岸冷戰時期，彼此不相往來，黃先生研究戊戌變法或有推論極多。後來兩岸史料互通後，證明其推論十之八九皆正確。豈所謂「好學深思，覃思妙悟」者耶！

黃先生考據文字簡潔乾淨，不蔓不枝，其考據的功底深厚，茅海建評為「舉重若輕」，應是平實公允之論。

　　黃先生這幾部專著，已經成為專研明清史學者必讀的經典著作，並沒有隨著歲月流逝而失去輝光，反倒是歷久而彌新。

　　其於上古史研究方面，著有《中國遠古史研究》、《周公孔子研究》、《武王伐紂年新考並論殷曆譜的修訂》，都是在七十歲退休後完成的。可見黃先生治學領域寬廣，並不侷於一朝或一專題所制限。

　　本文初衷並非全面評價黃先生學術成就，謹藉此述懷，在此不在彼，何況新正假期，圖館休息，不及參閱群籍，賢達切勿以求全責備之。

粹然學人氣象

　　接著，我想談談我對黃先生的整體印象。

　　前面提到我在 1997 年 7 月拜訪黃先生之後，基本上就沒有太多密切的往來，一則自己在工作無著而焦急奔波，二則院士時間寶貴，我實在不忍去打擾他正常的作息。

　　我與黃先生彼此比較親近走動是 2003 年以後了。當時我正在文哲所從事為期兩年的博士後研究，以近水樓臺之便，在中研院園區經常不期而遇，黃先生很親切問我的研究主題，說他注意到我的陳獨秀研究。黃先生提及自己已經花了超過 3 年的時間研究二二八事件了。幾度黃昏時刻相遇，兩人沿著四分溪岸邊小徑邊走邊聊，談到精彩處，黃先生的談興正濃，漸漸入港時，天色早已晦暗下來，才知道鳥倦歸巢，也該回家了，彼此才分道揚鑣，互說再見。

　　2004 年底，我自知留在中研院工作已經不可能了，博士後出站何去何處，成為現實生活不容閃躲的嚴峻問題，黃先生邀請我何不與他共同把二二八事件研究寫成書。這時我才知道他關於二二八事

件專題已完成一半寫作的篇幅，但到了晚期，為血壓高所苦，每稍微認真思考用腦，血壓就飆高，已經不能親自執筆寫文章了。他的意思是由他口述，我根據錄音幫忙執筆完成。

跟隨黃先生從事二二八研究，我的任務是先傾聽其口述錄音，再順循著他的思路、觀點，把史料來源出處一一找出，執筆董理成合乎史學規範的文字。他的博聞強記，對史料有過目不忘的本領，真是達到令人吃驚的地步！有幾次專注聽其論述，思路清晰，條理暢達，把這些錄音理成文字，就是一篇又一篇嚴謹的學術文章。古人言「用志不紛，乃凝於神」，其斯之謂歟！

黃先生有多次談到的觀點，我不明白出處，再三請教，他指明在哪一本書中會有，我一查果然如此，不禁大為傾服！尤其他幾次在正式學術場合或私下陳述自己的研究成果，不必有一筆一紙，能夠侃侃而談數小時而不顯任何的疲憊！有幾回上午約九點多與十點之間，他一進研究室就很興奮地向我談到最近的新發現，我豎起耳朵恭聽，時間在不知不覺間流逝，等到回過神看表時，居然超過下午兩點半以後了。然後他力邀我一起到院內西餐廳點餐吃飯，意猶未盡，繼續剛才的話題。

隨著與黃先生相處愈來愈熟悉後，《考證稿》一書的撰寫已經接近了尾聲，我向黃先生提出是否可以把他個人的一生經歷，尤其是學術上的創見與歷程，以口述歷史方式呈現，給予後輩晚生作為取法效尤。他不假思索地回答，「我這一輩子只有一個工作在史語所，數十年如一日，不管刮風下雨，每天一早到研究室工作，既沒有多彩多姿的人生經歷，也沒有可歌可泣的豐功偉業，那有什麼可說的」，予以婉拒。很多人功成名就，往往在其他私立學校兼課或掛職其他單位任事，領雙份薪資，但像黃先生在史語所工作就是一輩子，而且數十年也只做一件事—學術研究，的確是相當罕見的。因此，

黃先生可以說是純粹學人典型，一生孜孜矻矻研究學問，不求不忮，堅持學者本分，沒有旁騖涉外活動。

《二二八事件真相考證稿》特別用一「稿」字入題，說明他的信念：學術研究貴在創新，是沒有止境的，只要有新的史料出現校勘比對，哪怕是自己曾經覺得嘔心瀝血的得意之作，也必須以史料證據為判，推翻原有的觀點也在所不惜。

二二八事件研究與統獨立場是密不可分的。黃先生祖籍湖南瀏陽，其父黃徵與清末「戊戌六君子」之一的譚嗣同同邑，也是志同道合的維新運動健將之一。黃先生毫不諱言反對台獨立場，他在書中自序開宗明義即說「二二八事件迄今仍影響海峽兩岸中國人的福祉」，又說「中華民國的史學工作者有責任釐清它的真相」，可見一斑。

有一次，我問他很多人在批評其二二八研究的問題，何不為文回應。他說那些批評的文章，根本連我處理史料都沒耐性看完一篇，庸輩碌碌，僅善因人成事而已，何必理他們！

今後學者對二二八事件詮釋，容或因史觀或立場有所不同，但想要推翻黃先生的見解，必得先要在史料上下絕大工夫，則是可以斷言的。

黃先生的故去，象徵以史料校勘入手作為史學研究的一個終結，至少今後幾年也難得出現這樣的人才！

畢生藏書「得其所哉」

2005 年秋天，我應聘到四川大學歷史文化學院工作。

2007 年 7 月底返台省親。8 月 1 日與黃先生見面，他鄭重表示，高血壓仍居高不下，要再寫一部關於上古史的專著，似乎已經不可

能了，但仍可以二二八研究的模式完成，由他口述，我來錄音整理；其二，黃先生決定將其所有藏書無條件捐給四川大學歷史文化學院，因此要我立即動手編一份目錄，然後打包郵寄。經過約三個星期的時間，獨力完成，二千多公斤的藏書，打包成 77 箱，8 月 25 日由臺北托運，9 月中旬寄達川大，12 月完成編目上架閱讀使用。

當我把目錄完成時，黃先生要我複製兩份，他的意思是一份自存，一份留存史語所，一份留在川大核對寄到書籍是否完整無誤。當黃先生帶我去見史語所王汎森所長時，大意略言其藏書留在中研院意義不大，因為他的所有藏書，中研院圖書館都有了，但過去兩岸阻隔分治不往來，他的藏書川大可能多數都沒有，捐給川大也許較能發揮更大的價值。王所長表示尊重其決定，收下了一份目錄。

黃夫人言凡事講求緣份，沒有我近年與黃先生相處，黃先生就不可能把所有藏書全數捐給川大了。

在打包書籍某一天，同一樓層研究室的黃進興研究員（院士，現任史語所所長）問我黃先生書籍打算怎麼處理，我略言其決定，黃研究員說「得其所哉」。我把這話轉述給黃先生後沒幾天，所有郵寄成都的工作完成了，黃先生連說了兩次「得其所哉」！

黃先生捐贈的這批書籍對川大來說，是很難得的收穫。其中完整無缺的大套期刊如《大陸雜誌》、《中央研究院歷史語言研究所集刊》、《書目季刊》、《故宮學術季刊》等，還有完整的清實錄、明實錄及校勘記等套書。自 2007 年 12 月開放閱覽以來，負責管理圖書的蒲女士曾為我言，有不少博士生與碩士生大為「驚豔」，原來他們聽聞該看的書，一直都找不到，現在川大居然都有了。兩年以來，沒有任何一本遺失，也有不少本科生入館閱讀抄錄。這是黃先生藏書「得其所哉」的實際情況。

　　我發現黃先生外表儘管所談都是學術的話題，但其內心深處是個重感情的至性中人。家中一直懸掛著董作賓先生以甲骨文字寫成祝賀新婚對聯。

　　當我清理黃先生研究室所有的收藏時，其中不乏學者名流墨寶，如戴君仁、饒宗頤、莊尚嚴、陳槃、臺靜農、勞榦等先生，都是原件未曾裝裱過，這些留存在其研究室抽屜內完好無損。其中最有史料價值的是傅斯年給他的一封長信（共寫了四頁），討論黃先生是否留在史語所工作的問題。難怪好幾次黃先生特別提到以他南方中央大學系統出身，根本不可能進入以北大為大本營陣容的史語所工作，他特別感念傅斯年先生看了他的文章後，對他的賞識提拔。

　　最令人難以置信的，黃先生與其夫人談戀愛的長信有厚厚數十封，按照時間年月順序保存，一絲不苟壓存在抽屜的最底層。展讀內容，字體工整，筆筆不苟，文采動人，情感純真，表現翩然男子對如花美人追求的熾烈情懷，令人動容！當我把這一發現向黃先生說，黃先生笑而不答，其夫人當場嬌嗔何以幾十年來她全然都不知道，嚷著要我一定立即到研究室抽屜取來看看！

　　2009 年 2 月我回臺北過年，其中一天去拜訪黃先生，黃先生第一句話就說起夫人已經亡故數月之久了。當我現在回想起黃先生那時的簡短淡淡之語，內心是無比難過的！

　　值得一提的，黃先生主編《大陸雜誌》期刊，薈萃著名學者文章，研究室保存有厚厚一整箱學者投稿相關的親筆信函與稿件，我在清理時也來不及細看，但我確實意識到它的重要性。在與黃先生閒聊時，我表示其留存下來的信函與稿件，好整以暇，足夠把《大陸雜誌》好好深入列為專題研究，黃先生表示首肯。但我一直碌碌奔忙，不知所往，竟然遲遲沒有動手去做！很多機會，一猶豫，就永遠不再來了。傷哉！

　　《大陸雜誌》最後雖然是以停刊收場，但名家陣容齊整堅強、刊期之久與水準之高，是近代學術史上的一道風景，值得重視。10多年前初訪哈佛燕京圖書館，在閱覽室架上顯著位置擺著《中央研究院歷史語言研究所集刊》與《中央研究院近代史研究所集刊》之外，另一種就是《大陸雜誌》了，可見其學術價值享譽中外！

　　2009 年 7 月，川大羅書記與趙副校長請我籌辦西南文獻研究中心，因此暑假有一個多月帶領研究生到四川各檔案局調研，沒有時間回臺北。2009 年 9 月初，想起應該給黃先生打電話，剛接通電話，黃先生以為我回到臺北，急促說你現在快過來，我有事找你很久了。我言明暑期一直為川大籌辦西南文獻中心而忙碌奔波，恐怕短時回不了臺北。電話線那端語氣難掩失望的口吻，大略說他前一陣子鼻子動了手術，所幸情況還算順利，但還有一些書籍要捐給川大，希望我快回來處理。我一直覺得黃先生除了高血壓外，他的姐姐活過100 歲，兄弟也有九十多歲，身體遺傳素質好，沒想到那通電話竟是最後的訣別！思之黯然。

　　論私誼，黃先生告別式我應該參加。但以內人預產期在內日，而上月初我剛動完手術，還在臥榻療養中，不耐長期久坐站立，只能勉強寫下不成系統的文字。

　　此篇短文，仍不足以反映我內心悲慟於萬一。敬謹表達我對黃先生奄化的深切悼念！

　　　　元月二日急就稿，三日修訂，四日療疾換藥歸來發自成都

出版後記

這本小書終於面世出版了，要先感謝蔡登山先生。

原來《數風流人物──梁啟超、徐志摩、陳獨秀、雷震》出版後，風評不錯，主編蔡登山先生知道我寫了很多篇有分量的書評，他繼續向我邀請，一定把這些書評檢出交給他；後來幾次回臺北省親，時間在尋覓新的研究課題資料與訪友敘談中而快速流逝，實在抽不出時間再去找攏那些陳年文字，但登山兄始終將此事掛在心上，每次我回臺北都一再邀請，熱情動人，令我都不好意思。最近研究、教學餘暇，特抽出時間把這十年來的書評文字集結成這本小書，就是要答謝他的厚意。

這本書還有一個特別的意義：它記錄著個人認真求實的經歷，無論研究與教學，都是善盡一己職責，不詭隨逢迎，不帶功利色彩，踏踏實實做好本分的工作。書評，很多大學不列入研究成績的統計，但我並不認為其價值就這麼低，相反地，我還很鼓勵學生也多多讀書寫書評，把寫書評當一嚴肅事看待！試想：在一個吹捧成風的浮華學界，要忠實追求「獨立之精神，自由之思想」，把一本著作認真閱讀，要有不怕得罪人的膽識，實事求是平議，這種人品特質，不是很可貴嗎？這就是我與很多人不同之處。

張錦郎先生對工具書的見解，頗有過人之處，本書這篇〈此中空洞無物──評《2000 台灣文學年鑑》〉小文，就是與他討論的結果，這是要特別指出的。此外，這本書內的文章，所跨越的年代，正是兩岸關係的縮影，其中也有我的一段心酸歷程，在這也說說，以不忘在我人生浮沉顛沛中，曾經給予我及時伸出援手的朋友：沒

有王汎森、林慶彰、張錦郎、陳鴻森諸位先生的鼓勵，就不可能有今天的我，這要深深感激他們！

　　2008 年 12 月 15 日，兩岸三通正式啟動，從歷史的觀點，海峽兩岸的中國人已結束了敵對局面，展開另一階段的互利合作，這是自 1949 年來兩岸分治對立下的一大突破，12 月 23 日一對熊貓由四川成都雙流機場專機運送臺灣，象徵兩岸和平開啟另一個新的紀元。回首我六年前的文章說：

> 美國有今天獨領風騷的地位，主因是吸納全球最優秀的人才為其所用，倘若有一天，中共未來在人才的政策如美國一樣，台灣如何因應？與其在等大陸出招，台灣不得不被動接招而陣腳大亂，倒不如先有基本認識：二十一世紀是爭奪人才的戰爭，其最大戰場在中國大陸，主動以開放的心胸向世界招募一流人才，才是應有作為的方向。二十一世紀中國崛起的條件已經形成，我們所期待的是一個講求文明秩序、表現泱泱大國風範的新中國，而台灣民間社會的蓬勃氣象與民主自由生活方式，正是大陸所欠缺的，也是經濟繁榮發展下一步要面對的難題，「台灣經驗」能在此時發揮一點作用，是兩岸和平的保障，我們何必自先缺席而裹足不前呢？當一波又一波台灣青年渡過海峽奔向大陸留學，非但沒有受到政府的鼓勵，反而要忍受返回台灣失業受歧視的壓力之際，與鄰近日本、韓國、新加坡等有計畫的組織學生前進大陸學漢語，政府與企業界均支持相較之下，其差異真不可同日而語。教育部如果不能認清「大陸大學已走向國際化」這個事實，仍以為採取「不承認」的「鎖國政策」就一切不管，只會與民間漸行漸遠，對未來的兩岸對策只有走向封閉式的自縛，並不會居於有利的主導地位。

又說：

> 近幾年有不少留學大陸的人才紛紛歸返台灣，如果政府連這
> 批最具有熟悉大陸事務的優秀青年都要排擠「不承認」，不懂
> 得珍惜重用，難道仍要紙上談兵，以從前思維模式就能協調
> 好詭譎多變的兩岸關係嗎？大陸社會在激烈改變之中，對世
> 界開放的腳步既不可能停止，任何演變皆有可能，知識菁英
> 階層勢力抬頭，漸漸興起扮演改革的重要角色，台灣政府應
> 在這個時刻有大氣魄的作為，拋開意識型態的制限，西進大
> 陸逐鹿中原，締造兩岸新局。這是值得大家共同關心兩岸未
> 來發展的課題，也必須是理性面對的時候了。[1]

在民進黨執政時期對大陸的「鎖國政策」，已證明是行不通的，我因
擁有大陸文憑而求職處處碰壁，也曾經娶了大陸新娘而遭逢諸多不
公的刁難與鄙視[2]，最終是婚姻破裂，被迫離開臺灣而奔向大陸發
展，這段傷心往事，再看如今兩岸的和平局勢，不禁令人感慨萬千！
　　主編蔡登山先生與編輯藍志成先生通讀全書原稿，並在校勘文
字作了大量的工作，非常辛勞，謹表達最誠摯的謝意。

2008 年歲次戊子嘉平於四川大學望江校區華西新村

---

[1] 見本書〈由留學大陸風潮看中國的崛起——兼評周祝瑛《留學大陸 Must
Know》等書〉一文。

[2] 我永遠忘不了我為我大陸前妻領表填寫赴台探親手續時，境管局（現已改名
移民署）辦事員的鄙視眼神：從頭到腳把我打量兩次，以很不屑的睥睨目光
回答我的提問。又在戶政事務所辦理離婚登記，要我核對資料是否屬實，才
赫然知道前妻的資料欄，教育程度竟是「中學」（前妻為北京大學碩士，美
國英美文學博士）！要求更正，居然得到的答案，「電腦資料鎖死不能更正，
反正也不影響離婚」。我很不解為何要醜化彼岸的中國人？有必要如此嗎？

修訂版後記

　　這本《書評寫作方法與實踐》自出版以來，學界反映不錯，評為「匯理論與實務的入門指引」（見 2009 年 10 月號臺北《全國新書資訊月刊》，何淑蘋博士的評論），這次修正出版，把方法篇第三節補充了一段文字，略為踵事增華，增加了〈奇人奇書　精彩紛呈　龔鵬程《武藝叢談》讀後〉、〈五四新文化運動一代表刊物《新潮》月刊之研究〉、〈敬悼黃彰健先生〉這三篇文字，因此篇幅比原先初版多了許多，這樣也反映了作者精益求精的進程。

　　〈敬悼〉一文是為了紀念黃彰健先生而收入本書的。在我的生命之中，能夠得到中研院院士的肯定，對剛要從學界發展的年輕人而言，無疑是一大幸運與福緣。在此有必要細說，以不忘黃先生對我的鼓舞與幫助。

　　黃先生在晚年傾盡全力寫出專著《二二八事件真相考證稿》，其中有部分由我根據其口述整理而成。在 2003 年與 2004 年中研院文哲所做博士後研究期間，我與黃先生有了較為廣泛接近的機會，黃先生當時告訴我，他正在研究二二八事件，有了一些新的見解，於是我很有耐性地聽下去。詳見本書〈敬悼黃彰健先生〉一文，不贅述。

　　後來參加了 2005 年近代史研究所朱浤源研究員主持的「二二八研究報告增補小組」，我就當了黃先生的助理。當我順利根據口述把《考證稿》第十五篇與第十六篇文字整理完後，黃先生很表滿意，連連誇讚文筆流暢，條理清晰，曾不止一次說沒有我的幫助，《考證稿》全書根本完成不了云云。因為這兩篇文字最為複雜，牽涉的資

料與事件發展也最為曲折多變，我寫完初稿後，黃先生對我說「《考證稿》將來出版，我們可以共同署名」，我聽了這樣的話，內心是又喜又驚！喜的是，黃先生肯定我的文字功底，是個很大的鼓勵，驚的是，我怎麼能夠掛名在黃先生之後呢？於是，當場我向黃先生委婉地說：「黃先生，您已經研究二二八好幾年了，其中很多考據方面的結論與思路，都是數十年工夫積累才有能力得出來，我對這個問題始終沒有下過紮實的工夫，而且我的學術生涯才剛要開始，我怎麼有資格與您共同署名出版」，說完後，黃先生眼睛一直盯著我看，久久超過一分鐘，然後就沉默不再堅持了。

　　與黃先生相處久了之後，《考證稿》完成出版校樣，黃先生曾經不下於三次對我說：「我很抱歉，我已經退休很久了，沒有能夠推薦你留在中研院工作」，他的意思是以我的能力，留在中研院工作是不成問題的，但礙於大陸學歷不被承認而他已經退休無力引薦了。

　　後來，我透過王汎森、羅志田兩位教授的介紹，得以順利在川大任教，黃先生在我啟程成都之前一再告誡我，課程一定要好好準備，千萬不能馬虎，以免惹人閒話云云。幾年來，每當我上課之前，我總想起黃先生對我的諄諄教誨，「課程一定要好好準備，千萬不能馬虎，以免惹人閒話云云」。雖然每一年川大都有教學優良評獎活動，四年多的教學工作中，在學生心目中已經建立起良好的口碑，社會各界邀請講課的機會很多，同事也有人建議我應該提出教學優良獎項的申請，但我始終認為課堂教好是學校老師的本分，何必在意有沒有得獎？

　　黃先生決定把畢生的藏書捐給川大，我心底是很感激的。黃夫人言凡事講求緣份，如果沒有我近年與黃先生相處，黃先生就不可能把一輩子所有藏書全數捐給川大了。這是實情。但我認為這也是黃先生對我特別好，有意要幫助我，其中深意隱含其中，雖然他不

明說。我替他整理《考證稿》部分篇章文字，老實說，一點都不辛苦，我反而有更多親近他的機會，觀察到他對校勘方面的絕活是很了不起的，我因此受其啟發，寫成〈檔案與口述歷史之間〉一文，我受其影響是顯然的。這點我很感激。而後，他決定把一生的藏書捐給川大，與其說是要感謝我為他整理《考證稿》，倒不如說是寄望我對川大能夠有一些作為。這點他沒有點破，但我心底是很清楚的。

　　如今黃先生已經離我遠去了，我也無法再向他請教治學與共話文字校勘的樂趣，但他的學術熱情、待人誠摯與鼓勵晚輩的長者風範，一直令我懷念！

　　此外，這本書居然能夠成為「書評寫作方法」課程教材，是我原先無法料想的，我也從來沒有想到居然能夠把書評寫作變成了大學一門課！

　　回想起過去在臺灣中研院做博士後研究，大陸學歷還受到某些人的鄙視，有位年輕的研究人員當面不客氣地說：「你不要一直寫一些沒有用的書評」，意思是說我寫書評不務正業。本書在臺灣發行近一年後，我才從網絡上看到訊息，將書評列入大學正式課程的，並不乏著名學府，如北京大學、南京大學與中山大學為本科生的編輯出版、新聞、中文專業開設。另據何淑蘋博士的評論介紹，臺灣中央大學曾經以「提倡深度閱讀，重建中大人文傳統」為宗旨，舉辦過三屆「中大書評獎」，獲獎作品也輯成《深度閱讀：中大書評獎作品集》（中壢：中央大學圖書館，2005 年 8 月）、《照辭如鏡：第二屆中大書評獎作品集》（中壢：中央大學圖書館，2006 年 4 月）出版。可見「吾道不孤」。如今在川大開這門課，我很高興可以把過去十多年寫作書評的經驗甘苦，與這群優秀的學生共商析疑。孟子所謂得天下英才而教之，乃人生至樂美事，如今我已擁有了，夫復何求！

　　本書列為大陸本科生的教材，仍然以傳統正體漢字出版[1]。可能讀者會有疑問：為何不以「規範簡化字」出版呢？近代史學大師的著作，如劉師培、章太炎、梁啟超、蒙文通、陳寅恪、王國維、錢穆等諸位先生的集子，那一個不是以正體漢字排印出版？

　　說來令人感慨，馬英九有意以臺灣通行的傳統漢字（也就是大家習稱的繁體字）申請世界非物質文化遺產，而且積極進行，勢有非通過不可的姿態。本來，漢字起源於中國大陸本土，臺灣本是中國的一部分，臺灣文化受中國大陸影響極深，臺灣老百姓現在書寫使用的漢字，原本就是中華文化的一支。然而，吊詭的是，中國近代歷史演變結局，傳統漢字在大陸本土已經是很少很少一群人使用了，反而臺灣二千三百萬同胞都在使用傳統漢字。

　　中國是世界人口最多的大國，過去文化輝煌燦爛，外國使節朝貢交流絡繹不絕，現在淪落到傳統漢字要像熊貓一樣保護，避免瀕臨消失，這難道不值得我們深思反省嗎？

　　我並不是反對漢字簡化運動，但是如果你曾經歷過「但願人長久，千裏共嬋娟」的故事（story）[2]，你能夠不覺得一種文化失落的悲哀嗎？對素來以泱泱大國自居的中國人真是情何以堪呀！而對於具有高度文化修養的知識分子則又何能無動於衷？

---

[1]　其實，漢字沒有簡化之前，傳統漢字沒有繁體之說。到了漢字簡化以後，為了與傳統漢字區分，於是繁體字與簡體字才為人所通稱。因此，我比較傾向稱傳統漢字或正體字。

[2]　2008 年 9 月婚姻登記，然後興沖沖地到攝影公司拍婚紗照，數日後取出寫有「但願人長久，千裏共嬋娟」的相冊，馬上要求重做更正為「但願人長久，千里共嬋娟」，某職員一直強調「里」字的繁體字為「裏」並沒有錯，拒絕收回更正。我說「千里」作為詞彙，不必改作「千裏」，對方也自認為理直氣壯，二人相持不下。不得已情況，我說我是臺灣人，又是北京大學的博士，不會弄錯的，才接受我的要求。一般民眾文化素質低落到如此境地，夫復何言！

　　我很感謝川大歷史文化學院的格局與包容。進川大第三年開始，學院教學負責人調查使用教材的意見，我提出歷史專業的教材以過去那一套馬、列教條寫成的歷史教科書已經不符合「改革開放」解放思想的時代潮流，必須與時俱進，有所更張。因此，在沒有較理想的中國古代史教材之下，不妨以錢穆《國史大綱》作為大一本科生的教材。在無異議情況，通過了這個意見。從此，歷史文化學院的通史教材，就以北京商務印書館發行的正體字版《國史大綱》作為大一的教材。我敢說北大、清華、浙大、南京等名校歷史系未必有這樣的魄力。這就是川大的格局。

　　在為大一學生上「中華文化」、「中國古代史」、「古代漢語」課程，我一直以傳統漢字寫板書。很多學生受我影響，繳交的讀書報告與期末考試以傳統漢字書寫，而且還有同學告訴我：還是中國傳統漢字漂亮，具有優美耐看的藝術特性與文化底蘊。這說明漢字的優美藝術特性，只要時時書寫，體會並不難，學生也自有判斷能力。對於反映看不懂傳統漢字的，我只能說：「同學很抱歉，你對於我們祖先遺留下來的文字看不懂，該好好加油學習」。教學迄今已經接近五年了，川大從來沒有干涉我使用傳統漢字寫板書。這就是川大的包容性。

　　因此，本書仍然要以傳統漢字排印，使更多的同學認識我們祖先遺留下來的寶貴文化遺產，也就可以曉然作者的苦心孤詣了。

　　本書作為「書評寫作方法」課程教材，承蒙四川大學列入校級立項教材出版獎助，以及歷史文化學院領導孫錦泉書記與王挺之院長、李德英副院長、陳廷湘教授等照顧，謹在此表達我對他們的感謝！

庚寅年臘月十七日小女出生甫過周歲又七天於成都外雙楠廣廈小區

語言文學類　PG0227

書評寫作方法與實踐（修訂版）

作　　者 / 吳銘能
責任編輯 / 孫偉迪
圖文排版 / 姚宜婷
封面設計 / 王嵩賀

發 行 人 / 宋政坤
法律顧問 / 毛國樑　律師
印製出版 / 秀威資訊科技股份有限公司
　　　　　 114 台北市內湖區瑞光路 76 巷 65 號 1 樓
　　　　　 電話：+886-2-2796-3638　傳真：+886-2-2796-1377
　　　　　 http://www.showwe.com.tw
劃撥帳號 / 19563868　戶名：秀威資訊科技股份有限公司
　　　　　 讀者服務信箱：service@showwe.com.tw
展售門市 / 國家書店（松江門市）
　　　　　 104 台北市中山區松江路 209 號 1 樓
　　　　　 電話：+886-2-2518-0207　傳真：+886-2-2518-0778
網路訂購 / 秀威網路書店：http://www.bodbooks.com.tw
　　　　　 國家網路書店：http://www.govbooks.com.tw
圖書經銷 / 紅螞蟻圖書有限公司
　　　　　 114 台北市內湖區舊宗路二段 121 巷 28、32 號 4 樓
　　　　　 電話：+886-2-2795-3656　傳真：+886-2-2795-4100

2011 年 10 月 BOD 一版
定價：480 元

國家圖書館出版品預行編目

書評寫作方法與實踐 / 吳銘能著. --二版. --
臺北市：秀威資訊科技, 2011.10
　　面；　　公分. --（語言文學類；PG0227）
BOD 版
含參考書目
ISBN 978-986-221-832-7（平裝）

1.書評　2.寫作法　3.文學評論

812.02　　　　　　　　　　100017056

讀者回函卡

感謝您購買本書，為提升服務品質，請填妥以下資料，將讀者回函卡直接寄回或傳真本公司，收到您的寶貴意見後，我們會收藏記錄及檢討，謝謝！如您需要了解本公司最新出版書目、購書優惠或企劃活動，歡迎您上網查詢或下載相關資料：http:// www.showwe.com.tw

您購買的書名：＿＿＿＿＿＿＿＿＿＿＿＿＿＿＿＿＿＿＿＿＿＿＿＿

出生日期：＿＿＿＿＿年＿＿＿＿＿月＿＿＿＿日

學歷：□高中 (含) 以下　　□大專　　□研究所 (含) 以上

職業：□製造業　□金融業　□資訊業　□軍警　□傳播業　□自由業
　　　□服務業　□公務員　□教職　　□學生　□家管　　□其它＿＿＿

購書地點：□網路書店　□實體書店　□書展　□郵購　□贈閱　□其他

您從何得知本書的消息？

　□網路書店　□實體書店　□網路搜尋　□電子報　□書訊　□雜誌
　□傳播媒體　□親友推薦　□網站推薦　□部落格　□其他＿＿＿＿＿

您對本書的評價：(請填代號　1.非常滿意　2.滿意　3.尚可　4.再改進)

　封面設計＿＿＿　版面編排＿＿＿　內容＿＿＿　文／譯筆＿＿＿　價格＿＿＿

讀完書後您覺得：

　□很有收穫　□有收穫　□收穫不多　□沒收穫

對我們的建議：＿＿＿＿＿＿＿＿＿＿＿＿＿＿＿＿＿＿＿＿＿＿＿＿
＿＿＿＿＿＿＿＿＿＿＿＿＿＿＿＿＿＿＿＿＿＿＿＿＿＿＿＿＿＿＿＿
＿＿＿＿＿＿＿＿＿＿＿＿＿＿＿＿＿＿＿＿＿＿＿＿＿＿＿＿＿＿＿＿
＿＿＿＿＿＿＿＿＿＿＿＿＿＿＿＿＿＿＿＿＿＿＿＿＿＿＿＿＿＿＿＿

11466
台北市內湖區瑞光路 76 巷 65 號 1 樓

秀威資訊科技股份有限公司　　　收

BOD 數位出版事業部

....

（請沿線對折寄回，謝謝！）

姓　　名：_____　年齡：_____　性別：□女　□男

郵遞區號：□□□□□

地　　址：_____

聯絡電話：(日) _____　(夜) _____

E-mail：_____